W0220563

Sterspeler

De boeken van John Grisham zijn nu ook verkrijgbaar als e-book

De aanklacht
Achter gesloten deuren
Advocaat van de duivel
De afperser
De bekentenis
De belofte
De beschuldiging
De broederschap
De claim
De cliënt
De deal
Dilemma
Het dossier
Het eiland
De erfgenaam
De erfpachters
De fraude
In het geding
De getuige
De gevangene
De klokkenluider
Het laatste jurylid
De medeplichtige
De onschuldigen
De ontvoering
Het oordeel
De oplichters
De partner
Het proces
Het protest
De rainmaker
De storm
De straatvechter
Het testament
Een tijd om te doden (De jury)
Een tijd voor genade
De verbanning
De verdediging
Vergiffenis
Verloren seizoen
Het vonnis
De voortvluchtige
De wettelozen
Winterzon

Wilt u op de hoogte gehouden worden van de thrillers van A.W. Bruna Uitgevers? Meld u dan aan voor de nieuwsbrief via onze website www.awbruna.nl of volg ons op www.facebook.com/AWBrunaUitgevers, @AWBruna op Twitter of Instagram.

John Grisham

Sterspeler

A.W. Bruna Uitgevers

Oorspronkelijke titel
Sooley
© 2021 by Belfry Holdings, Inc.
Vertaling
Saskia Peterzon-Kotte
Omslagbeeld
© Shutterstock.com
Omslagontwerp
Studio Jan de Boer
© 2021 A.W. Bruna Uitgevers, Amsterdam

ISBN 978 94 005 1397 6
NUR 302

Achter in dit boek is een verklarende woordenlijst van basketbaltermen opgenomen.

Behoudens de in of krachtens de Auteurswet van 1912 gestelde uitzonderingen mag niets uit deze uitgave worden verveelvoudigd, opgeslagen in een geautomatiseerd gegevensbestand, of openbaar gemaakt, in enige vorm of op enige wijze, hetzij elektronisch, mechanisch, door fotokopieën, opnamen of enige andere manier, zonder voorafgaande schriftelijke toestemming van de uitgever. Voor zover het maken van reprografische verveelvoudigingen uit deze uitgave is toegestaan op grond van artikel 16 h Auteurswet 1912 dient men de daarvoor wettelijk verschuldigde vergoedingen te voldoen aan Stichting Reprorecht (Postbus 3060, 2130 KB Hoofddorp, www.reprorecht.nl). Voor het overnemen van gedeelte(n) uit deze uitgave in bloemlezingen, readers en andere compilatiewerken (artikel 16 Auteurswet 1912) kan men zich wenden tot de Stichting PRO (Stichting Publicatie- en Reproductierechten Organisatie, Postbus 3060, 2130 KB Hoofddorp, www.stichting-pro.nl).

Ter herinnering aan
MICHAEL RUDELL
(1943-2021)
Niet alleen de beste advocaat die ik ooit heb gekend,
maar ook een echte heer en een trouwe vriend.

Deel een

1

In april, toen Samuel Sooleymon werd uitgenodigd voor een try-out voor het nationale team, was hij zeventien en werd hij met zijn lengte van één meter achtentachtig beschouwd als een veelbelovende spelverdeler die bekendstond om zijn snelheid en sprongkracht, maar ook om zijn onzuivere passes en middelmatige schoten.

In juli, toen zijn team uit Juba, de hoofdstad van Zuid-Soedan, vertrok voor de reis naar Amerika, was hij één meter drieënnegentig en nog altijd even snel, maar nog onzuiverder in het spelen van de bal en niet accurater vanaf de driepuntslijn. Hij was zich er nauwelijks van bewust dat hij gegroeid was, wat niet ongebruikelijk was voor een puber, maar hij realiseerde zich wel dat zijn afgetrapte basketbalschoenen strakker zaten en dat zijn enige broek tot een flink eind boven zijn enkels kwam.

Maar in april, toen de uitnodiging was gekomen, barstte in zijn wijk het feest los. Hij woonde in Lotta, een afgelegen dorp aan de rand van Rumbek, een stad met dertigduizend inwoners. Hij had zijn hele leven in Lotta niet veel meer gedaan dan basketballen en voetballen. Zijn moeder, Beatrice, was huisvrouw en had weinig onderwijs genoten, net als alle vrouwen in het dorp. Zijn vader, Ayak, was onderwijzer in een open hut met twee lokalen, die tientallen jaren eerder was gebouwd door een stel missionarissen. Als Samuel niet met de basketbal aan het stuiteren was op een van de zandveldjes in het dorp, werkte hij met zijn jongere broers en zusje in de tuin van de familie en verkocht groenten langs de weg.

Op dit moment was het leven in het dorp goed en redelijk stabiel. Er woedde weer eens een hevige burgeroorlog, nu al voor het tweede jaar zonder dat het eind in zicht was, en al was het dagelijks leven altijd vol gevaren, de mensen wisten de dag door te komen in de hoop dat het morgen beter zou zijn. De kinderen leefden op straat en waren altijd wel een balletje aan het trappen of aan het overgooien, en de wedstrijden boden een welkome afleiding.

Sinds zijn dertiende was Samuel de beste basketballer van het dorp. Zijn droom, en die van de andere jongens, was naar Amerika gaan om *college*-basketbal te spelen en, natuurlijk, om het tot de NBA te schoppen. Er zaten verschillende Zuid-Soedanese spelers bij de NBA en die werden thuis gezien als een soort goden.

Toen het nieuws over zijn uitnodiging zich als een lopend vuurtje door het dorp verspreidde, verzamelden zich steeds meer buurtbewoners voor de met riet bedekte hut van de familie Sooleymon. Dames brachten kannen kaneelthee met gember en kruiken tamarindesap. Anderen brachten schalen met besuikerde koekjes en pindamakronen. Het was het belangrijkste moment in de recente geschiedenis van het dorp en Samuel werd omhelsd en bewonderd door zijn buurtgenoten. De kleintjes wilden hem alleen maar aanraken, in de overtuiging dat ze naast een nieuwe nationale held stonden.

Hij genoot van het moment, maar probeerde iedereen te waarschuwen dat hij alleen maar was uitgenodigd voor de try-outs. Het zou moeilijk worden om in het Under 18-team te komen, want er waren zoveel goede spelers, vooral in Juba, waar de competitie goed geregeld was en de wedstrijden werden gespeeld op stenen of zelfs houten vloeren. In Lotta, en ook in andere afgelegen dorpen en landelijke gebieden, werden de georganiseerde wedstrijden vaak buiten op beton of zand gespeeld. Hij legde uit dat er maar tien spelers zouden worden geselecteerd voor de reis naar Amerika, en dat ze daar gezelschap zouden krijgen van nog vijf spelers, allemaal uit Zuid-Soedan. Eenmaal samen zou het team demonstratietoernooien spelen in plaatsen als Orlando en Las Vegas, en daar zouden honderden *college*-scouts aanwezig zijn. Misschien ook wel een paar van de NBA.

Het praten over spelen in Amerika maakte het allemaal nog spannender en Samuels voorbehoud werd genegeerd. Hij zou het gaan maken. Ze hadden hem zien opgroeien op de dorpsveldjes en wisten dat hij bijzonder genoeg was om welk team dan ook te halen, en om hun dromen met hem mee te nemen. Het feest duurde tot diep in de nacht en toen Beatrice er uiteindelijk een eind aan maakte, ging Samuel met tegenzin naar bed. Maar hij kon de slaap niet vatten. Hij zat nog een uur op zijn bed in de krappe slaapkamer die hij deelde met zijn twee jongere broertjes, Chol en James, en fluisterde opgewonden met hen. Boven hun stapelbed hing een grote poster van Niollo, de grootste Zuid-Soedanese speler van allemaal, die hoog boven de ring uit sprong en met een slamdunk scoorde. Hij droeg het Boston Celtics-tenue dat Samuel in zijn fantasie ook al zo vaak gedragen had.

Hij stond de volgende ochtend vroeg op om de eieren van de kippen van de familie te rapen, zijn eerste klusje van de dag. Na een snel ontbijt ging hij met zijn rugzak en zijn basketbal naar school. James en Chol liepen achter hem aan naar het buurtveldje, waar hij een uur lang ging schieten, terwijl zij de bal gingen halen en weer naar hem terugbrachten. Ook andere jongens deden mee en het vertrouwde geluid van stuiterende ballen en vriendschappelijke plaagstootjes echode door de slaperige ochtend.

Om acht uur werden de wedstrijdjes met tegenzin afgebroken toen Samuel en zijn broertjes naar hun lessen gingen. Hij zat in het laatste jaar van de middelbare school en zou over een maand eindexamen doen. Hij prees zich gelukkig. Nog niet eens de helft van zijn leeftijdgenoten – alleen maar jongens – zou de middelbare school afmaken, en slechts een fractie van hen kon zelfs maar van de universiteit dromen. Er waren geen meisjesklassen.

Terwijl Samuel naar school dribbelde, droomde hij van verre universiteiten.

2

Twee weken later maakte de hele familie op vrijdagochtend vroeg de lange wandeling naar het busstation in Rumbek en keek hem na toen hij naar Juba vertrok voor een lang weekend vol pittige competities. Ze zwaaiden hem uit, zijn moeder en zusje in tranen. Hij zou de maandag daarop terugkomen.

De bus vertrok een uur te laat, wat voor Zuid-Soedanese begrippen best op tijd was. Vanwege slechte wegen en overvolle bussen was de dienstregeling onbetrouwbaar. Er ging vaak helemaal geen bus en pech onderweg was heel gewoon. Het was niet ongebruikelijk dat een bus er midden op de weg mee ophield en dat de passagiers te voet naar het volgende dorp moesten.

Samuel ging op een propvol bankje voor in de bus zitten, ingeklemd tussen twee mannen die zeiden dat ze al drie uur aan het rijden waren. Ze gingen naar Juba om werk te zoeken, of zoiets. Samuel wist het niet precies, want ze spraken gebroken Engels, vermengd met Nuer, de taal van hun stam. Samuel behoorde tot de Dinka, de grootste etnische groep van het land, en dat was ook zijn eerste taal. Engels was zijn tweede taal. Zijn moeder sprak vier talen.

Aan de andere kant van het smalle gangpad zat een vrouw met drie kinderen, allemaal stil en met grote ogen. Samuel zei iets tegen hen in het Engels, maar ze gaven geen antwoord. De moeder zei iets tegen het oudste kind, en Samuel verstond er niks van.

De bus had geen airconditioning en door de open ramen

waaide er stof van de grindweg naar binnen, dat overal op neerdaalde: kleren, tassen, bankjes, de vloer. De bus hotste en bonkte over de hoofdgrindweg naar Juba en stopte af en toe om een lifter op te pikken of een passagier uit te laten stappen.

Toen eenmaal bekend werd dat Samuel een basketballer was die misschien wel wedstrijden in Amerika ging spelen, ging alle aandacht naar hem uit. Basketbal was de nieuwe trots van Zuid-Soedan, een heldere belofte waardoor de mensen soms even hun gewelddadige geschiedenis van etnische conflicten naast zich neer konden leggen. Over het algemeen waren de spelers lang en slank, en ze speelden met een gedrevenheid waar Amerikaanse coaches vaak van stonden te kijken.

Dus hadden ze het over basketbal, waar Samuel honderduit over praatte. Ze stopten in elk dorp en er stapten steeds meer mensen in. Volledige bezetting betekende een bewegend doelwit, en het duurde niet lang of de jongere mannen, inclusief Samuel, kregen van de chauffeur de opdracht om op het dak van de bus te klimmen en ervoor te zorgen dat de tassen en kisten er niet af vielen. Toen ze Juba naderden, ging het grind over in asfalt en werd het voortdurende gehobbel iets minder. De passagiers werden rustiger, terwijl ze langs kilometerslange sloppenwijken en daarna straten met stevigere huizen reden. Zes uur nadat hij uit Lotta was vertrokken, stapte Samuel uit de bus op het centraal station, waar drommen mensen af en aan liepen. Hij vroeg de weg en liep in een uur naar de universiteit van Juba.

Hij was één keer eerder in Juba geweest en werd weer getroffen door de moderne faciliteiten, de geplaveide straten, het chaotische verkeer, de hoge gebouwen, de bruisende sfeer en de goedgeklede mensen. Als hij niet in het team zou komen, was hij van plan verder te gaan studeren in de stad. Als het ook maar even kon, wilde hij daar gaan wonen en een baan zoeken.

Hij vond de campus en daarna de sporthal en ging zenuwachtig naar binnen. Het was een nieuwe, holle ruimte met drie volledige sportvelden en een paar tribunes. Er waren geen intercollegiale sporten in het land, geen universiteitsteams met wedstrijdschema's en logo's, geen fans om naar het spektakel te komen kijken. De sporthal werd gebruikt voor allerlei soorten binnensporten en voor bijeenkomsten en congressen.

Aan de andere kant van de hal zag hij een man met een klembord en een fluitje om zijn nek, die naar een vier-tegen-vierwedstrijdje keek. Samuel liep om het veld heen naar hem toe.

Ecko Lam was veertig en had de eerste vijf jaar van zijn leven in Zuid-Soedan gewoond. Zijn familie was ternauwernood aan een guerrilla-aanval op hun dorp ontsnapt en naar Kenia gevlucht. Uiteindelijk vestigden ze zich in Ohio en namen een Amerikaanse levensstijl aan. Als tiener kwam hij in aanraking met basketbal en speelde vier jaar aan Kent State University. Hij trouwde met een Amerikaanse van Soedanese afkomst en jaagde zijn droom na om in de eerste divisie te coachen. Hij rolde van de ene baan in de andere en klom op tot het niveau van assistent aan Texas Tech, waarna hij door een non-profitorganisatie werd ingehuurd om talenten te scouten in Afrika. Twee jaar eerder was hij geselecteerd om competities op te zetten en 's zomers *all-star teams* te coachen in Zuid-Soedan. Hij was dol op zijn werk en werd nog steeds gedreven door de overtuiging dat basketbal het leven van zowel mannelijke als vrouwelijke Zuid-Soedanese spelers kon veranderen. Dat hij zijn Under 18-team mocht meenemen naar de VS voor demonstratietoernooien was veruit het leukste onderdeel van zijn werk.

Hij had Samuel nog nooit in het echt zien spelen, maar had wel filmmateriaal van hem gezien. Een coach uit het land had hem enthousiast aanbevolen en gezegd dat de jongen de snelste handen en voeten had die hij ooit gezien had, om nog maar te zwijgen over zijn adembenemende verticale sprong. Zijn moeder, Beatrice, was één meter drieëntachtig en in het scoutingrapport werd voorspeld dat Samuel nog verder zou groeien. Met zijn één meter achtentachtig was hij de kleinste genodigde.

Op het filmpje, een video die was opgenomen met een telefoon, domineerde Samuel in de verdediging, maar had moeite met de bal. Omdat hij in een dorp woonde, was zijn ervaring beperkt en Ecko vermoedde dat het hem moeite zou kosten om op te boksen tegen jongens uit de stad.

Er waren twintig spelers uit het hele land uitgenodigd voor een try-out, en in de loop van de middag druppelden ze de sporthal binnen. Ecko zag Samuel om een veld heen sluipen, duidelijk een jongen van het platteland die geïntimideerd was door de omgeving. Eindelijk was hij bij hem en vroeg bedeesd: 'Neem me niet kwalijk, bent u coach Lam?'

Ecko lachte breeduit en antwoordde: 'Jawel, meneer, en u moet de heer Sooleymon zijn.'

'Ja, meneer,' zei hij en hij stak zijn hand uit.

Ze schudden elkaar stevig de hand en raakten elkaars schouder aan, de gebruikelijke Soedanese begroeting. 'Leuk je te ontmoeten,' zei Ecko. 'Hoe was de reis hiernaartoe?'

Samuel haalde zijn schouders op en zei: 'Prima. Als je van bussen houdt.'

'Ik niet. Heb je ooit in een vliegtuig gezeten?'

'Nee, meneer,' zei hij zonder een spoor van schaamte.

Ecko was er vrij zeker van dat geen van de twintig genodigden ooit een vliegtuig vanbinnen had gezien. 'Nou, als je in mijn team komt, vliegen we de halve wereld rond. Hoe klinkt dat?'

Samuel kon niet ophouden met glimlachen. 'Klinkt geweldig.'

‘Het wordt fantastisch, jongen. De kleedkamer is daar. Kleed je snel om en begin vast met schieten.’

Samuel ging een lange ruimte binnen, met kleine metalen lockers langs de muur. Hij koos een lege en kleedde zich snel om in een sportbroekje, een T-shirt en zijn afgetrapte schoenen. Vijf minuten later stond hij op het veld. Ecko gooide hem een bal toe, wees naar een lege basket aan de andere kant van de sporthal en zei: ‘Ga stretchen en doe een warming-up, en begin daarna vanaf de driepuntslijn te schieten.’

‘Ja, meneer.’ Hij dribbelde weg, waarbij hij alleen zijn rechterhand gebruikte, deed snel een paar nogal lusteloze rekoefeningen en begon te schieten. Ecko lachte toen hij zag dat er weer een joch van zeventien was die het hele idee van stretchen maar niks vond.

Ecko hield het wedstrijdje in de gaten, terwijl hij elke beweging die Samuel maakte goed bekeek. Aan zijn schot moest gewerkt worden. Pluspunt was dat hij het van bovenaf plaatste vanuit een indrukwekkende, vloeiende sprong. Maar hij hield de bal laag, bij zijn voorhoofd, en zijn rechterelleboog week af. Niet ongebruikelijk voor een jongen die weinig coaching had gehad.

Hij miste de eerste tien schoten. Zenuwen, dacht Ecko.

Aan het eind van de middag waren alle twintig spelers er. Ecko verzamelde hen in een hoek van de tribunes en vroeg hun allemaal te gaan staan, hun naam te zeggen en te vertellen waar ze vandaan kwamen. De helft kwam uit Juba. Er kwamen er twee uit Malakal, een door oorlog geteisterde stad, een kleine vijfhonderd kilometer verderop. Een paar anderen kwamen van het platteland, uit de rimboe.

Ecko’s volgende agendapunt was het lastigst. Hij zei: ‘We zijn allemaal Zuid-Soedanezen. Ons land wordt verscheurd door burgeroorlogen, waarin militaire leiders om de macht strijden en ons volk lijdt, maar dit team zal verenigd zijn als één man. Jullie zullen nauwlettend in de gaten worden gehouden door ons land. Jullie worden de nieuwe helden. De snelste manier om uit dit team gezet te worden, is niet door een gebrek aan talent of actie, maar door het minste of geringste vertoon van rivaliteit. Begrepen?'

Ze knikten allemaal instemmend. Ecko Lam was een legende in hun kringen en ze wilden hem vreselijk graag imponeren. Alleen hij had de sleutel van een reis naar Amerika in handen. Ze benijdden hem om zijn coole manier van doen, om zijn vloeiende Engels en vooral om de nieuwste Air Jordans aan zijn voeten.

Hij pakte een tenue en vervolgde: 'Dit trekken we aan.' Hij hield een shirt omhoog. 'Zoals jullie zien is het gewoon, simpel, aan twee kanten draagbaar, iets wat je ook kunt tegenkomen in een sportschool hier in Juba. Grijs, geen kleur, geen duur logo. We dragen dit om onszelf eraan te herinneren waar we vandaan komen, aan onze bescheiden afkomst. Ik zou dit tenue graag aan jullie alle twintig geven, maar dat gaat niet. Slechts de helft van jullie zal in het team komen en ik kijk er niet naar uit om de andere helft het slechte nieuws te geven. Maar tien is genoeg, en daar komen nog vijf Zuid-Soedanezen bij die nu in de VS wonen. Mijn assistent-coach, Frankie Moka, houdt nu een soortgelijke try-out in Chicago. We zullen zijn spelers in Orlando ontmoeten om een paar dagen te trainen voordat de wedstrijden beginnen. Er zijn in totaal zestien teams, vier uit de VS en de andere bijvoorbeeld uit Brazilië, het Verenigd Koninkrijk, Spanje, Kroatië, Senegal, Italië, Rusland; te veel om op te noemen. Acht teams gaan naar Orlando, en we spelen allemaal tegen elkaar. De andere acht spelen een soortgelijk toernooi in Las Vegas. De top vier van elk toernooi komt in St. Louis bij elkaar voor de landelijke demonstratie. Nog vragen?'

Er waren geen vragen. De jongens waren te verlegen om ze te stellen en niemand wilde al te gretig overkomen.

'Even voor de duidelijkheid: deze reis wordt gesponsord

door de grote schoenenfabrikanten. Jullie kennen hun namen en ze zijn heel vrijgevig. Een deel van het geld is ook afkomstig van de Manute Bol Foundation en een ander deel is gedoneerd door andere NBA-spelers uit ons land. Als we daar zijn, zullen we op een gegeven moment bedankbriefjes schrijven en foto's maken. De kans bestaat dat we Niollo ontmoeten, maar ik beloof niks.'

Ze waren te overdonderd om te reageren.

Hij splitste hen in vier teams, vertelde wat hun positie was en wie tegen wie moest spelen, en liet de twee wedstrijdjes beginnen. Zonder scheidsrechters die tussenbeide kwamen, werd het spel extreem fysiek, maar dat vond Ecko prima. Hij floot voor een paar zwaardere overtredingen, maar liet hen het grootste deel van de tijd spelen. Na twintig minuten nonstop actie liet hij hen pauzeren en gaf hun flesjes water. Toen ze languit op de tribune zaten, druipend van het zweet en buiten adem, liep hij met zijn klembord op en neer en zei: 'Goed gewerkt, mannen. Veel goede acties. Ik verwacht dat dat zo blijft, want we zijn Zuid-Soedanezen en we spelen vanuit ons hart. Niemand stopt, niemand treuzelt, niemand loopt de kantjes eraf op het veld. Goed, over ongeveer een uur lopen we de hoek om naar een studentenhuis waar jullie logeren. Daar gaan we eten, een film kijken en naar bed. Zorg ervoor dat je vannacht goed slaapt, want morgen wordt een lange dag.'

3

Op zaterdagochtend liep Ecko met hen terug naar de sporthal, die nu voor de helft in beslag werd genomen door een jeugdcompetitie uit de stad. Het eerste halfuur was er verwarring alom toen Ecko met een recreatieambtenaar in een discussie verwikkeld raakte en dreigde een leidinggevende te bellen. Ze kwamen tot een stroeve wapenstilstand en de Under 18-oefenwedstrijden kregen twee van de drie velden. Toen de jeugdcoaches eenmaal doorhadden wie Ecko was, werkten ze ineens wel mee. Hun jongere spelers keken vol ontzag naar Samuel en de anderen.

Er kwamen twee assistent-coaches om Ecko die dag te helpen. Ze organiseerden de eerste activiteit: een reeks *suicide* sprints vanaf de middenlijn naar de achterlijn, een kleine vijftien meter. Ze streden in drie groepen van guards, forwards en centers – spelverdelers, voorhoedespelers en middenspelers – en de winnaars sprintten nog eens tegen elkaar in een wedstrijd waarbij er twee van de drie moesten winnen. Alle spelers waren snel, maar niemand kon aan Samuel tippen. Hij won elke sprint met gemak.

Daarna nam één coach de vier centers mee naar een basket, voor een ruwe sessie van rebounds en blocks. Ecko nam de guards en de forwards mee en filmde hun jumpshots met twee camera's. Samuel had nog nooit een coach gehad die zijn schot analyseerde en vond het geen plezierige ervaring. 'Een puinhoop,' luidde Ecko's omschrijving, maar hij lachte erbij. Ze begonnen bij het begin, met de basis. 'Denk aan elke keer dat je ooit geschoten hebt, Samuel. Zo ongeveer een miljoen keer, toch?'

'Minstens.'

'En elke keer deed je het verkeerd. Keer op keer heb je je slechte gewoonten alleen maar versterkt. Als je op een hoger niveau wilt spelen, moet je terug naar af, en wel nu.'

Ze bekeken het filmpje steeds opnieuw. Ecko had in zijn laatste jaar aan Kent State gemiddeld vijftien punten per wedstrijd gescoord en hij wist hoe een volmaakt jumpshot eruitzag. 'Er zijn er geen twee hetzelfde,' legde hij Samuel uit, 'maar de beste hebben dezelfde basisonderdelen. Drie dingen. Begin vlak boven je hoofd, richt je elleboog op de basket en haal de druk van je linkerhand.'

Samuel stond te springen om coaching en probeerde zijn slechte gewoonten af te leren, maar dat zou tijd kosten. Ecko stuurde hem naar de vrijeworplijn om tien minuten lang niets anders te doen dan schieten, met beide voeten op de grond. Voor elk schot moest hij hardop zeggen: 'Richt je elleboog op de ring.'

De oefeningen gingen de hele ochtend door en rond het middaguur verveelden de jongens zich. Ecko verdeelde hen in vier teams en liet de wedstrijdjes van start gaan. Opnieuw waarschuwde hij hen bij zware overtredingen en voor de goede orde liet hij een assistent-coach voor scheidsrechter spelen. Hij ging op de tribune zitten en bestudeerde alle spelers.

Verreweg de beste pointguard – de spelverdeler – was Alek Garang, een bekende speler uit Juba die sinds zijn twaalfde had uitgeblonken op elk toernooi. Een scout had zijn naam doorgespeeld aan een paar Amerikaanse coaches en hij kreeg steeds meer brieven. De reis naar de VS was cruciaal voor zijn toekomst.

Hun dromen en vastomlijnde plannen waren erop gericht om zo goed te spelen dat ze werden opgemerkt door een Amerikaanse coach, die dan aan wat touwtjes zou trekken en de nieuwe aanwinst op een kostschool zou plaatsen, waar hij een jaar lang in een hogere competitie zou spelen en pittig schoolwerk moest doen. Ecko kende iedere universiteitscoach, elke kostschool, elk highschooltraject voor basketballers en elke regel uit het handboek van de National Collegiate Athletic Association (NCAA), de organisatie voor universiteitsbasketbal. Hij kende de oplichters, hun geldkoeriers, de scholen die je maar beter kon vermijden en de bemiddelaars die voor de rechter zouden moeten worden gesleept. Hij wist ook dat iedere jongen die daar op dat moment in Juba in het veld stond een extra jaar nodig had om gecoacht en bijgeschaafd te worden voordat hij kon toetreden tot de harde wereld van het Amerikaanse intercollegiale basketbal.

Na een douche en een pizza als avondeten propten de vermoeide spelers zich in twee busjes en reden door het centrum van Juba naar een modern overdekt winkelcentrum in de buurt van het parlementsgebouw. Ecko liet hen gaan met de instructie dat ze stipt om acht uur bij de bioscoop op de begane grond moesten zijn om naar de film te gaan.

De jongens bleven bij elkaar, terwijl ze van de ene winkel naar de andere dwaalden, naar etalages gaapten, hoofdschuddend naar de prijskaartjes keken en petjes en schoenen pasten die ze zich niet konden veroorloven. Samuel had wat muntgeld en wilde souvenirs kopen voor zijn broertjes en zusje, die zulke cadeaus absoluut niet verwachtten.

De film was *Focus* met Will Smith, de populairste Amerikaanse acteur in Afrika. Hoewel Samuel het niet zei, was dit de eerste keer dat hij in een echte bioscoop was. Het was een sensatie die zijn wens om in de stad te gaan wonen alleen nog maar versterkte, maar hij dacht ook steeds aan zijn broertjes, James en Chol, en aan zijn zusje, Angelina, en hoe trots die zouden zijn als ze hem in zo'n moderne omgeving zouden zien.

Het was echt geweldig om Will Smith met een slanke vrouw aan zijn zij in een sportwagen door de straten te zien racen. En net als de negentien andere spelers geloofde Samuel diep vanbinnen dat dit niet slechts een droom was. De Miami Heat betaalde Niollo momenteel vijftien miljoen dollar per jaar om te basketballen; ze konden zich niet eens een voorstelling maken van zoveel geld. En Niollo was een van hen, een arm jochie uit de rimboe van Zuid-Soedan, een Dinka die nu in de NBA-competitie schitterde en hoogstwaarschijnlijk in dure auto's reed en een luxeleventje leidde.

Toen ze weer in het studentenhuis waren, verzamelde Ecko de spelers in een televisiekamer en bestelde nog meer pizza's. Jongens in de groei, die lang en mager waren en duizenden calorieën per dag verbrandden, konden nooit genoeg eten en ze verslonden de pizza's. Nieuwsgierig vroegen ze naar zijn leven, zijn opvoeding en zijn opleiding, en hoe hij basketbal had ontdekt. Waarom had hij het niet gemaakt als prof? Waarom had hij ervoor gekozen om coach te worden? Kon hij, nu hij hen had zien spelen, zeggen of ze goed genoeg waren voor een studiebeurs? Kon hij zeggen wie het misschien wel tot de NBA zou schoppen?

Nee, dat kon hij niet zeggen. Ze waren nog in de groei en hun vaardigheden waren in ontwikkeling en ze hadden competitie nodig. Sommigen waren echt natuurtalenten, maar ze hadden allemaal ruwe randjes en waren onervaren. Er waren er minstens vier die de volgende dag rond het middaguur naar huis zouden worden gestuurd.

Op dit moment balanceerde Samuel op het randje. Alek Garang was de beste pointguard, met Samuel ver achter hem als tweede.

Ecko praatte met hen, luisterde naar hen en bekeek hen aandachtig. Jonge mannen die heel wat oorlog, armoede en geweld hadden gezien en die, voorlopig in elk geval, liever over basketbal in Amerika, films, pizza en meisjes praatten.

Ecko luisterde altijd en wachtte op opmerkingen over het conflict. Ze waren er allemaal door geraakt. Ze kenden allemaal wel iemand die dood was of vermist werd.

Maar op die zaterdagavond, in de beschutting van een modern studentenhuis op een campus, waren de jongens veilig. Hun toekomst bestond slechts uit basketbal.

4

Al was hij slechts één meter achtentachtig, toch moest Samuel moeite doen om zijn benen in bed kwijt te kunnen voor een goede nachtrust. Peter Nyamal, die boven hem in het stapelbed lag, was ruim twaalf centimeter langer en sliep op de een of andere manier terwijl zijn benen buitenboord bungelden. Zondagochtend vroeg sloop Samuel geruisloos de kamer uit en verliet het studentenhuis. Hij liep over de campus, genoot van de stilte en nam zich weer voor om daar te gaan studeren, tenminste, als het niet zou lukken met de NBA. Hij ging op een bankje naar de zonsopkomst zitten kijken en lachte toen hij aan zijn familie in Lotta dacht. Hij was nog nooit eerder bij hen vandaan geweest en ze leken heel ver weg. Op dat ogenblik waren James en Chol eieren aan het rapen voor het ontbijt, terwijl Angelina met een strijkijzer dat ze bij het vuur had verwarmd bij de keukentafel stond en haar jurk en hun witte overhemden streek, hun zondagse kleding. Ze liepen met het gezin naar de dorpskerk voor de mis van negen uur.

Samuel wandelde verder en vond het studentencentrum, het enige gebouw dat op zondagochtend op dit tijdstip open was. Hij betaalde vijf cent voor een pak mangosap en lachte naar een meisje dat helemaal alleen aan een tafeltje zat. Ze typte op een laptop en negeerde hem. Ongeveer een jaar daarvoor had hij een keer een laptop gezien en zelfs aangeraakt. Ze hadden er bij hem op school maar één gehad en een korte periode was er in Lotta een internetaanbieder geweest.

Die was echter, samen met het mobiele bereik, door de guerrilla's verwoest. Wegen, bruggen en gsm-masten waren favoriete doelwitten. Ze werden zo vaak vernietigd dat de regering ze niet meer liet bouwen.

Zijn moeder, Beatrice, had geen opleiding gevolgd. Zijn zusje, Angelina, kreeg thuisonderwijs van hun vader. Hoe kon het dan dat sommige jonge vrouwen uit Zuid-Soedan wel gingen studeren? Hij vond het wel een fijn idee. Hij had verschillende *college*-wedstrijden op tv gezien en stond elke keer weer te kijken van het aantal vrouwelijke studenten op de tribunes. Nog een reden om in Amerika te willen basketballen.

In een leeshoek bladerde hij door de *Juba Monitor,* een van de twee dagbladen van het land, die geen van beide ooit Lotta bereikten. Hij vond ook een exemplaar van de andere krant, *The Citizen*, en las nogmaals hetzelfde nieuws. Terwijl hij zijn mangosap opdronk, kwamen er drie studenten binnen, die hem taxerend bekeken en daarna negeerden. Ze kletsten aan één stuk door in hun stadse Engels. Hun kleren waren mooier; hun overhemden hadden echte kragen. Samuel wist dat het tijd was om te gaan.

Hij vond de sporthal, maar de voordeur zat op slot. Toen hij wegliep, zag hij een conciërge uit een zijdeur komen. Hij wachtte even tot de conciërge weg was en voelde aan de deur. Die ging open en hij liep naar de kleedkamer die het team had gebruikt. De velden waren nog donker, maar de ochtendzon scheen aan één kant het gebouw binnen. Samuel vond een zak met ballen en begon zonder ook maar enige vorm van stretchen met schieten.

Een uur later kwam Ecko Lam door diezelfde zijdeur binnen, en toen hij door de kleedkamer liep, hoorde hij het vertrouwde geluid van een stuiterende bal. Hij verschool zich in de schaduw en gluurde om de tribune heen. Samuel glom van het zweet, terwijl hij vanaf zes meter schoot. Hij miste, sprintte achter de bal aan, dribbelde tussen zijn benen, achter zijn rug om, maakte een schijnbeweging naar rechts en toen naar links, helemaal naar de middenlijn, waar hij zich omdraaide, een paar snelle passen maakte en nog een keer schoot. Weer mis. En nog een keer. De vorm was beter en hij probeerde uit alle macht zijn oude gewoonten te doorbreken, maar zijn elleboog stond nog steeds te ver opzij. En op dat moment kon het Ecko echt niks schelen. Het briljante deel van zijn jumpshot was zijn werppunt. Vanuit zijn dribbel zette Samuel af en sprong in een fractie van een seconde als een speer omhoog, waarna hij de bal wierp op een hoogte die maar weinig guards konden evenaren.

Als hij nu maar kon scoren.

Na een paar minuten liep Ecko het veld op en zei goedemorgen.

'Hallo, coach,' zei Samuel en hij veegde het zweet van zijn voorhoofd. Het was nog geen acht uur en de luchtvochtigheid in de sporthal was al heel hoog.

'Slecht geslapen?' vroeg Ecko.

'Nee, meneer. Nou ja, misschien ook wel. Ik wilde een rondje over de campus lopen, en toen zag ik daar een deur die open was.'

'Ik heb je laatste vijftien schoten gezien, Samuel. Je hebt er twaalf gemist. En je hield je arm zo wijd als het maar kon.'

'Ja, meneer. Ik moet eraan werken, coach.'

Ecko zei met een glimlach: 'Volgens het scoutingrapport is je moeder één meter drieëntachtig. Klopt dat?'

'Ja, meneer. Mijn hele familie is lang.'

'Wanneer word je achttien?'

'Elf augustus.'

'Je kunt volgend jaar ook nog een try-out doen, Samuel.'

'Dank u, coach. Betekent dat dat ik klaar ben voor dit jaar?'

'Nee. Wil je nog meer schieten?'

'Ja, meneer.'

'Oké. Ga naar de vrijeworplijn. Hou allebei je voeten op de grond. We weten dat je kunt springen. Hou de bal hoger. Richt je elleboog rechtstreeks op de ring en werp langzaam. Als je er tien achter elkaar in krijgt, kom je naar me toe.'

'Ja, meneer.'

De eerste oefening was een schietwedstrijd, verdeeld over twee velden. Iedere speler schoot twintig keer vanaf de vrijeworplijn, en de treffers en de missers werden bijgehouden. De top vier moest een shoot-out doen, compleet met plagerijtjes, gejoel, gelach om missers en allerlei verbaal geweld. 'Deze druk is nog niks,' zei Ecko steeds weer als hij scherp commentaar leverde. 'Stel je voor dat je in de halve finale staat en de wedstrijd hangt van jou af en er kijken honderd miljoen mensen, inclusief iedereen hier in Zuid-Soedan. De druk die je hier voelt is niks.'

Alek Garang scoorde negentig procent en won met afstand. Samuel kreeg met moeite de helft van zijn worpen in het net.

Ze gingen anderhalve meter naar achteren, naar de *college*-driepuntslijn – 6,32 meter – en de guards begonnen. Ze maakten twintig open worpen achter elkaar. Garang scoorde er elf, Samuel maar vier. Daarna kwamen de forwards, en Ecko was niet blij met hun percentages. De beste schoot slechts een derde van zijn worpen raak. Omdat iedere lange man zichzelf een afstandsschutter waant, gunde Ecko de centers ieder tien schoten. Er gingen maar weinig ballen door het net.

Hij verdeelde hen in teams van drie en liet hen wedstrijdjes op een half veld spelen. Zijn toon veranderde drastisch en hij lachte niet meer, schreeuwde veelvuldig, floot vaker en noemde veel meer zwakke punten. De sfeer in de sporthal werd gespannen toen Ecko op oorlogspad ging. Voor elk slecht schot klonk zijn fluitje, gevolgd door een strenge berisping.

Samuel rustte uit en keek vanaf de tribune toe. Het was een

verschrikkelijke ochtend geweest en de boel werd er niet beter op. Zijn schoten waren belabberd, zo slecht dat hij tijdens de wedstrijdjes aarzelde om te schieten. Scoren wordt lastig als je niet schiet. Hij had Alek Garang een kwartier verdedigd, en die gladde jongen had zo'n beetje gescoord wanneer hij maar wilde. Ecko schreeuwde, floot en leek geïrriteerd door Samuels aanwezigheid in het veld. Rond het middaguur wist Samuel zeker dat hij het kon vergeten.

Na een pauze en wat koude pizza verdeelde Ecko hen in groepen van vier voor een halfuur ongelofelijk saaie oefeningen: afschermen, aanvalstechnieken zoals *pick-and-roll*, dat soort dingen. Een van de assistent-coaches nam vier spelers mee naar de kleedkamer, waar een schoongeveegd schoolbord stond, dat zo te zien bedoeld was om de ins en outs van de wedstrijd uit te leggen. Maar in plaats daarvan kwam Ecko binnen, die hen toesprak. 'Hé jongens, ik kan het niet makkelijker maken dan het is. Ik vind dit verreweg het ergste gedeelte van coachen, maar ik heb geen keus. Jullie zijn geweldige spelers met een geweldige toekomst, maar ik kan jullie niet allemaal meenemen op deze reis.'

Ze zakten onderuit op hun stoel en keken naar de grond.

Ecko vervolgde: 'We hebben geld voor jullie busrit. Ik wens jullie het allerbeste. Pas goed op jezelf.' Hoewel het niet de eerste keer was dat hij dit deed, bleef het hartverscheurend. De jongens moesten met de bus en te voet terug naar huis, en hun grote droom was uit elkaar gespat. Ze zouden blijven spelen, en groeien, maar hij wist dat ze geen van vieren ooit in Amerika zouden spelen. En nu die kans verkeken was, zag hun toekomst er somber uit.

Ze waren zo overdonderd dat ze geen woord uit konden brengen.

Ecko zei: 'Kijk me aan.' Dat deden ze alle vier.

Hij zei: 'Het liefst had ik jullie alle twintig meegenomen, maar dat gaat niet. Het spijt me.'

Peter Nyamal stond langzaam op en veegde met de rug van zijn hand over zijn wangen. Hij zei: 'Bedankt voor de kans, coach.'

Ze gaven elkaar een hand en omhelsden elkaar. Ecko zei: 'Ik wens je het allerbeste, echt, en ik hoop je nog eens te zien.'

De andere drie stonden trots op en omhelsden hun coach. Een van de assistenten nam hen mee door de zijdeur en liep met hen terug naar het studentenhuis. Ze pakten snel hun spullen en liepen naar het busstation.

Twee uur later herhaalde het tafereel zich toen Ecko afscheid nam van nog vier spelers. Hij had een bloedhekel aan dit onderdeel van zijn werk, maar hij had geleerd dat hij het maar beter snel kon afhandelen.

Terwijl het team in het studentenhuis genoot van een lange rustpauze, discussieerden Ecko en zijn twee assistenten over de twee laatste afvallers. Hij wilde het kamp opbreken met vier guards, vier forwards en twee centers, maar de twee grote jongens schoten tekort. Het team zou hulp krijgen in de VS, waar een highschoolspeler van het All-American-team, Dak Marial, zich bij hen aan zou sluiten. Dak was een veelbelovende jongen; hij zat in het laatste jaar van een chique middelbare school in Californië en had zich al verbonden aan de UCLA. De meeste kwalificatiedeskundigen plaatsten hem in de top drie van beste kandidaten van het land. Hij was als kind met zijn familie uit Zuid-Soedan gevlucht.

Ecko wilde geen van beide centers meenemen, maar ging uiteindelijk akkoord met één. Geen van de assistenten wilde Samuel erbij hebben, want tot dan toe had hij dat weekend slecht gepresteerd in de aanval en middelmatig in de verdediging. Ze beoordeelden hem allebei als de 'op twee na beste guard'. Een van hen noemde hem 'de guard die niet schiet'. Maar Ecko was zeer te spreken over zijn snelheid, zijn behendigheid en zijn sprongen, en hij was ervan overtuigd dat de jongen er de nodige uren in zou steken om een topschutter te worden.

Uiteindelijk werden ze het erover eens om één center en één forward af te laten vallen. Samuel Sooleymon werd als laatste gekozen, al zou hij dat nooit te weten komen.

De spelers wisten niet dat er flink in de selectie werd gesnoeid. Er waren al acht vrienden verdwenen; hun lockers en hun kamers waren uitgeruimd. Wie zouden de laatste twee slachtoffers van Ecko worden? Terwijl ze een potje tafelvoetbal deden, poolbiljart speelden en naar de meisjes in het studentencentrum keken, maakten ze lachend grapjes over wie de volgende zou zijn. Maar het gelach klonk zenuwachtig.

Da Vinci's was het lievelingsrestaurant van coach Lam in Juba; een tent die bekendstond om z'n lekkere eten en het fantastische uitzicht. Het stond zo'n beetje in de Nijl, aan de oostkant van de stad, en de meeste tafeltjes stonden buiten op een plankier naast het water. Hij arriveerde als eerste met een busje met vijf spelers en ze liepen met hem mee naar een afgescheiden gedeelte van het plankier, waar hij hen feliciteerde omdat ze het team hadden gehaald. Even later arriveerden de twee assistenten met de andere vijf spelers, en toen de jongens zich realiseerden dat ze waren geselecteerd, wilden ze het vieren. Hun gespannen zenuwen kregen eindelijk een beetje rust.

Samuel had zichzelf ervan overtuigd dat de lange rit terug naar Rumbek vreselijk zou worden. Hij had geprobeerd zich voor te stellen hoe pijnlijk het zou zijn om zijn familie en vrienden te vertellen dat hij het niet had gered. Ze zouden er kapot van zijn en de teleurstelling nooit te boven komen. Maar nu zag de toekomst er weer rooskleurig uit. Hij zou naar de VS gaan, om tegen de wereld te basketballen, terwijl er honderd hoofdcoaches aandachtig toe zouden kijken en hun assistenten al zijn bewegingen zouden filmen. Hij zou trots de dromen van zijn volk op zijn brede schouders dragen en verrijzen, net als de grote Niollo.

De spelers en coaches gingen aan een lange tafel zitten en bestelden frisdrank en vruchtensap. De stemming was uitgelaten en alle gesprekken gingen over de reis, van de luchthavens en de vliegtuigen tot de lange vluchten, de hotels en de pretparken, en de wedstrijden, de stadions en al die scouts. Zouden ze echt naar Disney World gaan?

Het was de derde keer dat Ecko een Under 18-team meenam naar Amerika, en hij genoot van hun enthousiasme.

5

Maandagochtend om zeven uur reed er weer een busje weg bij het studentenhuis toen Ecko vier van zijn nieuwe spelers naar het busstation bracht. Hij parkeerde op een met grind bedekt terrein vlak bij de drukke terminal en liet de jongens naar de achterkant van het busje komen. Daar gaf hij hun allemaal een mooie vinyl sporttas waarop aan weerskanten de Zuid-Soedanese vlag geborduurd was. 'Er zitten een nieuwe basketbal en een paar trainingsshirts en -broekjes in, en nog wat petjes en andere spullen. Voordat we in juli vertrekken, krijgen jullie nieuwe schoenen, maar dat komt later.'

Hij liep met hen mee naar binnen en nam van ieder van hen afscheid met een warme omhelzing. Ze bedankten hem steeds weer en daarna omhelsden ze elkaar, zeiden weer gedag en gingen op in de menigte.

Samuels bus naar Rumbek vertrok om halfnegen, slechts een halfuur te laat. Hij zat niet vol en hij had een hele bank voor zichzelf, voorlopig althans. Naast hem lagen zijn oude weekendtas en zijn fonkelnieuwe sporttas, waar hij de hele tijd naar keek. Het was al heet en de bus kroop door het stadsverkeer. Opnieuw verwonderde Samuel zich over het stadslawaai – het onophoudelijke getoeter, het boze geschreeuw, de vriendelijke begroetingen, het geronk en gebrul van oude motoren, de sirenes. Eindelijk maakte de bus snelheid toen het verkeer afnam en ze het stadscentrum verlieten. Het was nog steeds een asfaltweg toen ze door de sloppenwijken reden, maar hij ging algauw over in grind.

Opeens stopte de bus, zwiepte de deur open en stapten er drie goedgeklede, gewapende regeringssoldaten in. Ze droegen identieke kaki uniformen, donkerbruine baretten en glanzende legerkistjes, en hadden alle drie de verwaande grijns op hun gezicht die je van hen zou verwachten. Ze hadden allemaal een kalasjnikov bij zich, oftewel een Kallie, zoals ze in grote delen van Afrika werden genoemd. Samuel herkende het wapen onmiddellijk, omdat er zoveel van waren in dit land.

De soldaten keken dreigend naar de passagiers – de gebruikelijke verzameling onschuldige boeren, studenten en forenzen – en vonden het maar niks wat ze zagen. Ze gaven de eerste twee rijen het bevel om op te staan en gingen zelf zitten. Een van hen blafte tegen de chauffeur dat hij moest rijden en de bus kwam weer in beweging.

Het was helemaal niet ongebruikelijk dat regeringssoldaten met de bus meereden. Ze kregen voorrang en niemand protesteerde. Ze verwachtten dat ze mochten zitten en hadden de wapens om te krijgen wat ze wilden. Maar hun aanwezigheid kon ook iets veel onheilspellenders betekenen dan gewoon een ritje van hier naar daar. Het was niet ongebruikelijk dat strijdkrachten bussen begeleidden door landelijke gebieden, waar bandieten hun gang gingen en guerrilla's wachtten om aan te vallen.

Na een halfuur was het duidelijk, voor Samuel tenminste, dat de soldaten niet gewoon een ritje maakten. Ze waren heel waakzaam en letten op de weg, het verkeer, de nederzettingen, de paden. Ze fluisterden onderling. Een van hen sprak door een satelliettelefoon. De mobiele dekking buiten Juba was schaars en onbetrouwbaar.

De bus stopte in een dorp en er stapten vier passagiers in, terwijl er één uitstapte. Een paar minuten later reden ze weer in de rimboe op de droge, stoffige grindweg en brandde de zon verzengend op de akkers en de bossen.

De aanval gebeurde zo snel dat hij wel moest worden uitgevoerd door ervaren dieven. Opeens dook er in een bocht een open vrachtwagen op vanaf een zandpad en blokkeerde de weg.

De buschauffeur zei: 'Daar gaan we!' Hij trapte op de rem en de bus kwam schokkend tot stilstand.

De soldaten hielden hun hoofd omlaag, omklemden hun Kallies en bereidden zich voor op de aanval. Een van hen schreeuwde tegen de passagiers: 'Hoofd omlaag! Iedereen!' Twee soldaten hurkten neer bij de chauffeur. De derde kroop naar de achterdeur en hield zijn hand op de deurklink.

Toen klonk er een misselijkmakend geluid dat maar al te vertrouwd was. Het *tak-tak-tak-tak* van een machinegeweer. Samuel bukte nog lager, maar keek nog steeds. De bendeleider stond midden op de weg en schoot in de lucht. Naast hem stonden twee anderen, jongens nog maar, waarschijnlijk net zo oud als Samuel of jonger, gekleed in hun beste imitatie van echte soldaten, een allegaartje van leren ammunitiegordels en pistolen op allebei hun heupen, naast hun geweren. Een van hen had een witte cowboyhoed op. Een ander droeg basketbalschoenen. Ze liepen stoer naar de bus toe en schreeuwden alle drie dreigementen, terwijl er twee anderen naar de achterkant van de bus renden.

Een soldaat die bij de voordeur gehurkt zat, zei: 'Nu!' en de hel brak los. De chauffeur maakte de deur open en de twee soldaten rolden naar buiten en landden op hun knieën, terwijl hun Kallies knalden. De dieven waren verbouwereerd en die aarzeling kostte hun het leven, want de beter getrainde regeringssoldaten schakelden hen uit. Op hetzelfde moment schopte de derde soldaat de achterdeur open en schoot de twee bandieten van dichtbij dood.

Het vuurgevecht duurde slechts een paar seconden, maar was toch afschuwelijk. Een van de bandieten wist voordat hij neerviel de voorkant van de bus te raken en de voorruit te verbrijzelen, en het geluid van exploderend glas en ketsende kogels bleef nog lang nadat de schietpartij voorbij was in de lucht hangen. Nog steeds met zijn hoofd laag controleerde hij snel hoe het met de andere passagiers ging. 'Geen gewonden,' riep hij naar de chauffeur. Hij liep naar de voorkant, keek door de gehavende voorruit en zag een misselijkmakend tafereel dat hij nooit zou vergeten.

Een jongen van hooguit twaalf liep van de vrachtwagen naar de soldaten toe. Hij hield met beide handen een geweer hoog boven zijn hoofd, alsof hij zich overgaf. Hij was doodsbang, misschien huilde hij wel. Een soldaat beval hem het wapen neer te leggen en dat deed hij. Hij liet zich op zijn knieën vallen, bracht zijn vingers naar zijn kin en smeekte om zijn leven. De twee soldaten gingen over hem heen gebogen staan. Een van hen schopte de jongen in zijn gezicht en hij viel plat op zijn gezicht. De ander hief zijn Kallie en vuurde, waardoor de rug en het hoofd van de jongen werden weggeblazen. *Tak! Tak! Tak! Tak!*

Toen het helemaal stil was, tilden de passagiers voorzichtig hun hoofd op en keken hoe de soldaten de weg vrijmaakten, de zes lijken naar de vrachtwagen sleepten en ze op elkaar stapelden bij de brandstoftank onder de bestuurdersstoel. Zonder zich te haasten doorzochten ze alle zakken en haalden het geld en de waardevolle spullen eruit. Ze confisqueerden hun wapens en vonden twee satelliettelefoons in de cabine. Ze draaiden aan een dop, lieten diesel uit de tank lopen en goten het over de lijken heen. Eén soldaat scheurde een shirt van een lichaam, doordrenkte het met aanstekervloeistof en bond het om een grote steen. Ze liepen achteruit, staken het shirt in brand en gooiden het naar de vrachtwagen. *Woesj!* De soldaten schrokken zelf van het geluid en deinsden verder achteruit. Het vuur bulderde en overspoelde de vrachtwagen, waarna er dikke, zwarte rook opsteeg. De lijken stonden in lichterlaaie nadat hun kleren vlam hadden gevat, en daarna siste hun vlees.

De soldaten lachten en bewonderden hun werk.

De buschauffeur veegde het glas van zijn dashboard en ging weer zitten. Samen met de passagiers keek hij naar het vuur en wachtte op de soldaten. Op het bankje tegenover Samuel zat een moeder met een klein kind te huilen. Samuel keek naar de man aan de andere kant van het gangpad, maar ze waren allebei met stomheid geslagen.

Uiteindelijk liepen de soldaten terug naar de bus en stapten in. Niemand maakte oogcontact met hen. De chauffeur wachtte tot ze zeiden dat hij verder moest rijden. Toen ze wegreden, keek Samuel uit het raam naar de afschuwelijke scène. Het beeld dat hem bijbleef, was dat van de brandende lijken.

De weg liep zo'n anderhalve kilometer rechtdoor, en toen hij afboog naar rechts, draaide Samuel zich om en zag een hoge, dikke wolk van grijzige rook hoog in de lucht opstijgen. Wat zouden ze in de volgende bus zien als die aan kwam rijden? Wie zou de puinhoop opruimen? De lijken weghalen? Het incident rapporteren aan de autoriteiten?

In Zuid-Soedan bleven veel voor de hand liggende vragen onbeantwoord, en overlevenden wisten dat ze beter hun mond konden houden.

De soldaten lachten onderling en negeerden de passagiers. De chauffeur wees naar de gaten in zijn dashboard, zei iets grappigs en daar moesten de soldaten ook om lachen. Een halfuur later stond een van hen op, liep door het gangpad en keek naar de passagiers en hun tassen en zakken met spullen. Samuels nieuwe sporttas trok zijn aandacht en hij vroeg: 'Wat zit daarin?'

Samuel lachte naar hem en antwoordde: 'Basketbalspullen.'

'Maak open.'

De soldaat was een Dinka – dat waren ze alle drie – net als Samuel, en met het eindeloze etnische conflict dat in het land woedde, vond hij het best prettig om onder zijn eigen mensen te zijn. Ze zouden toch zeker niet van hem stelen? Hij ritste de tas open en liet de inhoud ervan aan de soldaat zien, die vroeg: 'Basketbal?'

'Ja, meneer. Ik zit in het nationale team. In juli gaan we in Amerika spelen.'

De soldaat pakte de tas, nam hem mee naar voren en liet hem aan zijn maten zien. Ze haalden de nieuwe bal, twee trainingsshirts, twee sportbroekjes, twee paar witte sokken en drie petjes met op de voorkant het logo van Zuid-Soedan Under 18 eruit. Ze bekeken ze, deden hun bruine baretten af en zetten de petjes op.

Een van hen draaide zich om, keek naar Samuel en zei: 'Hier komen.'

Samuel liep naar voren en ging achter hen zitten. Ze stelden vragen over het team, de toernooien en de reis naar de VS. Een van hen merkte op dat hij fan was van Niollo en zei dat hij dol was op de Miami Heat. Ze vroegen of Samuel voor een Amerikaanse universiteit zou spelen. En hoe zat het met de NBA?

De bus stopte in een ander dorp en er voegden zich weer twee passagiers bij hen. Toen ze weer verder reden, vroeg Samuel, die nog steeds bij de soldaten zat: 'Hebben jullie tijd voor een vraag?'

'Tuurlijk,' zei de grootste kletskous, ongetwijfeld de leider van de groep. Ze hadden alle drie nog steeds de Under 18-petjes op.

'Wie waren die mannen daarginds?'

'Een dievenbende, een stel vervelende jongens die hier voor problemen hebben gezorgd.'

'Maar nu niet meer,' zei een ander grijnzend.

Samuel vroeg: 'Hoe wisten jullie dat ze de bus zouden tegenhouden?'

Eentje pakte een satelliettelefoon op en lachte ernaar. 'Zij gebruiken deze ook, en wij luisteren graag mee. Ze zijn niet zo heel slim.'

'Dus het waren geen guerrilla's?'

'Nee, gewoon een bende plunderaars die op zoek was naar mensen om te beroven, te verkrachten en te vermoorden.'

'Zouden ze ons vermoord hebben?'

'Dat weet je nooit met dat tuig. Vorige week hebben ze een bus tegengehouden op de grote snelweg ten westen van Juba. 's Nachts. Ze lieten de chauffeur knielen en smeken, en daarna schoten ze hem dood. Ze hebben iedereen beroofd en alle tassen en bagage meegenomen. Er waren twee jongedames, een met een kind. Die namen ze mee naar de achterkant van de bus en daar hebben ze hen een uur lang verkracht, terwijl de andere passagiers het konden horen. Twee jongens gingen er in het donker vandoor en wisten te ontsnappen.'

Samuel wierp een blik naar links en keek naar een boerenvrouw van een jaar of veertig. Haar tienerdochter zat naast haar. Hoe weinig had het gescheeld of ze hadden een ramp meegemaakt?

De leider vervolgde: 'Jij? Een leuke jongen van, hoe oud?'

'Zeventien.'

'Ik ging bij het leger op mijn zeventiende. Drie jaar geleden. Jou hadden ze waarschijnlijk niet vermoord, maar de kans is groot dat ze je hadden meegenomen en je hadden gedwongen om je aan te sluiten bij de bende. Als je je dan had verzet, hadden ze je doodgeschoten.' Hij dempte zijn stem en keek naar het meisje. 'Zij had geen schijn van kans gehad. En de chauffeur? Nou, ze vermoordden de chauffeurs altijd.'

'Standaardprocedure,' voegde een ander eraan toe.

'Dan mogen we jullie wel dankbaar zijn,' zei Samuel.

'Dat is ons werk.'

Ze zetten de petjes af en stopten ze weer in de sporttas, samen met de bal, de shirts, de broekjes en de sokken.

De leider zei: 'Goed, als je een miljoen dollar verdient bij de

NBA, kom je hier terug en trakteer je ons op een biertje, oké?'
'Zoveel bier als jullie maar op kunnen.'
'Dat zullen we onthouden.'
Ze gaven hem zijn sporttas terug en Samuel ging weer op zijn plaats zitten. Over vier uur zou hij thuis zijn.

6

Er was geen welkomstfeestje bij het busstation van Rumbek. Samuel zag niemand die hij kende. De bus was uren te laat en hij verwachtte niemand die hem stond op te wachten. Hij wenkte een motortaxi en sprong achterop met zijn twee tassen in zijn handen geklemd. De bestuurder, een joch van hooguit vijftien, ging al net zo met de motorfiets om als alle anderen: roekeloos, waaghalzerig en vastbesloten om zijn passagier de stuipen op het lijf te jagen. Samuel hield met gevaar voor eigen leven vol en wist zelfs de gewoonte in ere te houden om niet over de capriolen van het lefgozertje te zeuren. Het was bijna vijf kilometer lopen naar Lotta en daar zou hij een uur over hebben gedaan in de brandende zon. Het taxiritje kostte twintig cent, dus Samuel deed maar duur en moest om zichzelf lachen, omdat hij zo met geld smeet nu hij een ster was.

Beatrice was achter het huis de moestuin water aan het geven toen ze Angelina hoorde gillen van opwinding. Ze rende naar binnen en zag Samuel in de keuken staan, gekleed in een trainingsshirt van Zuid-Soedan, dat hij showde alsof hij de baas was van de wereld. 'Ik zit in het team, mam!' schreeuwde hij, en hij pakte zijn moeder beet en tilde haar op. Beatrice omhelsde hem en begon te huilen, terwijl Angelina door het huis sprong, op zoek naar iemand om het aan te vertellen. Toen ze niemand vond, rende ze de straat op met het ongelofelijke nieuws, en binnen een paar tellen wisten alle buren dat hun droom uitgekomen was. Samuel Sooleymon ging in Amerika basketballen!

Binnen een uur kwam er een tweede feestje tot stand, toen het hele dorp zich tegenover het huis op straat verzamelde. Zodra Ayak met James en Chol uit school kwam, ging er een luid gejuich op toen Samuel naar hen toe rende om hen te begroeten. De buren brachten gekookte pinda's, sesamsnacks, kaneelthee en *mandazi*, een populair gefrituurd deeggerecht.

Samuel pronkte trots met zijn nieuwe wapen, een Spalding NBA Street Ball, en legde uit dat die van duurzaam rubber was gemaakt en was ontworpen om buiten mee te spelen. Hij gooide hem naar James, die hem doorspeelde naar een vriend, en binnen de kortste keren ging de gloednieuwe bal kriskras door de menigte, terwijl de oudere jongens hem doorgaven, lang genoeg vasthielden om hem te bewonderen en naar de volgende gooiden. Uit een radio klonk muziek, terwijl de dag lengde en de schaduwen dichterbij kropen.

Toen de zon onderging, kwam de roemrijkste dag in de geschiedenis van Lotta tot een eind en er was heel veel hoop op nog meer blijdschap. Hun hoogsteigen zoon was hard op weg.

De familie zat tot diep in de nacht in het donkere huis te praten en te lachen, dromend van wat er in Amerika zou kunnen gebeuren. In de bus had Samuel besloten zijn familie niets te vertellen over de bandieten, de soldaten, de overval en de smeulende lijken. Hij zou begin juli weer met de bus gaan als hij terug moest naar Juba voor de reis, en hij wilde niet dat ze zich dan zorgen maakten.

Maar later in bed kon hij het beeld van die kleine jongen die zonder enige reden werd vermoord maar niet van zich afzetten. Hij was ongeveer net zo groot en oud geweest als Chol, die twaalf was. Wie was hij? Waar kwam hij vandaan? Had hij familie? Hoe was het zover gekomen dat hij snelwegen afschuimde met een dievenbende? Zou er iemand rouwen om zijn dood? Zou iemand het zelfs maar weten?

En al hadden de soldaten hun plicht gedaan en waarschijnlijk zelfs een paar levens gered vanwege hun hinderlaag, toch was Samuel van slag door het gemak waarmee ze hem hadden gedood en door hun volslagen gebrek aan wroeging. Ze hadden gelachen en naar het vuur gekeken. Ze waren de bus weer in gestapt alsof er niks gebeurd was. Was het mogelijk dat ze zo vaak zoveel mensen hadden gedood dat ze er murw door waren geworden? Maar ze waren nog jong, net als Samuel. Hun vaders en opa's hadden waarschijnlijk tegen het noorden gevochten in burgeroorlogen die vijftig jaar hadden geduurd. Ze waren opgegroeid met geweld en moord. Het deed hun niks. En nu er weer een burgeroorlog woedde in Zuid-Soedan werden het bloedvergieten en de wreedheden alleen maar erger.

Beatrice had een neef die vermoord was bij een slachtpartij in een dorp dat slechts een uur verderop lag. Iedereen in Zuid-Soedan had zo'n verhaal.

Samuels gedachten schoten heen en weer tussen brandende lijken en basketbalglorie, terwijl hij eigenlijk moest slapen.

Hij werd bij het krieken van de dag wakker en voelde zich moe, maar het leven had een nieuwe betekenis en er waren belangrijke zaken te doen. Hij kleedde zich aan, raapte eieren, at zijn ontbijt in drie happen op, gaf zijn moeder een kus en liep de straat op, met zijn rugzak over zijn schouder en zijn nieuwe straatbal die met hem mee stuiterde. Helemaal alleen op het zanderige veld waar hij zijn halve jeugd had doorgebracht, nam Samuel zich heilig voor om zijn jumpshot te perfectioneren door eindeloos lang te trainen. Hij zou coach Ecko Lam en zijn nieuwe teamgenoten over ruim twee maanden zien als ze in Juba bij elkaar zouden komen voor een week training, en hij was vastbesloten om de bal te manoeuvreren als Steph Curry, te schieten als Kobe en beide helften te bespelen zoals LeBron. Niemand zou harder werken dan hij. Niemand zou meer tijd op het veld doorbrengen dan Samuel.

Om zeven uur kwamen James en Chol eraan met hun oude basketbal. Drie andere jongens kwamen met die van hen. De vijf werden afvangers en aangevers; ze haalden de ballen die Samuel geschoten had, en gooiden de bal weer naar hem terug.

Bal hoog, elleboog richten, schouders recht, rustige sprong. Samuel herhaalde de instructies van coach Lam voor elk schot. En om de een of andere reden telde hij. Na tweehonderd begon hij moe te worden. Bij driehonderd was het tijd om naar school te gaan.

Hij had gelezen dat Kobe vijfhonderd keer per dag schoot toen hij tiener was. Hij had ook gelezen dat Steph Curry een keer zevenenzeventig driepunters achter elkaar scoorde tijdens een training. Die cijfers spraken hem wel aan.

Eind mei rondde Samuel zijn laatste jaar van de middelbare school af en kreeg zijn diploma tijdens een openluchtceremonie. Er zaten nog tien anderen in zijn klas, allemaal jongens, en de schooldirecteur herinnerde hen er nog eens aan hoeveel geluk ze hadden dat ze hun school hadden kunnen afmaken. In heel hun jonge, geteisterde land kreeg slechts een derde deel van alle jongens een diploma. En één op de tien meisjes, maar die gediplomeerden waren alleen in de steden te vinden.

Samuel had zich aangemeld bij de universiteit van Juba en was aangenomen. Hij was van plan om daar in het najaar te beginnen, hoewel hij niet genoeg geld had voor het schamele bedrag aan lesgeld en uitgaven. Als het in Amerika niet goed zou uitpakken, zou hij terugkeren naar huis, naar Juba verhuizen, een parttimebaan zoeken, studentenbijstand ritselen en het op de een of andere manier zien te rooien als de zoveelste student die stierf van de honger. Hij had het licht gezien, wilde nog mooier licht zien en nam zich voor om op zoek te gaan naar een beter leven, ver van de armoede en het geweld van de rimboe.

Maar die gedachten waren ver naar de achtergrond gedrongen toen hij trots zijn diploma omhooghield en naar de directeur luisterde, die maar door bleef praten over de jongere leiders die dit land nodig had. Hij probeerde te luisteren, maar zijn gedachten dwaalden af naar juli en de reis van zijn leven, de ongelofelijke kans om voor universiteitsscouts te spelen. Hij wilde volgend jaar geen economie of geneeskunde studeren aan de universiteit van Juba.

Het afscheid ging niet zoals de buren wilden. Zij hadden het liefst weer een buurtfeest met muziek en dans tot diep in de nacht. Beatrice en Ayak waren dankbaar, maar dachten er anders over. Ze wilden dat hun zoon vroeg naar bed ging, ruim voldoende slaap kreeg en snel kon vertrekken.

Het familieontbijt verliep rustig. Ze aten eieren en zoete broodjes en dronken tamarindesap, en de volwassenen namen koffie. Angelina, James en Chol werden heen en weer geslingerd tussen de blijdschap om het grote avontuur van hun broer en het verdriet, of zelfs de angst, omdat hij wegging van huis. Het gezin was altijd samen geweest en de gedachte dat Samuel nu wegging, of volgende maand naar de universiteit, was verwarrend.

Hij maakte grapjes met zijn broers en zusje en beloofde dat hij kaartjes zou sturen, hoewel de postbezorging in het landelijke Zuid-Soedan zo goed als niet bestond. Hij beloofde te bellen zodra hij kon. Coach Lam had natuurlijk een mobiele telefoon en had beloofd een manier te bedenken om hen naar huis te laten bellen, al leek het onwaarschijnlijk dat de familie een telefoontje helemaal uit Juba zou krijgen.

Toen het tijd was om te gaan, pakte hij zijn zorgvuldig ingepakte sporttas en liep naar buiten, waar een stuk of tien buurtbewoners op het erf rondhingen om afscheid te nemen. Hij bedankte hen, omhelsde er een paar en gaf daarna zijn broertjes en zusje een knuffel. Angelina veegde haar tranen af. Beatrice gaf hem een kartonnen doosje met eten voor in de bus, en hij omhelsde zijn moeder heel lang.

Voor deze gelegenheid had een neef, die een van de weinige pick-uptrucks van het dorp bezat, het vuil en de modder eraf gewassen en de truck voor het huis geparkeerd. De laadbak was open. Hij pakte Samuels sporttas, gooide hem erin en gaf een klopje op een kussen in de laadbak. Een troon voor de eregast. Toen de menigte dichterbij kwam, haalde Ayak een kleine envelop uit zijn zak en gaf die aan zijn zoon.

'Wat is dat?' vroeg Samuel.

'Het is geld, cash. Van al je vrienden. Ze hebben bij iedereen een paar munten opgehaald en die bij de bank voor ponden ingewisseld. Ongeveer tien.'

'Tien pond?' vroeg Samuel ongelovig.

'Ja.'

'Dat is veel te veel geld, vader.'

'Weet ik. Maar je kunt het moeilijk teruggeven, hè?'

Samuel veegde zijn ogen af en stopte de envelop in de zak van zijn enige broek. Hij keek zijn vrienden en buren aan en zei zachtjes: 'Bedankt, bedankt.'

Zijn neef zei: 'Straks missen we de bus nog.' Hij kroop achter het stuur, trok het portier dicht en startte de motor.

Ayak kwam naar voren en omhelsde Samuel. 'Zorg ervoor dat we trots op je kunnen zijn,' zei hij.

'Dat doe ik. Beloofd.' Samuel ging op zijn kussen in de laadbak zitten en zijn lange benen bungelden bijna op de zandweg. Hij zwaaide naar Beatrice en zijn broertjes en zusje, en knikte naar zijn vader toen de truck wegreed.

Ayak stond hem daar uit te zwaaien zoals alleen een trotse vader dat kan.

Samuel zwaaide terug en veegde over zijn wangen.

Hij zou zijn vader nooit meer zien.

7

Ecko Lam zat languit op de tribune met drie van zijn spelers en wachtte tot de anderen zouden arriveren. In de sporthal, dezelfde die ze ook in april hadden gebruikt, was het druk, met een zomerbasketbalcompetitie aan de ene kant en een volleybaltoernooi aan de andere. Morgen zou het iets rustiger zijn en er was Ecko een heel veld toegezegd om te kunnen oefenen. Hij kon niet wachten om zijn team mee te nemen naar Orlando en daar in een echte sporthal zwaardere trainingen te kunnen geven. Hij wist dat zijn spelers de komende drie dagen hard zouden trainen, maar ook zouden worden afgeleid door de gedachte aan de reis.

Hij zag dat Samuel met zijn sporttas de zaal binnenkwam en om zich heen keek. Ecko zag meteen dat hij langer was dan in april. Hij riep hem en ze werkten het standaardriedeltje van handen schudden en omhelzen af.

'Hoeveel ben je gegroeid?' vroeg Ecko.

'Weet ik niet,' zei Samuel.

'Kom op, Samuel, je bent wel meer dan een paar centimeter gegroeid.'

'Echt niet,' zei Samuel.

Ecko keek naar de andere drie en vroeg: 'Ja toch? Hij is toch langer geworden?'

'Misschien een paar centimeter of zo,' zei Riak Kuol, een forward.

'De vorige keer was je één achtenachtig, hè?'

'Ja.'

'Kom eens hier.'

Ze liepen naar de kleedkamer, waar een smalle plank van twee meter vijfenveertig hoog aan de muur naast het schoolbord hing. Ecko knikte en Samuel drukte zijn rug tegen de meetlat.

Ecko lachte en zei: 'Eén meter drieënnegentig. Je bent vijf centimeter gegroeid in de afgelopen tweeënhalve maand. Wat eet je?'

'Alles.'

'Ga zo door. Hoe langer, hoe beter.'

Rond etenstijd waren alle tien de spelers er. Ecko gaf hun die avond vrij en in plaats van hard te trainen, aten ze pizza in het studentenhuis en praatten over het leven. De coach zei niet veel en wilde dat de jongens met elkaar vertrouwd raakten. Ze zouden de komende maand samen leven, met zijn drieën of zijn vieren op een kamer slapen, elke keer samen eten, emmers vol zweten tijdens de trainingen, winnen en verliezen, en elkaar op de proef stellen. Ze zouden met elkaar lachen en waarschijnlijk ook huilen, en intussen zouden ze een klein stukje van Amerika leren kennen.

Ecko zag basketbal als een van de weinige lichtpuntjes in zijn vaderland en hij droomde ervan om met zijn spelers terug te keren en te helpen bij de opbouw van een nieuw land. Hij vroeg of de jongens weleens met geweld te maken hadden gehad. Riak Kuol, een Murle uit de deelstaat Upper Nile, vertelde dat nog maar twee weken daarvoor een familielid van hem was vermoord toen zijn dorp in brand was gestoken. De familie van de man was gevlucht en was verdwenen; waarschijnlijk waren ze ondergedoken in een vluchtelingenkamp.

Samuel vertelde het verhaal over de terugweg naar huis in april, toen hij in de bus ternauwernood aan die bende was ontsnapt. Quinton Majok, een Nuer uit Wau, de op drie na grootste stad van het land, had familie in een vluchtelingenkamp in Oeganda.

Ze praatten tot laat in de avond en Ecko raakte ervan overtuigd dat hij de juiste keuze had gemaakt. Het waren jongens, eigenlijk nog maar kinderen, die op het punt stonden een reis te maken waar ze zich nauwelijks een voorstelling van konden maken. Ze spraken hetzelfde soort Engels, hoewel sommigen er beter in waren dan anderen. Abraham Bol, een Azande uit Upper Nile, won de prijs voor de meeste talen. Hij sprak er vijf: twee stammentalen, Engels, Arabisch en behoorlijk goed Frans, dat hij had opgepikt van een missionaris. Zijn droom, na basketbal natuurlijk, was om tien talen te spreken en als tolk voor de Verenigde Naties te gaan werken.

Om middernacht sloot Ecko het feestje af en zei dat ze naar bed moesten. Hij beloofde dat morgen een heftige dag zou worden.

Maar de volgende dag begon niet met een halfuur pijnlijk stretchen, niet met een rondje van de zo gevreesde suicide sprints van coach Lam, maar met een heel opwekkende activiteit. Het was Schoenendag! In de kleedkamer stond Ecko voor een stapel identieke, glanzende dozen met aan alle kanten het logo van Reebok. Hij legde uit dat de grote kledingmerken – Nike, Reebok, Adidas, Under Armour, Puma – niet alleen de toernooien in de VS sponsorden, maar ook heel wat spullen ter beschikking stelden. In een willekeurige loting had Reebok het team van Zuid-Soedan getrokken. Sommige spelers hadden misschien liever een ander merk gehad, maar dat waren ze zo vergeten. Reebok was nu favoriet, en ze schopten blij hun oude schoenen uit en begonnen nieuwe te passen.

Ecko keek naar de berg afgetrapte, versleten oude schoenen met de gladde zolen en schudde zijn hoofd. Hoeveel uur hadden die wel niet op zanderige en modderige veldjes gelopen? Ze hadden allemaal al maanden geleden moeten worden afgedankt. Iedere behoorlijke highschoolspeler in Amerika had een verzameling basketbalschoenen, waarvan ze er maar een paar echt in het veld droegen. Voor zijn spelers leek het wel Kerstmis nu ze de dozen openmaakten, de gloednieuwe Reebok Revenge-modellen eruit haalden en ze langzaam, voorzichtig pasten. Ze gaven ze door en hielpen elkaar de juiste maat te vinden, terwijl ze alle tien door elkaar leken te praten.

Samuels oude paar was maat 45, en zijn schoenen zaten al ruim een maand te krap. Maat 47 paste nu perfect. Als hij in dit tempo bleef doorgroeien, vroeg hij zich af hoe lang ze lekker bleven zitten.

Toen ze allemaal een paar hadden gevonden en hun nieuwe schoenen bewonderden, riep Ecko hen tot de orde en begon een minicollege over de juiste kledij. Het moest hun opvallen dat ze nu allemaal dezelfde schoenen hadden. Ze waren allemaal identiek, ze waren allemaal gelijk. Tijdens de training zou iedereen dezelfde broekjes, sokken en shirts dragen. Verder niks. Geen bandana's, geen zweetbandjes, niks om de aandacht op het individu te vestigen. Ze waren een team van gelijken, zonder sterspelers en zonder invallers. Als coach zou hij ernaar streven om hun evenveel speeltijd te geven, in elk geval in de eerste wedstrijden. Maar naarmate ze verder kwamen, zou het duidelijk kunnen worden dat een speler meer tijd in het veld verdiende en een andere speler misschien minder. Die beslissingen zou hij later nemen. Voorlopig was iedereen gelijk.

Hij pakte een shirt, hetzelfde dat hij het team ook in april had laten zien. 'Dit hebben jullie al gezien. Het is een effen grijs shirt met een bijpassend broekje. Geen duur logo. Geen naam achterop. Niks waaruit spreekt: "Kijk mij eens." We dragen deze onopvallende tenues om onszelf te herinneren aan de eenvoudige, bescheiden afkomst van ons volk. Deze tenues zullen ons er voortdurend aan herinneren waar we vandaan komen. En als we ons onderscheiden op het basketbalveld en ze ons vragen waarom we zulke eenvoudige kleren dragen, zullen we trots zeggen dat we Zuid-Soedanees zijn. Ons land is jong en arm, maar wij gaan er iets beters van maken.'

Twee dagen later kwam het team bij elkaar voor een vroeg ontbijt in de studentenkantine. De meesten waren al uren wakker. De opwinding was voelbaar toen ze zaten te kletsen en ontbijtgranen en geroosterd brood aten. Ecko spoorde hen aan flink te eten, want het zou een lange dag worden.

Ze droegen identieke gele T-shirts met zowel aan de voor- als achterkant een opdruk van de felgekleurde Zuid-Soedanese vlag. Coach Lam legde uit dat zulke shirts nodig waren omdat ze via drukke luchthavens reisden, waar je elkaar maar al te makkelijk uit het oog verloor.

De woorden 'drukke luchthavens' maakten het alleen nog maar spannender.

Ze werden door twee busjes afgezet bij Juba International Airport. Ze mochten maar één stuk bagage meenemen: de vinyl sporttas die ze in april gekregen hadden. Maximaal tien kilo, want coach Lam was niet van plan om voor extra bagage te betalen. Met de flitsende zwart, rood, groen en blauwe vlag die ook op hun tas stond, was het Zuid-Soedanese Under 18-team een ware golf van kleuren toen ze door de hal van de luchthaven liepen, en er werd wel meer dan één keer naar hen omgekeken.

Ecko had hen niet allemaal in verlegenheid gebracht door te vragen wie er weleens in een vliegtuig had gezeten. Maar hij wist zeker dat geen van hen een paspoort of een visum had. Gezien de aard van de reis was het relatief makkelijk geweest om die van de overheid te krijgen.

Toen ze bij een groot raam stonden te kijken terwijl er een

vliegtuig bij de terminal vandaan taxiede, stak Samuel zijn hand in zijn zak, haalde zijn paspoort eruit en staarde er vol ongeloof naar. Een paspoort!

Hun luchtvaartmaatschappij was Ethiopian Airlines, een van de grootste maatschappijen van het continent met een uitstekende reputatie op het gebied van veiligheid. Ecko had hun verzekerd dat het vliegen veilig was, en zelfs leuk. Daar had niemand aan getwijfeld. Geen enkele speler was ook maar een greintje terughoudend over de vlucht.

Toen de Boeing 737 in beweging kwam, deed Samuel zijn ogen dicht en genoot van het moment. Hij dacht aan zijn ouders en zijn broertjes en zusje en miste hen nu al. Zouden zij ooit zo'n kans krijgen?

Hij had geluk en zat bij het raampje, en toen het vliegtuig opsteeg, kreeg hij kriebels in zijn buik, net zoiets als de zenuwen voor een wedstrijd. Hoog in de lucht serveerden de stewardessen pinda's en frisdrank, en Samuel werd verliefd op minstens drie van hen.

De vlucht naar Addis Abeba, de hoofdstad van Ethiopië, duurde twee uur. Ze gingen van boord en overbrugden drie uur met zwerven door de terminal, waar ze alles wat ze hoorden en zagen op zich in lieten werken en vooral hun ogen openhielden voor nog meer knappe stewardessen. Ze gingen aan boord van een Boeing 777 en vlogen in achtenhalf uur naar Dublin in Ierland, waar ze een uur in het vliegtuig bleven zitten voordat ze doorvlogen naar Washington Dulles. Toen ze landdden, hadden ze zesentwintig uur gereisd. En ze waren er nog niet. Vanwege vertragingen moesten ze zich van de ene terminal naar de andere haasten en een sprintje trekken om een Delta-vlucht te halen, die hen via Atlanta naar Orlando bracht.

Het spannende van het vliegen was er ergens boven de Atlantische Oceaan wel een beetje af, en toen ze op de luchthaven van Orlando naar buiten stommelden en in de verzengende hitte van Florida stonden, hadden ze er een reis van bijna dertig uur opzitten.

Ze propten zich in drie taxi's voor de rit naar het hotel ergens in een voorstad in midden-Florida. Het was een goedkoop hotel vlak langs een snelweg en Ecko, die altijd op de centen zat, zette hen met zijn drieën of vieren in een kamer en zei dat ze niet moesten zeuren. Dat deden ze ook niet; daar waren ze veel te moe voor.

8

Francis Moka was vijfendertig en werkte als scout voor de Denver Nuggets. Hij was geboren in Londen nadat zijn ouders begin jaren negentig uit Soedan waren gevlucht. Op zijn twaalfde was hij één meter drieëntachtig en trok hij de aandacht van een coach van de jeugdcompetitie, die hem onder zijn hoede nam en hem het spel leerde. Op zijn zeventiende werd hij door een privéacademie in Florida gerekruteerd om te basketballen en, natuurlijk, student-sporter te worden. Hij accepteerde een volledige studiebeurs aan Stanford, maar werd geplaagd door knieblessures en speelde maar weinig. Hij blonk uit in de klas en slaagde cum laude. Net als zijn goede vriend Ecko had ook Frankie, zoals iedereen hem noemde, ambities om coach te worden in de eerste divisie van het *college*-basketbal.

Frankie liep met zijn vijf sterspelers de ruime sportzaal van de highschool binnen en werd voorgesteld aan coach Lam en zijn bende uit het vaderland. Van de vijftien spelers was iedereen op één na in Zuid-Soedan geboren. Even was er sprake van die typische ongemakkelijkheid toen de spelers elkaar aankeken, van top tot teen opnamen en zich afvroegen of die ene of die andere wel echt kon basketballen, terwijl Ecko en Frankie het luchtig probeerden te houden. Er zou in het team geen rivaliteit zijn, geen ruzie, geen wrevel. Ze zouden strijden om posities, maar iedereen zou gelijke kansen krijgen en de coaches eisten loyaliteit aan het team.

Het was geen verrassing dat Dak Marial meer aandacht

kreeg dan de anderen. Volgens verschillende wervingssites stond hij als derde of vierde op de lijst van beste highschoolkandidaten van het land, en hij had zich al verbonden aan de UCLA. Met andere woorden, Dak zat al in de raket waar zijn teamgenoten alleen nog maar van droomden. Maar zijn verhaal was nog triester dan dat van de meeste anderen. Op zijn zevende had hij gezien dat allebei zijn ouders tijdens een plundering levend verbrandden in de hut van de familie. Een tante vluchtte samen met hem de rimboe in en ze kwamen bijna om van de honger voordat ze een vluchtelingenkamp binnenstrompelden. Opmerkelijk genoeg was er in het kamp een zanderig basketbalveldje met twee *backboards* en een heleboel ballen, met dank aan de stichting die was opgericht door Manute Bol. Dak ging basketballen en groeide op met het spel. Na zes jaar kamp arriveerden Dak en zijn tante in de VS, waar er familie op hen wachtte.

Na een uur praten, waarin iedere speler iets moest vertellen, splitste Ecko hen op in vijf teams van drie voor wedstrijdjes op een half veld.

Het was Ecko's derde Zuid-Soedanese team dat meedeed aan de demonstratiewedstrijd. De wedstrijdlocaties waren elk jaar anders om deelname van scouts aan te moedigen, maar het deed er niet toe in welke zaal er werd gespeeld. De wedstrijden trokken honderden universiteitscoaches en hun assistenten, maar de tribunes bleven gewoonlijk leeg. Slechts weinig Amerikaanse basketbalfans waren nieuwsgierig naar spelers van achttien uit Kroatië of Brazilië, vooral midden in de zomer. Twee jaar eerder had Ecko zijn team voor het eerst meegenomen naar Orlando en had daar de waardevolle les geleerd dat pretparken een te grote afleiding waren. Natuurlijk stonden de spelers te springen om te laten zien wat ze in huis hadden en de scouts te imponeren, maar ze stonden net zo hard te springen om naar Disney World te gaan.

Daarom laadden de coaches Lam en Mola het team op de tweede volledige dag in Orlando in twee lange, witte busjes en namen ze mee naar het magische koninkrijk. Ze reden naar de ingang, stelden een paar regels op, gaven hun toegangskaartjes en zakgeld en zeiden: 'Veel plezier. We zien jullie om zes uur.'

Ecko was er twee keer geweest en had er een bloedhekel aan. Een lange, hete dag in de zon, vechtende menigten, lange wachtrijen; dan zouden de spelers wel klaar zijn met Mickey en zich weer op het basketballen concentreren.

De twee coaches reden terug naar Orlando, naar de campus van de University of Central Florida. Ze parkeerden bij de CFE Arena, gingen naar binnen en liepen naar de zaal waar het team uit Brazilië aan het trainen was. De coach was niet blij en had een zware stem, die bulderend iets riep wat ongetwijfeld heel kleurrijk taalgebruik was, in het Portugees.

Ecko en Frankie waren er niet om naar een training te kijken, al zou hun team over een paar dagen tegen de Brazilianen spelen. Ze waren er om hun pakketjes, teamgidsen, roosters enzovoort op te halen, allemaal dingen die online beschikbaar waren, maar de echte reden was dat ze hun maten wilden zien. Er zaten er tientallen langs de rand van het veld, op de dure stoelen, zogenaamd om naar de actie in het veld te kijken, maar in werkelijkheid gewoon om te zien wie er nu kwam opdagen.

De wereld van de universiteitscoaching is klein en gesloten en iedereen kent elkaar. Roddels gaan als een lopend vuurtje door de gelederen: wie er een nieuw contract heeft en wiens hoofd er op het hakblok lag; wie er op zoek is naar een assistent en wie er juist een kwijt wil; welke school de inzet wil verhogen en welke er krap bij kas zit; welke school er een nieuw stadion wil bouwen en welke school er hard een nodig heeft. En het dodelijkste gerucht: wie wordt er in de gaten gehouden door de NCAA?

En dat waren nog maar de luchtige roddels. Als het gesprek

overging op rekruteren, praatte iedereen door elkaar, maar werd er eigenlijk weinig gezegd. Geheimen werden angstvallig bewaakt.

Ecko's team kreeg steeds meer aandacht. Het jaar daarvoor hadden de Zuid-Soedanezen zich als derde geplaatst in het toernooi, maar zijn jongens hadden de show gestolen met hun dunks waar de ring van rammelde en hun geblokte schoten die de zwaartekracht tartten. De scouts en de media waren heel erg te spreken over hun enthousiasme voor het spel, hun niet-aflatende acties, hun onzelfzuchtige spel, hun steun voor elkaar en hun lach. Ze kwamen uit een omgeving waar onrust heerste, maar ze waren trots op hun land en dat wilden ze de wereld laten zien.

'Heb je ook vijfsterrenspelers?' vroeg een assistent uit Missouri.

'Ze zijn allemaal vijfsterren,' antwoordde Ecko. 'Ik doe niet aan viersterren.'

'Dus je gaat er helemaal voor?'

'We gaan winnen, jongens. Mijn spelers zijn al in Disney World om het te vieren.'

'Maar even serieus, wie is je beste speler?'

'Dat moet dan Mr Marial zijn.'

'Oké, oké. Dat spreekt voor zich. Wie is nummer twee?'

'Alek Garang, een guard.'

'Waarvandaan?'

'Juba, maar hij gaat dit seizoen misschien naar Ridgewood.'

De coach haalde zijn schouders op en veinsde desinteresse. Het was algemeen geaccepteerd dat de Zuid-Soedanezen die highschoolbasketbal in de vs speelden een jaar of twee voorlagen op hun vrienden uit hun thuisland. De competitie en de coaching waren nu eenmaal sterker in de vs. De fantastische spelers zouden dat wel inhalen en op een hoger niveau strijden. De goede spelers zouden het waarschijnlijk niet gaan redden.

'Naar wie kijk jij?' vroeg Ecko aan een andere coach. 'Amerikanen?'

'Nee, die kennen we al. De buitenlandse jongens.'

'Nou, iedereen heeft het over die Koosh Koosh.'

'Pardon?'

'Je weet wel, die grote gast uit Letland met die achternaam die klinkt als Koosh Koosh. Hij is de enige die het kan uitspreken. Niemand kan het spellen.'

'Letland?'

'Ja, hij speelt voor de Kroaten.'

'Volkomen logisch.'

'Een van die Oost-Europese teams. Die jongen is twee meter acht en kan schieten vanaf de middenlijn.'

'Daar hebben wij er drie van,' zei Frankie met een uitgestreken gezicht.

'Zeg eens hoe ze heten.'

'Niet nu. Je moet ze zelf zien.'

'Jaja,' zei zijn vriend, die hem wegwuifde.

Andere coaches, vrijwel allemaal assistenten, kwamen en gingen. Er was een ontvangstkamer in een van de luxeloges, en daar gingen Ecko en Frankie zitten om te lunchen en te genieten van de kameraadschap van oude en nieuwe vrienden.

Na het eten in het hotel kwam het team bijeen in een kleine vergaderruimte op de eerste verdieping. Frankie deelde roosters en trainingsschema's uit aan alle spelers. Ecko riep het team tot de orde en vroeg de aandacht. Hij zei: 'Oké, dit is het rooster voor morgen, dus luister goed. Om precies zeven uur komen we in deze ruimte bij elkaar voor het eerste telefoontje naar huis. Morgen is het 14 juli en jullie familie verwacht rond twee uur iets van jullie te horen. In Oost-Afrika is het zeven uur later dan in Orlando. Het ontbijt is om halfacht hier in het hotel. Ik weet dat jullie nog een jetlag hebben, dus ga vanavond vroeg naar bed. Heel vroeg. Om kwart over acht vertrekken de busjes voor een training op een highschool. We trainen van negen tot twaalf, drie uur lang, en het wordt pittig. Leer de trainingsschema's uit je hoofd voordat je vanavond gaat slapen en prent ze voor het ontbijt weer in je hoofd. Om twaalf uur komen we hier terug om te douchen en te lunchen. Om halftwee vertrekken we naar de University of Central Florida, de UCF, waar we een uur blijven en naar een deel van een training kijken, en dan vertrekken we om drie uur en gaan we naar Rollins College om de zaal te bekijken en naar een deel van een andere training te kijken. Om vijf uur vertrekken we vanaf Rollins, komen hier terug, kleden ons om, vertrekken hier om halfzeven en gaan terug naar de highschool voor nog een uurtje schieten. Om acht uur hier terug voor het avondeten, om tien uur naar bed.'

Tijdens het praten werd zijn toon steeds scherper en tegen de tijd dat hij klaar was, klonk hij als een drilsergeant. 'Begrepen?' blafte hij.

Als antwoord klonk het gebruikelijke, terloopse gemompel om te beamen dat de coach iets had gezegd.

Ecko keek naar Quinton Majok en vroeg: 'Quinton, wie is volgens jou de domste speler van dit team?'

Majok, die al bekendstond als een van de clowns van het team, wees zonder aarzeling naar zijn kamergenoot, Awino Leyano. 'Hij,' zei hij.

Ecko zei: 'Sta op, Awino.'

De jongen ontvouwde langzaam al zijn tweehonderddrie centimeters en lachte naar zijn coach. Ecko zei: 'Oké, Awino, herhaal het rooster van morgen voor me, in de juiste volgorde.'

Awino hield op met lachen en zei: 'Nou coach, allereerst ben ik veel slimmer dan Quinton.'

'We zullen zien. Het rooster, graag.'

'Oké, om zeven uur hier om naar huis te bellen, dan om

halfacht ontbijten, daarna in het busje naar de training van negen tot twaalf, drie hele uren lang, wat veel meer is dan ik nodig heb, dan weer hierheen voor de lunch. Om halftwee hier weg naar de UCF, daar blijven tot drie uur, daarna naar Rollins, daar blijven tot vijf uur, dan weer hierheen, omkleden en weg voor een rondje schieten, dan weer hier terug om te eten.'

Ecko staarde hem aan alsof hij zojuist iemand had neergestoken. Uiteindelijk vroeg hij: 'Hoe laat vertrekken we hier voor het rondje schieten?'

'Eh, om zes uur.'

'Nee! Fout! Ga zitten.'

Awino vouwde zich weer dubbel op zijn stoel. Ecko keek de anderen dreigend aan en gromde: 'Samuel, hoe laat vertrekken we hier voor het rondje schieten?'

'Halfzeven.'

'En hoe laat gaan we morgenavond eten?'

'Acht uur.'

'Dank je.' Terwijl Ecko op en neer liep, leek zijn team onthutst door zijn strengheid. Daarna vervolgde hij: 'Als je te laat bent, of niet komt opdagen, voor een maaltijd, een bijeenkomst, een autoritje of iets wat op de planning staat, betekent dat automatisch dat je één wedstrijd geschorst wordt. Zonder commentaar. Luister naar mij en naar coach Moka en onthou goed wat we zeggen. Elke avond geef ik jullie het rooster voor de volgende dag en vraag ik een van jullie het vlekkeloos voor me te herhalen. Begrepen? Let goed op.'

9

Er was geen mobiele dekking in Lotta en heel weinig in Rumbek, maar Ayak Sooleymon had om een gunst gevraagd aan een plaatselijke militaire leider, een luitenant in het gewone leger. Die zat op 14 juli om exact twee uur 's middags onder een schaduwboom in de buurt van het huis van de Sooleymons met een satelliettelefoon in zijn hand te kletsen met Ayak, Beatrice, Angelina, James, Chol en een stuk of tien nieuwsgierige buurtbewoners. Het telefoontje kwam om tien over twee vanaf een Amerikaans nummer.

Samuel hing aan de lijn; hij gebruikte Ecko's mobiele telefoon.

De luitenant zei: 'Gegroet, Samuel, hoe gaat het met je?'

'Heel goed, meneer. Ik ben in Orlando en we bereiden ons voor op de wedstrijden.'

'Uitstekend, Samuel.'

'Hoe is het in Lotta?' Altijd een gevaarlijke vraag.

'Het gaat goed hier, Samuel, en we zijn heel trots op je. Ik geef de telefoon nu aan je vader. Succes daar, jongen.'

Ayak pakte de enorme satelliettelefoon aan, zei: 'Hallo, Samuel,' en luisterde toen zijn zoon naar alle familieleden vroeg. Het ging goed met hen allemaal. Hoe was de vlucht? Samuel zei dat die lang en vermoeiend was geweest, maar ook heel leuk. Beatrice pakte de telefoon en vroeg wat hij at. Heel veel pizza's en taco's, heerlijk spul. Daarna was Angelina aan de beurt en Samuel beschreef hun dag in Disney World. De volgende keer zouden ze naar het attractiepark Epcot gaan, na een heleboel basketbal. James en Chol kregen maar een paar seconden, maar waren toch door het dolle heen omdat ze Samuels stem hoorden. Voordat hij ophing, beloofde hij zijn vader dat hij over vijf dagen weer zou bellen, volgens de planning, en dat hij dan veel meer te vertellen zou hebben. Hij bedankte de luitenant, die beloofde dat hij zijn satelliettelefoon beschikbaar zou stellen voor alle telefoontjes.

Samuel gaf de telefoon terug aan Ecko, bedankte hem en rende weg om te gaan ontbijten. Quinton Majok belde met Frankies telefoon. De andere spelers wachtten. De vijf die in Amerika woonden, hadden zelf een mobiele telefoon. Geen van de Zuid-Soedanezen had er een.

Eerste wedstrijd: Zuid-Soedan tegen Kroatië

In de fraaie kleedkamer van het Alfond Sports Center van het Rollins College trokken de jongens uit Zuid-Soedan stilletjes hun bescheiden tenues en hun nieuwe Reeboks aan en luisterden naar hun coach. Ecko zei: 'Voor het toernooi hier in Orlando zijn de wedstrijden een beetje anders. Er zijn drie periodes van elk tien minuten, met vijf minuten ertussen, geen halftime. De wedstrijden duren ongeveer een uur in plaats van twee uur. Jullie hebben het rooster gezien en weten dat de wedstrijden dicht op elkaar gepland zijn. Jullie spelen er zeven in acht dagen, dus misschien dat iemand hier zich zorgen maakt om jullie benen. Ik niet. Coach Moka ook niet. Als we St. Louis halen, verandert het format in twee helften van tweeëntwintig minuten met een kwartier pauze. Maar op dit moment denk ik nog niet aan St. Louis. Ze hebben ons in de poule met de zwaarste tegenstanders gezet. Zijn er vragen?'

Geen vragen vanuit het team. 'Goed, groep C speelt de eerste periode, groep B de tweede, groep A de derde. Er zijn geen basisspelers of tweede spelers. Frankie en ik husselen de groepen weer door elkaar voor de volgende wedstrijd. Ieder van jullie speelt tien minuten en we verwachten dat jullie in die tien minuten alles op alles zetten, we willen *balls-to-the-wall*-actie.'

Quinton Majok stak zijn hand op en zei: 'Coach. Balls-to-the-wall? Sorry.'

Ecko lachte en zei: 'Ja, oké, mijn fout. Het is Amerikaanse slang voor: stort je uit alle macht op je doelwit, je tegenstander, wat je ook doet.'

Quinton zei: 'Dat klinkt goed.'

'Mooi. Hoe dan ook, non-stopactie. Agressieve verdediging, op de man. Knallen. Blok iedereen. Neem alleen goede schoten. Laten we ruw beginnen, met veel duwen en trekken, dan zien we wel hoe de scheids reageert. Dit zijn scheidsrechters uit de eerste divisie, die zijn wel gewend aan fysiek spel. Nog vragen?'

'Ja, coach, waar kwam dat "balls-to-the-wall" vandaan?' vroeg Quinton.

'Ik geloof dat het Michael Jordan was. Is dat goed genoeg?'

Ze liepen de vloer op in hun simpele tenues, geen coole warming-upoutfits, geen gepersonaliseerde jacks of *tearaway* broeken. Terwijl ze zich opstelden voor de gebruikelijke lay-up, keken ze steels naar de andere kant van de zaal. De Kroaten vormden een groot contrast met hen: helemaal in het wit gekleed, compleet met rood-witte warming-upbroeken die stoer gestreept waren, duidelijk nageaapt van Indiana.

Samuel sprong op en neer op zijn tenen, bewoog zenuwachtig, stak zijn vuist op naar zijn teamgenoten, wachtte op de bal en nam onwillekeurig de omgeving in zich op: de mooie, moderne sportzaal van een rijk, klein *college*, de scouts die halverwege het veld in hun stoelen zaten, de drie arrogante scheidsrechters, de sfeer van het topbasketbal in Amerika. Maar waar waren al die knappe cheerleaders die ze altijd op tv lieten zien?

Hij was de pointguard voor groep C, dus hij moest als eerste en stond te trappelen om te spelen. Ecko verzamelde het hele team voor een vurig praatje. Hij zei dat hij herrie op het veld wilde, en non-stopkabaal vanaf de bank.

Koosh Koosh was twee meter acht, vijf centimeter langer dan Awino Leyano, maar hij kwam niet in de buurt van de sprongbal. Awino gooide hem terug naar Samuel, die iedereen voorbij sprintte, hard naar de ring rende en een makkelijke lay-up miste. In de aanval namen de Kroaten de tijd en schermden hard af. Met vier seconden op de schotklok kreeg Koosh Koosh de bal achter de driepuntslijn en maakte een prachtige treffer vanaf negen meter.

Er wachtte Samuel een 2-3-zoneverdediging toen hij over de middenlijn rende. Dat had Ecko al voorspeld. Zijn spelers stonden bekend om hun torenhoge dunks, *alley-oops* en nonchalante terugspeelballen, maar niet vanwege hun afstandsschoten. Ze konden strakke verdedigingsacties verwachten, waarmee ze werden uitgedaagd van veraf te schieten. Samuel schoot de eerste mis, en niet zo'n beetje ook. Koosh Koosh maakte zijn tweede driepunter. Hij was duidelijk immuun voor de zenuwen.

Na drie minuten werd er gefloten voor de eerste overtreding: een schietovertreding van een Kroatische forward, en Riak Kuol ging naar de lijn. De pauze was hard nodig en Samuel bleef in de buurt van de bank staan en keek naar Ecko, die zei: 'Je moet ontspannen, man. Ga in de aanval, neem de tijd. Die jongens zijn een stelletje flapdrollen.'

Samuel hijgde hevig en herhaalde: 'Flapdrollen, coach?'

'Sorry. Sukkels, zwaar overschat. Doe gewoon rustig.'

Riak miste de eerste, maar schoot de tweede keer raak, en ze stonden op het bord, maar wel met 12-1 achter. Na vijf minuten wisselde Kroatië drie spelers, maar Ecko was niet van plan te wisselen. Na zes minuten, toen ze met 16-1 achterstonden, nam hij zijn eerste time-out van de periode. Hij liet de vijf spelers uit het beginnende team zitten, lachte hen toe, ook al lachten ze niet terug, en zei: 'Ik neem aan dat jullie wel van plan zijn om nog te scoren in de eerste periode.'

Ze keken alle vijf naar hun Reeboks.

Het toernooi draaide om winnen en verliezen, en om nationale trots en branie en dat soort dingen. Het draaide om de mensen thuis, die als het even kon de wedstrijden volgden op een breedbeeldtelevisie die bij een gemeentehuis hing en die dan juichten voor een speler die ze kenden. En het zou weer een streepje op Ecko's conto zijn als hij zou winnen, weer iets om op zijn cv te kunnen zetten voor zijn droombaan als hoofdcoach. Maar het heette niet voor niets een demonstratiewedstrijd. Het ging vooral om de spelers en de scouts die daar kwamen kijken, en over jongensdromen over spelen in Amerika.

Ecko wilde net zo graag winnen als iedere andere coach, maar meer dan dat wilde hij dat zijn jongens meer kansen kregen. Dus moedigde hij hen aan om risico's te nemen, om op te vallen. Hij had een hekel aan zelfzuchtige spelers en beloofde iedereen die een belabberd schot maakte een plek op de bank, maar hij wilde dat iedere jongen goed uit de verf kwam.

Awino Leyano ving een gemiste bal op, gaf hem een zwieper en daar waren de eerste punten. Riak Kuol blokte een schot op de vrijeworplijn en gooide de bal naar Samuel, die naar voren sprintte, maar ineens opsprong. Terwijl de verdediging wegviel, stond hij helemaal vrij en scoorde een jumpshot vanaf 7,6 meter. Het was een prachtschot en Ecko keek zijdelings naar Frankie. Van ver achter de driepuntslijn sprong Samuel torenhoog, werd niet afgeschermd en liet de bal op nagenoeg perfecte wijze los.

Na tien minuten verwoed spel ging de zoemer: de eerste periode zat erop. Kroatië stond met 21-15 voor. Groep C was uitgeput, doorweekt en klaar om even een paar minuten te rusten. Ze zagen groep B met dezelfde zenuwen worstelen en met twaalf punten achterstaan.

Samuel genoot van de pauze, het koude water en de tijdelijke rol van toeschouwer. Hij had twee keer in het driesecondegebied gescoord, één keer de bal onderschept en maar één keer de bal verloren. Niet slecht voor een eerste keer. Hij kwam weer op adem en keek naar de scouts die verderop achter het scorebord zaten. De helft was wit, de andere helft zwart, de meesten waren jong – onder de veertig – en ze waren allemaal casual gekleed; nergens een stropdas of kostuum te bekennen. De meesten droegen een poloshirt in schoolkleuren en met logo's erop, en vanaf de andere kant van het veld kon Samuel assistent-coaches van UNC, Syracuse, Kansas en Oregon onderscheiden. Ze lachten en praatten en hadden slechts zijdelings belangstelling voor de wedstrijd. Ze leken elkaar allemaal te kennen. Achter hen stond een rij videocamera's en Ecko had uitgelegd dat alle wedstrijden gefilmd werden en dat iedere coach alle tapes kon krijgen die hij wilde.

Wat zou ervoor nodig zijn om indruk te maken? Dat was de vraag die iedere speler zichzelf stelde. Voor Samuel waren het snelheid, behendigheid, zijn uitzonderlijke verticale sprongkracht en het feit dat hij groeide als onkruid.

Na de tweede periode ging Kroatië met 40-30 aan kop. Samuel en groep C waren uitgerust en zouden zo verder kunnen, maar ze waren klaar voor vandaag. In de laatste periode vestigde Mr Dak Marial zichzelf als een echte All-American en nam de wedstrijd in de hand. Toen Alek Garang twee keer een driepunter maakte, lieten de Kroaten hun verstikkende verdedigingszone los en werkte Dak zich erlangs.

Samuel keek naar de wedstrijd en juichte zijn team toe, maar hield ook de scouts in de gaten. Nu Dak speelde, samen met Koosh Koosh en Alek Garang, toonden de scouts meer belangstelling. Ze hadden allemaal een mobiele telefoon en waren er voortdurend mee in de weer.

Met nog een minuut op de klok scoorde Alek 52-gelijk met nog een driepunter, en de bank van Zuid-Soedan werd wild. Beide teams misten slechte ballen en met nog achttien seconden te gaan werd er gefloten voor een overtreding door Riak. Met een enorme grijns vroeg hij 'Wat?' aan de scheids. Die wilde hem straffen, maar ontspande zich en gaf hem een waarschuwing. De Kroaat schoot beide vrije worpen raak en Alek miste een schot in de laatste seconde.

Game over. Kroatië 54, Zuid-Soedan 52.

Er werd van geen enkel team verwacht dat ze ongeslagen zouden blijven. Het jaar ervoor had Ecko een team dat vijf van de zeven wedstrijden had gewonnen naar de finale gebracht en daar hadden ze bijna alles gewonnen. In de kleedkamer herinnerde hij zijn team daaraan en zei dat ze het van zich af moesten schudden. Ze hadden nog zes wedstrijden te gaan en moesten zich niet druk maken om de eerste.

Ze douchten, kleedden zich om en gingen terug naar het veld om te kijken naar een van de Amerikaanse teams, dat tegen de Italianen speelde.

10

Tweede wedstrijd: Zuid-Soedan tegen Italië

Zoals afgesproken maakten Ecko en Frankie nieuwe groepsindelingen en lieten groep C beginnen tegen de Italianen, die met twintig punten verschil hadden verloren van een Amerikaans topteam. De wedstrijd werd gehouden in de CFE Arena op de campus van de UCF en dat was verreweg het mooiste basketbalveld dat de Zuid-Soedanezen ooit hadden gezien. Er waren bijna tienduizend zitplaatsen en hoewel die grotendeels leeg waren, was het toch een indrukwekkend gezicht.

Dak Marial zat in groep C, samen met Jimmie Abaloy, een *shooting forward* van één meter achtennegentig. Hij was een achttienjarige Soedanese Amerikaan die al zeventien jaar in Trenton, New Jersey woonde en hij begon de wedstrijd heel mooi met drie afstandsjumpshots achter elkaar, die de Italianen nooit meer inhaalden.

Samuel speelde in de tweede periode met groep B en miste alle drie zijn schoten. Na twee wedstrijden was het hem duidelijk dat hij de op twee na beste pointguard was, na Alek Garang en Abraham Bol. Maar hij was één meter drieënnegentig en nog niet uitgegroeid, dus hij wist niet hoe lang hij nog beschouwd zou worden als pointguard – spelverdeler – of zelfs als *shooting guard* – die vooral moest scoren. Ecko wist het ook niet.

Nadat ze met dertien punten verschil hadden gewonnen van Italië, gingen de spelers douchen en keken ze naar de volgende wedstrijd. Ze namen ieder minstens twee zitplaatsen in beslag en hadden popcorn en frisdrank onder handbereik, net als echte fans. Er liepen vier spelers uit het Verenigd Koninkrijk langs die hen begroetten, en algauw sloten ze vriendschap. Twee Italianen zagen het groepje en kwamen erbij staan. Een van hen had bij Texas Tech getekend, de ander had zich verbonden aan Central Michigan, en hun Engels was behoorlijk goed.

Er kwam een assistent-coach in een Auburn-shirt aan, die Jimmie Abaloy begroette. Ze maakten een praatje, liepen naar boven en gingen in een apart gedeelte zitten. Daar zaten ze een tijdje te praten en te lachen. Samuel keek er met grote afgunst naar.

Dus zo ging dat.

Derde wedstrijd: Zuid-Soedan tegen Oekraïne

Het was donderdag 16 juli, een dag die de spelers bij zou blijven omdat alle acht de teams in vier opeenvolgende wedstrijden zouden spelen in het Amway Center, het NBA-paleis dat de thuisbasis vormde van de Orlando Magic. Ecko en zijn team arriveerden vroeg en kregen een rondleiding door het enorme stadion. Ze liepen over het lege veld en namen de ongelofelijke sfeer van deze basketbalhemel in zich op. Samuel probeerde te bevatten dat hij op dezelfde houten vloer stond waar LeBron en ook Kobe, Shaq, Niollo en Steph Curry hadden gespeeld. Hun gids liep met hen het veld af, door een tunnel, en ze bleven staan voor een brede deur waar in de teamkleuren MAGIC LOCKER ROOM op stond. Ze maakten de deur open en liepen naar binnen voor het hoogtepunt van elke rondleiding. De kleedkamer was onvoorstelbaar: groot en rond, met houten lambrisering en dik, luxe, blauw met zilver tapijt. In een halve cirkel stonden vijftien lockers, allemaal breed en diep genoeg om er een kleine auto in kwijt te kunnen. Er stonden luxeligstoelen en er hingen enorme televisieschermen aan de wand, alles wat een speler zich maar kon wensen. Verderop in de gang waren er een teamkamer, een televisiekamer, een cafetaria, een trainingszaal, een fitnessruimte, een mediakamer en een doucheruimte met genoeg privéhokjes om meerdere teams van bezwete spelers te kunnen onderbrengen. En er waren nog meer kamers, maar er was geen tijd om die allemaal te bezichtigen.

Na het bekijken van de kleedkamer gingen ze met de lift naar de eerste verdieping en wandelden over een lege galerij die rondom het hele veld liep. Ze bleven staan bij de luxeloges en bij een ervan stond de deur open en werden ze uitgenodigd om vanuit deze zakenruimte op het veld te kijken. Een gastvrouw bood hun frisdrank en versnaperingen aan en ze genoten van de luxestoelen toen er een onderdirecteur binnenkwam en hen begroette. Hij heette hen welkom in de thuisbasis van de Magic en in Orlando, en in Amerika, en zei dat hij uitkeek naar de wedstrijden van die middag. Het was bijna twaalf uur en hij vroeg of ze al geluncht hadden. Ecko zei dat dat niet het geval was en de man sprak met zijn assistent en regelde een lunch in de spelerscafetaria bij de kleedkamer. Hij zei dat ze eerst hun rondleiding moesten afmaken en dat hij hen daar over een halfuur zou zien.

Alle spelers droomden van de NBA, maar op dat moment wist ieder van hen dat dit zijn toekomst was.

De gids nam hen mee naar de bovenste verdieping, naar de goedkope zitplaatsen, en daarboven leek het veld inderdaad heel ver weg. Er waren twintigduizend zitplaatsen in het stadion en Samuel wist dat de Orlando Magic er zo'n zeventienduizend per thuiswedstrijd ontvingen, dus hij dacht dat veel van deze stoelen toch niet al te vaak gebruikt waren. Maar hij vroeg de gids niet naar cijfers. Dat had misschien onaardig over kunnen komen.

Ecko eiste onberispelijke manieren en gedragingen buiten het veld. Ze vertegenwoordigden hun volk en anderen stonden maar al te gauw klaar met een oordeel. Dus alleen maar beleefdheid, veel glimlachen en bescheidenheid. Ze hadden geluk dat ze hier mochten zijn en zouden bij elke gelegenheid hun dankbaarheid moeten tonen.

Ze vonden het geweldig om weer naar de kleedkamer te mogen. De eettafel was voor hen gedekt met lunchtrommels en frisdrank en ze zaten opgetogen te eten en te kletsen toen het plotseling stil werd.

De grote Niollo liep de ruimte binnen. De jongens verstijfden. Al het eten en drinken was vergeten. Met grote ogen en open mond gaapten ze hem verbijsterd aan en probeerden te bevatten dat hij daar echt stond. Ecko, een oude vriend van hem, omhelsde hem en stelde Frankie aan hem voor, waarna hij tegen het team zei: 'Heren, Niollo is met de auto uit Miami gekomen om jullie te zien spelen.'

Niollo lachte naar hen en zei hartelijk: 'Welkom in Florida, broeders, en de groeten uit Miami. Ik weet zeker dat jullie je hier thuis zullen voelen, want het is hier bijna net zo warm als in Zuid-Soedan.' Ze lachten zenuwachtig. Niollo! De grootste speler uit hun land.

Hij vervolgde: 'Zoals jullie weten, ben ik geboren in Wau, maar ben ik toen ik klein was met mijn familie naar Engeland verhuisd.'

Ze kenden zijn biografie uit hun hoofd. Terwijl hij praatte, drong de werkelijkheid langzaam tot hen door. Ze wisten dat hij net weer een seizoen achter de rug had waarin de Miami Heat, zijn vierde team nadat hij acht seizoenen bij Boston had gespeeld, had verloren. Het ging niet best in Miami en naar verwachting zou hij ergens anders naartoe gaan. Hij was nu dertig en op zijn hoogtepunt, en hij was nog steeds een grote speler en zou thuis altijd een legende blijven.

Ecko bedankte hem voor het langskomen en zei: 'Niollo zou er nooit over opscheppen, maar hij heeft zowel de NBA Sportmanship Award als de Citizenship Award gewonnen. Hij steunt veel goede doelen en jeugdsportprogramma's in ons land en is verantwoordelijk voor het feit dat jullie hier zijn. Dank je wel, Niollo.'

Niollo lachte en probeerde de aandacht van zichzelf af te leiden. Dus zei hij: 'Dank je wel. Mag ik een broodje?' Hij ging aan tafel zitten, omringd door de geïmponeerde jongens, en praatte onder het eten een halfuur met hen. Toen het tijd was om te gaan, maakte een fotograaf van de Orlando Magic honderden foto's en beloofde ze later op de dag langs te brengen.

Niollo liep met hen mee de kleedkamer uit, naar het veld en naar de beste zitplaatsen, waar ze zagen hoe Engeland in de eerste wedstrijd Brazilië versloeg. In de tweede wedstrijd juichte Niollo hen toe en speelden ze het bezielde basketbal waar ze om bekendstonden, waardoor ze met gemak een stel Oekraïners inmaakten met 73-43, waarbij de helft van het team de dubbele cijfers haalden. Samuel niet, maar hij was blij dat drie van zijn zes afstandsschoten raak waren geweest.

Vierde wedstrijd: Zuid-Soedan tegen Brazilië

Op de voorpagina van de sportbijlage van de *Orlando Sentinel* stond een grote foto van Niollo die omringd door zijn jongens uit Zuid-Soedan naar de wedstrijd zat te kijken. Samen met het feit dat ze met dertig punten verschil de vloer hadden aangeveegd met een goed Oekraïens team, zorgde dit ervoor dat er meer aandacht uitging naar Ecko en zijn spelers. Bij hun sprongbal tegen de Brazilianen zaten er iets meer toeschouwers op de tribunes van de UCF. En, belangrijker, meer scouts, dat meende Samuel tenminste te zien tijdens de warming-up voor de wedstrijd.

Hij realiseerde zich dat hij liever op het *college*-veld stond dan in het NBA-stadion. De zitplaatsen waren weliswaar leeg, maar wel dichterbij, en de ringen en de backboards leken minder ver weg. Toen lachte hij inwendig en dacht terug aan de zandveldjes waar hij vandaan kwam.

Hij speelde niet als eerste tegen Brazilië. Hij zat deze wedstrijd in team B en dat team had Ecko ingedeeld bij de derde periode. Maar het noodlot sloeg toe toen Alek Garang slechts een paar seconden na de opsprong neerviel met een verrekte hamstring en het veld af hinkte. Trainers van de UCF namen hem mee naar de kleedkamer en stuurden de teamarts naar hem toe. Ecko riep dat Samuel het veld op moest als de tweede shooting guard. Abraham was de pointguard, Samuels gebruikelijke positie, en de aanval verliep warrig en haperde vreselijk. Zuid-Soedan stond met tien punten achter na de eerste periode. Groep C, waarin Dak Marial naar het midden denderde, bracht de achterstand tot de helft terug en na de tweede periode stond het 41-36.

In de derde periode kwam Samuel weer als pointguard het veld op en hervond de aanval het juiste ritme, vooral toen Jimmie Abaloy op stoom kwam vanaf de driepuntslijn. Hij zette de verdediging op het verkeerde been en Samuel dribbelde langs de tegenstander naar het midden en speelde de bal naar Quinton Majok. Nadat Zuid-Soedan in deze periode veertien punten had gescoord en Brazilië slechts twee, gebruikten de Brazilianen hun enige time-out in een poging zich te herstellen en de boel recht te trekken. Dat werkte niet. Samuel scoorde twee driepunters achter elkaar en Zuid-Soedan stond met dertien punten voor. Brazilië was op het middenveld sterker dan alle andere teams in het toernooi en speelde steeds voorbij de driepuntslijn om makkelijkere schoten te nemen. Maar dat werkte ook niet. Steeds opnieuw werden hun schoten geblokt, weggetikt en de tribunes in geslagen door de jongens die over het backboard leken te kunnen springen.

Met nog twee minuten op de klok zag Ecko dat hun grote man, Daniel Abdul-Gaber, trager werd in zijn manoeuvres. Hij was gespannen en had even pauze nodig. Ecko gebruikte zijn enige time-out en vroeg Daniel of hij eruit wilde. In dit team luidde het antwoord altijd nee.

‘Mooi,’ zei Ecko. ‘Kijk me aan. We staan met veertien punten voor en we hebben de wedstrijd in onze zak. Laten we met twintig punten winnen. Deze jongens zijn arrogant en denken dat ze goed zijn. We maken ze nu al met de grond gelijk, maar ik wil meer. Nog twee minuten speeltijd en ik wil non-stop balls-to-the-wall, oké? Redden jullie dat?’

Ze lachten allemaal, pakten elkaar bij de hand en schreeuwden: ‘We gaan ervoor.’

Ze toonden geen genade, en met hun gebruikelijke uitbundige spel – high fives, *chestbumps*, low fives, bemoedigend geschreeuw en zelfs gelach – hakten ze de Brazilianen in de pan en wonnen met vierentwintig punten verschil.

11

Na vier wedstrijden achter elkaar gespeeld te hebben was het tijd voor pauze. Op zaterdag 18 juli zetten Ecko en Frankie de spelers in twee busjes en brachten hen weer naar La-La Land, naar het attractiepark Epcot deze keer. Ze zetten hen bij de ingang af met dezelfde instructies en vermaningen, gaven hun voldoende geld om zich te kunnen vermaken, zeiden dat ze stipt om zes uur terug moesten zijn en namen afscheid. De jongens waren bijna net zo opgetogen als voor een wedstrijd.

Ecko en Frankie gingen terug naar de UCF en liepen naar de coachruimte voor een lange dag vol ongeplande privémeetings met scouts. Het was een geroutineerd spel van netwerken, *matchmaking*, overtuigen, evalueren en beloftes doen, dat nu eenmaal bij hun werk hoorde. Omdat Zuid-Soedan zo ver weg lag en zo ver buiten beeld was, en omdat de wedstrijdcompetities er nog primitief waren, vergeleken met de meeste andere in de wereld, vooral die van de VS, het Verenigd Koninkrijk en Europa, voelden de coaches zich verplicht om nog harder voor hun spelers te lobbyen.

Een assistent uit Ohio State vroeg naar Alek Garangs hamstring. Zoals verwacht wekte Alek de nodige belangstelling en zijn blessure bracht een hoop geruchten op gang. Ecko herhaalde wat de dokter had gezegd: het was geen ernstige verrekking, maar hij zou wel een paar wedstrijden aan de kant moeten zitten. Een assistent uit Memphis wilde het over Riak Kuol hebben en was bang dat hij nog een jaar highschoolwedstrijden moest spelen in de VS. De hoofdcoach van de

Lehigh-universiteit was onder de indruk van Quinton Majok. Ecko dacht dat de jongen wel een hoger niveau aankon en zei dat ook. De hoofdcoach van Overland, een bekende privéschool uit New Jersey die eigenlijk gewoon een basketbalfabriek was, wilde over Abraham Bol praten en Ecko gaf hem ruimschoots de tijd. Toch zou hij zijn spelers nooit aanraden om daarmee in zee te gaan. Een assistent van Eastern Illinois was een voormalig teamgenoot van hem bij Kent State en wilde Ecko's vertrouwelijke mening over Awino Leyano. Ecko dacht dat het een goede match zou zijn, maar hij wist dat het contract van zijn oude vriend over één jaar af zou lopen en niet zou worden verlengd.

Zo ging het de hele dag door. Begroetingen van oude vrienden en nieuwe kennissen, gevolgd door een privégesprek als ze de kamer uit liepen en door het stadion liepen. Alle gesprekken waren privé, alle scouts pasten op dat ze niks zeiden wat een ander zou kunnen opvangen. Ecko speelde het zuiver en was eerlijk over al zijn spelers en hun mogelijkheden. Het werkte averechts om te overdrijven over iemands talent, op te scheppen over zijn werkhouding of vertrouwelijke informatie te geven over de jongen en zijn familie. Het bewijs stond op het veld, waar iedereen het kon zien. Drie van zijn spelers wekten geen belangstelling en hij begreep waarom. Ze zouden nooit in de VS spelen.

Na vier wedstrijden waren de spelers bekeken door honderden scouts van allerlei universiteiten en highschools, en naarmate het toernooi vorderde, werd de belangstelling voor de beste spelers steeds groter.

Na de lunch kwam de hoofdcoach van North Carolina Central naar de coachruimte en werd hartelijk omhelsd door Ecko. Hij heette Lonnie Britt en hij had vier jaar bij Toledo gespeeld. Hij had ook tegen Ecko gespeeld en sindsdien waren ze vrienden. Drie jaar lang waren ze samen assistent geweest bij Northern Iowa en ze hadden vele aangename uren doorgebracht met hun vrouwen en kleine kinderen. Ecko vond dat Lonnie het in zich had om hoofdcoach op het hoogste niveau te worden, maar tot dusver hadden zijn vier jaar bij NC Central weinig aandacht getrokken.

Hij nam plaats tussen Ecko en Frankie en vroeg luidkeels: 'Oké, wie hebben jullie voor me?'

'Wie wil je?'

'Geef me om te beginnen Alek Garang, Quinton Majok en Jimmie Abaloy.'

'Meer niet?' Die drie stevenden waarschijnlijk af op de grotere programma's. NC Central was historisch gezien een zwarte universiteit in Durham en speelde in de Mid-Eastern Athletic Conference tegen soortgelijke *colleges*. Er werd vaak naar verwezen als 'die andere universiteit uit Durham'.

'Wat dacht je van Abraham Bol?'

Ze zagen dat een schatrijk team, Houston Gold, het team van Kroatië apart nam. Frankie werd terzijde genomen door een assistent van Southern Mississippi en algauw liepen ze samen weg.

Ecko zei: 'Bol zegt dat hij te goed is voor *college*, ik ga hem vast aanmelden voor de selectie.'

Ze lachten en maakten nog meer grapjes. Toen de kamer vrijwel leeg was, zei Ecko: 'Laten we een stukje gaan lopen.'

Ze liepen naar het bovendek en vonden wat lege stoelen. Ecko zei: 'Ik heb een jongen die ik echt goed vind. Samuel Sooleymon, pas zeventien en nog in de groei.'

Lonnie zei: 'Ik zag hem donderdag tegen Oekraïne. Zag er niet zo goed uit.'

'Hij heeft nog wat ruwe randjes, hij heeft hier nog een jaar highschool nodig, maar dat is nog niet gelukt.'

Het was vaak moeilijker om spelers op privéhighschools te plaatsen dan op *colleges*, omdat er daarvan zo weinig coaches naar de toernooien kwamen. En vrijwel geen enkele coach van openbare scholen nam de moeite om naar de evenementen te komen. Als een buitenlandse jongen moest worden opgenomen in een nieuwe stad, betekende dat dat de familie moest verhuizen of dat er een gastgezin moest worden gevonden, en dan was er ook nog het probleem dat ze beschuldigd konden worden van rekrutering. De coaches van de openbare scholen hadden meer dan genoeg talent dat hier was opgegroeid, en de buitenlandse jongens bezorgden hun alleen maar hoofdpijn. De privéscholen en basketbalacademies waren agressiever in hun werving, maar ook zij hadden spelers genoeg.

'Ik zag niet zoveel in hem,' zei Britt.

'Kijk nog eens goed. We spelen morgen op Rollins tegen het Gold-team en hij zal vaker in actie komen met Garang aan de zijlijn.'

'Hij is geen pointguard.'

'Nee, dat klopt. Als hij in dit tempo doorgroeit, speelt hij in het najaar op de nummer drie-positie.'

'Ik vond zijn schot maar niks.'

'Hij is werk in uitvoering, Lonnie. Geloof me.'

'Net wat ik op dit moment nodig heb in mijn programma: jongens die niet kunnen spelen, maar misschien wel enig potentieel hebben.'

'Ik weet het, man, maar op dit moment heeft je programma wat hulp nodig.'

Lonnie wist een lachje te produceren. 'Wie houdt hem nog meer in de gaten?'

De grote vraag. Universiteitscoaches gingen er prat op dat ze talent herkenden, maar waren wel altijd zo onzeker dat ze bevestiging nodig hadden. Dus luidde de standaardvraag: 'Wie houdt hem nog meer in de gaten?'

'Iedereen,' zei Ecko met een lach.

'Goh, dat heb ik nou nooit eerder gehoord.'

Naast de drie openluchtscholen was het enige gebouw in Lotta met een officiële status Our Lady's Chapel, een mooi klein kerkje van natuursteen en baksteen dat tien jaar eerder was gebouwd door het bisdom van Rumbek. Een van hun priesters kwam elke zaterdagmiddag naar Lotta voor de mis en dan liep het hele dorp uit. De voorste banken waren gereserveerd voor de dorpsoudsten en hun echtgenotes – soms meerdere echtgenotes – en de jongere families die op tijd waren, vonden ook nog een plekje binnen. De meesten pasten er niet in en stonden buiten op de kleine binnenplaats.

Lang voordat de dienst begon, bracht de priester een bezoek aan Ayak en Beatrice. Hij had een cadeautje voor hen: een exemplaar van de donderdageditie van de *Juba Monitor*. Op de voorpagina van sectie B stond de foto van Niollo die in het Amway Center zat, omringd door de lachende gezichten van het team uit Zuid-Soedan. Boven zijn linkerschouder stond Samuel, opzijleunend. Zijn ouders waren blij verrast en keken met open mond naar de foto, waarna ze hem aan iedereen lieten zien. Beatrice was zo opgewonden dat ze nauwelijks adem kreeg.

Later, bij het altaar, wapperde de priester met de krant en deelde de congregatie mee dat hun team drie van de vier wedstrijden had gewonnen en er één had verloren. Volgens de krant speelden de jongens goed en kregen ze veel aandacht.

En hij had nog beter nieuws. Morgen, zondag, zou er een breedbeeldtelevisie boven de ingang van de kerk worden opgehangen, en om acht uur precies zou de wedstrijd worden uitgezonden en kon het hele dorp kijken. De familie Sooleymon zou op de eerste rij zitten.

Niemand hoorde nog wat hij de rest van de mis vertelde.

12

Vijfde wedstrijd: Zuid-Soedan tegen Houston Gold

Gold was een landelijk bekend programma van de AAU – de Amateur Athletic Union voor jeugdsport – dat werd gefinancierd door een rijke Texaanse zakenman die dol was op basketbal, zelf in de *college*-competitie had gespeeld en wilde dat zijn drie zoons erin zouden uitblinken en sterren zouden worden. Het was zijn lievelingsproject en hij bespaarde er niet op. De teams, en daarvan waren er minstens tien voor de leeftijd van twaalf tot achttien, hielden try-outkampen in heel Texas en namen de beste spelers aan. Als je tot zo'n team toetrad, betekende dat dat je een jaar lang in de beste demonstratietoernooien speelde, getraind werd door goedbetaalde coaches, reisde per luxebus of zelfs per vliegtuig, en werd overladen met sportuitrustingen en kleding waar de meeste *colleges* jaloers op zouden zijn. De baas sloot een sponsordeal met Nike en het gerucht ging dat de spelers minstens vijf verschillende tenues hadden. Het was geen verrassing dat het programma tientallen *college*-spelers had voortgebracht en dat er twee alumni bij de NBA zaten.

Voor Houston Gold spelen betekende dat er altijd scouts meekeken. De spelers waren talentvol en bijzonder, en daar werden ze ook voortdurend aan herinnerd. Hun coole uitstraling was legendarisch, zozeer dat sommige universiteitscoaches terugschrokken voor het programma, maar dat waren er niet veel.

Voor de vroege wedstrijd op Rollins kwamen ze de vloer op

in hun hippe NBA-achtige warming-upoutfits en weigerden naar de andere kant van het veld te kijken. Daar sloofden de jongens uit Zuid-Soedan zich uit in hun simpele gymnastiektenues, niet onder de indruk van de grootsheid van Gold, onaangedaan door hun vier makkelijke overwinningen.

Gold had de dag ervoor gespeeld. Ecko's team niet, en hij besloot er de vaart in te zetten en te proberen hen uit te putten. Hij zette full-court druk en wilde dat er snel geschoten werd. Dat werkte de eerste periode prima, toen Samuel en Abraham Bol drie keer de bal wisten af te pakken en Riak Kuol twee schoten blokte.

Alle vijf de Gold-spelers van de startgroep waren opkomende laatstejaars op highschool. Vier van hen hadden zich verbonden aan grote universiteiten. Hoewel ze goed gecoacht werden, waren ze natuurlijk wel individuele sterren en dat leidde vaak tot schoten die spectaculair oogden, maar meestal naast gingen. De guards voelden de druk en schoten vier keer achter elkaar mis van achter de driepuntslijn, en hun felle coach gebruikte zijn enige time-out om hen stevig toe te spreken.

Aan de andere kant van de wereld zat in Lotta het hele dorp dicht op elkaar rond de televisie die onder het kruis van Our Lady's Chapel hing, en juichten ze elke keer als er goed gespeeld werd.

Toen Samuel zijn eerste en enige driepunter scoorde, begonnen zijn mensen te gillen en te schreeuwen en ze loofden de Heer, sprongen op en neer en sloegen Ayak op zijn schouders. Er vielen wat stoelen om, maar niemand kon toch blijven zitten.

Aan het eind van de eerste periode stond Zuid-Soedan met elf punten voor. Ecko zette groep C in, naar zijn mening de beste, met Dak Marial en Quinton Majok als forwards. Gold ging voor een kleinere line-up en frissere benen, en de coach vertraagde het spel. De branieachtige showschoten bleven achterwege en de aanval begon te lopen. Na de tweede periode ging Zuid-Soedan met negen punten aan de leiding.

De derde periode was van Benjie Boone, een shooting guard van één meter zesennegentig die voor Kentucky zou gaan spelen, maar dat naar verluidde in heroverweging nam en misschien voor de NBA-selectie zou kiezen. Hij vond drie keer het net van buiten de driepuntslijn, waarmee de stand gelijk werd. Ze namen om en om de leiding en beide teams vochten om het hardst. Gold bleef maar spelers wisselen. Ecko niet. Hij had zijn spelers beloofd dat ze allemaal evenveel tijd in het veld zouden krijgen en hij zou woord houden, ongeacht de score. Hij liet Samuel en Bol rouleren als pointguard, maar alleen omdat hij geen keus had. Alek Garang was hier de juiste man voor, maar die kon niet spelen.

En hij werd heel erg gemist. Samuel en Bol konden aan het eind van de wedstrijd geen van beiden meer een bal in de basket krijgen en zonder dreiging van buitenaf werden Dak Marial en Quinton Majok door de verdediging in de kiem gesmoord. Gold liep uit en won met zes punten verschil.

In de kleedkamer nam Ecko de verantwoordelijkheid voor het verlies op zich; hij zei dat de andere coach sterker was geweest en dat hij had besloten iets anders te gaan proberen. Na vijf wedstrijden werkte het niet meer om iedereen evenveel speeltijd te geven, en Frankie en hij zouden meer gaan wisselen. Hoe meer actie, scoren en verdediging ze zouden laten zien, hoe langer ze mochten spelen.

De jongens waren ontdaan en begrepen wat Ecko bedoelde. Hij herinnerde hen er weer aan dat het team van vorig jaar twee wedstrijden verloren had, maar zich wel had gekwalificeerd voor de nationale demonstratiewedstrijd en die bijna gewonnen had. Ze leefden nog, met nog twee wedstrijden te gaan, maar konden het zich niet veroorloven om nog een keer te verliezen.

Samuel stond op en zei: 'Hé, coach. We hebben de rest van de dag nog. Zullen we ergens een highschoolzaal opzoeken om eens goed te trainen?'

Ecko antwoordde: 'Ik weet het niet, hoor. Jullie moeten morgen spelen.'

'Kom op, coach,' zei Dak Marial, de onofficiële aanvoerder. De anderen vielen hem bij en het verzoek werd algauw unaniem.

In Lotta waren de dorpelingen een stuk stiller toen ze bij de kerk vandaan liepen en terug naar huis gingen. Het verlies deed pijn, maar de sensatie om Samuel in Amerika te zien spelen, was er niet door vervlogen. De wedstrijd van morgen zou pas om tien uur 's avonds – hun tijd – beginnen en dan zou iedereen weer naar de kerk gaan om hun held te zien spelen.

Zondagavond laat, toen de spelers in hun kamer waren en alle lichten uit waren, liep Ecko naar beneden en ging met Lonnie Britt een biertje drinken in de hotelbar. Dat hadden ze in hun jongere jaren heel wat keren gedaan toen ze aan Northern Iowa coachten, en ze koesterden deze kleine herenigingen. In een donker hoekje keken ze terug op de wedstrijd van die dag en Lonnie wist precies wat zijn vriend verkeerd had gedaan.

Ecko luisterde en was het grotendeels eens met zijn kritiek. Hij zou hetzelfde hebben gezegd als Lonnie verloren had.

Lonnie zei: 'Maar je hoeft die jongens ook niet te verslaan, Ecko. Die zijn er als beste uitgepikt en worden behandeld als profs. Ze hebben er vandaag twaalf laten opdraven. Twaalf jongens van zeventien die nog op highschool zitten en zich gaan verbinden aan grote *colleges*. Het is een ongelofelijk programma. Een hoop talent.'

'We hadden ze moeten verslaan,' zei Ecko en hij nam een slok bier. 'Ik maak me zorgen of we wel doorgaan. Mijn jongens zijn nog niet klaar om naar huis te gaan.'

'Je wint de volgende twee wedstrijden wel.'

'Niet zeggen.'

'Weet je wat het beste spel was dat ik vandaag gezien heb?' vroeg Lonnie met een glimlach.

'Dat *block*?'

'Dat block. Dat joch dook op uit het niets en leek wel tweeënhalve meter lang.'

'Ik zei het toch.'

Met nog vier minuten op de klok stond Zuid-Soedan met één punt voor, toen Benjie Boone bovenaan de *key* een *screen* omzeilde en vanaf 7,6 meter opsprong. Samuel, die hem moest dekken, was nergens te bekennen, tot op de allerlaatste seconde. Boone, zo glad als een aal, sprong hoog op met zijn volmaakte, niet te evenaren jumpshot. Samuel zette af vanaf de vrijeworplijn en sloeg hard tegen de bal, precies op het moment dat die Boones rechterhand verliet. De bal belandde op de derde rij stoelen.

De All-American was zo van slag dat hij geen ander schot waagde.

Lonnie schudde zijn hoofd. 'Het leek wel of hij drie meter van de grond kwam.'

'Nou, zijn verticale sprong vanuit stilstand is zesentachtig centimeter. Een meter vijftien als hij in beweging is. Laat hem een aanloop nemen en hij springt over het backboard.'

'Maar hij kan niet schieten en hij kan niet dribbelen.'

'Hij gaat vooruit, hoor. Hij werkt ongelofelijk hard en hij groeit nog steeds.'

'Wie houdt hem nog meer in de gaten?'

Ecko lachte hoofdschuddend. 'Eerlijk gezegd niemand, op dit moment. Als ik jou was, zou ik het erop wagen.'

Een serveerster bracht een schaaltje pretzels en vroeg of ze nog een rondje wilden. Nee, bedankt. Straks misschien.

Lonnie fronste zijn voorhoofd en keek om zich heen. 'Ik heb een probleem, Ecko. Iets heel anders.'

'Wat dan?'

'Twee spelers van me zijn gisteravond in Durham gearresteerd.'

'Waarvoor?'

'Gewapende overval.'

'Dat meen je niet. Echt?'

'Helaas wel. Echt een stelletje stomkoppen. Ze doen summerschool, zoals de meeste jongens van me, en ze gingen zaterdagavond stappen en kwamen serieus in de problemen.'

'Wat is er gebeurd?'

'Ik ken niet alle feiten, maar ik heb de hele dag aan de telefoon gehangen. Met de sportcoördinator. De directeur. De politie. Maar ze zeggen niet veel. Het lijkt erop dat de jongens naar een feestje zijn geweest, wiet hebben gerookt en bij de verkeerde in de auto zijn gestapt. Ze hadden heel veel wiet, maar het bier was op. De bestuurder reed naar een supermarkt en besloot om de een of andere reden dat het slim was om zijn pistool te trekken en de kassa te plunderen. Gelukkig heeft hij de trekker niet overgehaald. Ze zijn alle drie in staat van beschuldiging gesteld wegens gewapende overval. De sportcoördinator zegt dat ze per direct kunnen vertrekken.'

'Goeie jongens?'

Lonnie nam een slok bier en bleef fronsen. 'Goeie jongens. Ik ben dol op ze, maar ze komen uit een slechte thuissituatie. De een, Clancy, heeft een broer die in de gevangenis zit. Hij was vorig jaar mijn nummer zeven, hij speelde vijftien minuten per wedstrijd. Hij zit op highschool, voorlaatste klas, maar heeft weinig tijd voor zijn schoolwerk. De ander, Fonzo noemen we hem, gaat na de zomer naar zijn tweede jaar aan de universiteit en is nogal lui. Ik heb geweldige jongens, Ecko, de meesten tenminste.'

'Maar die jongens zijn geen gewapende overvallers. Het lijkt eerder een domme vergissing.'

'Ja, maar ze kunnen wel flinke straffen krijgen.'

'Moet je ze vervangen?'

'Ja, in elk geval dit seizoen. Ik heb morgen een afspraak met de sportcoördinator en de advocaten, en dan zullen ze er een deal uit proberen te slepen. Maar die jongens worden voor minstens een jaar uit het programma gezet.'

'Sooleymon?'

'Ik denk erover na, oké? Wees eerlijk tegen me, Ecko.'

'Ben ik ooit niet eerlijk geweest?'

'Nooit. Maar je houdt van je spelers.'

'Net als jij.'

'Zeker, meestal wel.'

'Lonnie, Samuel zou weleens de ontdekking van het toernooi kunnen zijn. Er wordt niet naar hem gekeken omdat hij niet scoort. Maar dat gaat hij wel doen. Toen ik hem in april voor het eerst zag, had hij het slechtste jumpshot van Afrika. Hij heeft inmiddels heel wat geleerd en hij werkt nog steeds keihard. En hij groeit.'

'Hij wordt nooit een pointguard.'

'Nee. Vergeet hem als pointguard. Met Kerstmis is hij minstens één achtennegentig.'

'En zijn schoolwerk?'

'Hij komt uit de rimboe, oké? Hij is net klaar met de middelbare school in zijn dorp, dus je snapt wel dat hij wat hulp nodig heeft. Maar je kunt hem vast wel binnenloodsen.'

'Waarschijnlijk wel. Central is niet bepaald hetzelfde als die andere universiteit in Durham.'

'Ah, dus jij denkt dat ze zich op Duke druk maken over testscores?'

Ze moesten allebei lachen en bestelden nog een biertje. Ecko was opgetogen vanwege de mogelijkheid en drong nog eens extra aan. Om middernacht keek Lonnie op zijn horloge en zei: 'Ik moet weg. Ik kan niet blijven voor de wedstrijd van morgen. Ik heb een vroege vlucht naar Durham en heb om twaalf uur die afspraak met de sportcoördinator. En daarna heb ik het genoegen om naar de gevangenis te gaan.'

'Het spijt me voor je, man. Het zal zwaar worden.'

'Jij begrijpt het. Stel je voor dat je twee jongens van rond de twintig moet vertellen dat ze minstens een jaar van school getrapt worden.'

'Zo te horen hebben ze nog wel meer aan hun hoofd.'

'Kun je je indenken dat mijn hele carrière afhangt van de beslissingen van een stelletje onvolwassen jongens?'

'Hadden we dit gesprek twintig jaar geleden ook al niet?'

'Inderdaad. Er is niks veranderd.'

'Contracteer Sooleymon. Hij maakt een genie van je.'

13

In 1979 ontdekte Chevron olie in het zuidelijke deel van Soedan en realiseerde zich algauw dat het land de op twee na grootste reserves van het continent had. Een paar jaar later nationaliseerde de Soedanese regeringspartij in Khartoem de olievelden, schopte de Amerikanen eruit en tekende een lucratieve overeenkomst om alle ruwe olie aan China te verkopen. Halverwege de jaren tachtig stroomde er 23 miljard dollar per jaar naar Soedan. Terwijl het land geteisterd werd door verschillende burgeroorlogen – noord tegen zuid, islamitisch tegen katholiek, stammen tegen stammen – maakten de olierijkdommen de conflicten alleen maar heviger. In 2011 kreeg Zuid-Soedan het recht om voor onafhankelijkheid te kiezen en dat deden ze met een overweldigende meerderheid. Gesteund door miljarden aan buitenlandse hulp vanuit de Verenigde Staten en Europa en overeind gehouden door olie-inkomsten, werd Zuid-Soedan het nieuwste land ter wereld en leek een schitterende toekomst tegemoet te gaan. Maar het grootste deel van het geld bleef in Juba, omdat de heersende elites miljarden wegsluisden en onbeperkt geld over de balk smeten. Terwijl zij dat op Zwitserse bankrekeningen zetten, appartementen in Londen en herenhuizen in Melbourne kochten, hun kinderen naar topuniversiteiten stuurden en hun soldaten bewapenden met een verbijsterend arsenaal van wapens, tanks en helikopters, leed het volk des te meer. Het geld werd niet gebruikt voor scholen, ziekenhuizen, wegen of infrastructuur.

De vrede was fragiel en van tijdelijke aard. De etnische rivaliteit werd steeds verbitterder toen een handjevol militaire leiders en machthebbers meer geld en een stoel aan de regeringstafel probeerden te ritselen. In 2013 brak er weer een burgeroorlog uit en het nieuwe land kwam in een neerwaartse spiraal van gewelddadige chaos terecht. De stammengrenzen werden versterkt toen zwaarbewapende milities dorpen aanvielen en in brand staken en daarna wachtten op vergelding. De wereld was geschokt door de wreedheden. Minstens vierhonderdduizend mensen werden vermoord. Minstens vier miljoen mensen, merendeels vrouwen en kinderen, waren ontheemd en moesten noodgedwongen in veiligheid worden gebracht in grote vluchtelingenkampen.

Vredesverdragen kwamen en gingen. Als een guerrillacommandant de aandacht van Juba wilde krijgen, en een groter stuk van de taart, kon hij het best een paar dorpen platbranden, wat wreedheden begaan en de rottende lijken in de modder achterlaten voor het heil van de westerse camera's. Na een beetje van dat soort ellende zou Juba misschien weer een vredesdeal aanbieden, met wat geld en wapens op de koop toe.

Onder de trotse dorpelingen die Samuel en zijn team op het grote scherm bekeken, bevonden zich enkele spionnen die waren gestuurd om de grootte van het dorp te bepalen.

Vlak na middernacht barstten de geweerschoten los. Beatrice hoorde het als eerste, wekte Ayak uit zijn diepe slaap en schreeuwde tegen de kinderen dat ze hun schoenen aan moesten trekken. Het misselijkmakende *tak-tak-tak-tak* van de kalasjnikovs was een geluid dat ze vaker hadden gehoord. Het gezin rende naar buiten en ging bij hun buren staan, die probeerden te achterhalen waar de schoten vandaan kwamen. Ze leken van alle kanten te komen en het waren er heel veel. Mensen schreeuwden, wezen en renden in verschillende richtingen.

Opeens verschenen er lichten en dreunde er een legertruck over de zandweg. Er sprongen soldaten uit die met hun Kallies zwaaiden. Met één blik wisten de mensen dat het rebellensoldaten waren, niet het gewone leger. Ze schoten lukraak in de lucht en schreeuwden tegen de mannen dat ze op een rij moesten gaan staan. Een jongen van veertien, een kind uit de buurt dat ze allemaal goed kenden, ontsnapte en rende een steegje in, waar hij als een zwerfhond werd neergeknald. Zijn moeder gilde en zijn vader rende naar hem toe, maar een soldaat sloeg hem neer met de kolf van zijn geweer.

'Handen omhoog! Handen omhoog!' blafte de commandant tegen de andere mannen.

Tak-tak-tak-tak. Het geluid van de kogels was afschuwelijk en er zwermden meer soldaten door het dorp, die mannen en oudere tienerjongens grepen.

Ayak wist tegen Beatrice uit te brengen: 'Ren weg! Neem ze mee en ren de rimboe in.'

Andere vrouwen en kinderen holden in de rondte, niet wetend in welke richting het veilig was. Was het wel ergens veilig? Er werd een benzinebom in de hut aan de overkant van die van de Sooleymons gegooid, waardoor die snel in lichterlaaie stond. Toen was er ineens overal in de straat brand.

De mannen moesten in een groep naar het dorpscentrum marcheren, langs nog meer brandende huizen. Een meisje van vijftien werd van haar moeder losgerukt, uitgekleed en naakt naar de achterkant van een vrachtwagen geduwd. Bij de kerk stroomden mannen uit het hele dorp toe, allemaal met hun handen omhoog.

'We hebben gewoon een bijeenkomst,' schreeuwde de commandant steeds weer door de chaos heen. 'Schiet op! Schiet op!'

Toen de mannen uit het zicht waren, bleven een paar soldaten achter en gingen verder met het in brand steken van de hutten, en ze lachten terwijl ze dat deden. Beatrice wist in de duisternis onder te duiken met Angelina, James en Chol, die over een lijk struikelde en gilde. 'Stil!' waarschuwde zijn moeder. Andere vrouwen en kinderen zochten een verstopplek en keken waar ze naartoe konden rennen. Heel even bleven ze staan luisteren naar de gruwelen van het bulderende vuur, het geknal van de Kallies en het gegil van hun buren.

Bij de kerk kregen de mannen het bevel dat ze naar binnen moesten, en toen hij vol was, bleven de rebellen er steeds meer mannen en jongens in duwen, tot ze zo dicht op elkaar gepropt stonden dat ze bijna geen adem meer kregen. Er kwamen er steeds meer en toen ze er echt niet langer in pasten, beval de commandant dat ze buiten op de aarde rondom de kerk moesten gaan liggen.

Twee soldaten openden het vuur op de breedbeeldtelevisie en vernietigden die. Door de schoten schrokken de mannen binnen en ze schreeuwden om hulp. Op bevel werden er brandbommen door de vier ramen en de voordeur gegooid, en driehonderd gevangenen gilden in verpletterende doodsangst. Eén man sprong met brandende kleren en al door een raam en werd opgevangen door een spervuur van kogels. Andere mannen sprongen ook en werden achteloos als schietschijf gebruikt. Ayak wist de voordeur te bereiken en werd op de stoep vermoord, onder de restanten van de televisie.

Buiten wisten een paar van de mannen die met hun gezicht in de aarde lagen te ontsnappen en renden weg, maar ze werden afgeslacht. Het doden was een sport en gebeurde volkomen willekeurig. Er kwamen vlammen en dikke, zwarte rook uit de ramen, terwijl de stervende gevangenen bleven gillen, met steeds zwakkere stemmen.

Beatrice en haar kinderen kropen door de zwarte duisternis en vonden een geitenpaadje dat het dorp uit liep. Er liepen honderden andere vrouwen te fluisteren. De lichten van een legertruck schenen over hen heen en ze hielden zich schuil in een bosje doornstruiken. Opeens klonk er geweervuur vlakbij en hoorden ze de stemmen van boze guerrilla's. Een vrouw gilde terwijl ze werd neergeschoten. De vrouwen zagen de silhouetten van meer soldaten die achter hen liepen, op hen afkwamen, hen zochten. De kinderen liepen achter Beatrice aan door een bosje iets verder van de weg en verdwaalden al snel in het donker. Bij een kleine open plek bleven ze staan en keken naar hun dorp. Er woedden tientallen brandjes en de geweren knalden nog steeds. James en Chol huilden en Angelina siste dat ze stil moesten zijn. Ze liepen verder, zich er steeds van bewust dat er anderen in de buurt waren, en ze bewogen zo zachtjes mogelijk, ergens heen. Ze stuitten op een open plek en stonden oog in oog met een bende guerrilla's die een groep vrouwen en kinderen bewaakte. Ze blaften tegen Beatrice en haar kinderen dat ze moesten gaan zitten, en dat deden ze.

'Waar gaan jullie naartoe?' vroeg de leider.

Ze was te getraumatiseerd om te antwoorden en had trouwens toch niks te zeggen. Een tiener met een geweer liep naar hen toe en zei tegen Angelina dat ze op moest staan. Een andere jongen kwam bij hem staan en ze trokken haar kleren uit.

'Nee, alsjeblieft, nee!' smeekte Beatrice, en een van hen schopte haar in haar gezicht.

Ook een ander tienermeisje werd uitgekleed en zij en Angelina werden naakt weggevoerd. Er gingen minuten voorbij terwijl Beatrice adem probeerde te halen en haar tranen terugdrong, terwijl ze het bloed van haar voorhoofd veegde. Zonder nog een woord te zeggen verdwenen de guerrilla's in het donker, en de vrouwen renden weg met hun kinderen.

Op maandag 20 juli om twaalf uur 's middags kwamen de spelers in de vergaderruimte van het hotel bij elkaar voor hun geplande telefoontjes naar huis. Op Ecko's mobiele telefoon voerde Samuel het nummer in van de satelliettelefoon van de luitenant. Er werd niet opgenomen. Hij probeerde het nog eens, en een halfuur later nog eens. Het was vervelend, maar niet heel zorgwekkend. De communicatie was in Zuid-Soedan nu eenmaal altijd onbetrouwbaar.

14

Zesde wedstrijd: Zuid-Soedan tegen Newton Academy

De Nukes, zoals ze bekendstonden, waren een van de meest vooraanstaande basketbalfabrieken van het land geworden. De universiteit was weggestopt in de Smoky Mountains ten noorden van Knoxville en telde maar honderd studenten, de helft jongens en de helft meisjes, allemaal serieuze en getalenteerde basketballers. Het collegegeld was laag, de studiebeurzen waren overvloedig, de hoogleraren waren goed maar niet gestrest, en toelating was onmogelijk tenzij een speler over de vaardigheden beschikte om in de *college*-competitie te spelen. Vrijwel iedere speler had een studiebeurs voor een bepaald niveau. Er waren maar weinig openbare scholen die tegen hen wilden spelen, dus genoten ze van andere sportuniversiteiten en reisprogramma's die dezelfde instelling hadden als zij, zoals Houston Gold, een team dat hun Under 18-jongens een maand daarvoor had verslagen in een andere demonstratiewedstrijd.

Ecko's spelers, die er niet aan moesten denken dat ze hierna klaar zouden zijn, om nog maar te zwijgen over een pijnlijke terugreis die veel eerder zou plaatsvinden dan verwacht, liepen vastberaden en beslist de vloer op. In de eerste periode maakte Dak Marial zijn hype waar en domineerde het middenveld aan beide kanten. Hij scoorde twaalf punten, blokte drie schoten en leidde zijn team naar een voorsprong van tien punten. Samuel speelde in de tweede periode en hoewel hij niet scoorde, blokte hij twee schoten, pakte de bal twee keer af en gaf Abraham diep in de hoek twee perfecte ballen aan. Ecko gaf iedere speler een kans in de wedstrijd, maar met nog slechts vijf minuten te gaan en een voorsprong van slechts zeven punten, zette hij Dak opnieuw in, die samen met Quinton Majok het middenveld van de Nukes afschermde. Samuel kwam opnieuw in het veld met nog drie minuten te gaan en scoorde prompt een lange driepunter die hen op vijftien punten voorsprong bracht.

Die kloppartij deed wonderen voor het moreel van het team en ze bleven op UCF rondhangen om te zien hoe Houston Gold ternauwernood met twee punten verschil wist te winnen van Kroatië. Gold was nog ongeslagen en werd als eerste geplaatst. Kroatië en Brazilië stonden allebei op 4-2, net als Zuid-Soedan. Ook het Verenigd Koninkrijk, hun laatste tegenstander, stond op 4-2. De winnaar van die wedstrijd zou waarschijnlijk doorgaan naar het landelijke toernooi in St. Louis.

Terwijl de jongens naar de wedstrijd keken en Ecko en Frankie in de coachruimte zaten en de scouts bewerkten, kwam er een telefoontje van een satelliettelefoon in Rumbek. Het was de luitenant en hij had vreselijk nieuws. Ecko liep de kamer uit en ging op het bovendek staan.

De stad Rumbek was belegerd door rebellentroepen en veel omringende dorpen, met name Lotta, waren verwoest. De luitenant noemde het een bloedbad. Er was een legerhelikopter over Lotta heen gevlogen en die had gerapporteerd dat de vernietiging grondig en afgrijselijk was, en dat het vuur nog smeulde. Er lagen honderden lijken, voornamelijk van mannen en jongens, op de straten en de wegen. Regeringstroepen waren niet in staat het gebied weer over te nemen en vochten voor hun leven. De situatie was verschrikkelijk en er was versterking onderweg. Het was op dat moment onmogelijk om lichamen te identificeren, maar het aantal slachtoffers was schrikbarend. Misschien zou identificatie zelfs wel nooit mogelijk zijn. Lotta was verlaten, afgezien van de guerrilla's, die de hele boel platbrandden. De helikopter was door het vuur geraakt en kon ternauwernood ontkomen.

Na het telefoontje bleef Ecko lange tijd hoog op die goedkope stoelen zitten en keek naar zijn spelers op de gereserveerde zitplaatsen. Ze lachten, maakten grapjes, genoten van hun winst en hunkerden naar die laatste overwinning zodat ze door konden. Hij keek naar Samuel en zijn hart deed pijn. In de bijna twintig jaar dat hij coach was, had Ecko nog nooit zo'n afschuwelijke taak gehad. Hij liep schoorvoetend terug naar de coachruimte, haalde Frankie op en vertelde hem het nieuws. Ze bespraken wat ze nu moesten doen, maar hadden allebei geen flauw idee. Niemand was uitgerust voor zo'n nachtmerrie.

Ze liepen terug naar de coachruimte en Frankie klapte zijn laptop open en zocht naar nieuws over Zuid-Soedan, maar er was niks. Blijkbaar waren slachtpartijen zo alledaags dat ze niet meer nieuwswaardig waren. Hij vond een site uit Juba, maar daar werd alleen verslag gedaan van een rebellenaanval op de stad Rumbek.

Ze wachtten tot na het eten in het hotel, en toen het team in een grote vergaderruimte ging zitten om herhalingen van voetbalwedstrijden te kijken op ESPN, nam Ecko Samuel apart en zei: 'Kom even mee.' De jongen leek slecht nieuws te verwachten en maakte zich ongerust sinds zijn pogingen om naar huis te bellen. Hij ging op de rand van zijn bed zitten en keek zijn twee coaches aan.

'Wat is er gebeurd?' vroeg hij en hij zette zich schrap.

Er was geen enkele manier om het nieuws te verzachten, dus deed Ecko verslag van het gesprek met de luitenant en liet geen enkel detail achterwege. Hij besloot met: 'Het lijkt erop dat alle huizen zijn platgebrand, dat iedereen het dorp uit is gevlucht en dat er ontzettend veel slachtoffers zijn.'

Samuel leunde achterover, ging op bed liggen en sloeg zijn handen voor zijn gezicht. Hij huilde lange tijd en kon geen woord uitbrengen. Zijn coaches huilden met hem mee, niet in staat iets te zeggen wat hem zou helpen.

Frankie fluisterde: 'Ik ga het aan het team vertellen,' en hij liep de kamer uit. Hij liep naar beneden, naar de vergaderzaal, zette de tv uit en vertelde hun wat er gebeurd was.

'Ik moet mijn familie gaan zoeken,' zei Samuel.

Ecko schudde zijn hoofd en antwoordde: 'Dat kan niet, Samuel, in elk geval niet nu. Het is een oorlogsgebied en je kunt er niet in.'

'Ik moet erheen.'

'Sorry. Dat gaat niet gebeuren, niet nu in elk geval. Misschien later.'

Samuel ging op de rand van het bed zitten en veegde zijn gezicht af met zijn mouw. 'Ik had er moeten zijn.'

'Je kunt jezelf niet de schuld geven, Samuel. Laten we voorlopig, tot we meer weten, bidden om een wonder.'

'Ik moet erheen.'

'Nee, Samuel.'

Hij veegde zijn gezicht weer af en nam een flesje water aan van Ecko. 'Ik wist gewoon dat er iets ergs zou gebeuren. Toen ik van huis ging, had ik diep vanbinnen het gevoel dat er iets ergs zou gebeuren. Ik had niet weg moeten gaan.'

'Je had het niet kunnen voorkomen, Samuel.'

'Ik wist het gewoon. Ik wist het. Mijn vader, mijn moeder, Angelina, James en Chol. Waarom was ik niet bij hen?'

'Omdat je hier was, en ze waren zo trots op je omdat je hier was, Samuel.'

Hij huilde weer, diepe, gepijnigde snikken waardoor zijn hele lijf schokte.

De deur ging open en Frankie kwam binnen, gevolgd door alle veertien spelers. Ze kwamen om hun vriend heen staan, omhelsden hem, zeiden hoe erg ze het vonden en huilden met hem mee.

15

Ze stopten aan de rand van een droge kreek en rustten uit op een paar keien. Ze waren met zijn twintigen, zes vrouwen die nu weduwen waren, en hun kinderen, en ze gingen bij elkaar zitten in het schemerdonker dat voorafging aan de dageraad en fluisterden af en toe iets. Beatrice kende twee van de vrouwen; ze kwamen allemaal uit haar dorp. Ze dachten allemaal dat hun echtgenoten en zoons dood waren, al konden ze nog niet over het bloedbad nadenken. Het voelde alsof het nog steeds aan de gang was.

Ze hadden vreselijk veel dorst en honger, en hadden niets anders dan de kleren die ze droegen. De kleinste kinderen jammerden en klemden zich vast aan hun moeders, die verdwaasd, uitgeput en doodsbang waren. Ze wisten niet waar ze waren en ook niet waar ze naartoe gingen. Ze wisten niet zeker of ze in één vaste richting bij de slachtpartij wegvluchtten of dat ze in kringetjes rond waren gelopen. De smalle voetpaden die ze hadden geprobeerd te volgen, vertakten zich en slingerden en leidden nergens heen. Gedurende de nacht waren ze zich verschillende keren bewust van anderen, die zachtjes in het pikdonkere bos liepen.

In het oosten werd de lucht lichter, waardoor ze eindelijk gevoel voor richting kregen. Daar was het oosten, en links daarvan het noorden. Maar wat deed dat ertoe als ze geen bestemming hadden? Het enige wat ertoe deed, was eten en water. En veiligheid. Er waren geen geluiden; geen geweerkogels, geen trucks. Niks. Betekende de stilte dat ze veilig waren?

Emmanuel, een tienerjongen uit Lotta, kwam aanlopen en vroeg of hij met hen mee mocht. Natuurlijk mocht dat, maar ze hadden hem niets te bieden. Hij zei dat hij een uur daarvoor langs een kleine boerderij was gelopen en dacht dat ze die misschien moesten gaan zoeken. Misschien zou de boer hun wel eten en water geven en kon hij vertellen waar ze naartoe moesten gaan.

Beatrice vroeg of hij Angelina had gezien, maar wist dat het een zinloze vraag was. Hij kende haar niet. Zijn eigen familie was afgeslacht door de rebellen: moeder, vader, drie oudere broers. Als hij een geweer had, zou hij teruggaan om de rebellen te doden. Teruggaan zou misschien zelfmoord zijn, maar ze wilden hun huizen zien. Misschien waren er overlevenden. Misschien was Angelina op de een of andere manier gespaard. En misschien was Ayak wel ontsnapt en zocht hij hen nu. Beatrice wilde wanhopig graag op zoek gaan naar haar dochter en haar man.

Emmanuel zei dat hij de bossen in gevlucht was, op een heuvel hoog in een boom was geklommen en van daaraf het dorp had zien afbranden. Er was niets van over. Het schieten was verdergegaan toen de rebellen de mannen executeerden.

Zwak en doodop liepen ze achter Emmanuel aan langs de kreekbedding, in de hoop een poel of zelfs maar een klein plasje water te vinden, maar het was het droge seizoen en de grond was dor en gebarsten. De zon kwam op en het werd al warmer, maar gelukkig liep de kreek langs het bos en was er schaduw. Emmanuel liep naar een zandpad dat door vee was gemaakt en ze liepen bijna een kilometer, en bleven toen staan. Hij zei dat ze hier moesten blijven wachten, terwijl hij naar de boer zou gaan en om hulp zou vragen. Ze wachtten in de schaduw en luisterden of ze andere mensen hoorden, misschien soldaten. Ze baden om voedsel en water.

Emmanuel kwam met niets terug. De boer had maar heel weinig eten voor zijn eigen familie en zijn water was op. Hij zei dat ze zo'n tien kilometer van Lotta waren en dat er 's nachts nog meer dorpelingen langs waren gekomen en hadden gesmeekt om hulp. Hij zei dat het hem speet, maar dat hij niks had om te delen. Er was een kamp verder naar het zuiden en hij had gehoord dat daar water en onderdak waren. Dat sprankje hoop gaf hun weer enige moed om verder te lopen.

En te lopen.

De coaches waren vroeg op. Ze lieten het gratis ontbijt in de lobby links liggen en namen hun koffie mee naar de vergaderzaal, waar ze hun laptops openklapten en begonnen te zoeken. Er stond niets op de Amerikaanse sites en er was ook geen nieuws uit Johannesburg. De BBC maakte melding van een hevig conflict in en om Rumbek, maar het verhaal was onbeduidend. Na tientallen jaren van conflicten, bloedbaden, verbroken vredesakkoorden en talloze burgerdoden was nog meer slecht nieuws uit Zuid-Soedan niet de moeite waard.

Bij de vierde poging kreeg Ecko de luitenant aan de lijn. Volgens hem was de strijd veranderd en won het leger het van de rebellen. Ze hoopten de dorpen over een dag te kunnen heroveren. Lotta was nog steeds in handen van de rebellen en lag in het zwaarst getroffen gebied.

De luitenant vroeg naar Samuel en Ecko zei dat het vreselijk ging. Nee, hij wist niet of Samuel familie in andere delen van het land had.

Ecko belde een coach in Juba, maar die kerel wist bijna niks. Ze vochten in en om Rumbek, maar er was heel veel slecht nieuw over de hele regio. De coach beloofde wat telefoontjes te plegen en terug te bellen als hij iets te weten zou komen.

Na een uur waren ze niet veel wijzer geworden. Blijkbaar was Samuel de enige speler die getroffen was door de gevechten. De andere negen jongens uit het land hadden de dag ervoor allemaal hun familie gesproken.

Frankie zei: 'Ik vind het nogal vervelend om erover te beginnen, maar we hebben een wedstrijd om twee uur.'

'O ja, dat. Enig idee? Ons team is momenteel niet bepaald in een competitieve stemming.'

'Maar we moeten spelen. Toch?'

'De jongens willen spelen, dat weet ik zeker.'

'En Samuel?'

'Laten we met hem gaan praten.'

Zevende wedstrijd: Zuid-Soedan tegen het Verenigd Koninkrijk

Er werd niet gekletst in de busjes toen Ecko en Frankie het team naar Rollins College reden voor de zevende en laatste wedstrijd. Niets van de gebruikelijke plaagstootjes en grapjes, en er werd ook niet gezongen. De spelers hadden Samuel overgehaald zich om te kleden en samen met hen op de bank te gaan zitten, zodat ze dicht bij hem konden zijn. Hij wilde niet spelen, hij wilde alleen maar weg om zijn familie te zoeken.

Het was Frankies idee om te starten met de vijf jongens uit Amerika, inclusief Dak Marial en Jimmie Abaloy. Misschien zouden die niet zo van slag zijn als hun teamgenoten van thuis. Trouwens, het was hun sterkste opstelling en een wervelend begin zou de anderen misschien inspireren. Het Engelse team had drie wedstrijden achter elkaar gewonnen, en de twee verloren wedstrijden waren het resultaat van een combinatie van zes punten.

Maar toen Ecko de warming-up van zijn team bekeek, wist hij dat ze in de problemen zaten. Ze waren lusteloos. Hun lach was verdwenen. Hij probeerde hen op te zwepen met zijn gebruikelijke openingspeptalk en waarschuwde hen voor wat ze al wisten. Verliezen betekende dat ze hun spullen konden pakken.

Gelukkig kwam het Engelse team niet op gang en schoten

ze meteen vier keer mis. Dak scoorde met twee korte jumpshots en schreeuwde naar zijn teamgenoten in de verdediging. Toen Jimmie Abaloy van veel te grote afstand probeerde te scoren, wisselde Ecko hem en kafferde hem uit. Alles om hun aandacht maar te krijgen.

Samuel zat tussen zijn coaches in en probeerde zijn vrienden aan te moedigen, maar de bank was mat. Na de eerste tien minuten stond het 14-gelijk, en Ecko stuurde groep B het veld in. Halverwege de tweede periode trok de forwardsterspeler van het Verenigd Koninkrijk de wedstrijd naar zich toe en was niet meer te stuiten. Hij heette Abol Pach en om zout in de wond te wrijven: hij was een van hen. Hij was in Londen geboren, maar zijn Soedanese ouders kwamen uit Juba; en hij had mondeling toegezegd dat hij naar Michigan State ging. Pach sloeg van alle kanten toe: achter de driepuntslijn, boven aan de key, op het middenveld, aan de buitenkant. Pach scoorde in zijn eentje veertien punten in de tweede helft en zijn team stond nu tien punten voor.

De hel brak los en ze konden er niets aan doen. Ecko zette zijn beste spelers in en ze haalden wel iets van de voorsprong af, maar Pach was op dreef en wilde de bal. Toen hij er *back-to-back*-schoten in knalde, verdween alle lucht uit het gebouw voor de jongens uit Zuid-Soedan.

Er vloeiden tranen in de kleedkamer en er werd weinig gezegd. Ecko en Frankie praatten met hen en zeiden hoe trots ze waren, en dat het een eer was om zulke geweldige mensen te mogen coachen. Samuel zat in een hoekje en gaf zichzelf overal de schuld van. Maar in gedachten was hij in Lotta en wilde hij gewoon naar huis.

16

Ze liepen een uur en stopten toen ze schaduw vonden. Emmanuel liep vooruit om water te zoeken en kwam terug met niets. Maar hij vond wel een grindweg en zag andere mensen uit het dorp naar het zuiden en het oosten lopen. Ze besloten de weg te volgen.

Beatrice probeerde niet te denken aan wat achter hen lag. Ze probeerde niet aan Samuel te denken. James en Chol klaagden over hoofdpijn en honger, en ze bleef maar beloven dat ze snel water zouden vinden. Ze waren opgehouden met huilen, en samen met de anderen bewogen ze zwijgend en hielden hun blik op het pad voor hen gericht, verdwaasd, getraumatiseerd en bang.

De groep liep achter Emmanuel aan naar de grindweg en ze zagen een stuk of tien moeders met kinderen. De aanblik van nog meer mensen bood geen troost. Ook zij waren wanhopig op zoek naar water, eten en onderdak. Er moesten er honderden, duizenden zijn die hulp zochten, en zelfs als ze geluk hadden, zou er nooit genoeg zijn voor iedereen.

Ze rustten weer uit en Emmanuel verdween. Hij kwam lachend terug met het nieuws dat er niet ver weg een kamp was. Hij had gehoord dat daar water was.

Op de grindweg hoorden ze een truck en ze doken snel in de bosjes. Glurend door de struiken keken en luisterden ze toen hij aan kwam rijden. Er klonken schoten, het bekende geluid van Kallies, en de kinderen begonnen te huilen. Hij reed langs hen en het stof waaide op in zijn kielzog. Een legertruck vol soldaten. Rebellen. Voor de lol richtte een van hen zijn geweer in de lucht en vuurde een paar schoten af. Ze lachten terwijl ze verdwenen in het stof.

Ecko was Orlando zat en was klaar om te vertrekken. Terwijl de spelers bij het zwembad rondhingen, zetten Frankie en hij een plan in elkaar. Er was nog wat geld over en ze besloten om een paar dagen naar Washington te gaan om de stad te bekijken. Frankie belde hun reisagent, die kamers reserveerde en hun vlucht omboekte.

De volgende dag pakten ze hun spullen en vertrokken richting de luchthaven, waar ze afscheid namen van de Amerikanen. Jimmie Abaloy en Dak Marial namen een vlucht naar Newark. Nelson Wek ging via Chicago naar Omaha. Nyal Roman nam diezelfde vlucht en zou naar Akron gaan. Ajah Nyabang had de langste vlucht, naar San Francisco. Voordat ze uit elkaar gingen, kwamen de spelers om hun coaches heen staan en Ecko zei een kort, emotioneel gebed. Er volgden lange omhelzingen, trieste afscheidswoorden en beloftes om contact te houden.

Ecko zat tijdens de vlucht naar Washington naast Samuel en sprak over de toekomst. Ecko was sterk van mening dat Samuel in Amerika moest blijven en er staatsburgerschap moest aanvragen, maar dat plan riep meer vragen op dan hij kon beantwoorden. Hij zou advies vragen aan hun ambassade in Washington.

Samuel was overdonderd door de gedachte dat hij zou blijven.

Ecko herinnerde hem er herhaaldelijk aan dat hij niet naar huis kon, omdat er geen huis wás. Ecko had vrienden in Juba, maar die waren niet in de positie om een jongen van achttien te adopteren. Samuel kon niet één familielid bedenken bij wie hij kon blijven. Zijn hele familie woonde in Lotta. En daar ging hij naartoe, om hen te zoeken.

Ecko liet hem een lijst van ngo's en hulporganisaties zien die in de vluchtelingenkampen werkten, zowel in Zuid-Soedan als in de omringende landen. Hij beloofde contact met hen allemaal op te nemen en hen te bestoken met vragen, net zo lang tot hij iemand vond die de familie Sooleymon kende. Als ze het hadden overleefd, zouden ze uiteindelijk in een kamp terechtkomen, dat wist hij zeker. Zodra ze gevonden waren, zou hij proberen de reis te regelen zodat Samuel naar hen toe kon. Maar dat zou tijd kosten. Nu teruggaan zou gevaarlijk zijn en geen enkele zin hebben.

Op Reagan National Airport huurde Ecko twee witte busjes die een opmerkelijke gelijkenis vertoonden met de twee die ze in Orlando hadden gebruikt. Hun hotel stond in McLean, vlak bij een snelweg. Ze checkten in en de spelers gingen naar het zwembad.

Lonnie Britt had zich verzet toen er werd geopperd dat hij veertien uur zou rijden om van Durham naar Washington te komen, maar Ecko had erop aangedrongen. De twee oude vrienden praatten een uur, terwijl Lonnie worstelde met het verkeer op de Interstate 95. Tegen de tijd dat hij in McLean arriveerde, wist hij dat hij zojuist een nieuwe basketballer onder zijn hoede had genomen, eentje naar wie verder niemand keek.

Lonnie dineerde met het team en probeerde hen op te vrolijken. Het waren stoere jongens, veerkrachtig en nog steeds hoopvol, maar ze waren kapot van hun eliminatie. Ze wisten dat ze net zo goed waren als elk team waartegen ze hadden gespeeld, en het was echt ontmoedigend om nu met lege handen naar huis te gaan. Van de negen die de lange vlucht naar Juba zouden maken, kregen er maar drie – Alek Garang, Quinton Majok en Riak Kuol – de kans om in de *college*-competitie te spelen. Als het team door was gegaan naar de landelijke demonstratiewedstrijd, waren er misschien nog twee of drie anderen opgevallen.

Na afloop vroeg Ecko of Samuel naar zijn kamer wilde komen. Lonnie zat te wachten en bood hem zijn oprechte condoleances aan. Samuel bedankte hem, maar zei niet veel. Zijn houding veranderde echter toen Lonnie zei: 'Samuel, ik wil dat je voor me komt spelen op North Carolina Central. Ik bied je een volledige studiebeurs om voor de Eagles te komen spelen.'

Samuel was sprakeloos en keek ongelovig naar Ecko.

Lonnie zei: 'Ik heb je zien spelen en ben onder de indruk van je spel. Ecko zegt geweldige dingen over je en heeft me overgehaald een kans te wagen. Wat vind je ervan?'

'Ik weet het niet. Ik kan nu niet helder nadenken. Bedankt, denk ik.'

Ecko sprong bij voor de genadeslag. 'Dit is de deal, Samuel. We gaan morgen naar de ambassade om over immigratie te praten. Lonnie gaat met ons mee en we zullen uitleggen dat je hier zult blijven en dat je naar Durham gaat. We zullen vragen of de ambassade aan wat touwtjes trekt en wil helpen bij het regelen van een studentenvisum.'

Samuel schudde zijn hoofd en zei: 'Bedankt, coach, maar ik moet naar huis om mijn familie te zoeken. Ze leven nog en hebben me nodig.'

Ecko zei: 'Samuel, luister naar me.'

'Misschien niet allemaal, maar ik weet gewoon dat mijn moeder nog leeft en dat ze me nu nodig heeft.'

'We zullen ze vinden, Samuel, maar dat kun je niet alleen. We hebben nu geen idee waar ze zijn. Het dorp is er niet meer en in Rumbek is het niet veilig. Wat heeft je familie eraan als jij ook wordt gedood?'

Lonnie zei: 'We doen er alles aan om je te helpen ze te vinden, Samuel, dat beloof ik, maar voorlopig moet je op safe spelen. Kom met me mee naar Durham. Je mag in mijn huis logeren, bij mijn gezin, tot de school begint. Daarna verhuis je naar een leuk studentenhuis en ontmoet je al je nieuwe vrienden. Het is een geweldige groep jongens, Samuel, en ze zullen je graag willen leren kennen.'

'Maar ik heb geen cent te makken. Hoe moet ik nou naar de universiteit?'

Ecko zei: 'Laat dat maar aan mij over. Je beurs dekt je collegegeld, je kamer, je eten en je boeken. Coach Britt vindt wel een baantje voor je. We zorgen er gewoon voor dat het lukt.'

Hij sloeg zijn handen voor zijn gezicht en wist uit te brengen: 'Bedankt.'

17

Het kamp lag tussen twee kleine heuvels waarlangs een smalle kreek liep. Langs de oevers stonden tientallen provisorische tenten en hutjes van takken en droog kreupelhout. Er kringelde rook van twee vuren omhoog en aanvankelijk gaf hun dat hoop dat er eten werd bereid. De kreekbedding was droog, maar er stonden wel plassen van modderig water in. Vrouwen en kinderen schuifelden rond zonder iets te doen te hebben.

Emmanuel zei dat ze moesten wachten in de schaduw van een paar bomen, terwijl hij het kamp ging verkennen. Hij verdween over een pad en toen hij bij de nederzetting kwam, werd hij tegengehouden door twee mannen die het pad blokkeerden. 'Wat wil je?' vroeg een van hen. Ze waren allebei gewapend, een met een knuppel, de ander met een machete.

Emmanuel zei: 'Ik heb vrouwen en kinderen bij me. We komen uit het dorp Lotta en we zijn aangevallen.'

'Jullie kunnen hier niet blijven,' zei de man met de knuppel.

'Alstublieft. We sterven van de honger en we hebben water nodig. We lopen al twee dagen en nachten.'

'Jullie kunnen hier niet blijven. Er is geen eten en het water is bijna op.'

'Alstublieft. We gaan dood. Er zijn kinderen bij.'

'We gaan allemaal dood. En de boeren hebben gezegd dat we weg moeten. We gebruiken hun water en daar zijn ze niet blij mee. Ze hebben gedreigd dat ze er soldaten bij zullen halen om het kamp te ontruimen.'

‘Maar we kunnen niet verder. Help ons, alstublieft.’
‘Er is geen plaats voor jullie en het is te gevaarlijk.’
‘Je hebt geen keus,’ zei de man met de machete.
‘Alstublieft. Alleen wat water en iets te eten.’
De mannen keken elkaar aan. Degene met de knuppel gooide het ding aan de kant en liep weg. De ander zei: ‘Wacht even.’
‘Hoe lang bent u al hier?’ vroeg Emmanuel.
‘Ongeveer een maand. De meesten van ons komen uit Ranya. Waar kom jij vandaan?’
‘Lotta. Dat is zondagnacht door de rebellen platgebrand.’
‘Ze hebben ons dorp ook platgebrand. We hebben hier gebivakkeerd, maar nu moeten we weg. De boeren zijn heel boos en willen ons niet op hun land.’
‘Wanneer gaan jullie weg?’
‘Morgen.’
‘Waar gaan jullie naartoe?’
De man schudde zijn hoofd, alsof hij geen idee had.
De andere man kwam terug met een emmer water en een jutezak met iets erin. Ze liepen achter Emmanuel aan over het pad naar de bomen, waar Beatrice en haar groep zaten te wachten. Een van de mannen zei: ‘Het spijt me, maar je kunt hier niet blijven. Het is te gevaarlijk.’ Hij zette de emmer neer en pakte een kleine, houten soeplepel. ‘Het water is vies, maar we hebben ervan gedronken. We hebben geen keus.’ Terwijl hij iedereen een beetje bruine vloeistof gaf, maakte de ander de zak open en deelde handenvol rauwe pinda’s uit.
Het water smaakte vies, maar leste hun dorst. De pinda’s smaakten naar chocola. ‘Langzaam eten,’ fluisterde Beatrice tegen James en Chol. ‘Dan heb je er langer plezier van.’
Maar ze konden niet langzaam eten.

De twee busjes stopten bij het Lincoln Memorial en het team stapte uit. Frankie gaf hun instructies en reed weg om een parkeerplaats te zoeken. De jongens gingen algauw op in een drom toeristen die een bezoek brachten aan Abe en rond de Reflecting Pool zwermden.

Ecko reed met Samuel en Lonnie naar de ambassade van de Republiek Zuid-Soedan in 31st Street, in de buurt van het Naval Observatory. Ze hadden om tien uur een afspraak met ene Miss Maria Manabol, een vriendelijke jongedame die Ecko al drie keer gesproken had. Ze ontving hen in een kleine vergaderruimte en bood hun koffie aan. Ze maakte een praatje, condoleerde Samuel met de tragedie die hem was overkomen en wist ook nog een paar woordjes over het basketbalteam te produceren, waarna ze Ecko en Lonnie vroeg om mee te lopen naar de hal. Ze lieten Samuel achter aan de tafel en volgden haar naar een kantoor. Ze deed de deur achter zich dicht en gebaarde dat ze moesten gaan zitten. Ze stak van wal. 'Mijn vader was een regeringssoldaat die in de oorlog is gesneuveld toen ik nog klein was, dus ik weet wat hij doormaakt. Gelukkig had ik een oom hier in de Verenigde Staten, en die heeft mijn broer en mij hierheen gehaald. Ik vind het echt heel erg.'

Ze knikten ernstig en wachtten.

'Gisteren hebben regeringstroepen de rebellen uit Rumbek verjaagd en het gebied veiliggesteld. Ze zijn naar de dorpen gegaan en troffen daar aan wat ze al hadden verwacht. In Lotta hebben de rebellen een paar honderd mannen in de parochiekerk bij elkaar gedreven en de kerk in brand gestoken, dus we zullen nooit weten wat het exacte aantal slachtoffers is. De meeste slachtoffers waren ernstig verbrand. Tot nu toe hebben ze verspreid over het dorp meer dan tweehonderd lijken gevonden, grotendeels mannen en tienerjongens. Het is triest, maar dit is niet ongebruikelijk in deze oorlog. De gruweldaden tarten elke beschrijving. Het opruimwerk is vreselijk. Er zijn zo'n honderd mannen geïdentificeerd, voornamelijk aan de hand van de kiezersregistratiepassen in hun portemonnee. Bij de vrouwelijke slachtoffers is het lastiger, want hun passen zijn thuis achtergebleven toen ze vluchtten. Alle huizen zijn platgebrand.'

Ze pakte een afstandsbediening en richtte die op een tv aan de muur. 'Het is moeilijk om hiernaar te kijken en ik wilde niet dat Samuel het zou zien.'

De video was gemaakt met een camera die werd vastgehouden door iemand die met de soldaten meeliep. De lijken waren enorm opgezwollen en bedekt met donker bloed. Soldaten met mondkapjes en handschoenen gooiden ze achter in een legertruck. Na dertig seconden wendde Ecko zijn blik af.

Ze drukte op een knop en het scherm werd zwart. 'Heeft Samuel een laptop of een telefoon?'

'Nee,' antwoordde Ecko.

'Goed, dan krijgt hij het misschien niet te zien. Het circuleert op internet.'

'We willen hem vanochtend een telefoon en een laptop geven. Die zal hij nodig hebben.'

'Oké, nou, misschien zoekt hij hier niet naar. Ze hebben zijn vader, Ayak Sooleymon, gevonden en geïdentificeerd aan de hand van zijn registratiepas. Hij was blijkbaar in de kerk en wist eruit te ontsnappen, waarna hij werd neergeschoten. Dus zijn dood is bevestigd.'

'Enig spoor van zijn moeder en broertjes en zusje?'

'Nee, niks. Zoals jullie weten, zijn er door de oorlog meer dan vier miljoen mensen op de vlucht geslagen en die leven nu in vluchtelingenkampen. Laten we hopen dat ze er een vindt. Het is extreem moeilijk om mensen op te sporen, maar we proberen het elke dag en soms hebben we geluk. De meesten zitten echter in kampen in buurlanden. Sommigen zitten daar al jaren.'

'Onvoorstelbaar,' zei Lonnie.

'Als ik het goed begrijp, gaat hij met u mee naar Durham.'

'Ja, om te basketballen.'

'Nou, coach, dankzij u is hij een geluksvogel.'

'Zo voelt hij zich anders niet,' zei Ecko.

'Dat is ongetwijfeld waar. We zullen een studentenvisum regelen en het staat Samuel vrij om naar de universiteit te gaan. Ik heb vandaag een paar handtekeningen nodig en dan nemen we contact op met Immigratie.'

Ecko en Lonnie zeiden tegelijkertijd: 'Dank u wel.'

Ze zei: 'Ik wacht hier wel even, dan kunnen jullie hem het nieuws over zijn vader vertellen.'

'Ik denk dat hij het al weet.'

'Dat weet ik wel zeker.'

Ecko en Lonnie stonden op en toen ze de deur openmaakten, zei Lonnie: 'We spelen hier op 19 december tegen Howard. Ik verwacht dat Samuel meespeelt. We zouden u graag uitnodigen om erbij te zijn.'

'Goh, bedankt. Mijn man en ik houden van *college*-basketbal en we zullen er zijn.'

Samuel en coach Britt zaten in de hotellobby met zijn nieuwe telefoon en laptop te spelen, toen de spelers terugkeerden. Ze waren op de hoogte gebracht en wisten dat hun vriend niet mee terug zou gaan naar Juba. Hij had zijn tas al gepakt, met een paar nieuwe spullen van J.Crew, allemaal dankzij Ecko en zijn slinkende onkostenvergoeding.

Na een lang, emotioneel afscheid keken ze hem na toen hij met Ecko en Lonnie de deur uit liep. Hoe verdrietig en gekwetst hij ook was, Samuel ging iets doen waar zij allemaal van droomden. Hij zou in Amerika blijven, kreeg een beurs om te kunnen studeren en zou in mooie sporthallen en grote stadions spelen. En ze waren dolblij voor hem.

Bij de auto omhelsde hij Ecko en bedankte hem voor alles. Terwijl Ecko in Samuels bedroefde ogen keek, was hij ervan overtuigd dat de jongen weer een paar centimeter gegroeid was.

Deel twee

18

De dagen deden er niet meer toe. Die waren allemaal hetzelfde. Ze liepen drie dagen, en daarna nog drie. Ze liepen 's ochtends vroeg om de zon te vermijden, rustten uit tijdens de warmste uren en liepen 's avonds verder. Ze sliepen op de grond, dicht tegen elkaar aan ter bescherming. Ze waren uitgehongerd en hadden vreselijke dorst, en net op het moment dat de uitputting zo verlammend was dat ze niet verder konden, vond Emmanuel wat rottend fruit van een wilde vijgenboom en dat verslonden ze. Hij wist een zak pinda's te regelen bij een Dinka-boer, samen met een kalebas vol water. Een andere boer, een van de Nuer-stam, vloekte en bedreigde hen met een machete. Ze liepen langzaam verder, altijd beducht voor het geluid van trucks en soldaten. Een dag of tien, twaalf na het bloedblad sloten ze zich aan bij een andere groep vluchtelingen en kregen te horen dat die naar Oeganda gingen. Beatrice wilde haar land niet verlaten – ze was nog nooit over de grens geweest – maar Emmanuel had meer dan eens gehoord dat het in de kampen van Zuid-Soedan gevaarlijker was. Rebellen vielen de nederzettingen binnen, pleegden moorden en verkrachtingen en pakten het weinige voedsel dat er was. Hij raakte ervan overtuigd dat ze wel naar Oeganda moesten, en hoe meer hij met de andere mannen sprak, des te zekerder hij wist dat ze de juiste kant op gingen. Oeganda hield de grenzen open en probeerde de stroom van vluchtelingen te helpen, maar de kampen raakten er overvol. Er waren heel veel mensen die Zuid-Soedan ontvluchtten en wanhopig probeerden weg te komen van het geweld. Er werd gezegd dat het ook in Ethiopië en Kenia veiliger was, maar dat was veel verder weg.

Ze liepen vermoeid en hongerig verder in de hoop achter de volgende bocht de grens te zien liggen. Ze waren met meer dan honderd mensen, vrijwel allemaal vrouwen en kinderen: een lange, trieste optocht van ellende. De meesten liepen op blote voeten. Slechts weinigen hadden bezittingen bij zich. Geen van hen had voedsel of water. Bij de grens had zich een grote menigte verzameld op de plek waar de weg was afgezet met een rij tenten. Ze rustten uit aan de kant van de weg, terwijl Emmanuel informatie ging vergaren. Er bleven honderden mensen toestromen.

Beatrice trok James en Chol op de grond naar zich toe en keek naar de eindeloze rij vluchtelingen achter hen. Er moest eten en water in het kamp zijn. Waarom zouden er anders zoveel mensen hiernaartoe getrokken worden?

Ze brachten de nacht daar op de grond door en liepen de volgende ochtend vroeg verder. Toen ze voorbij een controlepost kwamen, wisten ze dat ze hun vaderland verlaten hadden. Op een bordje stond in het Engels: WELKOM IN OEGANDA – RHINO-KAMP VLUCHTELINGENNEDERZETTING. Een man in uniform stuurde hen naar een tent, waar ze achteraan in de rij aansloten. Tijdens het wachten vroeg Beatrice de man of er ergens eten en water was. Haar kinderen waren uitgehongerd.

Hij lachte naar haar, knikte en zei dat er vlak achter de tenten eten en water was. Bij een tafel gaf ze een andere medewerker hun namen door en zei dat ze uit Lotta kwamen. Ze vroeg of iemand Angelina had gezien, maar de medewerker schudde zijn hoofd en zei: 'Nee, we nemen hier duizend mensen per dag op en we kunnen het niet bijhouden.'

'Zoekt u alstublieft naar Angelina Sooleymon.'

Hij knikte alsof hij zoiets wel vaker hoorde en schreef hun namen in een register. Hij vroeg of ze papieren had. Nee, die had ze niet. Ze legde uit dat alles verloren was gegaan toen hun huis was afgebrand. Ze had geen geld, ze had niks anders dan de vuile, gescheurde kleren die ze droegen. Vanaf de tenten schuifelden ze verder en werden naar een lange rij uitgehongerde mensen gestuurd, die achter een grote truck stonden te wachten. Beatrice rook iets in de lucht. Bij de truck staken medewerkers soeplepels in grote vaten en vulden blikken kommen met warme pap. Anderen deelden plastic flesjes met schoon water uit. De vluchtelingen wachtten geduldig, verdwaasd en vol ongeloof omdat ze nu eindelijk eten en water kregen. Beatrice bedankte de medewerkers en ging met haar zoons naast de truck zitten om te eten en te drinken.

Na een week in het souterrain van coach Britt, met gezellige gezinsmaaltijden die zijn vrouw had bereid, en urenlang gamen met zijn kinderen, verhuisde Samuel naar zijn studentenkamer op de campus van NC Central in het zuidelijke deel van Durham. Die was modern, eerder een appartement dan een studentenkamer, en lag niet ver van het sportcomplex. Hij zou hem delen met een andere basketballer die over een paar dagen zou komen. Lonnie installeerde hem daar en liep toen met hem mee naar het footballveld en de kleedkamer, waar hij hem voorstelde aan zijn nieuwe baas, T. Ray. Voor het onvoorstelbare uurloon van zeven dollar vijfentwintig – het minimumloon in deze staat, wat dat ook mocht betekenen – kreeg Samuel zijn eerste baan, assistent-materiaalbeheerder van het footballteam.

‘Footballspelers zijn een stelletje varkens,’ mopperde T. Ray, terwijl hij Samuel rondleidde door de grote kleedkamer. ‘Op dit moment sta je onderaan de ladder, dus moet je na elke training helpen met het schoonmaken van de kleedkamer. Daarna help je met de was en vervolgens ben je elke middag op het trainingsveld en doe je alles wat ik zeg dat je moet doen. Begrepen?’

'Ja, meneer.'

'Meld je hier elke ochtend om acht uur, dan gaan we aan de slag. Coach Britt zegt dat je alle uren kunt gebruiken die je kunt krijgen tot de colleges beginnen, klopt dat?'

'Klopt.'

'Oké. Welkom aan boord. Ik zal je voorstellen aan een aantal assistent-coaches. De spelers komen over ongeveer een uur. Ze doen nogal grof tegen materiaalbeheerders, in het begin althans, dus vat het niet persoonlijk op.'

Samuel knikte, maar hij had geen idee wat hij kon verwachten.

'Dit is Rodney, je kersverse beste vriend en hoofd Studentenbeheer.'

Rodney heette hem welkom, gaf hem een fatsoenlijk teampoloshirt en een korte broek en zei dat hij zich moest omkleden. Rodney was onder de indruk van zijn gloednieuwe Reeboks. Toen hij klaar was, gingen ze naar een van de vele opslagruimtes en laadden samen een karretje vol met pasgewassen trainingsshirts, hemdjes, broeken en sokken. Op elk kledingstuk stond een tenuenummer. Aan de hand van het teamschema dat op een prikbord hing, legde Samuel de trainingstenues in de bijbehorende locker. Rodney deed voor hoe hij dat op de juiste manier moest doen. Het was licht en eenvoudig werk en Samuel vond het geweldig om zo nauw betrokken te zijn bij een team. Zijn trainingen zouden pas over een maand beginnen en hij had naast Rodney geen vrienden op de campus.

Hij vond het ook geweldig om zeven dollar vijfentwintig per uur te verdienen en was zijn coach dankbaar dat hij deze baan voor hem geregeld had. Hij had geen geld en kon de inkomsten goed gebruiken. Ook al zou hij al zijn maaltijden in de studentencafetaria gebruiken, hij moest wel een abonnement afsluiten voor zijn nieuwe telefoon en nog wat andere dingetjes regelen. Verder was hij van plan om zo snel mogelijk contact op te nemen met zo'n twintig hulporganisaties die hij online had gevonden.

Na de footballtraining vond hij de bibliotheek en daarna de wifi, en hij vogelde uit hoe de printer in een kopieerruimte werkte. Hij printte gekleurde landkaarten van zijn land en de buurlanden uit en flanste een collage van een gebied van ruwweg zevenhonderdvijftig vierkante kilometer in elkaar. Hij markeerde de bekende vluchtelingenkampen en -nederzettingen binnen dat gebied. En hij las het ene artikel na het andere, verhalen in kranten en tijdschriften en rapporten van de Verenigde Naties en een indrukwekkende groep ngo's.

Omdat er in zijn dorp geen internetbereik was geweest, was hij niet zo handig met zijn laptop, maar hij leerde snel. Als het vinden van zijn familie afhing van zijn technische vaardigheden, zou hij niet rusten voordat hij het werken met de computer beheerste. Het was een gigantische, moeizame strijd en hij had slechts een heel vaag idee van de uitdaging waar hij voor stond. Maar dat maakte niet uit. Het ging erom dat hij geloofde dat hij hen op de een of andere manier ergens zou vinden.

's Avonds bedekte hij een muur van zijn kamer met landkaarten, waar hij aantekeningen op maakte. Hij zat uren te internetten. Hij had zijn hele leven verhalen gehoord over de Zuid-Soedanese diaspora, maar hij had nooit geweten wat de omvang van de crisis was. Vier miljoen mensen, een derde deel van de bevolking van het land, was ontheemd door tientallen jaren oorlog, en de helft daarvan leefde in kampen en nederzettingen in het land zelf. De omringende landen namen de andere helft van een massale, onbeheersbare toestroom vluchtelingen op. Er waren er negenhonderdduizend in Oeganda, tweehonderdduizend in zowel Ethiopië als Soedan en nog eens honderdduizend in Kenia. Andere Zuid-Soedanezen waren nog verder van huis gegaan, allemaal op zoek naar veiligheid en eten. Bidi Bidi, de grootste nederzetting van Oeganda, ving nu meer dan tweehonderdduizend vluchtelingen op en had het breekpunt allang bereikt. De regeringen van die landen deden wat ze konden en deden een beroep op internationale hulp. Die kwam wel, maar het was steeds te weinig.

Tachtig procent van de vluchtelingen bestond uit vrouwen en kinderen. De mannen waren ofwel dood, ofwel ergens aan het vechten. Alleen Syrië en Afghanistan hadden nog meer vluchtelingen. In een studie van de Verenigde Naties werd voorspeld dat Zuid-Soedan zonder een zinvol vredesakkoord binnenkort meer vluchtelingen zou hebben dan enig ander land.

Samuel werkte tot diep in de nacht om de locatie van elk vluchtelingenkamp te markeren, en er waren er tientallen.

In enkele van de oudere nederzettingen in Oeganda en Kenia kregen de vluchtelingen kleine percelen grond om groenten te verbouwen en krotten neer te zetten. Sommige bewoners verbleven er al jaren en hadden alle hoop opgegeven om ooit nog terug naar huis te kunnen gaan. Er werden provisorische scholen gerund door hulpverleners. In de kampen, die blijkbaar nieuwer en minder goed georganiseerd waren, waren de omstandigheden vaak veel erger. Cholera-uitbraken waren aan de orde van de dag. Er was weinig of geen gezondheidszorg. De vluchtelingen leefden in tenten en hutten, en begonnen elke dag met een zoektocht naar eten en water.

Toen hij uitgeput was, zei Samuel zijn gebeden op en vroeg God zijn familie te redden, of wat daar nog van over was.

19

Beatrice en twee andere vrouwen uit het dorp waren erin geslaagd bij elkaar te blijven en beloofden plechtig dat zo te houden. Drie vrouwen met acht kinderen tussen de vier en de dertien. Ze sliepen de eerste nacht in het Rhino-kamp in een veld aan de rand van de uitgestrekte nederzetting. Toen het licht werd, liepen ze richting het centrum en vonden algauw een voedseldistributiepunt, waar trucks kwamen aanrijden met vaten met warme pap en rijst. De rij was lang en ging langzaam vooruit. De vrouwen, die snakten naar informatie, praatten tijdens het wachten met de andere vrouwen. Zo kwamen ze erachter dat er helemaal aan het andere eind van de nederzetting een gedeelte was waar hulpverleners uit allerlei verschillende landen in grote tenten kleding en medicijnen uitdeelden. Er waren een paar artsen, maar het was moeilijk er een te pakken te krijgen. James had koorts en moest naar een dokter.

De vrouwen wilden zich wassen en betere kleren vinden. Ze droegen nu vodden en hadden hun schoenen dagen geleden achtergelaten. Na het ontbijt lieten ze zich met de menigte meevoeren langs rijen schamele onderkomens, gammele krotten en vieze tenten. Ze zagen vuurtjes waar vrouwen boven kookten en honderden tienermeisjes met potten water op hun hoofd. Ze stapten over een smalle kreek die vol zat met rioolwater en afval, en daarna zagen ze een andere lange rij, waar ze achteraan aansloten. Ver voor hen stond een voedseltruck en eten was hun eerste prioriteit. Hun eerste dagen in het Rhino-kamp waren ze vooral in lange, trage rijen aan het wachten op eten, en ze sliepen op de grond met hun kinderen dicht tegen zich aan.

Op 11 augustus werd Samuel vroeg wakker en feliciteerde zichzelf met zijn verjaardag. Hij was nu achttien, maar was niet in een feeststemming. Hij wist dat hij dit de hele dag geheim zou houden. Hij zei zijn ochtendgebed op en hunkerde naar zijn moeder en de rest van zijn familie.

Nadat hij had gedoucht, ging zijn telefoon en hij nam op. Ecko Lam belde om hem te feliciteren en ze spraken een halfuur met elkaar. Ecko was nog in Zuid-Soedan en zou snel naar huis komen. Samuel was opgetogen toen hij hoorde dat zijn coach in Rumbek was en militairen inschakelde om Beatrice en haar kinderen op te sporen. Maar er was geen goed nieuws. Volgens overlevenden in Lotta waren de mensen alle kanten op gevlucht. De rebellen hadden sommigen van hen te pakken gekregen en vermoord. Het dichtstbijzijnde kamp was de nederzetting Yusuf Batil in de staat Upper Nile, ruim honderdvijftig kilometer van Lotta. Er waren veel kampen, waarvan sommige gerund werden door de overheid en basisbenodigdheden boden, en andere waren opgezet door hongerige mensen die dringend bescherming nodig hadden. In de overheidskampen werden de vluchtelingen geregistreerd en kregen betere zorg, maar het bleef toch zoeken naar een speld in een hooiberg. Ecko was van plan zijn tijd goed te gebruiken door informatie te verzamelen en contact te leggen met hulpgroepen en militaire leiders, en hij zou hem op de hoogte brengen zodra hij weer terug was in Amerika.

Hij wilde alle details van Samuels eerste dagen op de campus horen en was blij om te vernemen dat hij een baan had en dat hij zijn werk leuk vond. De colleges zouden over twee weken beginnen en Samuel popelde om vrienden te maken. De footballspelers waren best aardig, maar het was niet zijn sport. Hij kon niet wachten om de sporthal te betreden om te beginnen met trainen.

Nadat hij had opgehangen, ging Samuel op zijn bed zitten om nog een flink potje te huilen. En hij dankte God voor mensen als Ecko Lam.

De onbetwiste leider van het clubhuis was Devon Dayton, een potige *middle linebacker* uit Charlotte. Hij was luidruchtig, grappig, zelfverzekerd en haalde altijd geintjes uit met zijn teamgenoten. Hij was ook intimiderend, net als de meeste van deze grote jonge kerels. Samuel had nog nooit zoveel van zulke enorme lijven bij elkaar gezien.

Terwijl het in de kleedkamer een en al bedrijvigheid was op de vroege ochtend, liep Samuel naar binnen met een stapel schone handdoeken en Devon riep: 'Hé, jij daar.' Hij zat op een bankje met twee andere potige lijnverdedigers en keek geïrriteerd. Ruim vierhonderdvijftig kilo spieren en vlees.

Samuel legde de handdoeken neer en liep naar hen toe.

'Hoe heet je?' wilde Devon weten.

'Samuel Sooleymon.'

'Dat is een hele mond vol. Te veel lettergrepen. Waar kom je vandaan? Je praat grappig.'

'Zuid-Soedan,' zei Samuel verlegen. De anderen waren om hen heen komen staan om even te kunnen lachen.

'Waar ligt dat?'

'In Georgia, geloof ik,' zei iemand anders.

'In Afrika,' zei Samuel en hij wachtte af.

Devon zei: 'Nou, mijn sportbroekje was nog een beetje vochtig toen ik het vanochtend aantrok. Weet je hoe het is om rond te moeten rennen in een natte sportbroek?'

Samuel had twee dagen naar de training gekeken en wist dat alle sportbroekjes binnen een uur drijfnat van het zweet waren. 'Sorry,' zei hij.

'Samuel Sooleymon,' herhaalde Devon luid. 'Kun je dat spellen?'

'Ja, hoor.'

'Oké. Loop naar dat krijtbord en schrijf je naam op.'

Samuel deed wat hem gevraagd werd. Devon en de anderen bekeken de naam afkeurend. Een van hen zei: 'Dat is echt raar.'

Raar? Het schema stond vol met voornamen die Samuel nog nooit had gezien en waarvan hij niet eens wist hoe hij ze uit moest spreken.

Devon zei: 'We moeten hem afkorten. Wat dacht je van Sam? Gewoon ouderwets Sam?'

Samuel schudde zijn hoofd en zei: 'Mijn vader vond Sam maar niks.'

'Ik weet het,' zei iemand anders. 'Laten we hem Sooley noemen.'

'Da's een goeie,' zei Devon. 'Sooley wordt het, en Sooley, vanaf nu wil ik 's ochtends graag een droog sportbroekje.'

Een coach stormde schreeuwend door de deur en ineens was het team niet meer bezig met naamsveranderingen. Ze haastten zich de kleedkamer uit en toen ze weg waren, wiste Samuel zijn naam van het bord, raapte de handdoeken op en legde ze op een rek. T. Ray zei dat hij moest voortmaken en de flesjes koud water naar het veld moest brengen.

Football was een vreemde sport. De trainingen waren een georganiseerde chaos, want het trainingsveld stond vol met honderd spelers die oefeningen deden, terwijl er een stuk of zes coaches aan het schreeuwen en fluiten waren. De ochtendsessies waren zonder lichamelijk contact en bestonden voornamelijk uit conditietraining en zware gymnastiekoefeningen, terwijl de zon steeds heter werd, en zoveel suicide sprints dat de zwaarste jongens erdoor bezweken. Na twee uur gingen de spelers terug naar de kleedkamer, kleedden zich uit, gingen douchen en lieten hun vuile kleren op een hoop liggen zodat Samuel en de andere materiaalbeheerders ze konden wassen en drogen, waarna ze ze weer netjes in de lockers legden. Na een lange pauze om te lunchen en uit te rusten, kwamen de spelers weer terug om een uur met hun coaches te overleggen: de *offensive linemen* in één ruimte, *wide receivers* in een andere, enzovoort. Om drie uur trokken ze hun volledige tenue aan en liepen weer de zon in.

Samuel en twee andere materiaalbeheerders ruimden de kleedkamer op en haastten zich daarna naar het veld om het water en de sportdrank aan te vullen.

In het begin waren de *full-contact*-oefeningen angstaanjagend geweest, want woestelingen van honderdveertig kilo probeerden elkaar af te maken terwijl hun coaches hun toebrulden dat ze nog harder moesten beuken. En ja hoor, de coaches werden vooral enthousiast door de hardste knallen, de botsingen waarbij je botten hoorde kraken, en de gemene tackles, die brachten ook het luidste gejuich teweeg bij de andere spelers. Samuel was blij dat hij basketbalde.

Na drie uur van bruut geweld waren de spelers drijfnat van de hitte en de hoge luchtvochtigheid, en eindelijk kreeg de coach medelijden en blies op zijn fluitje voor het eindsignaal. Samuel liep snel naar de kleedkamer om op te ruimen. De stemming was een stuk matter nu de spelers zichzelf naar binnen sleepten, hun kleren uittrokken en naar de douche liepen. Ze namen de tijd om zich aan te kleden. Ze zouden pauzeren om te eten en die avond terugkomen voor nog meer besprekingen. Samuel werkte tien uur per dag en telde zijn geld.

Toen hij een stapel vuile trainingshemdjes opraapte, riep Devon: 'Hé Sooley, kom eens hier.'

Samuel liep naar hem toe en verwachtte weer een of ander geintje. Het team ging snel om Devon heen staan, die zei: 'Luister, Sooley, we weten dat het een zware zomer voor je is geweest en we weten ook dat vandaag een bijzondere dag is.

En omdat je niet naar huis kunt om het te vieren, dachten we dat we dat maar hier moesten doen.'

De muur van lijven schoof uiteen en coach Lonnie Britt kwam naar voren met een grote verjaardagstaart, compleet met kaarsjes en de tekst HAPPY BIRTHDAY SOOLEY erop geschreven in het bruin met grijs, de teamkleuren. Als een amateurdirigent zwaaide Devon met zijn handen en het team gaf een luidruchtige vertolking van 'Happy Birthday' ten beste, waarbij de meesten van hen expres vals brulden.

Samuel was overdonderd en sprakeloos. Devon zei: 'We zijn blij dat je er bent, Sooley. Het is jammer dat je de verkeerde sport beoefent, maar we zijn dol op onze basketballers. Op de meesten, tenminste.'

Coach Britt gaf de taart aan Devon en omhelsde Samuel, de jongen met de brede glimlach en de oneindig trieste ogen.

Beatrice en haar kleine bende brachten de nacht voor de derde keer op de grond door, maar nu wel in een grote, legerachtige tent met honderd anderen. Nadat ze die dag twee maaltijden hadden gehad, waren de hevigste hongersteken bedaard en kwamen de kinderen weer tot leven. De toekomst was somber en het verleden te pijnlijk om bij stil te staan, maar misschien hadden ze het ergste achter de rug.

Terwijl ze James en Chol knuffelde en wachtte tot ze in slaap vielen, besefte ze dat het half augustus was. Samuel werd, ergens ter wereld, achttien en ze bad dat hij veilig was.

20

De zaterdag daarop had het team 's ochtends een lichte training en waren ze de rest van de dag vrij. Samuel en de drie andere materiaalbeheerders deden de was en maakten de kleedkamer schoon. Hij verliet het clubhuis en ging terug naar zijn studentenhuis, waar hij zag dat er iemand bij hem introk. Het was Murray Walker, zijn nieuwe boezemvriend. Ze stelden zich aan elkaar voor, gaven elkaar een hand en gingen ieder op hun eigen bed zitten.

Coach Britt had Samuel de naam van zijn kamergenoot gegeven en gezegd dat hij nog zou bellen. Samuel, die voortdurend online was als hij niet werkte, had de jongen nagetrokken en wist dat hij een aankomende tweedejaars was die tijdens zijn eerste jaar gemiddeld slechts vijf minuten per wedstrijd had gespeeld. Vijf minuten, twee punten, één rebound: het magerste resultaat van alle dertien spelers. Hij was één meter tweeëntachtig, had meegelopen, had de selectie overleefd en was in het team gekomen.

'Wat is dit allemaal?' vroeg Murray met een knikje naar de wand, die volhing met landkaarten en aantekeningen.

'Wat een puinhoop, hè? Ik wil het er best afhalen, hoor.'

'Nee, maakt niet uit. De coach vertelde dat je uit Zuid-Soedan komt, in Afrika.'

'Wat heeft de coach nog meer over me gezegd?'

Murray lachte schouderophalend. 'Tja, hij zei dat je nogal veel hebt meegemaakt de laatste tijd. Ik vind het echt heel erg voor je.'

Samuel stond op en liep naar de muur. 'Ik kom uit een dorp in de buurt van de stad Rumbek in het midden van Zuid-Soedan. Het dorp is volledig weggevaagd en mijn moeder is daar nog ergens.' Hij wees vertwijfeld naar de muur om aan te geven dat hij geen idee had waar ze was. 'Ik hoop dat mijn broertjes en zusje bij haar zijn.'

'Vluchtelingen?'

'Zoiets. Mijn vader is vorige maand vermoord door rebellentroepen.'

'O, man, wat erg.'

'Dank je wel. Het was behoorlijk heftig.'

'Ik kan me er niet eens een voorstelling van maken.'

'Volgens de website kom je hier vandaan, uit Durham.'

'Klopt. Ik ben hier geboren.'

'Waarom heb je voor Central gekozen?'

'Omdat ze me nergens anders wilden. Ik werd niet bepaald enthousiast binnengehaald. Coach Britt nodigde me uit om mee te lopen en ik kwam door de selectie. Mijn ouders hebben hier ook gestudeerd, dus ik ben altijd voor Central gegaan.'

'Woont je familie hier?'

'Ja. Tien minuten verderop. Mijn moeder is advocaat en mijn vader runt een voedselbank.'

'Wat is een voedselbank?'

'Dat is een non-profitorganisatie die voedsel inzamelt en het uitdeelt aan mensen die honger hebben.'

Samuel ging op zijn bed zitten en keek Murray bevreemd aan. 'Mensen die honger hebben? Hier?'

'Het zijn er heel wat.'

'Meen je dat nou?'

'Ik ben bloedserieus, man. Ik weet dat jij het moeilijk kunt geloven, maar hier in het land van overvloed wonen een heleboel arme mensen. Wil je het zien? Ik moet ergens iets afleveren.'

'Niet echt. Ik heb thuis wel genoeg armoede gezien.'

'Laten we een hamburger gaan eten, dan leid ik je rond. Ik heb mijn truck vol met eten voor een gaarkeuken.'

'Heb je een truck?'

'Het is een tweedehandsje, maar hij doet het.'

'Wat is een gaarkeuken?'

'Kom maar mee, dan laat ik het je zien. Mijn vader heeft gevraagd of ik ergens iets wilde afleveren.'

'Nou, ik zit momenteel een beetje krap bij kas.'

'Oké, ik trakteer je op een hamburger. Dan mag jij volgende keer betalen.'

Ze parkeerden bij een McDonald's en stapten uit. Samuel zag de stapel dozen in de laadbak en vroeg: 'Waar komt het eten vandaan?'

'We kopen een deel, maar er wordt ook heel veel gedoneerd. We hebben een magazijn vol, of eigenlijk drie magazijnen, en we geven tienduizend mensen per week te eten. Mijn vader is de baas en hij heeft de touwtjes strak in handen. Ik werk er parttime.'

Ze gingen bij het raam zitten eten en praatten over basketbal. Murray wilde alles weten over het toernooi in Orlando, de gewonnen en de verloren wedstrijden en de scouts die hadden gekeken. Twee jaar eerder had zijn zomerteam in Atlanta tegen Houston Gold gespeeld en ze waren vet ingemaakt. Ze praatten over coach Britt. Murray vond het een topkerel en Samuel zei dat de coach waarschijnlijk zijn leven had gered. Ze spraken over de twee voormalige spelers die waren gearresteerd voor die gewapende overval. Murray beschreef hen als twee goeie jongens die erom bekendstonden dat ze verkeerde beslissingen namen en zei dat de rest van het team zich zorgen om hen maakte. Ze hadden advocaten en de kans was groot dat ze een bekentenis zouden afleggen voor minder zware vergrijpen en niet in de gevangenis zouden belanden, maar ze zouden wel een jaar college en basketbal mislopen. Hij zei dat coach Britt heel kieskeurig was met wie hij onder contract nam, maar dat niets zeker was als het op rekruteren aankwam. Ze praatten over de competitie, de andere universiteiten, de uitwedstrijden en het leven op de campus.

'Veel meisjes?' vroeg Samuel.

'O, ja, heel veel. En ze houden van sporters. Met jouw vreemde accent moet je ze straks zeker van je afslaan.'

'Klinkt afschuwelijk, zeg. Wacht maar tot ik in het Dinka met ze ga praten.'

Wat tot een lange discussie over het leven in Zuid-Soedan leidde.

Ze praatten non-stop en toen ze het restaurant uit liepen, waren ze vrienden voor het leven.

21

Nu had Chol koorts, en die leek heviger te zijn dan die van zijn broer. Na het ontbijt nam Beatrice allebei de jongens mee door de vieze, chaotische straten van de nederzetting en vroeg de weg naar de kliniek. Er waren er drie, kreeg ze te horen, of misschien wel vier, en de grootste was anderhalve kilometer verderop. Ze leidde de jongens in die richting. Met elke stap bekeek ze alle gezichten om zich heen in de hoop dat ze Angelina zou zien. Ze had gedroomd dat ze haar hier zou vinden, samen met Ayak, en dat ze herenigd zouden worden.

Beatrice vond de kliniek uiteindelijk en was niet verbaasd toen ze een lange rij moeders met hun zieke kinderen zag staan wachten onder de brandende zon. De ochtend ging voorbij voordat ze de grote, overvolle tent in konden komen. Ze liepen de lunch mis en hadden water nodig.

De kliniek werd gerund door een lutherse dominee uit Hamburg, en de artsen en verpleegkundigen waren Duits en spraken met een accent. James en Chol vonden het fascinerend om witte mensen te zien, een zeldzaamheid in dat deel van de wereld. Een verpleegkundige onderzocht de jongens en stelde vast dat ze malaria hadden, een veelvoorkomende ziekte in Zuid-Soedan. En ze waren waarschijnlijk ondervoed, maar verder gezond. Ze gaf Beatrice een potje pillen, en instructies.

'Hoe lang zijn jullie al hier?' vroeg de verpleegkundige.

'Ik weet het niet. Een week, misschien.'

'Krijgen jullie genoeg te eten?'

'Nee, er is nooit genoeg, maar we zijn in elk geval niet meer uitgehongerd.'

'Waar wonen jullie?'

Beatrice haalde haar schouders op en kon geen antwoord bedenken.

'Oké, waar slapen jullie?'

'Op de grond.'

'Hebben jullie geen dak boven je hoofd?'

'Nee.'

De verpleegkundige trok een la open en haalde er twee kaartjes uit waar cijfers op gedrukt stonden. Ze gaf er een aan Beatrice en zei: 'Om de hoek is een distributiecentrum. Neem dit mee en ga erheen, dan krijg je kleding en water.'

Beatrice bedankte haar en pakte het kaartje aan.

De verpleegkundige gaf haar het tweede kaartje, dat lichtblauw was. 'Er wordt een nieuw gedeelte van de nederzetting geopend. Bij het distributiecentrum zie je een bordje waar HUISVESTING op staat. Als je dit aan hen geeft, wijzen ze je een tent toe die groot genoeg is voor je gezin.'

Beatrice kon wel huilen van geluk, maar dacht onmiddellijk aan haar vriendinnen uit Lotta. 'Maar ik ben hier met anderen,' zei ze. 'En die hebben ook kinderen.'

'Hoeveel?'

'Twee gezinnen.'

De verpleegkundige gaf haar nog twee blauwe kaartjes en zei met een glimlach: 'Jullie slapen vannacht in jullie eigen tent. Kom over een week terug met de jongens.'

Beatrice was de misgelopen lunch al vergeten en haastte zich naar het distributiecentrum, waar alweer een lange rij mensen stond te wachten om naar binnen te mogen. Ze hoorde een luide stem en keek naar de overkant van de straat. Onder een afdak droeg een priester met een megafoon de zondagsmis op en op de grond om hem heen zaten duizenden mensen.

Voor het eerst sinds tijden wist Beatrice welke dag van de week het was.

Slapen viel niet mee, en Samuel deed het weinig. Hij werd zondagochtend in het donker wakker en merkte dat Murray niet terug was gekomen. Hij had een vriendinnetje in de stad en had gezegd dat hij misschien thuis zou slapen.

Samuel douchte, trok zijn beste kleren aan, ontbeet in de cafetaria en liep naar de Sacred Heart Catholic Church drie kilometer verderop. Hij genoot van de dienst, dankte God voor Zijn goedheid en bad vurig voor zijn familie.

Er zaten maar weinig zwarte mensen om hem heen. Murray, die methodist was, zei dat er in het Zuiden niet veel zwarte katholieken waren. Blijkbaar had hij gelijk.

Als zondagstraining zouden ze 's avonds een oefenwedstrijd van drie uur doen, als het wat koeler zou zijn. Maar half augustus was er helemaal niks koel en toen Samuel weer terugkwam in het studentenhuis was zijn shirt doorweekt. Hij trok een sportbroekje aan en liep in tien minuten naar de sporthal van Central, die officieel de McDougald-McLendon Arena heette, maar zo'n betiteling vroeg natuurlijk om een bijnaam. De sporthal stond al tientallen jaren kortweg bekend als het Nest. Samuel had een eigen sleutel, dankzij T. Ray. Hij vond een ballenrek en begon voor het eerst in dagen te schieten. Het voelde goed om de bal te laten stuiteren, schoten te nemen, op een rustig drafje de bal op te halen, te dribbelen en dan weer op te springen voor het volgende schot. In het gebouw was het maar een paar graden koeler dan in de hitte buiten, maar voorlopig was het de ideale temperatuur. Zijn schoten waren opmerkelijk vaak raak. Hij liep verder naar achteren en vond de juiste afstand.

Hoe vaak kon hij in zijn eentje in een uur schieten met een redelijke hoeveelheid afwisseling? Er hing een klok aan de muur en hij timede zichzelf. Voor elk schot praatte hij tegen zichzelf en nam in gedachten de stappen door. Vanaf de driepuntslijn schoot hij eerst twee keer raak en daarna drie keer mis. Twee van de vijf. Drie van de zes. Vier van de tien. Zes van de vijftien. Twaalf van de dertig.

Zestig minuten later had hij tweehonderd keer geschoten, waarvan een derde raak.

Dat was niet goed genoeg.

De tent was zes bij zes meter en had een dik plastic grondzeil, een deur die open- en dichtgeritst kon worden en drie ramen die open konden om te ventileren. Beatrice, een lange vrouw, kon bijna rechtop staan zonder haar hoofd te stoten. De tent was te groot om te kamperen en te klein voor het leger, dus moest hij zijn ontworpen voor vluchtelingen. Het kon Beatrice niet schelen hoe en waarvoor hij ontworpen was. Hij bood haar en de jongens voor het eerst sinds lange tijd privacy en het gevoel dat ze een plek hadden. Nadat ze ernaartoe waren verhuisd, zonder dat ze iets te verhuizen hadden, ritste ze de deur en de ramen dicht en kroop dicht tegen James en Chol aan in volledige afzondering. Maar het werd algauw heet en benauwd, dus ritste ze alles snel weer open en liep naar buiten. Haar vriendinnen uit Lotta hadden aan weerszijden van haar een eigen tent en vonden allebei dat ze een wonder had verricht om dit voor elkaar te krijgen.

Hun reis zat erop. Ze hadden het bloedbad en de nachtmerrie van het vluchten overleefd en waren aanbeland op een plek die veiligheid, voedsel, water en nu ook onderdak beloofde.

De kinderen hingen eerst bij de tenten rond, te bedeesd om zich verder weg te wagen, maar toen het donker werd, speelden ze op straat met een groepje kinderen. De tenten, en dat waren er duizenden, allemaal identiek, waren opgezet in een volmaakt patroon, vele blokken achter elkaar. Elke tent stond exact twee meter van de volgende af, dus als er vier tenten verder een familieruzie losbarstte, was dat door de wanden van vinyl heen door vele anderen te horen. De vrouwen en kinderen leerden al snel dat ze altijd moesten fluisteren als ze binnen waren.

De kleine kaveltjes boden twee meter grond voor de tent en langs de straat, en twee meter aan de achterkant om te koken en te plassen. Er waren hier en daar wel een paar buiten-wc's, maar dat waren er niet genoeg. Er stonden lange rijen mensen voor de hokjes te wachten, terwijl anderen zich ontlastten waar ze konden. Er hing een doordringende stank van poep en plas. De scherpe rook van kookvuren hing als mist over het terrein.

Beatrice verlangde naar de dag dat ze iets zou hebben wat ze kon koken.

22

Op maandag 17 augustus, de eerste collegedag, werd Samuel vroeg wakker, deed het licht aan, smeet met laden en maakte zo veel mogelijk geluid tijdens het douchen, maar zijn kamergenoot was met geen mogelijkheid wakker te krijgen uit zijn nachtelijke comateuze toestand. Samuel kleedde zich aan, verliet het huis en liep snel naar het gebouw van de studentenvereniging om koffie te drinken en naar de studentes te kijken. Hij had uren over de campus gezworven en kende elk gebouw. Om negen uur had hij sociologie, om tien uur Afrikaanse studies en om twaalf uur wiskunde. Het leukste deel van de dag begon om drie uur in het Nest, waar het team en de coaches bijeen zouden komen voor de eerste training. Volgens de huidige NCAA-regels mochten ze tot eind september, als het echte werk begon, vier dagen per week precies één keer de vloer op. De eerste voorwedstrijd zou begin november zijn.

Hij was nu bijna zes weken in Amerika, waarvan de afgelopen twee weken op de campus, en de cultuurschok begon langzaam weg te ebben. Hij keek bewonderend naar de studenten en hun rijkdom. Ze hadden allemaal een telefoon en een laptop en de meesten, vooral de meisjes, waren de hele tijd op hun schermpje aan het staren. En dan die kleren. De meesten droegen afgeknipte spijkerbroeken, T-shirts en sandalen, maar ze leken over een eindeloze voorraad te beschikken. Murrays kleine kast lag vol met meer T-shirts dan tien mannen bij elkaar in Lotta hadden gehad. Samuel had meteen in de gaten dat een student niets kon beginnen zonder de juiste rugzak. Hij kocht er een van zijn eerste loon, met hulp van Murray. Hij verbaasde zich over het aantal studenten dat een eigen auto had en daar ook mee naar de universiteit kwam. Parkeren op de campus was moeilijk en aan strenge regels gebonden, maar het verkeer was toch een ramp.

Ondanks zijn ellende vond hij het geweldig om op een Amerikaanse campus te zijn en met de colleges te beginnen. Toen hij bij sociologie naar binnen liep, zaten er honderd studenten in de collegezaal en op het eerste gezicht kende hij niemand. Toen zag hij bijna achterin het lachende gezicht van een eerstejaars footballspeler. Hij ging naast hem zitten toen de hoogleraar de aandacht vroeg. Alle laptops werden opengeklapt.

Samuel deed heel even zijn ogen dicht en dacht aan zijn moeder.

Om vijf voor drie blies coach Britt op zijn fluitje en hield iedereen op met zijn warming-up. Hij verzamelde de spelers op een deel van de tribune en begroette hen.

Ze waren met zijn zestienen: tien van de oude garde, twee die waren overgeplaatst, twee nieuwelingen en twee spelers die waren uitgenodigd om mee te lopen. Van de tien spelers van de oude garde waren er drie vierdejaars, twee derdejaars en twee tweedejaars, onder wie Murray.

Coach Britt begon met het voorstellen van de sportcoördinator en vroeg hem een praatje te houden, wat hij maar al te graag leek te doen. Hij verwelkomde het team, zei dat het een geweldig seizoen zou worden, enzovoort. Maar zijn echte doel was over de twee teamgenoten te praten die nu weliswaar niet in de cel zaten, maar wel een ernstige aanklacht aan hun broek hadden hangen. Hij nam de verantwoordelijkheid voor hun schorsing en zei dat de universiteit geen keus had gehad. Als ze uiteindelijk zouden worden vrijgesproken, zouden de directeur en hij overwegen hen weer toe te laten. Hij wilde niet dat het team zich zou laten afleiden door het incident.

De sportcoördinator vertrok en coach Britt nam het over. Hij stelde de vijf studentenbeheerders voor, allemaal vrijwilligers, en vertelde hoe belangrijk die voor het programma waren. Daarna stelde hij zijn medehoofdcoach voor, Jason Grinnell, en ook zijn twee assistent-coaches, Jackie Garver en Ron McCoy. Ze werkten al met zijn vieren sinds Lonnie vier jaar geleden in dienst was gekomen bij Central. Verder liet hij hen kennismaken met het hoofd Basketbalzaken en diens assistent, het hoofd Spelersontwikkeling, de teamarts en de twee trainers.

In Lotta had Samuel twee vrienden gehad die thuis een klein tv'tje met satellietontvangst en een generator hadden gehad, en hij had heel wat basketbalwedstrijden in Amerika gezien. Hij was gefascineerd door het spektakel van het spel en werd gemotiveerd door de opwinding, de populariteit en de pracht en praal eromheen. Hij snapte het meeste ervan, maar hij had ook nog wel wat vragen. De meest raadselachtige was wel: waarom zitten er bij *college*-teams toch altijd zoveel mannen in donkere pakken op de bank? Wie zijn die mensen? Heeft een team met slechts vijf spelers in het veld echt een handvol coaches nodig? Er waren vaak nog meer mannen in donkere pakken dan spelers in tenue.

Hij had die belangrijke vragen aan Murray gesteld, en die had iets geantwoord in de trant van: 'Zo doen ze het allemaal. Waarom heeft het footballteam honderd spelers?'

Coach Britt zei dat er zes nieuwe gezichten waren. Hij stelde de twee jongens die meeliepen voor, en daarna de twee transfers: de eerste was Sherman Batts, die het vorige seizoen bij een openbare universiteit in Florida had gespeeld. De tweede was Trevor Young, een All-American van een highschool, die bij Virginia Tech niet veel had gespeeld en hier een jaar zou blijven.

En dan waren er nog de twee eerstejaars, Samuel Sooleymon uit de Afrikaanse republiek Zuid-Soedan, en Michal Rayburn uit Wilmington. Hij hemelde hen allebei op, keek op zijn horloge en zei: 'Oké, de NCAA zegt dat we vandaag nog maar drie kwartier hebben. Laten we naar de kleedkamer gaan en lockers uitkiezen. Vierdejaars eerst, zoals altijd. Daarna delen we de trainingstenues en nieuwe schoenen uit, en alles wat je verder nog nodig hebt. Morgen krijgen jullie je eerste lichamelijke onderzoek, dus kom een paar minuten eerder.'

23

Elke dag begon hetzelfde. Er was niets om de sleur te doorbreken, niets om de roosters te veranderen die niet bestonden. Voor de ontheemden en de door de oorlog getekenden was het een godsgeschenk om 's ochtends wakker te worden in een veilige omgeving, met de belofte van voedsel en water. Ze kenden er zovelen die het niet hadden overleefd.

Beatrice werd als eerste wakker en verschoof zachtjes op de harde grond, voorzichtig om de jongens niet wakker te maken. Het eerste zonlicht scheen door het gaasdoek van het raam boven haar. Ze hoorde zacht gefluister uit de buurtenten terwijl de moeders daar opstonden. Zoals altijd gingen haar eerste gedachten uit naar haar kinderen. James en Chol waren hier bij haar en zouden straks wakker worden en om eten vragen. Angelina was weg en het zou een wonder zijn als ze haar terug zouden vinden. En waar was Samuel? Volgens de planning zou het team uiterlijk 1 augustus terugvliegen. Terug waarheen? Samuel was nu ongetwijfeld op de hoogte van het bloedbad. Er was geen thuis, geen dorp meer. Waar zou hij naartoe moeten? In haar dromen vindt hij Ayak en dan vinden ze samen Angelina, en dan zijn ze hier alle drie ergens in de nederzetting en zoeken ze Beatrice en de jongens.

Ze zei haar ochtendgebed op, dat werd gevolgd door haar ochtendhuilbui. Het was het beste om in haar eentje te huilen, terwijl de jongens sliepen. Lange tijd wreef ze zachtjes over haar benen, terwijl de wereld om haar heen langzaam tot leven kwam. Steeds meer stemmen uit de tenten, steeds meer mensen die over het zandpad voor de tenten liepen.

Zo meteen zouden ze beginnen aan het dagelijkse avontuur van het zoeken naar ontbijt. De voedselleveringen waren algemeen bekend. Het geluid van ronkende vrachtwagenmotoren betekende gewoonlijk dat de hulpverleners in aantocht waren. Iedereen in de lange rijen kon urenlang geduldig wachten. Er was meer dan genoeg eten en zodra de mensen die eerst honger hadden geleden dat beseften, vonden ze het geen probleem meer om te wachten. Ze wachtten een uur op hun ontbijt van pap en water, een uur voor hun lunch van bonen, rijst en een klein brood, en een uur op hun avondeten dat bestond uit de restjes die over waren van de eerdere maaltijden. Geen vlees, geen fruit, niets met ook maar een klein beetje suiker, maar er werd niet geklaagd. De mensen hadden de angst en de fysieke pijn van honger gekend en waren opgelucht dat daar een eind aan was gekomen.

Beatrice en de jongens liepen door de uitgestrekte nederzetting, die maar bleef groeien. Ze wachtten in talloze rijen bij voedselpunten. Ze wachtten in rijen voor tweedehandskleding en -schoenen. Ze zwierven door de onverharde straten zonder dat ze een bestemming in hun hoofd hadden. Ze vonden een klein marktje en vroegen zich af hoe mensen geld konden hebben om iets te kopen. Ze hoorden Dinka, hun eigen taal, en Nuer, die van hun grootste rivalen, en verder Azande, Bari, Murle, Engels en andere, onbekende talen. Zoals veel andere moeders was ze aan het zoeken. Ze had de jongens geleerd om goed op te letten en snel alle gezichten van tienermeisjes te bekijken. Het zou kunnen dat Angelina in het kamp was en dat ze haar zouden vinden.

Beatrice zag een hulpverlener, een witte vrouw, in een mooi shirt met op het borstzakje het logo van Artsen Zonder Grenzen. Ze praatte in een mobiele telefoon en stond voor een grote legertent die dienstdeed als hospitaal. Ze liet haar telefoon zakken, haalde diep adem en zag dat Beatrice haar een eindje verderop stond aan te staren. Beatrice ging ervan uit dat ze Engels sprak en vroeg: 'Mag ik u iets vragen?'

'Natuurlijk,' antwoordde de vrouw met een hartelijke glimlach.

'Kan ik hier ergens een telefoon gebruiken?'

'Er is wel bereik, maar het is niet veel. Hier in het hospitaal hebben we onze eigen antenne en een generator. Er zijn er nog een paar verspreid over de nederzetting.' Ze had een of ander Europees accent.

'Ik zoek mijn kinderen. Mijn zoon is van de zomer naar Amerika gegaan om te basketballen. Ik weet niet waar hij is en hij weet niet waar wij zijn.'

'Heeft hij een mobiele telefoon?'

'Nee. Ik heb alleen de naam van zijn coach.'

'Waar woont die coach?'

'Ergens in Amerika, maar hij is Zuid-Soedanees.'

'Ergens in Amerika,' herhaalde de vrouw geamuseerd. 'Oké, geef me zijn naam maar en vertel me wat hij doet, dan zal ik het proberen.'

'Hij heet Ecko Lam en hij coacht de basketbalteams uit Zuid-Soedan. Alle papieren lagen in mijn huis.'

'Ik begrijp het. Goed, ik stel het volgende voor: kom overmorgen rond het middaguur weer hiernaartoe. Misschien hebben we geluk.'

'Heel erg bedankt.'

De eerste footballgame was op Bethune-Cookman in Daytona Beach. Om budgettaire redenen gingen slechts de helft van het team en vier materiaalbeheerders mee met de vlucht. Waarop Murray opmerkte: 'Ze redden het vast wel om met vijftig spelers een wedstrijd te spelen.'

Samuel had voor het eerst sinds hij hier was een vrij weekend. Zaterdagochtend laat, nadat hij Murray uit bed had weten te krijgen, liepen ze naar de sporthal, deden wat lichten aan en maakten hun spieren los. Het was een ongeschreven regel dat alle spelers uit het team mochten gaan schieten buiten de trainingsuren, zolang er maar geen coaches bij waren. Iedere speler kreeg een sleutel van de zijingang, een uitleg over hoe het licht werkte, en de code van de kleedkamer.

Na vier trainingen was het de rest van het team duidelijk dat Sooley gezegend was met een flitsende snelheid en behendigheid. Hij had de suicide sprints met gemak gewonnen. Zijn verticale sprong vanuit beweging was gemeten op één meter veertien, hoger dan alle coaches ooit hadden gezien. Hij woog zesentachtig kilo en was ruim één meter drieënnegentig, en hij groeide nog steeds. Hij was dol op het spel, stond graag op de vloer en hoe afmattend de conditietraining ook was, hij hield altijd een lach op zijn gezicht.

Maar schieten en dribbelen kon hij niet, wat toch wel de basisvaardigheden van een pointguard waren. In de verdediging kon hij springen als een gazelle en schoten wegtikken, maar zijn snelheid zat hem vaak in de weg. Als iemand een simpele schietschijnbeweging maakte, sprong hij al als een speer in de lucht.

Na een halfuur schieten nam Murray een paar oefeningen in balbezit met hem door en liet hem de geheimen zien van het afschermen van de bal terwijl je de hele vloer in de gaten houdt. Volgens de beoordelingsgrafieken was hij de op twee na beste pointguard, na Murray en Mitch Rocker, een derdejaars die al drie jaar als starter speelde. Als hij nog een paar centimeter groeide en nog eens een slechte oefenwedstrijd speelde waarbij hij de bal buiten de lijn speelde, zou Sooley een *small forward* worden. Hij zou duidelijk op de reservebank belanden. Coach Britt verwachtte dat hij drie derdejaars en twee tweedejaars als starters zou kiezen.

De familie Walker woonde in de wijk Trinity Park in Durham, op tien minuten van de campus van Central. Hun huis stond in een lommerrijke straat met vooroorlogse huizen van twee verdiepingen.

Murrays moeder, Ida, was in Durham geboren en getogen en was nooit ver van huis geweest. Haar vader was directeur geweest van een van de grootste verzekeringsmaatschappijen van het land met een eigenaar met een donkere huidskleur, en haar familie had een comfortabel leven geleid. Haar man, Ernie, was opgegroeid in een straatarm gezin op de tabaksvelden ten noorden van Raleigh en had zich heilig voorgenomen om de pijn van de honger nooit te vergeten. Hij was de directeur van de voedselbank van Durham County en was er enorm trots op dat hij elfduizend mensen per dag van eten voorzag.

Ernie had de laatste tijd duidelijk weinig maaltijden overgeslagen. Hij stond op de patio achter het huis kipfilet te grillen toen Murray en Samuel zaterdag aan het eind van de middag aankwamen. De gevoelstemperatuur lag tegen de achtendertig graden en Ernie was kletsnat van het zweet, terwijl hij met een stalen tang zijn best deed op het avondeten en naar de footballwedstrijd van Central op de radio luisterde. Hij heette Murrays nieuwe kamergenoot welkom, zei dat hij goede dingen over hem gehoord had, en begon over football. Na een paar minuten in de hitte gingen de jongens naar binnen, waar mevrouw Walker in de keuken kool voor de sla aan het snijden was en maïskolven kookte.

Miss Ida, zoals ze genoemd werd, was de directeur van Durham Legal Aid, waar ze leidinggaf aan een team van twintig advocaten die een eindeloze toevoer van arme cliënten bijstonden. Ze gaf Samuel een knuffel alsof ze hem al eeuwen kende en zei dat hij moest gaan zitten terwijl ze een plak bananen-notenbrood voor hem afsneed. Murray deed net of hij chef-kok was en prikte in haar koolsla, wat hem een reprimande opleverde.

Samuel was op slag betoverd door Miss Ida. Hij was nooit in de buurt geweest van een vrouw die de onbetwiste baas was van iedereen om haar heen. Ze vroeg Samuel hoe het met zijn studie ging en of hij zich een beetje kon aanpassen aan het leven in Amerika, en ze begon bewust niet over zijn familie. Murray had hen ingelicht over de tragedies en de voortdurende onzekerheid en ze stonden al klaar om Samuel op alle mogelijke manieren te helpen. Terwijl ze druk in de weer was in de keuken, vroeg ze Murray naar zijn professoren en welke hij de leukste vond. Na slechts twee weken college viel er nog weinig te vertellen. Ze praatten over Jordan, Murrays oudere zus. Ze studeerde rechten aan Vanderbilt University en Samuel was verliefd op haar, al had hij haar nog nooit ontmoet. Hij volgde haar op social media. Ze praatten over Brady, een oudere broer die was gestopt met zijn studie aan Yale en de familie ontwrichtte. Maar dat gespreksonderwerp was snel ten einde.

Ernie kwam de veel koelere keuken binnen met een schaal gebarbecuede kip en Miss Ida vertelde hem precies waar hij die neer moest zetten. Terwijl hij de familie hoorde kletsen, dacht Samuel onwillekeurig aan zijn eigen arme moeder. Hij had geen idee waar ze was en of ze nog wel leefde. Waar woonde ze? Wie was er bij haar? O god, laat Angelina, James en Chol bij haar zijn. Laat hen in veiligheid zijn.

Beatrice was net zo warm, voorkomend en intelligent als Ida Walker, maar ze had nooit de kans gekregen naar school te gaan. In Lotta, en in het grootste deel van zijn land, kregen jonge meisjes als ze geluk hadden een paar jaar basisonderwijs en werden daarna naar huis gestuurd om te wassen en te koken. De meesten kregen helemaal geen opleiding. Beatrice kon lezen en schrijven, meer niet.

Samuel verlangde naar zijn moeder en zei een snel gebed op voor haar welzijn.

Zelfs terwijl Ida kookte en praatte en de baas speelde over

haar man en haar jongste zoon, hield ze Samuel in het oog. Hij was een diepgekwetste jongen die alle liefde en steun nodig had die ze hem konden geven.

24

Tegen het eind van de training, toen de spelers aan het afbouwen waren en de verplichte vijftig worpen op een rij afmaakten, hoorde Samuel coach Britt de magische naam zeggen: 'Ecko.' Samuel draaide zich om en zag zijn oude coach het veld op lopen, en hij rende naar hem toe voor een omhelzing. Ecko zei dat hij in de buurt was en even gedag wilde zeggen. Samuel vond het raar dat hij niet de moeite had genomen om te bellen. Coach Britt blies op zijn fluitje en zei tegen het team dat ze moesten gaan douchen.

Later, in het kantoor van coach Britt, ging Samuel zitten en ze praatten over het team uit Zuid-Soedan en namen alle roddels door. Murray kwam bij hen zitten, en toen Lonnie de deur dichtdeed, verdween de lach van Ecko's gezicht. Hij zei: 'Luister, Samuel, ik heb goed nieuws en slecht nieuws.'

Samuel deed zijn ogen dicht en liet zijn schouders hangen.

Ecko zei: 'Twee dagen geleden heb ik een telefoontje gekregen van een Franse vrouw, een verpleegkundige die voor een non-profitorganisatie werkt, Artsen Zonder Grenzen. Ze werkt in Oeganda in het Rhino-kamp, een vluchtelingennederzetting.'

'Ik weet waar dat is, coach. Ik heb het op een kaart staan. Er wonen daar meer dan honderdduizend mensen van mijn volk.'

'Inclusief je moeder. Ik heb Beatrice gisteren gesproken. Ze is veilig en maakt het goed.'

Samuel sloeg zijn handen voor zijn gezicht en vocht tegen

zijn tranen. 'Godzijdank, godzijdank,' fluisterde hij. Ze keken even naar hem en Ecko zei: 'Ik heb haar verteld waar je bent, wat je doet, enzovoort. Ze vond het geweldig om te horen dat je hier studeert.'

'Dus u hebt mijn moeder gesproken?'

'Ja, en ze belt morgenochtend rond zeven uur terug. Ze gebruikt de telefoon van een verpleegkundige. Die belt je op je mobiel.'

Samuel haalde diep adem en veegde zijn tranen weg. Er ging een lange minuut voorbij voordat hij zei: 'Oké, en dan nu het slechte nieuws.'

'Je broertjes zijn bij haar en het lijkt erop dat iedereen gezond is. Maar Angelina heeft het niet gered.'

'Niet gered? Wat is er dan met haar gebeurd?'

'Ze is door rebellensoldaten meegenomen toen ze het dorp platbrandden.'

'Nee!' Samuel klapte dubbel, steunde met zijn ellebogen op zijn knieën en sloeg zijn handen weer voor zijn gezicht. De emoties golfden door hem heen en zijn lijf schokte, terwijl hij maar bleef fluisteren: 'Nee, nee, nee.'

Murray, Ecko en Lonnie keken elkaar aan en bestudeerden daarna de vloer, terwijl de minuten wegtikten. Er viel niets te zeggen, ze konden niets anders doen dan blijven zitten om hem te steunen. Ze konden zich geen enkele voorstelling maken van de gruwelen die Samuel en zijn familie door moesten maken. Ecko had een dossier met wat achtergrondinformatie over al zijn spelers en wist dat Angelina op 2 september zestien was geworden.

Of ze dat nog had meegemaakt, was niet met zekerheid te zeggen. Ecko betwijfelde het, net als Samuel. Het moorden gebeurde zo achteloos, de wreedheden waren zo ongehoord dat het moeilijk te geloven was dat de vijand het meisje na een tijdje nog kon gebruiken.

'Ik had er moeten zijn,' fluisterde hij uiteindelijk.

Coach Britt liep zijn kantoor uit om zich ervan te vergewissen dat de kleedkamer leeg was. Toen hij terugkwam, zei hij: 'Laten we naar mijn huis gaan. Agnes is aan het koken en de kinderen willen je graag zien, Samuel.'

De volgende ochtend werd hij om vier minuten over zeven gebeld door een buitenlands nummer. Samuel zat afwachtend naar zijn telefoon te kijken. Hij was al een uur wakker en had maar weinig geslapen. Murray zat aangekleed en wel op zijn bed eveneens te wachten.

Een vriendelijke dame met een licht accent stelde zich voor als Christine en toen Samuel haar begroette, gaf ze de telefoon aan Beatrice Sooleymon.

Toen Samuel: 'Moeder, ben jij het echt?' zei, liep Murray langs hem heen, gaf hem een klopje op zijn schouder en liep de kamer uit.

Ze praatten twintig minuten lang. Hoe moeilijk het ook was, Samuel wilde weten wat er die nacht in Lotta was gebeurd, en Beatrice vertelde door heel veel tranen heen het hele verhaal. Ze wist niet precies wat er met Ayak was gebeurd, maar ze vreesde het ergste. Samuel bevestigde dat zijn lichaam was gevonden door regeringstroepen. Beatrice nam het zo goed op als je maar van haar mocht verwachten. Ze was er ook al bijna zeker van geweest. Ze beschreef hoe ze Angelina hadden meegenomen en daarna hoe ze uit het dorp waren gevlucht, het dagen- en dagenlange reizen zonder eten of water. Maar nu waren ze op een betere plek, veilig en omringd door aardige mensen die elkaar wilden helpen. Ze wilde alles weten over de universiteit en het leven in Amerika en, nou ja, alles wat hij deed. Ze huilden veel, maar konden ook een beetje lachen. Samuel wilde naar huis, hij wilde herenigd worden met zijn familie en hen op de een of andere manier redden, maar dat was onmogelijk. Hij vroeg wat hij zou kunnen opsturen, maar Beatrice zei dat ze het niet wist. Later misschien. Zodra ze een permanentere verblijfplaats zouden krijgen, als dat al zou gebeuren, zou hij misschien pakjes kunnen sturen.

Door zijn onderzoek was Samuel te weten gekomen dat er mensen waren die zijn land waren ontvlucht met helemaal niets, en dat ze vele jaren in de nederzettingen woonden. De meesten leefden onder zware, onhygiënische omstandigheden met nauwelijks voldoende eten om te overleven. Geweld kwam zelden voor, maar er woedden wel veel ziektes, die verspreid werden door ongezuiverd afvalwater, vuil drinkwater en aangetast voedsel. Pogingen om onderwijs te verschaffen werden gedwarsboomd door een gebrek aan faciliteiten en leraren. Tientallen hulporganisaties vanuit de hele wereld deden geweldig werk in de kampen en nederzettingen.

Hoe meer Samuel had gelezen, des te moedelozer hij was geworden. Ze waren hun huis, veel vrienden en familie, en hun hele manier van leven kwijt.

Toen hij met zijn moeder praatte, kon hij de moedeloosheid in haar stem bijna voelen. In twee maanden tijd was haar wereld op zijn kop gezet en geschonden, en er was geen weg terug. Hij besefte dat hij haar lichtpuntje was en dat het zijn uitdaging was om haar op te beuren. Toen het tijd was om op te hangen, praatte hij met de Franse vrouw, Christine, en kreeg te horen dat hij haar nummer één keer per week mocht bellen. Ze spraken af dat dat elke woensdag om zeven uur 's ochtends – zijn tijd – zou plaatsvinden. Beatrice en haar zoons zouden dan naar het tenthospitaal gaan en Samuel zou vanuit Amerika bellen. Christine waarschuwde wel dat het mobiele bereik niet altijd even betrouwbaar was.

Hij stopte zijn telefoon in zijn zak en verliet het studentenhuis. Hij had geen zin om met Murray of iemand anders te praten. Hij had tijd voor zichzelf nodig om aan Angelina te denken en te rouwen. Hij maakte een lange wandeling over de campus en ging een uur op een bankje in het park zitten, terwijl de universiteit tot leven kwam. De colleges waren niet belangrijk. Basketbal kon wachten. Hij zou T. Ray bellen en vrij vragen van zijn werk.

Zijn dag zou van Angelina zijn. Hij dankte God dat zijn moeder en broertjes in veiligheid waren en nam zich plechtig voor hen op een dag uit het kamp te halen en mee te nemen naar Amerika.

Maar op dit moment wilde hij alleen zijn. Hij probeerde niet aan haar laatste uren te denken, maar in plaats daarvan jeugdherinneringen op te halen aan zijn kleine zusje dat fruit plukte in hun achtertuin, te veel bessen at en ziek werd, en achter haar grote broer aan liep naar de basketbalveldjes.

Hij had er voor haar moeten zijn.

Ecko en Lonnie Britt werden in een elegant restaurant in de binnenstad naar een hoektafeltje begeleid. Nadat ze waren gaan zitten, pakte Ecko zijn spierwitte, perfect gestreken linnen servet en zei: 'Wauw. Jij trakteert, zei je toch?'

'Doe ik. Geen probleem. Ze zijn bang dat ik weg zou willen, dus hebben ze mijn onkostenvergoeding verhoogd.'

'En je salaris?'

'Daar willen ze over praten, maar ik weet het nog zo net niet.'

'Lunchen we daarom in zo'n chique tent? Vanwege de privacy?'

'Ja. We zien hier waarschijnlijk niemand van Central komen lunchen.'

Een gastvrouw gaf hun de kaart en vroeg wat ze wilden drinken. Ze vonden water prima.

'Goed, vertel op,' zei Ecko.

'Je weet het, Ecko. Ik ben eenenveertig en ik zit hier nu vier jaar. Ik heb bijna zeventig procent van mijn wedstrijden gewonnen en ik wil hier niet vastroesten. Ik wil hogerop. De vraag is: wie komt er volgend jaar april op de markt?'

'Wie wordt eruit geknikkerd?'

'Yep. Wie wordt eruit geknikkerd? Ik denk dat Dulaney van Iowa het kan schudden. Die heeft de afgelopen twee jaar twintig wedstrijden verloren.'

'Ik kan niet geloven dat ze hem gehouden hebben.' Ecko bekeek het menu en schudde zijn hoofd. 'Dertig dollar voor gerookte zalm?'

'Het is het waard. Ik trakteer, oké?'

'Vergeef me, Lonnie. Ik zal altijd een immigrant blijven.'

'Ja, en je bestelt automatisch het goedkoopste van de kaart. Ontspan. Central betaalt.'

'Dulaneys uitkoopprijs was te hoog, dus hebben ze hem nog een jaar gehouden. Wordt een ramp. Ze gooien de sportcoördinator er waarschijnlijk ook uit. Talbott van Miami gaat met pensioen.'

Lonnie glimlachte toen hij dat hoorde en vroeg: 'Heeft hij dat bekendgemaakt?'

'Nog niet.'

'Waar haal jij je roddels vandaan?'

Er kwam een ober aan, die de specialiteiten van de dag opnoemde. Ze bestelden allebei een tomatensalade en gegrilde forel. Zodra hij weg was, stapten ze weer in de roddelmolen die alle coaches onweerstaanbaar vonden. Lonnie was klaar voor promotie en Ecko dacht dat zijn vriend een groter programma aankon, zij het misschien niet in een van de vijf topdivisies. De man op Richmond lag eruit, maar Lonnie had iets groters in gedachten. Ecko kende de sportcoördinator op Creighton en wist dat die niet blij was met hun programma. De coach van Texas wilde een nieuw contract, maar de universiteit deed moeilijk. En zo ging het maar door, ze werkten in een halfuur het hele land af, terwijl ze hun salade aten en manieren bedachten om een betere baan te krijgen.

Toen hun voorgerecht geserveerd werd, veranderde Ecko van onderwerp. 'Wat ga je met Samuel doen?'

'Ik weet het niet. Ik wilde die jongen niet echt, zoals je misschien nog weet.'

'Nogmaals bedankt, coach. Samen hebben we waarschijnlijk zijn leven gered.'

'Hoezo?'

'Nou, als ik hem in april niet gekozen had, zou hij bij zijn familie thuis zijn geweest toen het dorp werd aangevallen. Hem kennende zou hij hebben geprobeerd om iedereen te redden. Dan was hij nu waarschijnlijk dood geweest.'

Lonnie schudde zijn hoofd en mompelde: 'Wat is er mis met die mensen?'

'Nou, die mensen zijn vervloekt en zijn pas gelukkig als er minstens twee burgeroorlogen woeden. Jij hebt die jongen een beurs bezorgd, en een studentenkamer, een team, een opleiding en de kans om hier te spelen, zijn droom. Wie weet wat er gebeurd was als hij met het team naar huis was gegaan. Zijn dorp was platgebrand.'

'Wat een nachtmerrie, ik kan me er geen voorstelling van maken.'

'Ik blijf nog even en ga vanavond naar hem toe. Geef hem anders een weekje vrij, zodat hij in zijn eentje kan rouwen.'

'Tuurlijk. Prima. Ik zal hem waarschijnlijk toch op de reservebank zetten, al is dat het laatste wat hij kan gebruiken.'

'Dus hij wordt er niet beter op in de trainingen?'

'Laten we het erop houden dat zijn spel de afgelopen twee maanden niet veranderd is. Hij is een geweldige jongen. Altijd een brede glimlach. Hij traint hard, dat wel. Hij kan zo door het dak springen. Ik heb alleen geen positie waar ik hem nu op kan zetten.'

'Heb geduld met hem. Hij zou je weleens kunnen verrassen.'

'Dat zeg je steeds. En ik moet toegeven dat er momenten zijn dat hij opspringt, de bal omhoogtilt, hem loslaat als hij één meter veertien van de grond is, allemaal heel gladjes en vloeiend en hij hangt zo'n beetje in de lucht als Michael Jordan, maar die bal gaat er verdomme nooit in.'

'Dat kan een probleem worden.'

'Zijn balbezit is enigszins verbeterd, maar hij zal nooit een guard worden.'

'Geef hem wat tijd. Hij is nog maar een jongen.'

'Dat zijn ze allemaal, Ecko.'

'Dat klopt, maar dit is een bijzonder geval.'

25

Murray en Samuel laadden een truck vol blikgroenten uit bij een gaarkeuken en gingen naar het kantoor van het International Rescue Committee (IRC) in hartje Durham. Miss Ida kende hun werk en had de naam doorgegeven aan Sooley, die de organisatie natrok op internet. Ene mevrouw Keyser verwachtte de twee basketballers van Central.

Ze gaf een snel overzicht van de geschiedenis en het werk van het IRC: het was in 1933 door Albert Einstein opgericht om Europese Joden te helpen zich in de VS te vestigen en was uitgegroeid tot een van de grootste humanitaire organisaties ter wereld. Het was actief in de gebieden die het hardst waren getroffen door oorlog, vervolging, genocide en natuurrampen en bood onderdak, voedsel en medische zorg aan de kwetsbaarste mensen. In veel gevallen hielpen ze hen zich in westerse landen te vestigen. De afgelopen veertig jaar had het IRC-kantoor in Durham County meer dan achthonderd vluchtelingen uit vijfentwintig landen geholpen om zich daar in de omgeving te vestigen, onder wie achttien uit Zuid-Soedan.

'Woont er hier iemand uit jouw land die je kent?' vroeg ze.

'Nee.'

'Geen familie hier in Amerika?'

'Nee.'

'Het vestigingsproces kan lang en moeilijk zijn. De vraag is groot, het aanbod niet. De Amerikaanse immigratiedienst laat momenteel slechts vijfduizend mensen uit Zuid-Soedan het land binnen. De behoefte is veel groter. Logischerwijs willen veel vluchtelingen uit de hele wereld graag hierheen komen. Ida Walker zei geloof ik dat je van plan bent het staatsburgerschap aan te vragen.'

'Ja, dat klopt.'

'Dat is mooi. Het feit dat je al hier bent, is cruciaal. Overweeg alsjeblieft niet om terug te gaan.'

'Dat doet hij niet,' zei Murray en de anderen lachten.

Ze vervolgde: 'Het zal niet makkelijk zijn om je familie hierheen te krijgen, maar je vergroot je kansen door Amerikaans staatsburger te worden en je borg te stellen voor hen. Zonder iemand die zich verantwoordelijk stelt, is het vrijwel hopeloos.'

'Hoe lang gaat het duren?'

Ze glimlachte en keek in haar aantekeningen. 'Heel lang, Samuel, echt heel lang. Om te beginnen moet je je studie afmaken. Dat is al vier jaar.'

Murray viel haar in de rede. 'Waarschijnlijk vijf, gezien zijn manier van spelen.'

'Dat is jammer.'

'Hij zit dit jaar waarschijnlijk op de bank, dus dan doet hij misschien een extra studiejaar.'

'Oké. Goed, hoe dan ook, het is belangrijk om op de universiteit te blijven en af te studeren. En daarna werk krijgen en carrière maken. Hoe meer succes je hier hebt, des te meer kans je krijgt om je familie financieel te ondersteunen.'

'Dat is niet wat ik had gehoopt,' zei Samuel.

'Ik weet het. Het is een lang proces, als het al lukt. En soms lukt het niet.'

'Maar ze zitten in een kamp, ze krijgen nauwelijks genoeg eten en water.'

'Net zoals zovelen. Luister, ik wil met alle plezier een dossier aanmaken en je mag me altijd bellen. Je kunt altijd langskomen. Je mag zelfs als vrijwilliger komen werken, als je dat wilt. We hebben een stageprogramma voor de universiteit en we zijn dol op onze studenten. Ida zei dat je contact hebt gelegd via Artsen Zonder Grenzen.'

'Ik heb mijn moeder twee dagen geleden via hen gesproken. Is het mogelijk om haar geld te sturen?'

'Dat weet ik niet, maar ik ga het uitzoeken. We hebben een kantoor in Oeganda, in Kampala, geloof ik. Rhino is een gevestigd kamp en ik weet zeker dat we daar iemand hebben.'

'Ik heb alles over het kamp gelezen dat er op internet te vinden is. Er is een marktje waar je eten en basisbenodigdheden kunt kopen. Ze hebben niks, alleen een stel kleren van een distributiecentrum in het kamp. Ze slapen op de grond, zonder dekens. Ik zou ze echt heel graag geld willen sturen.'

Ze glimlachte warm en zei: 'Ik ga het uitzoeken. Bel me morgen maar.'

De voedseltrucks hadden vertraging, en daarna nog eens, en uiteindelijk kwamen ze helemaal niet. Maar de rijen bleven staan en werden steeds langer, en de mensen stonden wanhopig in de brandende zon te wachten.

Beatrice en de jongens verlieten de ene rij en gingen in een andere staan, en daarna in weer een andere. Het gerucht ging dat er voedsel was aan de westelijke kant van de nederzetting, en toen ze daar aankwamen zwermde er een grote groep mensen rondom de vrachtwagen van de Verenigde Naties. Hulpverleners schepten verwoed kleine porties rijst in de kommen die mensen meebrachten. De mensen zonder kommen kregen gewoon iets in hun handen geschept.

De honger maakte de vluchtelingen doodsbang, want het gevoel riep pijnlijke herinneringen aan het recente verleden op. Ze hadden allemaal honger geleden en het eerste waar ze elke ochtend op hoopten, was genoeg eten om in leven te blijven.

Zevenennegentig procent van het water in het Rhino-kamp

werd met de vrachtwagen gebracht, en toen die vrachtwagens niet kwamen, heerste er ongerustheid op straat. Hongerige kinderen waren aan het huilen, terwijl hun moeders van deur tot deur gingen en om voedsel smeekten. De tenthospitalen, allemaal gerund door buitenlandse ngo's, werden overspoeld door duizenden radeloze mensen die smeekten om iets te eten.

Het regende een week non-stop en de grindwegen die door de vrachtwagens werden gebruikt, kwamen onder water te staan en spoelden weg, waardoor de toevoer van voedsel, water en andere benodigdheden werd afgesneden. De zandpaden veranderden in modder en het regenwater vormde plassen en stroomde uiteindelijk de heuvels af. In de smalle kreekjes steeg het vuile rioolwater op en stroomde over de oevers. Het lekte rond de ramen van de tenten en er ontstonden scheuren langs de tentdaken, en het duurde niet lang of er stroomde vuil water onder de grondzeilen. De boorgaten die werden gebruikt om water op te pompen stortten in onder het gewicht van de zacht geworden grond. De buiten-wc's en open latrines liepen vol en stroomden over, waardoor er overal menselijke uitwerpselen lagen. Het regende totdat werkelijk alles – ieder mens, elke tent, elk krot, elke jeep, elke vrachtwagen, elk veldhospitaal – doorweekt was en onder de modder zat.

Toen het ophield met regenen en de lucht opklaarde, brandde de zon op het Rhino-kamp en binnen de kortste keren veranderde de modder in drek. De artsen en hulpverleners zetten zich schrap voor een nieuwe malariagolf.

Op woensdag 30 september liep Samuel 's ochtends vroeg fris en fruitig zijn studentenkamer uit, waar Murray nog diep onder zeil lag, en ging buiten op een bankje in het park zitten. Hij typte het nummer van Christine, de Franse verpleegkundige in. Hij zag haar bijna voor zich en vroeg zich af wie er nou zijn veilige, georganiseerde en veel makkelijker leven in zou ruilen om als vrijwilliger te gaan werken bij een van de grootste humanitaire crises in de wereld. Samuel beschouwde zichzelf als een empathisch mens, maar zijn medeleven had zijn grenzen. Hij bewonderde de hulpverleners die bereid waren hun gezondheid en misschien zelfs hun leven op het spel te zetten. Misschien had hij zo'n sombere kijk op een terugkeer naar de ontwikkelingslanden omdat hij onlangs zelf aan die harde wereld was ontsnapt. Misschien voelden sommige bevoorrechte mensen zich een beetje schuldig en wilden ze de handen uit de mouwen steken. Of misschien hechtten ze inderdaad wel waarde aan elk leven.

Hij had een hele lijst van dingen die hij met zijn moeder wilde bespreken, waarvan de belangrijkste was hoe hij haar geld kon sturen. Met hulp van Murray had hij een bankrekening geopend en een creditcard aangevraagd. Hij spaarde zijn geld en was er trots op dat hij zichzelf kon redden, net als iedere andere student.

Mevrouw Keyser van het IRC had gedaan wat ze beloofd had en hem verwezen naar weer een andere ngo, die erin gespecialiseerd was om geld naar Afrika te sturen. Elk jaar maakten immigranten van over de hele wereld ruim twee miljard dollar over naar huis, geld dat hun familie dringend nodig had. Hoewel Zuid-Soedan een klein, arm land was waarvan slechts een klein deel van de bevolking in het buitenland woonde, stuurden die immigranten wel driehonderd miljoen dollar per jaar naar huis. Het was een uitdaging om die betalingen te coördineren en ervoor te zorgen dat het geld daadwerkelijk op de juiste bestemming terechtkwam, maar Samuel had een manier gevonden om dat te doen en kon niet wachten om dat aan zijn moeder te vertellen.

Christines telefoon werd niet opgenomen.

26

Hij ging naar de sporthal, deed slechts een paar lichten aan zodat hij geen aandacht zou trekken, stretchte maar liefst vijf hele minuten en begon te schieten. Toen hij aan zijn familie dacht, schoot hij mis. Toen hij zich op zijn vorm concentreerde, schoot hij raak. Er ging een uur voorbij en hij realiseerde zich hoe hij genoot van de eenzaamheid van een verlaten, halfduistere sporthal met drieduizend lege zitplaatsen, waar verder geen mens te bekennen was. Om halfnegen, toen de teller op vierhonderdtwintig schoten stond, liep er een conciërge onder het backboard door en zei goedemorgen. Samuel zei ook goedemorgen en merkte op dat hij bij het basketbalteam zat en een sleutel had. Dat kon de conciërge niks schelen en hij liep weg.

Samuel pauzeerde om tien uur om water te drinken en besefte dat hij zijn eerste college misliep. Hij besloot dat hij zijn colleges een dagje over zou slaan en alleen maar zou gaan schieten. Dus ging hij helemaal niet naar college en bleef tot twaalf uur in de sporthal, toen er een groep alumni binnenkwam voor een meeting. Hij liep terug naar zijn kamer en ging douchen.

Coach Britt was een ouderwetse coach die vond dat basketballers slank, lenig, soepel en snel moesten zijn. Hij had liever finesse dan spiermassa. Daarom legde hij geen nadruk op krachttraining. Als assistent op DePaul had hij gezien hoe een heel team gedecimeerd was door gescheurde spieren en kramp, nadat het programma een jaar daarvoor een drilsergeant had ingehuurd met een voorkeur voor haltergewichten en bankdrukken. De coach wilde liever snelheid dan kracht.

Maar Samuel was hevig onder de indruk van het spel, om nog maar te zwijgen over het lichaam van Abol Pach, de Engelse shooting forward die zo'n beetje in zijn eentje Zuid-Soedan had afgedroogd tijdens hun laatste wedstrijd in Orlando. Pach was er een van hen, een Dinka uit Juba, slank en soepel maar met stevigere arm- en borstspieren dan de meeste jonge Afrikaanse spelers. Volgens het programma was hij twee meter lang en woog hij bijna honderd kilo.

Hoewel Samuel die wedstrijd op de bank had gezeten in een duizelende mist van onzekerheid vanwege de gebeurtenissen thuis, zag hij Pachs kracht en intimidatie rondom de ring nog levendig voor zich. Het gerucht ging dat hij een uur per dag aan de gewichten hing. Samuel had ook een onuitwisbare herinnering aan de grote, moderne fitnessruimte waar de Orlando Magic-spelers krachttraining deden als ze niet in het veld stonden. Als de beste spelers kracht wilden opbouwen, dan zei hem dat genoeg.

Willis, een assistent-footballcoach, een van de twee witte kerels uit de leiding, had de taak om spieren te kweken bij het team. Eerst zei hij tegen Sooley dat het krachthok tijdverspilling was voor basketballers, maar Sooley drong aan. De Afrikaanse jongen met de brede lach was inmiddels een van de populairste gasten in de kleedkamer.

Willis vond een trainingsschema voor basketballers dat gericht was op het versterken van de *core*-spieren en waarmee de omvang van de borst en de bicepsen een paar centimeter zou groeien zonder dat dat ten koste ging van de flexibiliteit. Hij liet Samuel zien hoe hij de fitnessapparaten, de haltergewichten, de trainingselastieken en de handgewichten veilig en op de juiste manier kon gebruiken. Hij mat zijn lengte en woog hem: één meter vijfennegentig en achtentachtig kilo.

Na zes weken op de campus had Samuel een plezierige routine ontwikkeld: hij begon de dag met ongeveer een uur in zijn eentje schieten, daarna werkte hij een uur als materiaalbeheerder, vervolgens oefende hij minstens twee uur flink op het basketbalveld en daarna ging hij nog een uur naar de fitnessruimte. Zijn studie motiveerde hem niet en hij sloeg meer colleges over dan was toegestaan. Hij had moeite om zich te concentreren en vond huiswerk doen maar saai. Trouwens, hij volgde het langzame traject omdat hij een jaar op de bank zou zitten. Dat betekende vijf jaar universiteit. Dat was ruim voldoende. Hij kon het altijd later nog inhalen.

Ernie Walker legde de laatste hand aan een varkensschouder die twee uur lang samen met aardappels, bietjes en worteltjes zou sudderen in een diepe schaal. Hij bewonderde zijn werk, controleerde de oven en schoof de schaal erin. Ida en hij hielden allebei van koken en ze hadden besloten dat de woensdag de vaste avond zou worden voor een familiediner met Murray en Samuel.

Hoewel de campus van Central maar tien minuten verderop was, hadden ze hun jongste zoon het eerste semester maar weinig gezien. Hij wilde zelfstandig worden en ze hadden hem niet tegengehouden. Maar in het voorjaar van zijn eerste jaar hadden zijn teamgenoten gehoord dat zijn familie een mooi huis had en dat er altijd wel wat lekkers te eten was. Ida en Ernie waren langzamerhand steeds vaker gaan koken. En nu ze stilzwijgend hadden besloten Samuel onofficieel te adopteren, lokten ze de jongens naar huis met woensdagavondetentjes, zaterdagse barbecues en zondagsbrunches na de kerk.

Ida belde om te zeggen dat ze later thuis zou zijn. Ernie verzekerde haar dat het avondeten in goede handen was. Ze belde hem minstens vier keer per dag met updates van haar hectische schema, en elke dag belde ze hem rond een uur of vijf om te zeggen dat ze weer eens later zou zijn. Hij luisterde altijd geduldig en drukte haar op het hart het rustig aan te doen. Zij was de baas, dus kon ze komen en gaan zoals het haar uitkwam, maar met een staf van jongere advocaten vond ze dat ze het goede voorbeeld moest geven. Ze werkte het hardst van allemaal en had vaak de kalme, standvastige stem van haar man nodig om haar zenuwen in bedwang te krijgen.

Ernie controleerde de oven, dekte de tafel, schonk zichzelf een glas ijsthee zonder suiker in en liep naar zijn werkkamer om een paar minuten te lezen. Hij had een stapel kranten- en tijdschriftenartikelen die hij op internet had gevonden in zijn kantoor gelegd en begon een lang stuk uit *The Guardian* te lezen. De journalist had vier vluchtelingennederzettingen in Oeganda bezocht en beschreef het dagelijks leven van de mensen daar, die bijna allemaal afkomstig waren uit Zuid-Soedan.

De werelden lagen onwaarschijnlijk ver uiteen. Het was moeilijk te geloven dat de aardige jongeman met wie hun zoon een studentenkamer deelde een moeder en twee broertjes had die op een troosteloze plek leefden die bekendstond als Rhino-kamp. Ernie en Ida waren in gesprek met mevrouw Keyser van het IRC en brainstormden over manieren om Beatrice en de jongens daarvandaan te halen en hen in de immigratietoevoer naar Amerika te krijgen. Maar de trieste waarheid was dat er minstens een half miljoen Zuid-Soedanezen voor hen waren, van wie de meesten iemand hadden die garant voor hen stond en hun papieren op orde hadden. Mevrouw Keyser was te professioneel om het woord 'hopeloos' te gebruiken, maar na verschillende gesprekken werd wel duidelijk dat de kansen op een familiehereniging klein waren.

Ida kwam na zessen thuis en liep meteen door naar de oven voor een snelle inspectie. 'Wie komen er? Weten we dat?' vroeg ze aan Ernie.

'Natuurlijk niet. Daarvoor zouden ze te veel vooruit moeten denken.'

De tafel was voor vijf personen gedekt, maar het aantal kon altijd veranderen. Murray werd meestal niet gehinderd door enig idee van planning en stond erom bekend dat hij iedereen uitnodigde die hij op de gang van het studentenhuis tegenkwam. Soms belde hij naar huis om het aantal gasten door te geven, maar soms ook niet. Zijn uitnodigingen bleven meestal wel beperkt tot het aantal vrienden dat hij in de achterbak van zijn Toyota-pick-up kon stouwen. Vier langbenige basketballers leken het maximum te zijn.

Toen hij alleen met Samuel binnenkwam, waren zijn ouders opgelucht. Murray liep meteen naar de oven en toen zijn moeder zei: 'Niet openmaken!' trok hij het deurtje open en snoof. 'Ruikt heerlijk.'

'Ik ben blij dat het je goedkeuring weg kan dragen,' zei Ernie.

'Doe die oven dicht!' gromde Ida en ze deed een stap in zijn richting. Hij pakte haar beet, tilde haar op en draaide haar in het rond, terwijl ze zich los probeerde te rukken. Ernie lachte toen Ida gilde, en opnieuw stond Samuel te kijken van de lol die ze maakten.

De mannen gingen aan tafel zitten, terwijl Ida tomaten voor de salade sneed. 'Is het gelukt vanochtend?' vroeg Ernie. Het was woensdag en ze wisten allemaal hoe belangrijk het telefoontje was.

Samuel lachte en zei: 'Ja, ik heb mijn moeder vanochtend gesproken.'

'Halleluja,' zei Ernie handenwrijvend.

'Hoe gaat het met haar?' vroeg Ida.

'Ze is veilig, net als James en Chol.' Hij zei dat het was opgehouden met regenen en dat de voedseltrucks weer op tijd reden. De VN had een waterpompinstallatie geplaatst en iedereen kreeg zo'n twaalf liter water per dag, maar de rijen waren lang. Het geld dat Samuel de week daarvoor had overgemaakt, was aangekomen en Beatrice zei dat ze zich bijna rijk voelde.

Ze deed er heel voorzichtig mee, want de buren bekeken elkaar met argusogen en geld kon problemen veroorzaken. Ze had wat ingeblikt voedsel en persoonlijke spulletjes kunnen kopen en had die met haar twee vriendinnen uit Lotta gedeeld. Ze woonden nog steeds in de tenten en hadden geen idee hoe lang ze daar nog zouden blijven of waar ze daarna naartoe zouden gaan. Maar er was hun wel verteld dat de tenten slechts tijdelijk zouden zijn.

Toen het eten op tafel stond, ging het gesprek van Afrika over op het basketbalteam. Ze hadden twee uur training op een dag en coach Britt beulde hen af. Als tweedejaars maakte Murray zich druk om zijn speeltijd en zijn plek op de bank. Als reservespeler was Sooley allang blij dat hij mee het veld op mocht. Zijn vierjarige carrière zou pas over een hele tijd beginnen.

Zoals altijd genoot hij stilletjes van de maaltijd. Het vlees en de groenten waren heerlijk, de saus was rijk van smaak. Maar hij had veel te veel foto's en filmpjes gezien van de lange rijen hongerige vluchtelingen die stonden te wachten op een kom met brij. Via internet kwam het leven in de kampen op zijn laptop tot leven en hij zou nooit meer een lekkere maaltijd kunnen eten zonder aan zijn familie te denken.

27

Lonnie Britt was geen vroege vogel en kon zo'n beetje de helft van het jaar minstens tot zeven uur slapen. Maar vanaf eind september, als de echte trainingen begonnen, tot eind maart, als het seizoen voorbij was, werd hij meestal al voor zessen wakker en lag dan ergens over te piekeren. Het trainingsschema van die dag, de eerste wedstrijd die over vijf weken al was, een nieuwe speler die had getekend maar van gedachten was veranderd, de vijf startende spelers en de vijf daarna, de spelers die colleges oversloegen, moest hij die jongen die meeliep maar alleen maar de lolbroek uithing nou wegsturen of niet, en rekruteren. Altijd weer dat rekruteren.

En alsof hij nog niet genoeg aan zijn hoofd had, kwam daar nu nog het drama bij van een jongen wiens vader en zusje vermoord waren terwijl de rest van zijn familie in een vluchtelingenkamp in Oeganda zat. O ja, en twee voormalige spelers van wie de advocaten met een aanklager aan het steggelen waren over de voorwaarden van strafvermindering in ruil voor een schuldbekentenis.

Om halfzes was hij klaarwakker en zijn vrouw joeg hem het bed uit zodat ze nog een uurtje kon slapen. Hij douchte zachtjes, ging even bij de kinderen kijken en vertrok in het donker naar zijn favoriete koffiebar in de buurt van de campus. Daar at hij roerei en dronk zwarte koffie, bladerde de krant van Raleigh door en zag dat de *college*-klassementen van het voorseizoen werden aangekondigd. Duke stond, niet verrassend, unaniem op één, voornamelijk omdat daar waarschijnlijk vier eerstejaars van achttien zouden starten, die volgend jaar juni alweer weg zouden zijn. Zoals alle coaches had Lonnie er een bloedhekel aan als er eerstejaars opdoken in de NBA Draft, het beruchte *one-and-done*-spelletje, maar hij maakte zich er geen zorgen over. Het kwam zelden voor dat een speler uit de Mid-Eastern Athletic Conference (MEAC) – de divisie waar de universiteiten uit de mid-Atlantische staten aan deelnamen – al na één jaar werd weggekaapt. Het was bij Central nog nooit gebeurd. Lonnie wist dat zijn eerstejaars veilig waren. En zoals alle coaches was hij openlijk jaloers op het opmerkelijke talent dat de one-and-done-programma's aantrokken.

Central stond, ook niet verrassend, niet in de top vijfentwintig. Het had nog nooit de lijst gehaald; niet in het voorseizoen, niet tijdens het seizoen en niet in het naseizoen. Volgens de geruchten op internet zouden de Eagles als vierde eindigen in de MEAC, achter Delaware State, Florida A&M en Norfolk State, maar die voorspellingen bleken elk jaar weer niet te kloppen.

Twee jaar daarvoor hadden ze drieëntwintig wedstrijden gewonnen, het divisietoernooi op hun naam geschreven en de March Madness gehaald, waar ze in de eerste ronde sneuvelden. Een jaar geleden hadden ze twintig wedstrijden gewonnen, maar zich niet gekwalificeerd. Als Lonnie nog een seizoen minstens twintig wedstrijden zou winnen, zou hij in de positie zijn om over te stappen naar een grotere universiteit.

Hij reed naar het Nest en parkeerde op de voor hem gereserveerde plaats. Het kleine parkeerterrein was leeg. Het was halfacht. Hij maakte de deur van de kleedkamer open, knipte wat lichten aan en wilde al naar zijn kantoor lopen, toen hij een bal hoorde stuiteren. Hij sloop naar de tribunes en gluurde om het hoekje. Sooley stond helemaal alleen aan de andere kant van de zaal in het schemerlicht, schoot voortdurend ballen van grote afstand en kreeg ze er zelden in. Hij had zijn shirt uitgetrokken en zijn donkere huid glinsterde van het zweet. Na elk schot rende hij naar de basket voor de rebound, dribbelde van hier naar daar, stuiterde de bal achter zijn rug langs en tussen zijn benen door, ging klaarstaan en schoot weer. Zijn sprong was altijd uitzonderlijk hoog, al ketste de bal steeds af op de ring.

Het meest indrukwekkende was wel het beeld van die jongen die daar om halfacht in de sporthal stond, en daar zo te zien al een tijdje was.

Een van de problemen van zijn spel, misschien wel het grootste struikelblok, was: op welke positie moest hij spelen? Hij zou geen guard worden en was er ook niet klaar voor om forward te zijn. Lonnie had altijd besloten die zorgen opzij te zetten en te kijken hoe de jongen zich ontwikkelde. Hij zou het komende seizoen op de reservebank zitten.

Hij bleef lange tijd naar hem kijken en probeerde zich de angst en de onrust van zijn wereld voor te stellen. Op het veld was hij een en al glimlach en energie, zelfs als hij het verknalde. Maar buiten het veld staarde hij vaak in het niets, was zijn glimlach verdwenen en dreven zijn gedachten af naar een ander continent. Lonnie had heel wat spelers uit gebroken gezinnen en gewelddadige wijken gecoacht, maar geen van hen had zulke gecompliceerde problemen gehad als Samuel Sooleymon.

Hij slenterde het veld op en zei: 'Goedemorgen, Sooley.' Het was zijn vaste bijnaam geworden. Eerst had Samuel zich daartegen verzet, bij zijn team althans, maar algauw realiseerde hij zich dat bijnamen gebruikelijk waren in Amerika en meestal liefkozend bedoeld waren.

Hij keek verbaasd en dribbelde tot halverwege het veld. 'Hé, coach.'

'Je bent er vroeg bij.'

'Ik kom hier elke ochtend, coach.'

'Hoe vaak heb je al geschoten?'

'Honderdtweeënveertig keer. Ik begin net.'

'Hoeveel keer raak?'

'Negenenveertig.'

Lonnie maakte snel het rekensommetje en zei: 'Dat is zo'n vijfendertig procent. En er is niemand die je verdedigt. Niet bepaald indrukwekkend.'

Samuel haalde zijn schouders op en zei: 'Tja, daarom ben ik hier, coach.'

Lonnie glimlachte om dat perfecte antwoord. 'Daar zeg je wat. Zeg, coach Grinnell kreeg gisteren een telefoontje van een assistent-decaan die zei dat je colleges overslaat. Wat is er aan de hand?'

Hij liet zijn schouders zakken, keek om zich heen en zag er vreselijk schuldbewust uit. 'Ik weet het niet, coach. Ik heb geen excuus.'

'Ik weet dat je een heleboel aan je hoofd hebt. Het is niet te bevatten, je weet dat we ons zorgen maken om jou en je familie.'

'Ja, meneer. Bedankt.'

'Maar je hebt hier een volledige beurs, Sooley. Weet je wat dat betekent?'

'Ik denk het wel.'

'Het betekent dat iemand anders voor jouw universitaire opleiding betaalt. Het betekent dat de belastingbetalers van North Carolina ervoor opdraaien. De conciërges die hier werken. De buschauffeurs. Je hoogleraren. Murrays ouders. Ik. De andere coaches. We betalen allemaal belasting en een deel van dat geld sijpelt naar Central. Daardoor kun jij hier studeren en een titel halen. Het minste wat je kunt doen, is colleges volgen en goede cijfers halen.'

'Ja, meneer. Het spijt me. Ik zal mijn best doen.'

'Vanaf nu checkt coach Grinnell het elke dag. Als je een college overslaat, hoor ik het meteen.'

'Ik zal niks meer overslaan, coach.'

Lonnie klapte in zijn handen en Samuel gooide de bal naar hem toe. 'Ga naar de key.' Lonnie liep naar de achterkant van het veld en begon te rebounden, terwijl Sooley vanaf zes meter schoot. Nadat hij een paar keer gemist had, zei Lonnie: 'Rustig aan. Je werkt te snel. Concentreer je en zorg ervoor dat elk schot perfect is.' En even later: 'Maak je lang, schouders naar de basket.' Daarna: 'Hou je elleboog in. Visualiseer elk schot. Zie de bal erin gaan voordat je schiet.'

Na vijftig schoten, waarvan er achttien raak waren, hield Lonnie de bal vast en liep naar de vrijeworplijn. 'Wil je wat water?'

'Nee, dank u.'

Het was de beheerders opgevallen dat Sooley veel minder water dronk dan de andere spelers.

Lonnie zei: 'Murray gaat met de pet rond in de kleedkamer om geld voor je familie op te halen. Maar dat weet je vast al.'

Samuel keek verrast en zei: 'Nee, meneer. Dat heeft hij niet verteld.'

'Nou, misschien had ik het dan niet moeten zeggen. Het punt is: de coaches kunnen niet bijdragen. Als we doneren, schenden we de regels van de NCAA, die bepalen dat we een speler geen financiële steun mogen geven of dat soort flauwekul.'

'Bedankt, coach, maar zoiets zou ik ook nooit vragen.'

'Dat weet ik. Je hebt vast zijn moeder al ontmoet, Miss Ida.'

'Meerdere keren, ja.'

'Ida Walker is een fantastisch mens en ze wil een actie op touw zetten om je familie te helpen. Ze belde gisteravond om te vragen hoe het met de NCAA-regels zit. Ik heb vandaag een gesprek met de advocaat van de school.'

'Maar ze is zelf advocaat.'

'Een ander soort. Er zijn niet veel advocaten die iets van de NCAA begrijpen. Niet veel coaches ook, trouwens.'

'Ze heeft me er helemaal niks over verteld.'

'Zo te horen is ze er net pas mee begonnen. Misschien had ik niks moeten zeggen, maar ik wil dat je weet dat je coaches en de universiteit voor honderd procent achter je staan.'

'Bedankt, coach. Maar ik wil niet dat de andere spelers geld doneren. Dat zou ik nooit verwachten.'

'Sooley, ze hebben geen geld, oké? Het is een stelletje studenten, net zo blut als studenten overal zijn, maar ze willen helpen. Ze weten wat je hebt moeten doorstaan en ze weten het van je familie. Ze geven om je, en wij geven ook om je.'

Samuel beet op zijn lip en knikte.

Lonnie zei: 'Ik hou de bal. Jij gaat naar college.'

Als reactie op de crisis in Zuid-Soedan die maar bleef voortduren en steeds erger werd, reserveerden de Verenigde Naties in 2015 achthonderd miljoen dollar voor hulp aan de regio, en dat geld moest voornamelijk verdeeld worden over de naburige landen. Hulp die rechtstreeks naar Juba ging, was verdacht geworden. In rapporten uit het veld werd regelmatig gezegd dat het geld, dat zo dringend nodig was, door de regering werd achtergehouden en ergens anders aan werd besteed. Oeganda zou de helft van het geld krijgen. Meer dan zevenhonderdduizend Zuid-Soedanezen leefden verdeeld over twintig vluchtelingenkampen en -nederzettingen, en halverwege de zomer arriveerden er dagelijks rond de duizend. De situatie was nijpend. De vraag naar voedsel, water, medicijnen en onderdak was overweldigend.

Om verschillende redenen – gebrek aan middelen, bureaucratie, regionale onenigheid, corruptie – kwam minder dan een derde deel van de VN-toezegging aan. Oeganda deed wat het kon met het geld, terwijl de ngo's worstelden om de gaten te dichten. Kampen die overhaast waren opgezet voor vijfduizend vluchtelingen werden overspoeld met vijf keer dat aantal. Kinderen stierven door honger, ondervoeding, malaria en andere ziektes.

De crisis trok weer wereldwijd de aandacht en werd breed uitgemeten in de westerse pers. Elke avond laat las Sooley de verhalen en verslagen online. Nadat het licht was uitgedaan en het stil was in het studentenhuis, zat hij op zijn bed op internet te surfen. Af en toe vond hij foto's van het Rhino-kamp – Beatrice had gezegd dat ze aan de zuidkant van Rhino zaten – en bestudeerde hij de gezichten van honderden mensen in de hoop een glimp van zijn moeder of van James en Chol op te vangen. Hij klampte zich nog steeds vast aan de vurige wens dat Angelina ergens daar was, op zoek naar haar familie.

Toen hij zeker wist dat Murray in diepe slaap was, zette hij zijn laptop uit, trok de dekens over zijn hoofd en zei zijn gebeden op. Vaak mocht hij dan van zichzelf een flink potje huilen.

28

Beatrice hield haar muntgeld verborgen in een klein plastic zakje dat ze voortdurend op haar lijf droeg. Ze had het in een katoenen omslagdoek verstopt die ze stevig om haar middel knoopte. Ze had een deel van het geld gedeeld met haar twee vriendinnen uit Lotta en had hun bezworen het geheim te houden. Niemand in de kampen had geld en het zou gevaarlijk zijn als het bekend werd.

De mensen die pas gearriveerd waren, werden in tentsteden gehuisvest, tenminste, als ze geluk hadden. Er waren nog duizenden mensen buiten de poorten, die wachtten om naar binnen te mogen, te worden ingeschreven en hopelijk eten te krijgen. Eenmaal binnen sliepen ze op de grond tot er een tent beschikbaar kwam.

In de oudere gedeelten van de nederzetting, waar veel van de vluchtelingen al jaren woonden, waren de huizen gemaakt van hout, gebakken steen en dik stro, en zo gebouwd dat ze jaren meekonden. De Oegandese regering had een aantal huiseigenaren een klein stukje land gegeven om groenten te verbouwen en kippen en varkens te houden. Dat zorgde voor handel en er was een drukke marktplaats in het centrum van Rhino-kamp Zuid. Vluchtelingen met wat geld konden beter eten, medicijnen, kleding en andere benodigdheden kopen. Er werd veel geruild en gehandeld.

Met de honderd dollar die Samuel haar had gestuurd, kocht Beatrice een paar spullen die geen aandacht zouden trekken. Hij zei dat hij een baan had, naast zijn studie, en dat hij meer zou sturen. 'Stuur niet te veel,' had ze gezegd. Hij beloofde altijd dat hij hen zou komen redden, maar waarschuwde dat het heel lang zou duren.

De wetenschap dat haar oudste kind in veiligheid was en een goed leven had, was voldoende om haar op te beuren, maar het monotone leven in het kamp eiste zijn tol. Er was heel weinig te doen om de tijd door te komen. Geen huis om schoon te maken, geen voedsel om te bereiden, bijna geen wasgoed en geen kreek om het in te wassen, geen school voor de kinderen. De wekelijkse mis in de buitenlucht trok duizenden mensen en gaf hun het idee van een normaal leven.

Op een woensdag was ze vroeg op met de jongens en kletste met haar buurvrouw over de dagelijkse zoektocht naar eten. Er zouden drie voedseltrucks op een halfuur loopafstand moeten zijn en ze overlegden bij welke de kortste rij voor het ontbijt zou staan. Dat was het favoriete gespreksonderwerp voor mensen die verder weinig omhanden hadden, en aangezien voedsel en water hun leven beheersten, praatten ze er constant over.

Toen alle acht de kinderen wakker waren, begonnen de drie vrouwen aan de wandeling naar het gekozen voedseldistributiepunt. Ze hadden verkeerd gekozen en stonden twee uur in de rij te wachten op een kom rijst en een klein brood. Toen ze uitgegeten waren, liet Beatrice James en Chol met haar vriendinnen mee teruggaan en liep zelf in zestig minuten door de drukke straten naar het hospitaal van Artsen Zonder Grenzen.

Elke week kwamen er meer mensen naar de kampen. Ze liep langs tentenwijken, straten met aan weerszijden krotten die er fragieler uitzagen dan tenten, en andere straten met stevigere huisjes. In sommige gedeelten zaten de mensen dicht op elkaar gepakt, andere strekten zich kilometerslang uit. Ze waren allemaal ontheemd, allemaal uit hun vaderland verjaagd door mannen met wapens. Haar ouders hadden haar verteld over vroeger, toen de honger mensen dwong hun huis te verlaten, op zoek naar eten. Nu werden ze verdreven door militaire leiders en hun zwaarbewapende milities.

Christine kwam een paar minuten voor twee naar de ingang van het hospitaal, precies op tijd, en terwijl ze op het telefoontje wachtten, vroeg de verpleegkundige naar James en Chol en hun gezondheid. Zoals altijd wemelde het in het hospitaal van de patiënten en stonden er voor elke ingang lange rijen.

De telefoon ging. Ze lachte, zei: 'Bonjour,' en gaf hem aan Beatrice. Christine liep weg om haar privacy te geven en ging naar haar patiënten kijken.

Op woensdag 11 november hing Samuel na het gesprek met zijn moeder op met de gebruikelijke mengeling van emoties, maar hij kon niet te lang stilstaan bij zijn familie. Het was een belangrijke dag, want die avond zou de eerste wedstrijd zijn en al zou hij niet spelen, hij zou wel voor het eerst zijn Eaglestenue dragen en vanaf de bank zijn team aanmoedigen. Hij liep terug naar zijn kamer, maakte die slaapkop van een Murray wakker en vertrok naar de sporthal. Hij bleef een uur schieten, volgde al zijn colleges – hij had er niet één meer overgeslagen sinds hij wist dat hij in de gaten werd gehouden – en ging daarna nog een uur vieze footballshirts wassen. Het team had vier wedstrijden achter elkaar verloren en eindelijk kwam er een eind aan een slecht seizoen. Om halfzes zat hij in de basketbalkleedkamer te gamen en naar rap te luisteren toen zijn teamgenoten binnendruppelden.

Vier van de vijf starters waren al voor de eerste training bekend geweest. Mitch Rocker was een vierdejaars pointguard die de vorige twee seizoenen als starter had gespeeld en ook teamaanvoerder was. Twee andere vierdejaars, Dmitri Robbins en Roy Tice, waren vorig jaar gestart als forward en hadden zich prima staande weten te houden. Een derdejaars,

Duffy Sunday, had het vorige seizoen twintig minuten per wedstrijd gespeeld en was heel erg vooruitgegaan als shooting guard. Geen van de drie grote mannen had gedomineerd tijdens de trainingen, maar Melvin Montgomery, ook een derdejaars, had meer ervaring en zou starten als center.

Het was een veteranenteam en de spelers hadden hoge verwachtingen. Ze verwachtten zeker dat ze hun eerste tegenstander zouden verslaan, een klein privé-*college* uit Charlotte waar niemand ooit van had gehoord. Het was echt zo'n slaperige voorwedstrijd, allesbehalve het echte werk, en er waren maar weinig fans die er belangstelling voor hadden. Toen de Eagles de vloer op kwamen, was het Nest nog niet eens voor de helft gevuld, maar dat maakte Samuel Sooleymon niks uit. Hij lachte naar zijn teamgenoten in hun mooie bruin met grijze tenues, waar hij er zelf ook een van droeg. Nummer 22, een van de weinige nummers die over waren, maar dat kon Samuel niks schelen. Hij had elk shirt aangenomen. Hij lachte naar zijn coaches, naar de ballenjongens, de teamhoofden en de scheidsrechters. Niemand in het hele gebouw was zo blij als Sooley. Hij genoot van de warming-up voor de wedstrijd, maar schoot elke langeafstandsbal mis. Hij lachte op de bank, schreeuwde naar zijn teamgenoten op de vloer en keek af en toe steels naar de studentensectie. Er was nog nooit een bankzitter geweest die zo van een wedstrijd had genoten.

Er waren dertien spelers in tenue, inclusief Sooley en een van de jongens die meeliepen. De andere had het niet gered. De twee transfers mochten geen tenue aan, maar zaten aan het uiteinde van de bank en werden geacht een hoop kabaal te maken. Van de dertien kwam iedereen in actie, behalve Samuel. Zelfs Rontae Hammer, die meeliep, speelde vijf minuten en scoorde een driepunter. In de tweede helft zakten de Eagles naar het niveau van hun tegenstanders en werd de wedstrijd rommelig. Na afloop schreeuwde coach Britt in de kleedkamer en leek niet tevreden, maar het was en bleef een overwinning met dertig punten verschil tegen een stelletje kleine, langzame witte jongens.

Vier avonden later, toen het footballteam uit speelde, speelden de Eagles weer thuis tegen een onbekend *college* met vijf starters die het nog moeilijk zouden hebben gehad tegen het vrouwenteam van Central. In een gênante afdroogpartij scoorden negen spelers dubbele cijfers, een teamrecord. Murray schoot drie langeafstandsballen raak en had uiteindelijk twaalf punten. Hij was duidelijk de nummer twee pointguard na Mitch Rocker en het leek erop dat hij beperkte speeltijd zou krijgen. Naar Samuels stilzwijgende mening was zijn kamergenoot gewoon niet snel genoeg. Na drie maanden training kon Samuel Murray met gemak aan in een-op-eenoefeningen.

Na twee makkelijke overwinningen werd het tijd dat de NC Central Eagles hun rol van bullebakken verruilden voor die van watjes, al waren ze dat zeker niet van plan. Ze reden met de bus negentig minuten naar Winston-Salem en stonden in het Joel Coliseum in het veld tegen Wake Forest, met negenduizend luidruchtige fans op de tribune. Voor Samuel was het een adembenemend moment om een warming-uprondje te rennen in een overvolle hal. Hoewel hij na het fluitsignaal niet de vloer op hoefde, kreeg hij toch kriebels in zijn buik. Blijkbaar had het hele team de zenuwen, want de eerste vijf minuten ging er niks goed. Toen ze met 14-0 achterstonden, vroeg Lonnie een time-out en informeerde of zijn starters nog plannen hadden om die avond te scoren. Dat wilden ze graag en ze probeerden het uit alle macht, maar hun ring leek wel gekrompen. Wake stond in de rust twintig punten voor en Samuel lachte niet, maar genoot toch van Lonnies dramatische gebaren.

Ze sorteerden echter geen effect. Nadat ze aan het begin van de tweede helft nog wisten op te klauteren naar een verschil van vijftien punten, bezweek Central toch onder de full-court druk van de verdediging, en ze stortten in. Lonnie wisselde zijn starters, maar het tweede team wist al helemaal niet wat te doen. Omdat de aanval niet liep, verloor de verdediging zijn focus en kwam Wake op stoom. Door de nederlaag van dertig punten verschil duurde de busrit terug naar Durham heel lang.

Op zaterdag 21 november vlogen de Eagles met een chartervlucht naar Knoxville voor nog een wedstrijd die ze liever hadden willen vermijden. Ze speelden voor twintigduizend fans die geen van allen voor hen juichten, en de Eagles voerden weliswaar een hevige strijd, maar verloren toch met twintig punten verschil. Na afloop, in het studentenhuis, legde Murray uit dat de grote universiteiten in het voorseizoen een paar overwinningen nodig hadden en graag honderdduizend dollar aan een zwakker programma betaalden als die bereid waren zich te laten inmaken.

'Dus Tennessee heeft ons betaald om naar hen toe te gaan en te worden afgeslacht?'

'Ja, hoor. Dat worden "garantiewedstrijden" genoemd. Zij krijgen gegarandeerd een overwinning en wij krijgen gegarandeerd een cheque. Iedereen doet het. Het hoort gewoon bij het seizoen. En dan betalen ze ook nog de reiskosten.'

'Wat betalen wij onze slachtoffers?' vroeg Sooley.

'Een stuk minder. Tienduizend, hoorde ik. En die moeten hun eigen buskaartje kopen.'

'Dat kan alleen in Amerika.' Minstens eenmaal per dag was Sooley met stomheid geslagen en schudde verwonderd zijn hoofd vanwege de excessen van de Amerikaanse cultuur, vooral bij universiteitssporten. Hij kon nog steeds maar moeilijk bevatten dat zijn volledige beurs, met een waarde van ongeveer tweeëntwintigduizend dollar per jaar, gratis was en dat Central hem zeven dollar vijfentwintig per uur betaalde om handdoeken op te vouwen en op te ruimen voor het footballteam.

Op 24 november, de laatste collegedag voor het lange thanksgivingweekend, speelde Central thuis tegen Campbell in weer een suffe voorwedstrijd. Met slechts een paar honderd fans op de tribune – de studenten waren al naar huis – bewezen de Eagles dat jongens van twintig heel makkelijk hun focus kunnen verliezen. Ze zouden de volgende dag naar huis gaan om vier dagen van hun moeders kookkunst te genieten zonder zich druk te hoeven maken om trainingen of colleges, en ze waren totaal niet met de wedstrijd bezig. Maar Campbell wel. Volgens de regels van het gokken, ook weer zo'n Amerikaanse eigenaardigheid die Murray aan zijn kamergenoot probeerde uit te leggen, zou Central met twaalf punten voorsprong moeten winnen. Maar in plaats daarvan verloren de Eagles met tien punten en coach Britt was furieus. Hij zei tegen zijn spelers dat ze uit zijn ogen moesten verdwijnen; hij wilde hen niet meer zien tot zondagmiddag, en dan konden ze maar beter op komen dagen voor een gruwelijke training.

29

De afgelopen vijftien jaar had Christine Moran gezorgd voor de dringende medische behoeften van de armste mensen op de wereld. Ze kwam uit het prachtige stadje Besançon in het oosten van Frankrijk, vlak bij de Zwitserse grens, maar was daar al tien jaar niet meer geweest. Ze had de opleiding tot verpleegkundige gedaan in Parijs en wilde de wereld zien. Ze werd aangenomen door Médecins Sans Frontières – Artsen Zonder Grenzen – en werd voor twee jaar uitgezonden naar Bangladesh. Vanaf daar ging ze naar Tanzania en zorgde drie jaar voor mensen uit Burundi die gevlucht waren vanwege de genocide. Na vijf jaar vluchtelingenwerk keerde ze terug naar Frankrijk en werkte in een ziekenhuis in Lille, maar nam na vier maanden ontslag toen ze zich realiseerde dat haar patiënten niet echt ziek waren, vergeleken met de mensen in de ontwikkelingslanden. Ze ging terug naar Afrika en werd in vluchtelingenkamp Kakuma in Kenia gestationeerd, waar tweehonderdduizend ontheemden woonden, voornamelijk uit Soedan en Somalië, al waren er ook mensen uit twintig andere landen. Velen van hen waren kinderen zonder ouders en die gezichten achtervolgden haar toen ze in Frankrijk probeerde te wonen. De trieste, ontredderde gezichtjes van ondervoede kinderen van wie sommige stierven en sommige volhielden en langzaam beter werden. Ze had er honderden in haar armen gehad terwijl ze langzaam voor eeuwig insliepen.

Drie jaar geleden was ze in het zuidelijke deel van het Rhino-kamp geplaatst en ze vond het een betere nederzetting dan de meeste andere. Ze waren allemaal overvol en deprimerend, maar de Rhino-kampen waren iets georganiseerder en het voedsel en water kwamen meestal op tijd. AZG runde twee grote tenthospitalen en de staf, een mengeling van Europese, Amerikaanse en Afrikaanse artsen en verpleegkundigen, werkte minstens twaalf uur per dag onophoudelijk. Het was een moordend rooster, een uitdagende manier van leven, maar ze werden gedreven door een diep humanitair verlangen om verschil te maken, voor één patiënt tegelijk. De meesten raakten na een paar jaar opgebrand en trokken zich terug in de veiligheid van de beschaafde wereld, maar zelfs dan vergaten ze hun werk in de kampen nooit en waren trots op de levens die ze gered hadden.

Christine hield haar telefoon altijd bij zich, maar zette hem niet altijd aan. De dekking was beperkt en de beltijd werd gekoesterd. Ze deelde hem graag met een paar patiënten van haar die familie in de VS of Europa hadden. Ze had Samuel twee keer gesproken en hem gevraagd familieleden van andere mensen in het kamp te bellen en dat had hij maar al te graag gedaan.

Zoals elke woensdagmiddag om twee uur precies liep ze naar een bepaalde hoek van de hospitaaltent, maakte oogcontact met Beatrice en nam haar mee naar een kleine ruimte waar de voorraad werd opgeslagen. Ze wachtten tot vijf over twee. De telefoon ging. Christine zei: 'Bonjour, Samuel.' Ze gaf de telefoon aan zijn moeder voor een kort gesprek en ging naar buiten.

Lonnies vrouw joeg hem om zes uur het bed uit, omdat hij lag te woelen en haar wakker hield. Het was duidelijk, voor haar in elk geval, dat hij niet kon slapen. Maar zij wel, als hij tenminste wegging.

Bij zijn favoriete koffietent bladerde hij door de krant, maar alleen om maar iets te doen te hebben tijdens het eten. Het enige nieuws dat hem boeide was basketbal en hij hield de sport tien uur per dag online in de gaten. Duke stond op 6-0 en de spannendste wedstrijd was een indrukwekkende overwinning met achttien punten verschil in een uitwedstrijd tegen Villanova geweest. Kentucky en Kansas waren de nummers twee en drie, allebei ongeslagen.

Lonnie legde zijn krant neer, werkte zijn ontbijt weg en begon weer te koken van woede vanwege het verlies tegen Campbell van de vorige avond. Zoals altijd verwachtte hij de wedstrijden voor de grote competitie te moeten verdelen en hij was realistisch over de vroege nederlagen. Maar zijn staf en hij hadden Campbell als een overwinning gezien.

Hij reed over de lege campus en parkeerde bij de sporthal. Hij liep door de kleedkamer, ging naar zijn kantoor en bleef staan toen hij een bal hoorde stuiteren. Het was tien voor halfacht, de dag voor Thanksgiving en de enige studenten op de campus waren buitenlanders, en die lagen allemaal diep te slapen. Behalve Sooley. Lonnie gluurde om de tribune heen en zag de jongen dribbelen en schieten. Hij schudde zijn hoofd, liep naar zijn kantoor en keek naar de gemonteerde versie van het fiasco van de avond ervoor. Hij belde Jason Grinnell, zijn medehoofdcoach en beste vriend, en speelde de wedstrijd nog een keer af. Hij belde twee rekruten om hun een fijne Thanksgiving te wensen.

Om halfelf belde zijn vrouw met een kort boodschappenlijstje. Hij vroeg of hij weer thuis mocht komen. Ze zei ja, maar alleen als hij de komende achtenveertig uur niet aan basketbal zou denken. Hij zei dat dat wel zou lukken, maar ze wisten allebei dat hij loog. Hij sloot zijn kantoor af en had al een paar stappen richting de kleedkamer gezet toen hij besefte dat de basketbal nog steeds aan het stuiteren was.

Sooley was doorweekt en grijnsde zoals gewoonlijk van oor tot oor toen hij zijn coach aan zag komen lopen. ‘Hoe lang ben je al aan het schieten, Sooley?’

'Ik weet niet, coach. Een uur of twee, drie.'
'Hoeveel schoten?'
'Zeshonderdnegentig.'
'En hoeveel heb je erin gekregen?'
'Driehonderddrieënveertig.'
'Dat is bijna vijftig procent.'
'Ja, maar zoals u altijd zegt, er is niemand die me verdedigt.'
'En allemaal vanaf de driepuntslijn?'
'Negentig procent.'
'Weet je hoeveel ons team vanaf de driepuntslijn schiet?'
'Achtentwintig procent.'
'Achtentwintig procent. Dat is niet best. Wat vind je van ons team na vijf wedstrijden, Sooley? Jij hebt een ander perspectief vanaf de bank. Ik wil graag weten hoe jij erover denkt.'
Sooley glimlachte, dribbelde een paar keer en zei: 'We zijn goed, coach. Het is nog vroeg. We hebben veel ervaring. Als we eenmaal met de officiële competitie beginnen, komt het wel goed.'
Met een lachend gezicht vroeg Lonnie: 'Waar is Murray?'
'Die lag nog te slapen toen ik de kamer verliet.'
'Hij moet meer tijd in de sporthal doorbrengen, vind je ook niet?'
Sooley was niet van plan een oordeel uit te spreken over zijn kamergenoot of enig ander lid van het team. Murrays probleem was dat hij liever tijd doorbracht met Robin, zijn nieuwste vriendinnetje. Ze konden blijkbaar geen genoeg van elkaar krijgen en de studentenkamer was hun favoriete liefdesnestje. Sooley bracht minstens een uur in de bibliotheek of in de gemeenschappelijke ruimte door, waar hij wachtte op het sms'je dat de kust veilig was.
'Hij is goed,' zei Sooley. 'Hij heeft alleen meer speeltijd nodig.'
'Goh. Dat heb ik nou echt nog nooit eerder gehoord. Zou jij hem meer speeltijd geven als je in mijn schoenen stond?'

'Tuurlijk, coach. Ik zou iedereen meer speeltijd geven.'

Lonnie lachte en keek naar het backboard. 'Dus, hoeveel schoten vandaag?'

'Duizend.'

'Top, man. Ik pik je om zes uur bij je kamer op voor het diner, oké?'

'Ja, goed. En bedankt, coach.'

'En Murray komt ook mee?'

'Ja, hij zei van wel.'

'Heb je ooit kalkoen gegeten?'

'Nee, ik geloof het niet.'

'Het wordt zwaar overschat. Agnes maakt gebraden eend.'

'Dat heb ik ook nog nooit gegeten.'

'Logeer je bij de Walkers?'

'Ja. Die hebben me uitgenodigd voor het lange weekend.'

'Mooi. Ik kan me voorstellen dat het eenzaam kan zijn op zo'n studentenkamer.'

Voor Murray niet, hoor. 'Ja, inderdaad, maar ik red me wel.'

'Heb je je moeder vanochtend nog gesproken?'

'Ja. Het gaat wel goed met ze, geloof ik. Het leven in een kamp valt niet mee, maar ze zijn tenminste veilig.'

'Geen nieuws over je zusje?'

'Nee. Eigenlijk verwachten we ook niks meer van haar te horen, coach. Ze is er niet meer, dat weten we. We bidden nog wel voor haar, maar het zou een wonder zijn.'

'Wij bidden ook voor jullie, Sooley; al je coaches doen dat.'

'Bedankt.'

'Ik zie je om zes uur.'

Samuel had heel wat nachten bij de Walkers gelogeerd. Hij sliep altijd op een lange bank in het souterrain, tussen een pingpongtafel en een 46 inch-flatscreen waarop Murray en hij op vrijdag- en zaterdagavond naar ESPN keken. Robin was er meestal ook, al mocht ze van Miss Ida niet blijven slapen.

Naar Samuels stilzwijgende, bescheiden mening was Miss Ida er niet zo happig op dat haar jongste zoon op zijn twintigste al zo'n serieuze relatie had met een meisje. Maar het was ook duidelijk dat Murray nogal verwend was en meestal gewoon deed waar hij zin in had.

Dit bezoek was anders dan anders, want Jordan was vanaf de rechtenfaculteit naar huis gekomen. Samuel volgde haar op social media en was al smoorverliefd op haar voordat ze de deur door kwam en iedereen omhelsde. Ze was vierentwintig, heel knap, sexy, slim en ongebonden. Samuel was aan het verzinnen hoe hij haar ten huwelijk kon vragen, wat hij in zijn eigen land zonder aarzeling zou hebben gedaan. Maar daar golden andere regels. Huwelijksaanzoeken werden er vaak gedaan door vaders van jonge tienermeisjes. Een man mocht er meer dan één vrouw hebben. Een vader mocht zijn dochter weggeven als geschenk. Enzovoort. Een heel andere wereld.

Woensdagavond laat keken ze traditiegetrouw met de hele familie naar een film, en Samuel kon zijn ogen niet van Jordan afhouden. Miss Ida betrapte hem een paar keer, maar hij kon het niet helpen. Er ontging haar niks.

Op Thanksgiving sliep hij uit en daarna ging hij naar boven, zijn neus achterna, en vond de hele familie druk in de weer in de keuken, waar ze praatten en lachten. Brady, de eigenzinnige zoon, was na middernacht aangekomen en popelde om Sooley te ontmoeten. Hij had veel over hem gehoord. Zo te zien was iedere Walker een eigen gerecht aan het klaarmaken en ze hadden allemaal een mening over de techniek, de kennis en de ingrediënten van de anderen. Samuel ging aan tafel zitten en bemoeide zich er niet mee. Er werden pecanwafels geserveerd, ook weer een traditie, en iedereen nam plaats voor een uitgebreid ontbijt. Er lag een enorme kalkoen in een pan op het fornuis, klaar om minstens zes uur gebraden te worden. Vijf, volgens Ernie. Minstens zeven, vond Murray.

Tijdens het eten nam de familie het menu voor het feestmaal van die middag door. Bij de kalkoen zou er oesterdressing met cranberrysaus worden geserveerd. Gekonfijte yams. Varkenspootjes met groene kool. Maïskolven. Vleesjus. Jalapeño-maïsbrood. Pompoen-pecantaart. Eerst dacht hij, terwijl hij nog een pecanwafel in zijn mond propte, dat ze een grapje maakten toen ze het over zoveel eten voor één maaltijd hadden. Maar daarna drong tot hem door dat ze het echt meenden.

Hij genoot van de luidruchtige plaagstootjes en de warme, plezierige sfeer, maar bij vlagen dacht hij onwillekeurig aan zijn moeder, zijn broertjes en zijn buren en vrienden uit Lotta. Sommigen waren dood. Anderen vermist. De geluksvogels konden amper overleven in provisorische hutten, krotten en tenten en moesten geduldig uren in de rij staan voor nog een kommetje rijst.

30

Zondag verzamelde het team zich laat op de dag in het Nest voor een gevreesde training. Maar hun coach was nu in een betere bui. In de filmzaal liet hij hen naar de wedstrijd tegen Campbell kijken en hij speelde de ergste gedeelten nog een keer af. Daarna gingen ze de vloer op voor twee uur lang non-stopoefeningen, waarbij alle coaches zelfs vanwege de kleinste fouten schreeuwden.

Twee dagen later zaten ze anderhalf uur in de bus naar Greenville om tegen East Carolina te spelen, dat tien punten meer had dan zij, en verloren in de verlenging met drie punten verschil. Het was hun vierde nederlaag op rij, wat opnieuw leidde tot een stille busrit terug naar de campus. Afgezien van het verlies was het vervelendste van die avond een ernstige blessure van Evan Tucker, een reserveforward. Halverwege de tweede helft sprong hij op voor een rebound en viel op zijn elleboog, die hij brak. Hij was nog met coach Jackie Garver in het ziekenhuis van Greenville. De röntgenfoto's beloofden niet veel goeds en hij zou niet snel weer kunnen spelen.

Het footballseizoen was ten einde en het team had zes wedstrijden gewonnen en er net zoveel verloren. Samuel had veel vrienden gemaakt in de kleedkamer en vond het heel jammer dat het afgelopen was. Lonnie trok aan wat touwtjes en zorgde ervoor dat hij op de loonlijst bleef staan om een paar uur per dag de fitnessruimte schoon te maken en verder alles te doen wat T. Ray hem opdroeg. Die zeven dollar vijfentwintig per uur waren belangrijk en Samuel gaf er maar weinig van uit. Zijn doel was om zo veel mogelijk geld naar zijn moeder te sturen.

Murray had samen met Mitch Rocker, de aanvoerder, een klein steunfonds voor vluchtelingen in Oeganda opgericht. Ze hadden een website en vroegen donaties uit de studentengemeenschap. Zonder Samuels naam te noemen schetste de website een somber beeld van het leven in de kampen en de nederzettingen en werd de studenten gevraagd om humanitaire hulp. Op 1 december hadden ze bijna duizend dollar opgehaald en Sooley was hun onbeschrijfelijk dankbaar. De uitdaging was om het geld op de juiste plek te krijgen. Beatrice had hen gewaarschuwd dat vluchtelingen met een beetje geld vaak belaagd werden.

Beatrice had op discrete wijze schoenen en kleren weten te kopen voor de acht kinderen; James en Chol en de zes andere kinderen uit Lotta. Dat was niet onopgemerkt gebleven in hun buurt en iedereen wist dat haar zoon aan een Amerikaanse universiteit studeerde en basketbalde, maar tot nu toe had het geen problemen opgeleverd.

Hun vreselijke bestaan werd ingrijpend verbeterd door het nieuws dat er een school zou worden geopend aan de andere kant van Rhino-Zuid. Op een ochtend vroeg liep ze met haar twee vriendinnen en alle acht de kinderen een uur achter de menigte aan om te kijken of de geruchten waar waren. Tot hun verbijstering zagen ze een gloednieuw modern gebouw waar de laatste hand aan werd gelegd door de hulpverleners. Op een bord stond aangekondigd dat er een VN-school werd geopend voor alle kinderen, en de opwinding was duidelijk voelbaar. Ze wachtten uren in de rij, vulden alle papieren in en liepen weg om een middagmaal te zoeken. De volgende dag gingen ze terug naar de school en droegen hun kinderen over. Goedgeklede beheerders en onderwijzers, allemaal mannen, begroetten hen en deelden potloden, schriften en werkboeken uit. De vrouwen lieten hun kinderen achter en slenterden terug naar hun tentendorp, voor het eerst sinds maanden zonder kinderen. Een lange schooldag betekende alles: onderwijs en een lekkere middagmaaltijd.

En uniformen. Toen de kinderen aan het eind van de middag naar buiten kwamen, kregen ze identieke outfits: witte overhemden en donkerblauwe korte broeken voor de jongens, witte blouses en donkerblauwe rokken voor de meisjes. Ze vonden het geweldig om hetzelfde gekleed te gaan. Nu waren ze ineens allemaal gelijk, allemaal officieel lid van een echte school.

Vier nederlagen op een rij zullen in elke kleedkamer tot ongenoegen leiden en die van Central vormde daarop geen uitzondering. Jabari Nix was een tweedejaars forward die het voorgaande seizoen gemiddeld vijf minuten per wedstrijd had gespeeld en dat was nu in de voorwedstrijden zo ongeveer hetzelfde. Zijn beste vriend was DeRell Compton, een guard van één meter achtenzeventig die niet kon schieten. Ze waren ontevreden over hun speeltijd en het was duidelijk dat ze niet blij waren.

Samuel bleef bij hen uit de buurt. Hij speelde helemaal niet, maar was toch al dolblij dat hij in het team zat. Hij keek toe terwijl Mitch Rocker en Roy Tice, twee laatstejaars, hen probeerden op te beuren. Murray speelde tien minuten per wedstrijd en was daar ook niet blij mee, maar hij was optimistisch en dacht dat het wel beter zou worden. Hij had verschillende keren gezegd dat Jabari en DeRell weleens voor problemen konden gaan zorgen.

Na de training van vrijdag gingen Sooley en Murray na het douchen terug naar hun studentenkamer. Robin was voor het weekend naar huis gegaan en Murray wist niet wat hij zonder haar moest beginnen. Hij opperde om ergens iets te gaan eten en ze reden naar een pizzatent. De volgende dag zouden ze thuis spelen en coach Britt had geëist dat ze voor tien uur thuis moesten zijn. Coach Garver had gedreigd te controleren of ze op hun kamer zouden zijn.

Tijdens het eten ging Murrays telefoon en hij praatte met Harry Greenwood, een derdejaars forward die niet op de campus woonde. Harry's vader was advocaat in Charlotte en zijn familie was rijker dan de meeste andere. Na de pizza reden ze naar Harry's appartement, waar een feest aan de gang was. Het hele team was er, samen met wat niet-sporters en een stel meisjes. De muziek stond hard, het bier vloeide rijkelijk en de meisjes waren aardig en flirterig. Sooley was er al snel achter gekomen dat de sporters op de campus bijzonder waren en bewonderd werden door de andere studenten. Murray, die voor één avond single was, stapte algauw op een stel studentes af en stelde zijn kamergenoot voor.

Samuel sloeg een biertje af. Waar hij vandaan kwam, konden kinderen zich geen alcohol of drugs veroorloven, net zomin als hun ouders, en hij was nooit blootgesteld aan de verleiding ervan. Hij praatte met een knappe studente die Nicole heette en die nieuwsgierig leek te zijn naar waar hij vandaan kwam. Een vriendin gaf haar een joint en daar nam ze terloops een trekje van en bood hem aan Sooley aan, die hem afsloeg. Opeens werd hij zich bewust van de geur in het appartement en realiseerde zich dat er overal wiet was. Hij was er niet zo bekend mee, maar de lucht was onmiskenbaar. Verschillende studenten, niet-sporters, stonden in de keuken over een kleine tafel gebogen en deden iets wat ze liever uit het zicht hielden. Hij vond een toilet, sloot zich erin op, zette zijn gedachten op een rijtje en verliet daarna het feest zonder iets tegen iemand te zeggen. Het was minstens een uur lopen naar Central.

Omdat hij niet over een auto beschikte, had hij nog niet veel van de omgeving gezien en hij wist niet precies waar hij was. Aan zijn rechterkant werd de lucht verlicht door de fellere lichten van de binnenstad van Durham, maar die waren ver weg. Hij liep een tijdje lukraak die richting uit, maar verdwaalde al snel. Hij sloeg een smalle straat in met aan weerszijden mooie, moderne appartementengebouwen, ongetwijfeld een witte wijk. Er was geen stoep, dus liep hij langs de kant van de weg en ineens merkte hij dat hij werd gevolgd door een auto. Het was de politie van Durham, die langzaam achter hem bleef rijden.

Het was vrijdag 4 december en het was een koude avond. Sooley had zijn handen diep in de zakken van zijn Central-sweatshirt gestoken.

Hij was lang genoeg in Amerika om te begrijpen wat de gedragsregels waren voor jonge zwarte mannen die 's avonds door witte wijken liepen, en opeens sloeg de schrik hem om het hart.

De auto kwam naast hem tot stilstand en een barse stem zei: 'Blijf staan.' Sooley bleef staan en wachtte terwijl de twee politieagenten, allebei wit, uitstapten en langzaam naar hem toe liepen. Zijn knieën knikten, zijn handen trilden.

Een van hen scheen met een felle zaklamp in zijn gezicht, die hij daarna uitknipte. Een straatlantaarn bood hun alle drie voldoende licht om elkaar te kunnen zien. Agent Swain vroeg: 'Waar ga je naartoe, als ik vragen mag?' Hij was beleefd en lachte zelfs.

'Ik studeer aan Central en ik probeer terug te gaan naar de campus, meneer.'

'Heb je een wapen? Iets in je zakken?'

'Nee, meneer. Ik ben student.'

'Dat zei je al. Haal je handen uit je zakken. Langzaam.'

Sooley deed wat hem gevraagd was.

Swain zei: 'Oké. Je bent niet verplicht ons je ID-kaart te laten zien, maar het helpt wel.'

'Geen probleem. Hij zit in mijn zak. Zal ik hem pakken?'

'Doe maar.'

Hij stak langzaam zijn hand in de zak van zijn spijkerbroek en gaf zijn ID-kaart aan Swain, die er een ogenblik naar keek en vroeg: 'Sooleymon, wat is dat voor naam?'

'Afrikaans. Ik kom uit Zuid-Soedan. Ik ben basketballer op Central.'

'Hoe lang ben je?'

'Eén achtennegentig.'

'En je bent pas achttien?'

'Ja, meneer.'

Swain gaf hem zijn ID-kaart terug en keek naar Gibson, die zei: 'Ik weet niet of je wel veilig bent in deze buurt.'

De buurt was volkomen veilig, afgezien van de politie die problemen zocht, maar Samuel knikte alleen maar.

Swain wees en zei: 'Central ligt in het zuiden en jij loopt naar het westen.'

'Ik ben verdwaald.'

Ze moesten lachen en keken elkaar aan. Swain zei: 'Oké, ik weet het goed gemaakt. Ga achterin zitten, dan brengen we je naar de campus. Het is koud en je bent verdwaald, dus geven we je een lift, oké?'

Sooley wierp een blik op hun auto en keek onzeker om zich heen.

Swain voelde kennelijk zijn aarzeling en zei: 'Het hoeft niet, hoor. Je hebt niks verkeerd gedaan en je staat niet onder arrest. Het is gewoon een vriendschappelijk ritje. Ik zweer het.'

Sooley ging achterin zitten. Toen ze een paar minuten hadden gereden zei Gibson, de bestuurder: 'Jullie hebben vier keer achter elkaar verloren. Wat is er aan de hand?'

Sooley vergaapte zich aan de gadgets voor in de auto. Een druk computerscherm. Radio's. Scanners. Hij had natuurlijk nog nooit in een politieauto gezeten. 'Zwaar schema,' zei hij. 'We zijn zoals altijd met wat moeilijke wedstrijden begonnen.'

Swain bromde en zei: 'Nou, morgen wordt het een makkie

voor jullie. Bluefield State. Waar is dat in godsnaam?'

'Ik heb geen idee, meneer. Ik ben nu al verdwaald. Ik heb nog nooit van ze gehoord. Ik zit op de bank, ik speel dit jaar niet.'

Gibson zei: 'Ik mag coach Britt graag. Geweldige vent. Het gerucht gaat dat hij volgend jaar ergens anders naartoe gaat.'

'Ik weet het niet. Coaches praten niet met ons over dat soort dingen. Jullie zijn vast Duke-fans.'

'Ik niet, hoor, ik kan ze niet uitstaan. Ik ben voor de Tar Heels. Swain hier is een Wolfpacker.'

De auto ging een bocht om en Sooley herkende de straat. Ze gingen inderdaad naar de campus van Central. Toen de ingang in zicht kwam, wees Swain naar een parkeerterrein en zei: 'Daarheen.' Dat deed Gibson en hij zette de auto stil.

Swain draaide zich om en zei: 'We laten je er hier uit, zodat je niet in verlegenheid kunt worden gebracht. Oké?'

'Ja, meneer. Dank u wel.'

'Succes dit seizoen, meneer Sooleymon.'

'Dank u wel.'

31

Na drie weken Afrika was Ecko moe, hij had heimwee en hij miste zijn gezin. Hij was als scout bij een toernooi in Kaapstad geweest, had competities in Accra en Nairobi bijgewoond en had talloze wedstrijden van bevriende coaches in Senegal, Kameroen en Nigeria gezien. Hij had in totaal zo'n dertienduizend kilometer afgelegd en had Thanksgiving doorgebracht op een luchthaven in Accra, de hoofdstad van Ghana, waar hij gestrand was.

Maar hij had nog één tussenstop te gaan en die kon hij niet met goed fatsoen afblazen, hoe graag hij ook zou willen. Hij landde in Kampala en werd van het vliegveld gehaald door een oude vriend van hem, Nestor Kymm, een coach van het nationale team van Oeganda. Kymms broer had een hoge post in de regering en wist aan welke touwtjes hij moest trekken. De volgende ochtend vroeg reden ze naar de internationale luchthaven van Entebbe en werden verwezen naar het vrachtgedeelte, ver uit de buurt van de hoofdterminal. Daar ontmoetten ze een keurig geklede ambtenaar die Joseph-en-nog-wat heette. Ecko kon de achternaam van de man noch uitspreken, noch spellen, dus noemde hij hem maar gewoon 'meneer'. Dat leek Joseph wel gewend te zijn.

Ze stapten in zijn jeep en reden om twee lange, brede airstrips heen, met aan weerszijden taxibanen vol vrachtvliegtuigen, waarvan sommige klaarstonden om op te stijgen en andere aan het landen waren. Om de start- en landingsbanen heen stonden eindeloze rijen van enorme legertenten met daarin een enorm aantal voedselkratten. Joseph parkeerde zijn jeep bij een kantoor en ze stapten uit. Hij keek op zijn horloge en zei: 'Jullie vlucht gaat over ongeveer een uur, maar er gaat niks op tijd. Jullie kans om mee te mogen is fiftyfifty, dus wees niet teleurgesteld als het niet lukt. Het heeft allemaal te maken met gewicht en balans.' Hij wuifde naar de chaos en vroeg: 'Willen jullie een snelle rondleiding?'

Ecko en Kymm knikten. Ja hoor, waarom niet?

De tenten stonden in een groot raster en werden gescheiden door grindpaden. Vrachtwagens en vorkheftrucks reden af en aan terwijl honderden medewerkers de kratten in- en uitlaadden. Joseph bleef staan en zwaaide met zijn arm. Voor hen stonden de tenten. Achter hen brulden de vliegtuigmotoren terwijl ze opstegen, en tientallen andere stonden te wachten.

Joseph zei: 'We voorzien een miljoen vluchtelingen per dag van voedsel, en die zijn verspreid over zo'n vijftig nederzettingen in het hele land. Sommige zijn makkelijk te bereiken, andere bijna onmogelijk. Ze zijn allemaal overvol en vangen elke dag weer meer mensen op. Het is een verschrikkelijke humanitaire crisis en we houden het nauwelijks vol. Wat je hier ziet, is een verwoede poging van onze regering en de Verenigde Naties. Het meeste voedsel hier komt van de VN, maar er is ook heel veel afkomstig van ngo's. Op dit moment werken we met zo'n dertig hulporganisaties van over de hele wereld. Sommige nemen hun eigen vliegtuigen mee. Maar er zijn ook vliegtuigen bij van onze luchtmacht, en van de VN. Op sommige tijdstippen van de dag is dit de drukste luchthaven van de wereld. Voor wat dat waard is.'

Ecko vroeg: 'Hoe ver is het naar het Rhino-kamp?'

'Een uur, min of meer. Er is een Deense groep die vier keer per dag van hier naar Rhino vliegt en ik probeer jullie daar aan boord te krijgen. Lukt dat niet, dan proberen we een andere vlucht. Zoals je ziet, zijn er vliegtuigen genoeg.'

Het was een verbijsterende verzameling vliegtuigen, vrijwel allemaal tweemotorige en turboprops, werkpaarden voor de korte baan, gemaakt voor smalle, oneffen en onverharde landingsstrips. Op de grond zigzagden ze van de opslagloodsen naar de taxibanen, waar ze in een lange rij aansloten en wachtten. Op de andere baan landde er elke dertig seconden een gestage stroom van dezelfde vliegtuigen, die naar de dichtstbijzijnde taxibaan reden. Met elke take-off en landing stoof er weer een nieuwe stofwolk op. De start- en landingsbanen waren van asfalt en konden de grootste jets aan, maar de verbindingswegen waren van aarde en grind. Anderhalve kilometer verderop, op een beschaafder deel van de luchthaven, kwamen en gingen commerciële vluchten in een ontspannen tempo.

Ze keken een paar minuten naar het hele spektakel en Joseph zei: 'Jullie kunnen wel raden dat de verkeersleiding hier zowel op de grond als in de lucht een nachtmerrie is, maar het gaat best goed. We hebben al in geen maand meer een aanrijding gehad.'

'Hoe veilig zijn de vluchten?' vroeg Ecko.

Joseph zei met een lach: 'Word je een beetje nerveus?'

'Welnee.'

'Nou, we kunnen alleen met goed weer vliegen. Deze vliegtuigen gaan naar de rimboe, waar slechts een handjevol steden behoorlijke landingsbanen en verkeersleiding heeft. De meeste gaan naar onverharde strips zonder navigatiesteun. Dus de piloten die je hier ziet, behoren tot de beste ter wereld. Ze kunnen onder alle weersomstandigheden vliegen, maar landen is vaak onmogelijk. Dus als het regent, houden we ze aan de grond.'

'Waar komen de piloten vandaan?'

'De helft van onze luchtmacht, de andere helft van over de hele wereld. Veel VN-jongens en een verrassend aantal vrouwen. En om je vraag te beantwoorden: er is er al in geen zeven maanden een neergestort.'

Ecko vond zeven maanden vreselijk kort, maar hij spande zijn kaak alsof hij niet bang was. Hij kon trouwens toch niet meer terug. Hij had Samuel een belofte gedaan.

Josephs radio piepte en hij verontschuldigde zich. Ecko en Kymm trokken zich terug in de veiligheid van de opslagtent en keken vanuit de schaduw naar de ongelofelijke georganiseerde chaos voor hen.

Joseph kwam in zijn jeep terugrijden en brulde: 'Stap in. We gaan.'

Ze begaven zich in het raster en verdwenen algauw tussen een groep tenten. Toen ze weer opdoken, stonden er drie identieke turbopropvliegtuigen, waar arbeiders dozen in zetten. Op de staart van elk vliegtuig stond de naam van de non-profitorganisatie, iets in een vreemde taal, maar daaronder stond in kleine letters DENEMARKEN. Joseph liep naar een van de piloten toe, blijkbaar een Deen, en zei het toverwoord. Hij keek naar Ecko en Kymm en gebaarde dat ze moesten komen. Toen ze aan boord klommen en op de krappe stoelen achter de piloten plaatsnamen, zei Joseph: 'Succes, mannen. Ik zie jullie als jullie terugkomen, als jullie dat tenminste redden.'

Ze maakten hun riemen vast en begonnen te zweten in de verstikkende vochtigheid. Een vliegveldmedewerker deed de deur dicht en de piloten zetten wat schakelaars om. Ecko en Kymm keken gefascineerd toe. De turboprop begon te taxiën en de copiloot deed zijn raampje open, zodat er een golf verse hete lucht naar binnen stroomde. Het vliegtuig steeg langzaam maar gestaag op.

Hoewel Ecko zenuwachtig was over de vlucht, vond hij het een geweldig avontuur en was hij blij dat hij had besloten niks tegen zijn vrouw te vertellen over dit extra tripje. Hij zou het allemaal wel beschrijven als hij thuiskwam.

Vanaf drieduizend meter hoogte was het landschap van Oeganda prachtig en Ecko nam alles in zich op. Hij werd getroffen door het gebrek aan wegen en het feit dat de dorpen zo afgelegen waren. En opnieuw was hij dankbaar dat zijn ouders zich in Amerika hadden gevestigd.

Achter hem stonden drie grote kratten met voedsel, en verder waren er kleinere dozen in elke beschikbare ruimte gepropt. Het vliegtuig rammelde, schudde en trilde en dat werd niet minder. Gek genoeg merkte hij dat hij wegdoezelde.

De afdaling werd interessant toen Ecko en Kymm de eerste glimp van de landingsstrip opvingen. Vanaf negenhonderd meter hoogte leek het niet meer dan een geitenpaadje dat midden in het bos was uitgehakt. Er waren hutten van een nabijgelegen dorp te zien, maar verder was er nergens een spoor van beschaving. Toen ze de grond naderden, draaide de copiloot zich om en schreeuwde: 'Hou je vast.' Dat was niet bepaald opbeurend. De landing was een keiharde slamdunk waardoor Ecko zijn nagels diep in de linkerknie van zijn medepassagier boorde. Toen ze weer op adem kwamen, moesten ze erom lachen. Elke geslaagde landing is goed.

Er stonden twee vrachtwagens te wachten bij een klein metalen gebouwtje waarin rekken voedsel en water stonden. Toen de motoren uitgingen, trok een groep tienerjongens de achterdeuren open en begon de kratten uit te laden. Binnen enkele minuten waren de vrachtwagens volgeladen en werd de vliegtuigmotor weer gestart. De piloten zwaaiden ter afscheid en taxieden weg.

Ook de vrachtwagenchauffeur was een Deen. Hij stelde zich met een brede glimlach voor en zei dat ze in de cabine moesten gaan zitten. De helft van de grondcrew sprong aan boord en zocht een plekje tussen de lading. Het Rhino-kamp was een halfuur rijden.

Toen Ecko het voor het eerst zag, schudde hij ongelovig zijn hoofd. Tenten en krotten strekten zich kilometers ver uit en op de onverharde wegen liepen duizenden vluchtelingen, grotendeels Zuid-Soedanezen, zijn volk, schijnbaar zonder doel. De vrachtwagen stopte bij een distributiepunt waar nog meer vrachtwagens aan kwamen rijden en hun spullen uitlaadden. Een Oegandese legersoldaat stond op hen te wachten en ze vertrokken meteen te voet. Ecko had een kleine sporttas bij zich vol voorraad en cadeaus. Ze liepen bijna een uur door de nederzetting en zagen talloze vluchtelingen die doelloos rondslenterden zonder dat ze iets te doen hadden. Ze liepen voorbij lange rijen vrouwen en kinderen die geduldig op de volgende maaltijd wachtten, en langs nog meer rijen mensen bij klinieken en provisorische hutten waar hulpverleners formulieren invulden en voedsel, medicijnen en tweedehandskleding uitdeelden. Ze kwamen langs honderden vrouwen en tienermeisjes die elegant met potten water liepen die vervaarlijk op hun hoofd balanceerden.

Bij het hospitaal van Artsen Zonder Grenzen vroegen ze rond en vonden ze Christine Moran, die hen meenam naar een kleine onderzoekskamer waar Ecko eindelijk Beatrice en haar zoons begroette. Chol en James waren keurig gekleed in hun onberispelijke schooluniform, al sloegen ze de lessen over op deze speciale dag.

Uit de sporttas haalde Ecko T-shirts en petjes met het opschrift NC CENTRAL en het logo van de Eagles erop. Overal Eagles. Hij gaf Beatrice een envelop met een lange handgeschreven brief van Samuel, en een kleinere met geld erin. Voor James en Chol waren er kleurige kerstkaarten die ondertekend waren door de Eagles-spelers en -coaches. Ze praatten een uur over Samuel en zijn nieuwe leven op de campus, zijn colleges, zijn vrienden, zijn basketbal. Op zijn telefoon liet Ecko hun een filmpje zien van Samuel en zijn kamergenoot, Murray Walker, waarop ze hun veel liefs en een vrolijk kerstfeest wensten. Er was ook nog een filmpje van Samuel die oefende met schieten.

Kymm maakte tientallen foto's met Ecko's telefoon.

Zes uur later landde het lege Deense vrachtvliegtuig in het

donker op de luchthaven van Entebbe, en Ecko bedankte Kymm en nam afscheid van hem. Terwijl hij drie uur wachtte op zijn vlucht naar Nairobi stuurde hij de foto's naar Samuel.

Hij zwierf door de terminal om de tijd te doden en nam zich heilig voor om er alles aan te doen om de familie te redden, al was hij zich er heel goed van bewust dat de kans heel klein was dat het zou lukken. Hij belde Samuel en ze praatten een halfuur lang; dure minuten volgens het internationale tarief. Samuel vond de foto's fantastisch en wilde alles over zijn moeder en broertjes weten. Ecko probeerde de juiste balans te vinden: hij wilde eerlijk zijn over hun leefomstandigheden, maar de jongen ook reden geven om hoop te houden.

Met drie spelers minder omdat ze niet op tijd thuis waren geweest, en met een eerstejaars die op de bank zat, reden de Eagles op woensdagavond met de bus naar de campus van Furman in het bovenste deel van South Carolina. Coach Britt liet hen alle negen spelen, maar negen was niet genoeg. De Eagles verloren met vijftien punten verschil en dat bracht de stand op drie overwinningen en vijf nederlagen.

Gelukkig stonden er voor de week daarop geen wedstrijden op de planning, want het schema werd onderbroken voor de tentamens.

32

Op vrijdag 18 december stapte het team 's ochtends vroeg weer in een touringcar, nu voor een rit van vier uur naar Washington D.C. De stemming was luchtig; de tentamens zaten erop en de kerstvakantie stond voor de deur. Nog één wedstrijd en ze zouden een paar dagen vrij zijn en dan zouden alle spelers, behalve Samuel, naar huis gaan, naar hun familie. In het centrum van de stad dacht hij terug aan zijn laatste reisje naar de hoofdstad, in augustus, toen hij er twee dagen met zijn Zuid-Soedanese vrienden was geweest en ze hun wonden likten na het demonstratietoernooi in Orlando.

Dat was een pijnlijke tijd voor hem geweest; de schok door het nieuws van het thuisfront was nog vers geweest. Vier maanden later was zijn leven ingrijpend veranderd, maar er ging geen minuut voorbij zonder dat hij aan zijn overleden vader en het onbeschrijfelijke lot van zijn zusje dacht. Zijn teamgenoten waren opgetogen toen de bus voortkroop door het centrum van D.C., en gelaten deed Samuel zijn best om te lachen en mee te doen.

Het team checkte in bij het Hyatt in de buurt van de Capital One Arena, ging snel lunchen en stapte weer in de bus voor een paar uur sightseeing. Om zes uur trokken ze hun trainingskleding aan en reden naar de campus van Howard University voor een uurtje schieten. Om acht uur liepen ze naar een restaurant vier straten verderop en werden verwelkomd door Maria Manabol van de ambassade van de republiek van Zuid-Soedan. Ze had Samuel en coach Britt samen met Ecko in augustus op de ambassade ontmoet toen ze de dood van Ayak had bevestigd. Ze had ook het papierwerk afgehandeld om Samuels studentenvisum aan te vragen en sindsdien had ze zijn immigratiedossier gevolgd. Ze had hem om de week gebeld om te kijken of hij zich kon aanpassen aan het studentenleven. Zij en haar man, Paul, een Amerikaan uit Pittsburgh, waren heel gastvrij en namen het team mee naar een privézaal waar ze entrecote met alles erop en eraan aten. Na het eten sprak ze kort over haar land en de uitdagingen waar dat voor stond. Ze had het niet over de benarde situatie van de familie Sooleymon, hoewel iedereen die aanwezig was hun verhaal kende.

Het team lag om elf uur in bed en kreeg de strenge instructie om zaterdagochtend zo lang mogelijk uit te slapen. Ze zouden om halfelf brunchen.

Hoewel ze gewoonlijk de rol hadden van watjes die in de voorwedstrijden werden ingemaakt door de grotere programma's, had Howard slechts twee wedstrijden verloren en er tien gewonnen, waaronder een verrassende overwinning met tweemaal verlenging aan de andere kant van de stad tegen Maryland. Voor het voorseizoen was Howard Bison laag ingeschat door de deskundigen, die het bijna onderaan hadden gezet in het klassement van de Mid-Eastern Athletic Conference. Central werd hoger voorspeld, maar de bookmakers dachten er anders over en zetten de Eagles op het bord als de underdog met vier punten verschil.

Twee uur voor de opsprong die om drie uur zou plaatsvinden in het Burr Gymnasium zaten Maria en Paul met Samuel op de tribune en praatten over het leven in het algemeen, het leven op de campus, basketbal en, het allerbelangrijkst, het leven in de vluchtelingenkampen. De ambassade kreeg van Zuid-Soedanezen die in de vs woonden veel aanvragen om familieleden te zoeken en te helpen. Maria was dolblij geweest toen Samuel haar belde met het nieuws dat Beatrice en zijn broertjes waren gevonden in het Rhino-kamp in Oeganda. Dat was een klein wonder. Om hen eruit te krijgen zou een veel groter wonder nodig zijn.

Diplomatiek herhaalde ze de waarschuwingen die Samuel al kende. Immigratie was aan strikte regels gebonden en er waren er maar weinigen uit hun land die het voor elkaar kregen. En er waren nog heel veel aanvragers vóór hen. Zijn familie had niemand in de vs die borg voor hen stond, behalve Samuel, maar zijn staatsburgerschap was nog niet zeker.

Toen het tijd was om zich om te kleden bedankte hij haar en Paul, omhelsde hen en beloofde contact te houden. Terwijl hij wegliep, zei hij: 'Als we volgend seizoen terugkomen, sta ik in het veld.'

'We kunnen niet wachten,' zei ze.

Zoals Lonnie en de andere coaches al hadden gevreesd, bleek het weekje vrij rampzalig uit te pakken. Dat opgeteld bij het reisje naar de grote stad zorgde ervoor dat de Eagles helemaal uit hun ritme waren. Howard was dat niet. Bison schoot de eerste vijf ballen raak en Central kreeg er niet één in. Met nog twaalf minuten op de klok in de tweede helft begon Howard, dat met vierentwintig punten voorstond, rustig te wisselen en de jongens van de bank bleken net zo geweldig te spelen als de starters. Ook Lonnie maakte de bank leeg en iedereen speelde, behalve Samuel. Tot overmaat van ramp ging Harry Greenwood, een reserveforward, in de laatste drie minuten hinkend het veld af met, dacht hij, een verdraaide knie. Uit de röntgenfoto's zou later blijken dat hij zijn kniebanden gescheurd had en geopereerd moest worden.

De eerste echte competitiewedstrijd met eenendertig punten verschil verliezen was niet echt de knallende start die coach Britt in gedachten had gehad. Hij ging met de andere coaches voor in de bus zitten en daar zaten ze vier uur lang te pruilen en hoofdschuddend te fluisteren. Het was weer een stille terugrit, weer een aftocht na een beschamende nederlaag.

In de kleedkamer in het Nest wenste de coach hun allemaal een vrolijk kerstfeest, stuurde hen naar huis voor de vakantie en liet hen beloven over een week terug te komen met hernieuwde toewijding. Er stond een nieuw seizoen voor de deur en hij beweerde dat hij optimistisch was.

33

Op zondagochtend, toen de studentenhuizen dichtgingen, propten Murray en Samuel hun rugzakken en weekendtassen vol en sleepten hun vuile was mee naar het huis van de Walkers, tien minuten verderop. Murray had hun komst om kwart over tien perfect getimed. Dan zouden zijn ouders naar de kerk gaan en hij had geen zin om met hen mee te gaan. Sooley zei dat hij ook even adempauze nodig had. Hij was stiekem verbijsterd over hun protestantse diensten en ging vaak in zijn eentje naar de mis.

Tot hun aangename verrassing had Miss Ida in plaats daarvan gekookt en zei dat ze een ochtendje vrij wilde. Ze verwelkomde haar jongens met een dikke knuffel en chocoladewafels. Terwijl Ernie bacon bakte, liet zij hun het huis zien en pochte over haar kerstversiering. De kleurrijke boom was de grootste die Samuel ooit had gezien.

Hij vond het een heerlijk idee om de komende dagen in de warme sfeer van dit huis door te brengen, gigantische maaltijden te eten, op alle mogelijke tijden te slapen en, het alleraanlokkelijkste, tijd door te brengen met Jordan, die maandagavond zou komen.

'Je blijft maar groeien,' zei Miss Ida op een gegeven moment en ze nam hem van top tot teen op. 'Hoeveel weeg je?'

'Vijfennegentig kilo.'

Ze tikte speels op zijn borst en zei: 'Je schouders lijken steviger.'

Murray zei: 'Hij woont in de fitnessruimte, mam. Hij is dit

semester negen kilo aangekomen. Hij denkt dat hij football speelt.'

Samuel lachte en zei: 'Nou, ik speel in elk geval geen basketbal.'

'Dan kunnen we elkaar de hand schudden,' zei Murray en hij lachte, maar het was geforceerd. Hij speelde niet veel en zijn frustratie werd steeds groter. Samuel luisterde naar zijn geklaag en probeerde hem op te peppen, maar verliezen heeft zijn weerslag op de hele kleedkamer en er was wat verdeeldheid. Persoonlijk was Samuel van mening dat zijn kamergenoot niet meer dan tien minuten per wedstrijd verdiende.

Hij was precies tien kilo aangekomen sinds augustus. Door het fitnessen, de lange etentjes aan Miss Ida's tafel en een uitgebreid trainingsschema kreeg Samuel er steeds meer kilo's bij, en de meeste daarvan leken spiermassa te zijn. Twee keer had coach Britt hem tijdens de training gevraagd naar zijn work-outs buiten het veld. Hoewel hij de voorkeur gaf aan slanke, soepele spelers kon hij moeilijk iets aanmerken op gebeeldhouwde bicepsen en stevige benen. Bovendien was hij een bankzitter van amper achttien, dus besloot Lonnie hem aan de ijzers te laten hangen zoveel hij maar wilde.

Sooley was nu één meter negenennegentig en zijn toegenomen lengte en gewicht hadden hem niet trager gemaakt. Hij was met gemak de snelste en behendigste van het team en zijn verticale sprong was nu een adembenemende één meter zeventien. Tijdens de lange busrit van Washington naar huis had een van de assistenten, Ron McCoy, geopperd dat ze dat bankzitten misschien maar overboord moesten gooien en die jongen een paar minuten speeltijd moesten geven. Wat had het voor zin om te wachten? Veel slechter kon het seizoen toch niet worden. Lonnie luisterde zonder er veel tegen in te brengen en beloofde dat ze het er later over zouden hebben. Met twee geblesseerden stonden er nog maar elf spelers op de lijst. Eén daarvan was een eerstejaars die op de bank zat. De ander was een reservespeler die tijdens de training moeite had met scoren.

Na een uitgebreide brunch ruimden Ernie en de jongens de keuken op en gingen daarna in de woonkamer zitten voor een lange middag van NFL-play-offs. Football kijken met Sooley was vermoeiend, want hij hield zijn mond maar niet. Hij vroeg van alles over het spel en leek er niks van te kunnen onthouden.

Miss Ida liet hen alleen en ging shoppen.

Woensdagochtend om zeven uur liep Samuel door de keuken naar de garage voor zijn wekelijkse telefoontje naar Christine Moran. Ze nam niet op, maar belde een kwartier later zelf en legde uit dat het telefoonsysteem niet goed werkte en dat ze maar weinig minuten had. Zou hij het telefoontje willen beperken tot tien minuten? Hij zei dat dat geen probleem was en bedankte haar zoals altijd, waarna hij de zachte stem van zijn moeder hoorde. 'Vrolijk kerstfeest, Samuel.'

'Jij ook een vrolijk kerstfeest, moeder. Hoe gaat het?' Hij deed zijn ogen dicht en schudde zijn hoofd, terwijl hij zich afvroeg hoe iemand die in een tent in een vluchtelingenkamp woonde in hemelsnaam aan de feestdagen kon denken. Hij kon zich niet voorstellen hoe hopeloos en deprimerend de kerstdagen daar moesten zijn en dacht onwillekeurig aan hun laatste kerst samen als gezin.

Ze zei dat James en Chol het goed deden op school en het nog steeds over het verrassingsbezoek van coach Ecko Lam van vorige week hadden. Ze droegen hun Central-shirts en -petjes vol trots en iedereen in de buurt was jaloers op hen. Het feit dat hun oudere broer in Amerika basketbalde gaf hun een hogere status. Beatrice beloofde voor Samuel te bidden tijdens de kerstmis en hij beloofde ook aan hen te denken. Hij kon hen niet vergeten en vertelde zijn moeder dat hij elke minuut van de dag aan hen dacht.

Het telefoontje was te kort en toen hij had opgehangen, ging Samuel in het donker op een tuinstoel zitten en verlangde naar zijn familie.

De kerk zat bomvol voor de nachtmis, een prachtige dienst waar Samuel van genoot. De predikant was bescheiden en hield een korte preek. De jeugdgroep voerde, in kostuums, een grappige versie van het kerstspel op. Het kinderkoor, in op elkaar afgestemde bordeauxrode kleding, stal de show met hun kerstliedjes. De ramen trilden toen het volwassenenkoor 'Go Tell It on the Mountain' en 'The Holy Baby' zong. Jordan legde Samuel fluisterend uit dat de liedjes van generatie op generatie waren doorgegeven door Afrikaanse Amerikanen.

De volgende dag gingen ze laat op de ochtend met de hele familie rond de boom zitten en gaven elkaar cadeaus. Op de stapel lagen kleren voor de jongens, spijkerbroeken en casual shirts voor school, en parfum en een gouden ketting voor Jordan. Samuels grote cadeau was een donkerblauwe blazer, zijn eerste. Jordan gaf hem een mooie stropdas. Hij was overdonderd door hun vrijgevigheid en bijna sprakeloos door het grote aantal cadeaus. Hij had een paar dollar opzij weten te leggen en daardoor had hij zelf ook verrassingen voor hen: een flesje parfum voor Miss Ida, een groot koksschort voor Ernie, een leren riem voor Murray, en voor Jordan een paar oorbelletjes, die ze meteen indeed. Ze waren ontroerd door zijn zorgzaamheid en voelden zich schuldig omdat ze de cadeaus kregen, maar deden niets om zijn stemming te temperen.

Toen alle cadeaus eindelijk waren uitgepakt, waren ze uitgehongerd. Jordan zette een cd met kerstliedjes op en de hele familie ging naar de keuken, waar iedere Walker de leiding probeerde te nemen.

34

De dag na kerst kwam er pijnlijk een eind aan de kerstvakantie toen de spelers zich naar de campus sleepten voor een training van drie uur die loodzwaar beloofde te worden. De coaches stonden als drilsergeanten te wachten. Coach Britt begon zijn speech met de onnodige opmerking dat ze een niet al te indrukwekkende start hadden gemaakt. Drie overwinningen tegen flutteams en zes nederlagen, waarvan er twee vermeden hadden moeten worden. Ze waren beter dan Campbell en hij nam de verantwoordelijkheid voor die nederlaag op zich. Ze hadden een goed team van East Carolina bijna verslagen, maar hadden de overwinning uiteindelijk laten lopen. De beschamende afdroogpartij op Howard was onvergeeflijk.

Nadat hij hen een kwartier lang de grond in geboord had, paste hij zijn toon aan en stond erop dat ze die nederlagen achter zich lieten. Ze hadden nog eenentwintig wedstrijden te gaan, zeventien in de grote *conference*-competitie, waarvan negen thuis. De belangrijkste wedstrijden lagen nog voor hen en ze zouden geen tijd verspillen aan hun stroeve start.

De spelers luisterden wel, maar dachten ook aan dringender zaken. Maandag zouden ze naar New York vliegen voor een unieke meevaller: ze zouden meedoen met een eindejaarstoernooi tegen andere HBCU's – Historically Black Colleges and Universities. De wedstrijden zouden gehouden worden in Madison Square Garden en de meeste zouden op tv worden uitgezonden via een van de kanalen van ESPN.

In vijf dagen tijd zou Central tegen Grambling uit Louisiana, Prairie View uit Texas en Fisk uit Nashville spelen.

Lonnie praatte over de reis, het toernooi en hun tegenstanders, die allemaal veel wedstrijden gewonnen hadden. Eind november had Fisk in Washington tegen Howard gespeeld en niets van hen heel gelaten, op hetzelfde veld waar Central slechts een week geleden helemaal afgedroogd was. Maar genoeg over het verleden. In zijn scoutrapport werden de drie teams geportretteerd als vrijwel onverslaanbaar, als bijna NBA-niveau.

Het was deels peptalk, deels angst aanjagen, en het gaf de spelers een onbehaaglijk gevoel. Maar ze zouden deel uitmaken van een grote show en waren vast van plan om goed te spelen. Toen hij op zijn fluitje blies, gingen ze het veld op om te stretchen en hun spieren los te maken, en ze begonnen te rennen. Hun coaches leken erop uit te zijn om hen alle kalkoen, pecantaarten, fudgebrownies, kerstcakes en de rest van oma's kerstmaaltijd eruit te laten zweten. Na vijftien minuten suicide sprints moest de eerste speler overgeven.

Tijdens de rit naar de sporthal had Murray gezegd dat hij Robin wilde zien en hij vroeg of Sooley dan weg wilde gaan na de training. Ze hadden privacy nodig in de studentenkamer. Sooley vond het best. Hij had nog nooit nee gezegd. Toen ging Murray nog een stapje verder en zei dat het zo leuk zou zijn als ze een keer kon blijven slapen. Er stond een bank in de gemeenschappelijke ruimte op de begane grond van het studentenhuis dus, hé, wat zeg je ervan, kamergenoot? Sooley glimlachte, haalde zijn schouders op en zei dat het prima was.

Na de moordende training kleedden de spelers zich langzaam uit, douchten, kleedden zich aan en vertrokken. Ze zouden de volgende dag terugkomen voor nog eens zo'n ronde. Sooley betwijfelde of een van hen nog energie zou hebben voor seks. Maar dat had Murray kennelijk wel. Hij bood hem een lift aan, maar Sooley zei dat hij wel ging lopen. Veel plezier en tot morgen. Toen de beheerders de kleedkamer opruimden, verstopte Sooley zich in een berghok. Toen de lichten uit waren en iedereen weg was, liep hij terug naar het veld, deed één lamp aan en begon te schieten.

Na vijfhonderd schoten deed hij het licht uit en ging weer naar de kleedkamer. Daar douchte hij nog een keer en hij vond als avondeten een sportdrankje en wat granolarepen in de teamkeuken. Hij maakte het zich gemakkelijk in een van de lekkere fauteuils in de kleine ruimte waar ze altijd films keken en zette een NBA-wedstrijd op. In de tweede helft was hij al in diepe rust.

Hij werd wakker met *SportsCenter*, keek naar wat hoogtepunten en merkte dat hij honger had. Hij trok een Central-trainingspak aan en ging op zoek naar eten. De studentencafetaria was nog gesloten, dus verliet hij de campus. Hij liep anderhalve kilometer naar een soulfoodcafé, zijn favoriete tent, en werkte twee grote broodjes kip naar binnen. Hij speelde met het idee om nog eens anderhalve kilometer te lopen naar de mis in de Sacred Heart Church, maar besloot het niet te doen. Het weer was guur en dreigend, en hij zou nooit aan de kou wennen.

Toen coach Britt vroeg in de middag aankwam, hoorde hij het bekende geluid van een stuiterende basketbal. Hij keek om een hoekje van de tribune en zag wat hij al had verwacht. Samuel Sooleymon die aan het schieten was, met zijn shirt uit, drijfnat van het zweet. Twee dingen waren duidelijk: die jongen begon een behoorlijk fysiek exemplaar te worden, en zijn schoten ketsten niet langer op de rand af.

De training begon met een spelplan voor Grambling, hun eerste tegenstander in New York. De spelers waren enthousiast en energiek, hoewel Murray een paar stappen achter leek te blijven.

Zoals altijd was Sooley niet te stuiten tijdens de *drills* en partijtjes. Het ging er soms zo hard aan toe dat zijn teamgenoten hem vuil aankeken. Hij lachte erom, schreeuwde en bleef maar aanvallen.

Maar af en toe taande zijn enthousiasme. Hij zou niet meegaan naar New York.

35

Maandagochtend liep coach Britt stipt om negen uur de kleedkamer binnen en inspecteerde zijn troepen. Ze droegen allemaal een donkerblauwe blazer, een overhemd, een kakibroek en casual schoenen, geen sneakers. Hij was tevreden met wat hij zag en probeerde hen allemaal te beledigen met een spottende blik. De opwinding was voelbaar en iedereen was klaar om te gaan. Hij zette de vier studentenbeheerders naast elkaar, nam hun materialenchecklist door en blafte voor de goede orde tegen coach McCoy omdat hij geen stropdas droeg. Dat werd snel rechtgezet.

Sooley zat in een hoekje in zijn trainingskloffie naar al die druktemakerij te kijken en probeerde er niet te ontmoedigd uit te zien. De spelers praatten tegen hem en hij schonk hun een glimlach, maar ze wisten dat hij diep teleurgesteld was omdat hij niet meeging. Een afspraak met een immigratieambtenaar was belangrijker.

Toen alles klaar was, liepen ze de sporthal uit naar een touringcar die daar stond te wachten en waar ook de vrouwen van de coaches stonden, op hun paasbest gekleed, allemaal babbelend over de trip. Twee van hen, en een van de coaches, waren nog nooit in de Big Apple geweest. Een halfuur later zette de bus de groep af bij de privéterminal van de luchthaven Raleigh-Durham. Hun rechtstreekse vlucht zou volgens de planning even over tweeën op Teterboro in New Jersey landen.

Toen de sporthal verlaten was, deed Sooley een paar lichten aan en begon te schieten.

Die avond belde Murray om te zeggen dat ze veilig geland waren en ze praatten een halfuurtje over de reis, het hotel en hoe groot Manhattan was. Na het telefoontje ging Sooley met het licht uit op zijn bed zitten en keek naar de tientallen foto's die zijn teamgenoten aan het posten waren.

Hij had zich nog nooit zo alleen gevoeld.

De volgende ochtend om negen uur stond Miss Ida zoals afgesproken voor het studentenhuis te wachten toen Samuel naar buiten kwam. Hij droeg zijn nieuwe kleren – blauwe blazer, kakibroek, wit overhemd en de fraaie stropdas die hij met kerst van Jordan had gekregen. Hij had nog nooit een stropdas om gehad en Murray was een uur bezig geweest hem te leren hoe hij hem moest strikken. Hij had wel honderd keer geoefend.

Miss Ida inspecteerde hem en was behoorlijk onder de indruk. Ze stapten in de auto en ze reed in dertig minuten naar het regiokantoor van de Amerikaanse immigratiedienst in Raleigh. De afspraak die ze om tien uur met een casemanager hadden, was zo belangrijk dat hij niet verzet had kunnen worden. Zowel Miss Ida als Sooley had geprobeerd de afspraak te verplaatsen zodat hij met het team naar New York kon, maar dat was niet gelukt. Er was een enorme achterstand. De immigratiekantoren waren onderbezet, enzovoort. Sooley wilde heel graag zijn aanvraag voor het staatsburgerschap doorzetten, en trouwens, hij zou toch niet mogen spelen.

Ze zaten een uur op klapstoelen in een overvolle gang, waar het een komen en gaan was van buitenlanders. Om kwart over elf werd Samuels naam geroepen en Miss Ida en hij werden naar een klein hoekkantoor gestuurd, waar ze werden begroet door een vriendelijke jongeman die zijn verontschuldigingen aanbood voor het lange wachten. Ze gingen zitten, waarbij hun knieën tegen zijn metalen bureau aan stootten, en praatten wat over het studentenleven op Central. Het kantoor had geen ramen en de thermometer leek op zevenentwintig graden te blijven steken. De casemanager las een hele lijst met vragen voor van een uitgeprint vel papier, waarop Samuel meestal met ja of nee antwoordde. De man was tevreden met de antwoorden en voerde wat belangrijke dingen in. Twintig minuten nadat ze het kantoor waren binnengegaan, haastten ze zich naar buiten, waar ze naar frisse lucht hapten. De hele bespreking had binnen tien minuten over de telefoon of per mail kunnen worden afgehandeld.

Miss Ida zei: 'Ze wilden je gewoon zien, dat was het.'

Samuel ging liever niet terug naar de campus – het studentenhuis was verlaten en hij had weinig te doen – dus kocht Miss Ida iets te lunchen voor hem bij een broodjeszaak en nam hem mee naar haar werk. Ze stelde hem voor aan een aantal van haar stafleden, parkeerde hem achter een oud bureau en gaf hem een stapel papieren die hij uit moest zoeken en daarna moest archiveren. Samuel deed tevreden zijn stropdas af en ging aan de slag.

Aan het eind van de middag, toen Miss Ida het druk had met vergaderen, verliet Samuel het kantoor en genoot van een lange wandeling terug naar de campus. Het was lekker weer en de wandeling pepte hem op. Hij was enthousiast over de afspraak bij de immigratiedienst en wist dat hij op weg was naar het staatsburgerschap. Als hij dat voor elkaar zou krijgen, kon hij de volgende stap gaan zetten om zijn familie te redden.

De sporthal was donker en leeg, net als de rest van de campus. Hij had helemaal niemand anders gezien, zelfs geen veiligheidsbeambte. Er was geen verkeer, alle parkeerplaatsen waren leeg. In de kleedkamer kleedde hij zich om en ging het veld op.

De sprongbal tussen Central en Grambling was om acht uur en de wedstrijd werd uitgezonden op ESPNU. Hoewel Samuel het saai begon te vinden om naar de wedstrijden te kijken en zelf niet te spelen, vond hij het niettemin heel spannend om zijn vrienden op tv te zien en hen in zo'n enorme zaal te zien spelen. Er zat leuk publiek en er hing een feestelijke sfeer.

Sooley zat op zijn kamer pizza te eten en juichte hen toe. Mitch Rocker, de vierdejaars pointguard, ging sterk van start en schoot de eerste drie keer raak. Melvin Montgomery en Roy Tice hielden de verdediging dicht en verstikten de lange mannen van Grambling. Murray kwam in de achtste minuut in het spel en onderschepte meteen een bal. In de rust was de stand gelijk, en Central had de beste twintig minuten van het seizoen gespeeld. De bookmakers zagen de Eagles als de underdogs en voorspelden veertien punten verlies, maar dat was iemand vergeten aan de spelers te vertellen.

Terwijl hij aan het zappen was, werd er zachtjes op de deur geklopt. Hij kon het eerst niet geloven. Hij dacht dat hij de enige op de hele campus was. Maar toen er nog een keer werd aangeklopt, deed hij open en zag Robin lachend voor de deur staan. 'Hoi Sooley, mag ik binnenkomen?'

'Ja hoor,' zei hij volkomen verbouwereerd. Ze woonde in Raleigh, had een auto en leek vaak op pad te zijn. Ze plofte neer op Murrays bed, haar tweede thuis, en vroeg: 'Ben je de wedstrijd aan het kijken?'

'Natuurlijk. Wat doe jij hier?'

'Ik verveelde me gewoon. Ik dacht dat je wel wat gezelschap kon gebruiken.'

Zoals iedere studente zat ze aan haar telefoon vastgeplakt. Dus waarom had ze dan niet eerst even gebeld? Zou het kunnen dat ze geen nee had willen horen? Ze droeg een strakke spijkerbroek en een wijde sweater. Ze schopte haar schoenen uit en wilde kletsen. Ze was knap, sexy en sprankelend en leek het leuk te vinden om hem in verlegenheid te brengen.

Dit meisje was niet zo kieskeurig. Ze hoorde bij een groep snelle meiden die met de sporters omgingen, en Sooley had weleens wat horen fluisteren in de kleedkamer, iets wat erop wees dat sommige spelers haar wel erg goed kenden. En Miss Ida mocht haar niet, een duidelijk teken dat ze problemen opleverde.

De tweede helft begon en ze concentreerden zich op de wedstrijd, moedigden hun team aan, schreeuwden om de missers en juichten als er een bal in ging. Grambling begon met een 2-3-zoneverdediging en sloot het middenveld af. Central was niet geweldig in het schieten van grote afstand en toen Mitch Rocker en Duffy Sunday het lieten afweten, raakten ze het spel kwijt.

Tijdens een time-out vroeg Robin aan Sooley met wie hij aan het daten was. Ze wist donders goed dat hij niet aan het daten was, want Murray vertelde haar alles.

'Met niemand,' gaf hij toe.

'Ik kan het bijna niet geloven. Alle meisjes die ik ken, willen je naakt zien.'

Hij lachte nerveus. Ze werden even afgeleid toen Murray in het spel kwam met nog zeven minuten op de klok, terwijl Central met tien punten achterstond. Het leek heel fout om zijn beste vriend op tv te zien terwijl diens vriendinnetje hem probeerde te versieren.

Grambling won met twaalf punten verschil. Zodra de wedstrijd was afgelopen, draaide Robin zich naar hem toe en vroeg: 'Wil je een beetje plezier maken?'

Sooley liep naar de deur, deed hem open en knikte naar de gang. 'Niet met de vriendin van mijn beste vriend. Sorry.'

'Kom op, Sooley. Niemand hoeft er ooit achter te komen.'

'Alsjeblieft. Ga weg.'

36

Robin stuurde hem de hele dag berichtjes waarin ze toespelingen maakte dat ze best terug kon komen naar het studentenhuis. Sooley bracht de dag in zijn eentje in het Nest door, waar hij duizend keer schoot en in de filmkamer naar *college-* en NBA-wedstrijden keek. Hij sliep daar ook, met de deur op slot.

Prairie View versloeg Central met acht punten verschil. Op oudejaarsavond liep hij in een halfuur naar het huis van de familie Walker om bij hen te eten. Daarna keken ze hoe Central een goed gespeelde wedstrijd tegen Fisk verloor, wat een topteam was. Murray speelde slechts drie minuten in de eerste helft en daar waren zijn ouders niet blij mee. Tijdens de tweede helft nam Sooley afstand van de gespannen sfeer en liep naar beneden, waar hij in het souterrain in zijn eentje naar de wedstrijd keek. Jordan liep achter hem aan en ze verloren hun belangstelling voor de wedstrijd toen ze serieus begonnen te flirten. Aanvankelijk was Sooley verrukt omdat ze hem zoveel aandacht gaf, maar hij raakte van slag toen ze heviger aandrong. Maar Miss Ida rook wat er gaande was en kwam algauw bij hen zitten. Aan de ene kant was Sooley opgelucht. Aan de andere kant kon hij maar moeilijk in slaap komen toen hij op de bank ging liggen en aan niets anders kon denken dan aan Jordans mooie benen.

Het team kwam op nieuwjaarsdag thuis. De drie nederlagen waren moeilijk te verteren en coach Britt was niet vrolijk. Ze trainden drie dagen achter elkaar heel hard en versloegen op 5 januari een ongelukkig team uit de derde divisie met twintig punten verschil, in het bijzijn van nog geen tweehonderd fans. Hadden hun trouwe volgers hen al opgegeven? Het leek er wel op.

En toen waren er nog maar tien. Na de wedstrijd stuurde DeRell Compton, een reserveguard, zijn teamgenoten een mail waarin stond:

> *Hé jongens, ik heb net coach Britt gesproken en gezegd dat ik uit het team stap. Ik ga nu naar het Pico Community College in Texas, waar ik in aanmerking kom om meteen te* SPELEN. *Ik hou van jullie en wens jullie het beste. DeRell*

Het nieuws kwam als een verrassing, maar niet als een schok. DeRell had in de kleedkamer al een hoop gezegd en het was algemeen bekend dat hij niet tevreden was. Het team zou hem niet missen. Door zijn vertrek waren ze nog maar met acht spelers, plus Sooley en de jongen die meeliep, maar die nauwelijks speelde. Harry Greenwood was aan het herstellen van zijn knieblessure en Evan Tuckers elleboog was niet goed genezen.

Murray was uit met Robin en zou niet voor middernacht terug zijn. Sooley ging slapen en werd kort daarna wakker omdat zijn kamergenoot luidruchtig binnenkwam en het licht aandeed. Hij was overstuur en moest met iemand praten. Toen Sooley weer kon focussen, zag hij dat Murray rode ogen had.

'Ze heeft het uitgemaakt,' zei hij met schorre, gespannen stem.

'Wat?'

'Ze heeft me gewoon gedumpt.'

'Heeft ze ook gezegd waarom?'

'Natuurlijk heeft ze dat gezegd. Daar hebben we het de afgelopen twee uur over gehad. Ze zei dat ze iemand anders heeft ontmoet en dat ze het uit wilde maken. Ze zei allemaal rare shit.'

Sooley kreeg ineens een knoop in zijn maag en was als de dood dat hij die 'iemand anders' was. 'Wat erg, Murray. Ik weet niet wat ik moet zeggen.'

'Er valt niks te zeggen, dus luister maar gewoon, oké? Hoe kan ze dit nou doen? Ik hou van haar en ik dacht dat het heel goed ging tussen ons. En man, ze was geweldig in bed. Jezus, het ene moment gaat het fantastisch en het volgende moment heeft ze ineens een ander. Niet te geloven.' Hij veegde zijn ogen af en staarde lange tijd gepijnigd naar de grond, kapot van verdriet.

Verlegen vroeg Sooley: 'Enig idee wie die ander is?'

'Nee. Ze was te schijterig om dat te zeggen.'

Wat een opluchting. Sooley vermoedde dat Robin in werkelijkheid met meerdere sporters naar bed was geweest, en stiekem was hij blij dat ze nu uit beeld was. Zijn beste vriend verdiende beter.

Sooleys telefoon trilde. Hij keek naar het schermpje en zag tot zijn ontzetting een berichtje van Robin: *Ik wil je nog steeds naakt zien.*

Hij schoof de telefoon onder zijn kussen en ging languit op bed liggen.

Vrouwen!

37

De conference-competitie begon serieus met een korte busrit naar Greensboro voor een wedstrijd tegen North Carolina A&T, de grootste rivaal van Central. Nu de studenten nog vakantie hadden, zat de kleine sportzaal slechts halfvol en allebei de teams speelden sloom. Halverwege de eerste helft haalde coach Britt Duffy Sunday, een guard die vier keer had geschoten zonder de ring te raken, uit het veld en verving hem door Murray. Die had nog steeds een gekwetst ego en vond dat hij iets te bewijzen had, dus onderschepte hij prompt een pass, sprintte naar de ring en maakte het af met een verpletterende slamdunk. Sooley had hem nog nooit zo snel zien bewegen en de Eagles werden geïnspireerd door zijn spel. Na zijn volgende dribbel scoorde hij een driepunter met een langeafstandsschot en hij schreeuwde naar de bank. Het team kwam tot leven en scoorde achter elkaar tien punten, tegen nul van de tegenstander, zodat ze in de rust met zes punten voorstonden. A&T stortte in de tweede helft in, voornamelijk omdat Murray niet af te stoppen was. Hij speelde zevenentwintig minuten, bracht het team op vijftien punten voorsprong en voerde de boventoon tijdens het zingen in de bus terug naar huis. Later die avond, in hun studentenkamer, belde hij Ernie en praatten ze een halfuur na over de wedstrijd.

Hun eerste thuiswedstrijd was op maandag 11 januari tegen Coppin State. Miss Ida, Jordan en Ernie waren er vroeg en Sooley ging voor de wedstrijd naar hen toe op de tribune. Ze waren opgetogen omdat Murray zou starten. Het was ongelofelijk dat ouders zo blij konden zijn vanwege een beetje speeltijd.

Miss Ida zei: 'Hij speelt beter omdat hij van dat meisje af is.'

Ernie zei: 'Ze was inderdaad een onruststoker, maar hij speelt omdat hij dat verdient.'

Sooley zei niets over het meisje. Robin stuurde hem geen berichten meer en had haar zinnen waarschijnlijk op een volgend slachtoffer gezet. Toen het tijd werd om zich om te kleden, gaf hij Jordan een knuffel en nam voor een paar maanden afscheid van haar. Ze zou de volgende dag weer naar de rechtenfaculteit vertrekken.

Murray gaf hun genoeg reden om te juichen. Samen met Mitch Rocker domineerde hij in de verdediging en hield het tempo iets lager, wat coach Britt had gepland. Coppin State was klein maar snel en wilde het liefst rennen, maar was zwak aan de buitenkant. Murray onderschepte de bal in de eerste helft drie keer en had ook nog eens zes assists, en hoewel hij niet scoorde, speelde hij wel vijftien minuten. In de tweede helft scoorde hij meteen twee langeafstandsschoten en het ging de Eagles voor de wind.

Vier dagen later vertrok het team met een chartervlucht naar Tallahassee om tegen de Rattlers van Florida A&M te spelen. FAMU stond in het voorseizoen bovenaan de ranglijst en had vier dagen eerder Howard thuis verslagen. De coaches van Central hadden goede hoop dat hun spelers met twee overwinningen op rij het licht hadden gezien en op de goede weg waren. De nieuwe opstelling, met Murray als guard en Jabari Nix als forward, had er tegen Coppin State onverslaanbaar uitgezien. FAMU stond bekend om zijn agressieve man-tegen-manverdediging en verraste de Eagles door vanaf de opsprong meteen full-court druk te zetten. Murray en Mitch Rocker moesten moeite doen om onder die druk vandaan te komen, waardoor de aanval uit balans raakte. Toen ze eindelijk doordrongen tot het middenveld, waren er al tien seconden voorbij en konden ze hun aanval niet afmaken. FAMU had al snel een voorsprong en raakte die niet meer kwijt.

Tijdens de terugvlucht keek coach Britt naar de andere scores in hun conference en zag wat hij al had zien aankomen, maar wat hij maar niks vond. Central was het eerste team uit de Mid-Eastern Athletic Conference dat tien wedstrijden verloren had. En twee teams, Howard en FAMU, waren zelfs nog beter dan de deskundigen hadden voorspeld. Met een stand van 6-10 (zes gewonnen, tien verloren) en nog veertien conference-wedstrijden te gaan had hij het onaangename gevoel dat zijn team een vrije val maakte, en hij wist niet hoe hij hen moest redden.

Eenmaal thuis at hij samen met zijn vrouw en kinderen een late pizza. Hij ging om elf uur naar bed, kon niet slapen, dommelde eindelijk in en werd zondagochtend om halfvier gewekt door een telefoontje van een manager. Vier spelers hadden hoge koorts en griepsymptomen. Lonnie belde de teamarts en zorgde ervoor dat de zieke spelers meteen naar de ziekenboeg van de universiteit konden. Hij belde de andere coaches en zei dat ze achtenveertig uur in quarantaine moesten. Het was al te laat voor Jason Grinnell, die koorts had. 'Dat vliegtuig zat verdomme bomvol,' zei Jason.

Samuels voorhoofd stond in vuur en vlam en hij rilde van de koorts toen Murray hem razendsnel naar de campuskliniek bracht. De grieptest was positief. Murray belde zijn moeder en die zei dat hij Samuel onmiddellijk thuis moest brengen. Murray was nog niet ziek, maar het virus waarde over de campus en ze wilde hem uit de buurt van zijn teamgenoten hebben. Ze bracht Samuel naar het souterrain, gaf hem zijn medicijnen, deed het licht uit en zei dat hij zijn ogen dicht moest doen. Volgens haar kon je griep het best bestrijden door genoeg te drinken en heel veel te slapen. De koortsrillingen hielden de hele nacht aan en slapen was onmogelijk.

Met vier spelers en één coach minder ontving Central de maandag daarop Morgan State en speelde alsof het hele team geveld was door het virus. Morgan State was een middelmatig team met een slimme coach. Hij had het gerucht over de griep gehoord, zag dat er maar zes spelers van Central aan het opwarmen waren en veranderde zijn wedstrijdplan snel in een denderende paardenrace waarin in hoog tempo geschoten werd. Dat werkte, en in de rust waren de Eagles gevloerd.

Sooley volgde de wedstrijd online, maar voelde zich zo belabberd dat het hem niet kon schelen wie er won. Dat was Morgan State, met achttien punten verschil. Het was zijn vierde nacht in het donkere souterrain en hij had nog steeds het gevoel dat hij onder een bus was gekomen. Hij was de koorts, de hoofdpijn en de tomatensoep zat. Eerlijk gezegd was hij ook zijn verpleegkundige zat, die elk halfuur controleerde hoe het met hem ging, leek het wel. Overdag belde ze. Ernie belde. Murray belde. Hoe kon je zo nou slapen?

Het virus dat de campus had getroffen, was duidelijk erg venijnig. Twee van de vier spelers, Roy Tice en Duffy Sunday, waren voldoende hersteld om met de bus mee naar Delaware State te gaan. Dmitri Robbins en Sooley niet. Ook coach Grinnell bleef thuis en dat was maar goed ook. Delaware State speelde de Eagles de sporthal uit.

Twee dagen later bracht diezelfde bus hen thuis na nog een slechte wedstrijd, weer een frustrerende poging tegen South Carolina State. Het was hun dertiende nederlaag, de vijfde in de conference, en de stemming had niet grimmiger kunnen zijn. Coach Britt schreeuwde niet eens meer.

Hij droomde ook niet meer van een mooie nieuwe baan bij een grotere universiteit. Op dit moment hoopte hij slechts dat hij zijn huidige baan kon behouden.

38

Na een week met rustige ochtenden stak Lonnie zaterdagochtend vroeg de sleutel in het slot van zijn kantoor toen hij een bal hoorde stuiteren. Sooley was terug. En het was tijd voor een babbeltje. Hij keek een tijdje naar hem en haalde hem daarna van het veld. Ze gingen op de lege tribune zitten, terwijl het eerste zonlicht door de ramen scheen en verstrooid werd over de vloer.

'De dokter zegt dat je weer kunt beginnen,' zei Lonnie.

'Ik voel me prima, coach. Het was een lange week, maar het is over.'

'Hoeveel ben je afgevallen?'

'Vierenhalve kilo. Maar ik kom alweer aan.'

'Voel je je zwak?'

'Ik ben zo'n negentig procent, coach, en ik word elke dag sterker.'

'Denk je dat je klaar bent om te spelen?'

'Zeker. Ik bedoel, hebt u het over een echte wedstrijd?'

'Misschien wel, ja. Ik vind het vervelend als je daardoor je extra jaar misloopt, Sooley, en als je niet wilt, stel ik je niet op. Maar het begint inmiddels wel duidelijk te worden, hè? We hebben hulp nodig. We moeten een nieuwe opstelling maken. Misschien hebben we wel nieuwe coaches nodig. Ik weet het niet. Ik ben bang dat de spelers op het punt staan om op te geven.'

'Ik ben er klaar voor, coach. Dat bankzitten is waardeloos. Alleen maar trainen en nooit spelen. Wanneer wilt u me hebben?'

'Ik weet het niet precies. We spelen hier morgenmiddag. Het zou een makkie moeten zijn, maar niks gaat makkelijk de laatste tijd. Rontae is ziek. Zorg ervoor dat je mentaal voorbereid bent en dat je klaarstaat, oké?'

'Begrepen, coach. Stel me maar op.'

Alleen al de gedachte dat hij voor het eerst sinds augustus aan een echte wedstrijd mee mocht doen, zijn eerste *college*-wedstrijd nog wel, bracht Samuel tot grote hoogten. Hij nam schoten met hernieuwde vastberadenheid en ging daar de rest van de ochtend mee door. Toen hij de sporthal verliet, op zoek naar iets te eten, viel er lichte sneeuw. Dat zag hij als een voorteken. Zijn eerste sneeuw, de dag voor zijn eerste wedstrijd.

Er bleef niet veel liggen en de straten bleven begaanbaar, al werden ze niet aangeveegd. Toch vonden veel fans het geen aanlokkelijk idee om zich op een gure, koude zondagmiddag naar buiten te wagen om naar twee teams te gaan kijken die als verliezers te boek stonden.

Maanden later zouden duizenden mensen beweren dat ze bij deze eerste wedstrijd waren geweest, maar het aantal lag dichter bij de vijfhonderd.

De tegenpartij was Maryland Eastern Shore. De teams waren ongeveer even sterk en scoorden de eerste tien minuten om beurten. Vlak voor rust maakte Roy Tice zijn eerste overtreding en een minuut later deed Dmitri Robbins hetzelfde. Tijdens de pauze fluisterde coach McCoy tegen Sooley dat hij zich klaar moest maken.

Met 18:20 op de klok werd er tegen Tice gefloten door een vreselijk slechte beslissing van de scheidsrechter, zo slecht dat Lonnie zijn zelfbeheersing verloor, wat hem op zijn tweede technische fout van het seizoen kwam te staan. Samuel Sooleymon kwam het veld op, met zo'n grote knoop in zijn maag dat hij eerst moeite had met ademhalen. Om zijn zenuwen in bedwang te krijgen, sprintte hij naar de verdedigingshelft en stootte expres tegen zijn man aan. Het contact voelde goed. Daarna raakte hij hem kwijt en keek toe terwijl zijn tegenstander onbeschermd omhoogsprong. Coach Britt riep: 'Ontspan, Sooley.'

Hij probeerde te ontspannen, probeerde zijn man te blijven verdedigen, probeerde zich het aanvalsspel te herinneren en wilde de bal eigenlijk niet krijgen. Hij stond in de *lane* toen de pointguard snel naar de ring dribbelde en een hoge boogbal wierp. Sooley sprong vanuit het niets omhoog en sloeg de bal weg. Een paar tellen later plaatste zijn man een jumpshot vanaf de vrijeworplijn en sloeg Sooley de bal over de perstafel heen.

Het afketsen en blokken was heel leuk en de bank van Central kwam tot leven. Sooleys eerste treffer was een volmaakte alley-oop van Murray, een techniek waar ze tijdens de training mee hadden geoefend. Oogcontact, een snelle handbeweging van Murray, een sprintje naar de ring en een duizelingwekkende slamdunk.

Toen hij eenmaal aan het zweten was, merkte Sooley dat hij zijn zenuwen in bedwang had en dat hij deze wedstrijd aankon. De man die hem verdedigde, was slechts één meter drieënnegentig, te klein om hem dwars te zitten. Hij ontving een pass van Murray, dribbelde naar de key en sprong hoog in de lucht. Het jumpshot was perfect uitgevoerd, maar de bal ketste af op de ring.

Hij maakte de eerste helft af zonder nog eens te scoren. De Eagles gingen aan de leiding met acht punten verschil en de kleedkamer zinderde. Nadat ze achter elkaar vier conferencewedstrijden hadden verloren, was het team nu vastberaden om te winnen.

De legende van Sooley begon toen ze nog vijftien minuten te gaan hadden in de tweede helft. Hij kwam het veld in voor Dmitri, op een sterke forwardpositie, en begon laag. Murray verloor de bal, griste hem weer terug en stuiterde hem naar Mitch Rocker, die hem liet wegslaan. Er volgde een strijd toen spelers van beide teams naar de bal doken. Die floepte uit de kluwen van spelers en Sooley ving hem halverwege het veld op met nog twee seconden op de schotklok. Zonder aarzeling sprong hij hoog in de lucht en mikte op de ring. Het was geen wanhoopspoging om de klok te snel af te zijn. Het was geen 'op hoop van zegen'. Nee, het was een vloeiend, zelfverzekerd, volmaakt jumpshot van twaalfenhalve meter afstand dat recht in het net belandde. De bank van Central ging uit zijn dak. Het weinige publiek juichte. Terwijl Sooley een stap naar achteren deed, op en neer sprong van vreugde en lachte, almaar lachte, keek hij naar coach Britt, die daar als bevroren stond, met zijn mond wijd open. Hij kon nog net knikken, alsof hij zeggen wilde: 'Doe dat nog eens.'

De wedstrijd werd niet op tv uitgezonden, maar elke wedstrijd werd gefilmd en 'Het Schot' werd goed vastgelegd. Een van de managers zou het later posten en het ging overal rond.

Melvin Montgomery, de junior center, pakte een rebound en stuiterde de bal naar Mitch Rocker, die de tijd nam om de aanval op te bouwen. Sooley schoof voorbij zijn man, schudde een screen af en stond vrij in een hoek. Mitch gooide de bal naar hem toe en hij sprong omhoog, ver boven zijn zwoegende verdediger uit, en schoot vanaf negen meter. Recht in het net.

Een minuut later scoorde hij zijn derde langeafstandsschot en Eastern Shore vroeg om een time-out om te hergroeperen. De korte break haalde weinig uit. Sooley miste zijn volgende schot, zette zijn tegenstander met een schijnbeweging volkomen op het verkeerde been en dribbelde snel weg voor een dunk.

'Speel de bal naar Sooley!' siste Lonnie tegen Mitch toen die voorbijdribbelde. Het spel werd zo opgezet dat Sooley een screen ontweek, een *bounce pass* kreeg en de bal zou schieten zodra hij hem ving. Dat deed hij en hij sprong hoog boven hun center uit voor een gemakkelijk schot. Met zijn lengte en zijn verbazingwekkende sprongkracht liet hij los op dezelfde hoogte als de basket en hij leek onstuitbaar.

Sooley maakte de wedstrijd af met zeventien punten in veertien minuten, plus zes rebounds, twee blocks en twee steals. In de kleedkamer werd het een gekkenhuis terwijl zijn teamgenoten, de managers en zelfs de coaches hun nieuwe ster en een nieuw seizoen bejubelden.

Op woensdagochtend was Sooley al vroeg in de sporthal en zat hoog op de tribune te wachten tot Christine Moran hem terug zou bellen. Hij kon niet wachten om zijn moeder en zijn broertjes over de wedstrijd te vertellen, maar het telefoontje kwam niet. Hij had Christine eerst zoals altijd zelf proberen te bellen, maar ze nam niet op, ze had geen bereik. Dat was wel vaker gebeurd en hij maakte zich geen zorgen. Zijn familie was veilig en kreeg te eten, en de jongens gingen naar school, dat was het allerbelangrijkste. Op zijn telefoon scrolde hij door de foto's die Ecko had gemaakt in het Rhinokamp en hij bekeek de video van Beatrice en zijn broertjes die tegen de camera spraken en hem enthousiast vragen stelden over zijn nieuwe leven. Hij had er al honderd keer naar gekeken en moest er altijd om lachen en huilen tegelijk.

Hij deed het licht aan en begon te schieten.

Bethune-Cookman stond op 12-8, met slechts twee nederlagen in de conference-competitie. De bookmakers hadden het team op dertien punten voorsprong ingeschat, zelfs bij uitwedstrijden, en ze liepen met een zekere arrogantie de vloer op. Het Nest had drieënhalfduizend zitplaatsen en die waren bijna allemaal bezet. Het studentengedeelte was bomvol en heel luidruchtig. Sooley startte niet, maar kwam na zes minuten van de bank en kon niet wachten om de bal te pakken. Hij was te gretig en schoot van veraf zonder de ring te raken, maar maakte het goed met een rebound, die hij laag naar Roy Tice doorspeelde voor een eenvoudige dunk die de stand gelijkmaakte. Bij de volgende dribbel naar voren plantte hij een harde elleboog in de nier van zijn verdediger, zette af, nam een pass van Murray aan en sprong naar het plafond met een prachtschot dat recht in het net ging. Het was de eerste driepunter van de wedstrijd voor Central, de eerste van vele.

Tijdens de training schoot hij erop los met het zelfvertrouwen van een echte schutter en hij was nu onstuitbaar op de lange afstand. De coaches hadden besloten hem zijn gang te laten gaan en hem altijd het groene licht te geven. De oude aanval had vreselijk gehaperd. Waarom zouden ze geen nieuwe opbouwen rondom Sooley?

Toen hij zijn derde afstandsschot scoorde, nam Bethune een time-out. Hun beste verdediger was een small forward van één meter vijfennegentig met bliksemsnelle handen. Hij volgde Sooley vanaf het middenveld, terwijl de rest van de verdediging wachtte om hem te bestormen. Sooley hield meer van lange passes dan van een langeafstandsschot, dus speelde hij de bal naar zijn vrijstaande teamgenoten. Nu ze alle vijf scoorden, maakte Central veertien punten achter elkaar, tegen nul van de tegenstander, en in de rust stonden ze met vijftien punten voor.

Sooley kwam het spel weer in toen er nog zestien minuten te gaan waren en schoot er al snel eentje in vanaf negen meter. Hij schoot vijf van de acht afstandsschoten raak. Toen hij weer naar voren dribbelde, stonden er twee verdedigers op hem te wachten en daar lachte hij om. Hij lachte overal om. Met al die aandacht besloot hij ver bij de basket uit de buurt te blijven en hij lachte toen Murray en Mitch Rocker door de lane heen beukten en de bal vaak naar Roy Tice speelden voor de makkelijke schoten. Toen de verdediging naar achteren schoof om de lane te beschermen, was Sooley er helemaal klaar voor om de bal in het net te knallen. Alles lukte en Central maakte Bethune in met twintig punten verschil en een hoge totaalscore van tweeënnegentig punten. Sooley had er vierentwintig gemaakt, net als Roy Tice. Sooley pakte ook elf rebounds en had daarmee zijn eerste dubbel-dubbel te pakken: dubbele cijfers in twee categorieën.

Vijf dagen later won Central met gemak een uitwedstrijd tegen Norfolk State, hun derde overwinning op rij. Sooley scoorde twintig punten en blokte zeven schoten.

39

De broer van coach Jason Grinnell, Hubert, had voor Duke gespeeld en was er nu assistent-coach. Zoals hij elk seizoen een paar keer deed, regelde Hubert een aantal pasjes voor zijn broer, die een paar spelers meenam voor een wedstrijd bij Cameron Indoor. Op een zondagmiddag reed Jason met Murray, Sooley en Harry Greenwood naar Duke voor een wedstrijd tegen Louisville die landelijk op tv werd uitgezonden. Duke was ongeslagen met 22-0 en had al op nummer één gestaan voordat het seizoen ook maar begonnen was. Louisville stond op de vierde plek en had slechts twee keer gewonnen.

Ze waren vroeg en liepen door het enorme tentenkamp, waar studenten die vijftigduizend dollar collegegeld per jaar betaalden dagenlang kampeerden om kaartjes te bemachtigen. Het was een indrukwekkend gezicht en Sooley dacht onwillekeurig aan zijn moeder en zijn broertjes, die nu al maanden in een tent woonden en die geluk hadden dat ze over die tent beschikten, maar geen idee hadden hoe lang dat nog zou duren.

Binnen liepen ze door het basketbalmuseum van Duke en de Athletics Hall of Fame, een chic extraatje van Cameron. Het stond er vol met de bekers van de vijf landstitels van Duke en met bronzen busten van hun grote All-Americans: Johnny Dawkins, Mike Gminski, Christian Laettner, Grant Hill, Jay Williams en Shane Battier. Er waren er een heleboel. Er werden hoogtepunten vertoond op grote schermen en er waren interactieve filmpjes. Hubert verwelkomde hen en leidde hen rond. Hij nam hen mee naar het veld, dat was vernoemd naar coach K, en wees naar de tientallen kampioensspandoeken en shirts van oud-spelers, die aan het plafond hingen. De studententribune zat al bomvol en de Crazies juichten nu al, een uur voor de wedstrijd begon.

Sooley, die in het Amway Center in Orlando had gespeeld, stond te kijken van de knusheid van Cameron Indoor. Hubert lachte en vertelde het bekende verhaal van de tijd dat Duke een stadion met twintigduizend zitplaatsen wilde bouwen ter ere van hun coach. Maar K zei nee. Cameron was goed voor minstens tien punten voorsprong op iedere tegenstander. Hun drieënnegentighonderd uitzinnige fans konden meer lawaai maken dan enige andere menigte van twee keer die omvang. Iedere tegenstander zou stiekem toegeven dat hij in zekere mate geïntimideerd was.

Hun zitplaatsen waren twee rijen achter de bank van Duke, zo dichtbij dat ze de Blue Devil-spelers bijna konden aanraken. Ze keken vol ontzag naar de warming-ups voor de wedstrijd, terwijl Cameron bruiste van opwinding. De vier NBA-nieuwelingen – Kevin Washington, Tyrell Miller, Akeem Akaman en Darnell Coe – haalden allemaal dubbele cijfers, zowel met hun scores als met hun rebounds, en de deskundigen vroegen zich af of er voor hen allemaal een plek was weggelegd in het eerste All-American team. Een ander favoriet onderwerp was wie er het hoogste zou komen in het klassement, maar niemand twijfelde eraan dat het allemaal spelers waren die er in de eerste ronde uit gepikt waren. Sooley keek vol bewondering naar hen en was jaloers, en niet zo'n klein beetje ook. Ze waren net zo oud als hij en hadden al de status van grootheden, en binnenkort zouden ze rijke sterren zijn. Hoewel het Nest nog geen vijf kilometer verderop stond, was dit echt een andere wereld. Het team maakte de hype waar. Allebei de teams barstten van het talent en werden fantastisch gecoacht, en in de eerste helft speelden ze gelijk. In de tweede helft kwam het voor Duke op de sterkte van de bank aan, want hun meedogenloze verdediging putte de Cardinals uit. Met nog zes minuten te gaan gebeurde het onvermijdelijke. De langeafstandsschutters van Duke kwamen op stoom. In deze wedstrijd waren dat Tyrell Miller en Darnell Coe en ze bedolven Louisville onder een stortvloed van driepunters. De menigte werd nog luidruchtiger en soms kon Sooley zijn eigen gedachten niet eens meer horen.

Hij zou deze ervaring nooit vergeten. Hij was dol op het spektakel, de actie, het getouwtrek tussen twee topteams, maar hij was er ook van overtuigd dat hij zelf ook op dit veld thuishoorde. Het werd tijd om zijn spel op te krikken.

En hij was niet de enige. Hoewel Hubert het nog niet aan zijn broer had verteld, hadden hij en een andere Duke-assistent stilletjes overlegd om Sooley te benaderen met het voorstel van een transfer. Ze hadden de geruchten gehoord, wat filmpjes bekeken en plannen gemaakt om eens naar het Nest te gaan om naar een wedstrijd te kijken. Als ze overtuigd zouden worden, zouden ze het bij coach K aankaarten.

Op de terugweg, terwijl hun oren nog tuitten, vertelde coach Grinnell hun het verhaal over zijn eerste en enige wedstrijd bij Cameron. Hij had vier jaar bij Wofford gespeeld, en zijn team had een keer begin december in zo'n gedoodverfde afdroogwedstrijd gelijk weten te spelen tegen Duke, om daarna in de verlenging met drie punten te verliezen. Hij had in de zoemer op negen meter afstand misgeschoten, een schot dat erin had moeten gaan en dat hem de rest van zijn leven zou blijven achtervolgen.

Het sneeuwde weer toen ze terug waren op de campus, op die andere universiteit van Durham.

Howard kwam naar de stad als leider van het klassement van de Mid-Eastern Athletic Conference: ze hadden slechts één keer verloren en speelden goed.

Dat vertelde coach Britt in de kleedkamer aan zijn team, en natuurlijk herinnerde hij hen ook nog eens aan het fiasco van 19 december in Washington. Een gruwelijke nederlaag met eenendertig punten verschil, dus nu was het tijd voor wraak.

Drie conference-overwinningen op rij, samen met de verrijzenis van een eerstejaarsster, zorgden voor een steeds groter wordend publiek. Het Nest zat bijna vol toen de teams de vloer op kwamen en de studenten van Central waren in een fanatieke stemming. De ijzige buitentemperatuur leek zijn weerslag te hebben op beide teams en in de eerste twee minuten scoorden ze geen van tweeën. Met 15:20 op de klok, en met slechts vier punten op het bord, nam coach Britt een time-out en zette Sooley en Jabari Nix in. Toen Jabari een jumpshot van drie meter afstand miste, kwam de rebound ver in het veld terecht en brak Howard snel door de verdediging. Toen hun pointguard omhoogkwam voor een makkelijke lay-up, leek het wel of Sooley vanaf het middenveld opsprong. Hij mepte de bal hard tegen het backboard, pakte de rebound en verzond een harde pass naar Melvin Montgomery, die niet op tijd terug was gekeerd. Hij bracht de bal naar de ring en plaatste een snoeiharde dunk. In een herhaling zou te zien zijn dat Sooley blokte terwijl de bal al omlaagviel naar de ring, maar de scheidsrechters waren te verbluft geweest om de overtreding te zien. De coach van Howard was witheet en bleef maar tekeergaan, zodat de scheidsrechters uiteindelijk geen andere keus hadden dan hem een aantekening voor een technische fout te geven. Toen Mitch Rocker de strafworp nam, begonnen de studenten van Central luidkeels te roepen: 'Sooley! Sooley! Sooley!'

Bij de inworp maakte Sooley oogcontact met Murray, die de bal had en naar de hoek rende. Murrays pass was perfect en voordat er ook maar één speler van Howard kon reageren, sprong Sooley al vanaf negen meter naar het dak met een volmaakt jumpshot. Hij liet er nog twee afstandsschoten op volgen en de ramen in de oude sportzaal rammelden in hun sponningen.

Als rookie was Sooley zich bewust van het protocol en het laatste wat hij wilde, was dat er gekletst zou worden in de kleedkamer en dat hij spanning zou creëren als de verwaande nieuweling die de bal voor zichzelf opeiste. Hij keek goed om zich heen en speelde de bal naar Roy Tice, die hem uit liet gaan. Terwijl de klok tikte, werd duidelijk dat geen van zijn teamgenoten er een bal in kreeg. Howard was lang en sterk aan de binnenkant en gaf niks weg. Geen probleem. Sooley dribbelde naar achteren, ontweek een screen en schoot zijn vierde bal op rij erin vanaf de driepuntslijn. Hij miste de volgende twee en begon te passen. Op 15:35 kreeg hij even adempauze en zag dat Howard zes punten inliep. Met nog één minuut te gaan in deze periode maakte Roy Tice, een echte beuker aan de binnenkant, zijn derde overtreding en Lonnie wisselde hem. Met drie punten achterstand en met balbezit vocht Murray tegen de klok en zette het laatste spel op. Zijn pass werd weggeslagen en de bal rolde naar Sooley, die bijna halverwege het veld stond. Zijn verdediger deinsde achteruit en daagde hem uit om te schieten, en dat deed hij, met nog acht seconden op de klok. Hij stond volledig vrij, sprong in de lucht en maakte een prachtschot waarmee de stand gelijk was.

De menigte brulde nog harder en het team liep naar de kleedkamer met de juichkreet 'Sooley! Sooley! Sooley!' op de achtergrond.

Hij had veertien punten gescoord, vier driepunters en een dunk. Hij was de aanval en op dat moment waren zijn teamgenoten bereid het spel op zijn schouders te laden. Net als de coaches. Ze gingen een eindje bij de spelers vandaan staan en werden het eens over de strategie: speel die bal verdomme naar Sooley.

Alle ogen waren op hem gericht toen hij de eerste lange

minuten van de tweede helft op de bank zat. Toen coach Britt zijn naam riep en hij naar het scorebord liep, reageerde het publiek. En Howard ook, maar het was onmogelijk om een afstandsjumpshot te verdedigen dat hoog boven het hoofd uitkwam van een twee meter lange speler die over het backboard heen kon springen. Hij schoot er twee in, miste de derde en toen hij voor de derde keer raak schoot, nam Howard een time-out. Hun coach besloot dat ze hem alleen zouden kunnen stoppen door overtredingen te maken, en flink ook.

Sooley stond het grootste deel van de tweede helft op de vrijeworplijn en schoot er op zijn dooie gemak tien van de twaalf in. Aan het eind van de wedstrijd had hij negenendertig punten gescoord, de helft van het teamtotaal en de op twee na hoogste score in de geschiedenis van de universiteit. Howard hinkte vernederd naar huis met twaalf punten verlies.

Later die avond hadden Sooley en Murray op hun studentenkamer een heerlijke tijd op social media. Die werden overspoeld door de fans van Central. Meisjes belden en lieten allerlei berichten achter. Sooleys telefoonnummer was bekend en de berichtjes stroomden met tientallen tegelijk binnen.

Op vrijdag 12 februari sloegen de Eagles hun colleges over en zaten vijf uur in de bus naar Baltimore. De volgende dag om één uur versloegen ze Coppin State met achttien punten. Sooley, die nog steeds van de bank kwam, maar negenentwintig minuten speelde, scoorde eenendertig punten en blokte vier schoten. Ze brachten nog twee nachten in Baltimore door en versloegen op maandag Morgan State met vijftien punten verschil in een waanzinnige shoot-out. De zaterdag daarop hadden ze een thuiswedstrijd en versloegen ze South Carolina State met veertien punten voor een publiek dat de hele tijd bleef staan. Die overwinning, hun zevende op rij, zorgde voor een gelijke totaalstand van 13-13. Hoewel het toernooi in maart nu voorzichtig in beeld kwam, waren ze zich er heel goed van bewust dat hun trage start moeilijk goed te maken was.

Coach Britt gaf hun zondag vrij, maar wilde wel dat ze naar de sporthal zouden komen. De arts wilde een routineonderzoek doen. Sooley woog honderddrie kilo en was twee meter twee, en hij bleef maar groeien. In het teamboekje dat in november was gedrukt, stond nog dat hij één meter achtennegentig was en vijfennegentig kilo woog.

De volgende dag liet Murray hem zien hoe hij zijn telefoonnummer kon veranderen.

40

De tenten waren niet bedoeld als een permanente vorm van onderdak en begonnen na zes maanden blootstelling aan de elementen te slijten. Het regenseizoen was voorbij, maar ze waren zo gevlekt door het water en de modder dat de rijen spierwitte tenten nu een ratjetoe van bruine onderkomens waren, opgelapt met repen oude kleren en stukken plastic en plaatmetaal. Sommige waren ingezakt, andere helemaal ingestort, weer andere waren verplaatst naar andere delen van het uitgestrekte kamp, en er waren er ook een heleboel vervangen door krotten die overeind werden gehouden door karton en wat voor materiaal er ook maar te vinden was. De brandende zon tastte het stiksel, de zomen en de ritsen van de tenten nog verder aan. Het oplappen van de gaten werd een dagelijks terugkerend klusje.

Beatrice kocht drie felblauwe teerdoeken op de markt, een voor zichzelf en twee voor haar vriendinnen, en die drapeerden ze over hun tentdaken en probeerden ze vast te zetten met dun ijzerdraad. De doeken waren een luxe en trokken algauw ongewenste aandacht.

Elke ochtend stonden ze vroeg op en gingen in de rij staan bij een voedseldistributiepunt. Na het ontbijt brachten haar vriendinnen en zij hun acht kinderen naar school, wat een uur lopen was. Een vriend, een oudere heer aan de overkant van de steeg, hield hun tenten in de gaten. Beatrice betaalde hem met blikjes vlees.

De spanningen liepen hoog op in het kamp toen de etnische strijd over de grens verderging en de oorlog in hun vaderland verder woedde. De Dinka werden er door de Huer, de Bari en de Azande van beschuldigd dat zij de huidige oorlog, de wreedheden en de diaspora veroorzaakt hadden die hen naar de vluchtelingenkampen hadden gedreven. Beledigingen waren aan de orde van de dag en daarna begon het vechten. Bendes van tieners en oude mannen vielen elkaar aan met stokken en stenen. Oegandese soldaten werden ingezet om het geweld te sussen, en hun aanwezigheid werd onderdeel van het leven in Rhino. Door de haat, die vele decennia terugging, was de sfeer gespannen, een kruitvat dat wachtte op een lucifer.

Op een ochtend kwamen Beatrice en haar vriendinnen thuis na de wandeling vanaf de school en zagen aanvankelijk niets ongebruikelijks. De felbegeerde blauwe doeken zaten nog op hun plek, maar in de tenten was alles verdwenen. Dieven hadden de tenten aan de achterkant opengesneden en hun eten, kleren, dekens, kussens, lege waterkannen, de T-shirts en souvenirs van Central, werkelijk alles, gestolen. Hun bewaker, de oude man aan de overkant van de steeg, was nergens te vinden.

De drie vrouwen raakten niet in paniek en zeiden niks. Dan zouden ze alleen maar ongewenste aandacht trekken en trouwens, bij wie zouden ze het misdrijf moeten melden? Er was geen politie en de Oegandese soldaten waren er om het vechten tegen te gaan, niet om hun tijd te verspillen aan kruimeldieven.

Ze hielden zich maar weer bezig met de vraag hoe ze hun tenten konden oplappen. Toen Beatrice alleen was, ging ze in die van haar zitten om eens een flink potje te huilen.

Hoe kon iemand nu stelen van de armste mensen op aarde?

Central sloot de maand februari af met nog drie overwinningen – thuis tegen Norfolk State en Delaware State, en uit tegen

Eastern Shore. Ze stonden nu op 12-5 in de conference-competitie en op 16-13 in totaal, en ze maakten zich op voor het MEAC-toernooi dat ze moesten winnen om door te mogen naar de Big Dance, het grote toernooi van de NCAA. Sooley had een gemiddelde van eenendertig punten en acht rebounds per wedstrijd. Hij had zich opgewerkt tot de startersgroep en kreeg tweeëndertig minuten, meer dan wie dan ook, op Mitch Rocker na, die bijna nooit gewisseld werd. Het team had inmiddels een prettige opstelling gevonden waarbij ze met acht man rouleerden: Murray en Rocker op de aanvalshelft, Sooley en Roy Tice als forwards en Melvin Montgomery als center. Dmitri Robbins, Duffy Sunday en Jabari Nix kwamen van de bank en kregen ruim voldoende speeltijd.

De laatste wedstrijd van het seizoen was thuis tegen Florida A&M, de eeuwige seizoenskampioenen, die op 15-2 stonden. De wedstrijd was op zaterdagmiddag 5 maart en drie dagen daarvoor kwam de sportcoördinator een training onderbreken met het fantastische nieuws dat ESPN naar het Nest zou komen.

Door het nieuws zinderde de hele campus en achtduizend studenten probeerden een kaartje te bemachtigen. Er konden maar drieënhalfduizend mensen in de sporthal en een kwart van de zitplaatsen was bestemd voor seizoenskaarthouders. Coach Britt hield vijf kaarten apart voor iedere speler. Sooley gaf er drie aan een stel meisjes met wie hij omging.

Hij werd geportretteerd in de reportage voorafgaand aan de wedstrijd, waarin het verhaal werd verteld van de afgelopen negen maanden van zijn leven. Er was materiaal van hem van toen hij zich in Orlando aan het uitsloven was met de jongens uit Zuid-Soedan, en een algemeen shot van het vluchtelingenkamp Rhino-Zuid. De verslaggever sprak over het geweld in zijn vaderland, over de dood van zijn vader en over de benarde situatie van zijn moeder en broertjes. Er was een aanvraag gedaan om hem te interviewen voor de reportage, maar coach Britt zei nee. Hij wilde deze afleiding niet en hij wilde ook niet dat één bepaalde speler te veel aandacht kreeg. Sooley vond die beslissing prima. Miss Ida had hem gewaarschuwd om bij de verslaggevers uit de buurt te blijven en coach Britt was het met haar eens.

Op de dag van de wedstrijd arriveerden de fans vroeg en er kon geen kip meer bij. De managers hadden er tijdelijke tribunes voor nog eens driehonderd man extra in weten te proppen, waarvoor toestemming van de gemeente nodig was geweest. De burgemeester van Durham was afgestudeerd aan Central en de sportcoördinator had de beste zitplaatsen voor haar geregeld.

Een uur voor de sprongbal kwam de band tot leven en de studenten dansten onder het backboard. De cheerleaders hielden de sfeer erin. Het Eagle Dance Team swingde en hupste. Het Nest was nog nooit zo vol en zo luidruchtig geweest. Toen FAMU het veld op jogde om zich op te warmen, werden ze ontvangen met een daverend boegeroep. Een paar seconden later kwam Central achter Mitch Rocker het veld op en ontplofte de tent. Na het eerste gejuich begonnen de studenten meteen met hun inmiddels vaste kreet: 'Sooley! Sooley! Sooley!'

Hij glimlachte, lachte met zijn teamgenoten, deed zijn layups en dunks en probeerde het lawaai te negeren. Hij wist dat hij nauwlettend in de gaten werd gehouden en was gewend geraakt aan de aandacht, maar het viel niet mee het te negeren en het vormde regelmatig een vervelende afleiding. Het leven buiten het veld begon gecompliceerd te worden en hij vond het niet leuk. Murray was zo langzamerhand zijn adviseur, zijn bewaker, zijn beschermer, zijn pitbull. Murray verzekerde hem ook dat er geen jaloezie in het team was. Jezus, ze waren dolblij dat ze midden in een golf van tien overwinningen op rij zaten en opeens een sterscore van dertig punten per wedstrijd hadden. Leef je uit, Sooley!

De menigte werd iets stiller voor het volkslied en barstte daarna weer los toen de starters van de Eagles geïntroduceerd werden. Overal leken televisiecamera's te zijn. ESPN-banners hingen hoog in de hoeken.

De droomopening van coach Britt was een lange driepunter van Sooley om de sporthal wakker te schudden. De tactiek was uitvoerig getraind. Omdat Sooley minstens vijftien centimeter boven Melvin Montgomery uit kon springen, en ook boven iedere andere center in de conference, deed hij nu de sprongbal. Voor de vierde wedstrijd op rij tikte hij hem met gemak terug naar Murray, die dribbelend de bal naar voren bracht. Hij wees naar links en naar rechts, riep een tactiek die niet bestond, leek ergens gefrustreerd over te zijn en schudde zijn hoofd, maar hield de klok in het oog. Na twintig seconden sprintte iedere Eagle naar een andere plek. Sooley draaide weg van de vrijeworplijn, spurtte naar de basket, schudde zijn verdediger af met behulp van een harde screen van Roy Tice, glipte weer onder de basket vandaan met één voet buiten de lijn, bleef bewegen, ontweek nog een screen en ontving een bounce pass in de hoek op negen meter van de basket, waar een verdediger worstelde om hem bij te houden. Hij sprong hoog op voor een perfect jumpshot. Toen de bal recht door het net heen viel, explodeerde het Nest.

Het duurde een paar minuten tot de FAMU-spelers gewend waren aan het kabaal, tot ze zich realiseerden dat ze elkaar en hun coach niet konden horen, tot ze hun draai gevonden hadden, tot ze zich hadden herpakt en begonnen te basketballen. Intussen regende het schoten. De tweede keer dat Mitch Rocker het veld over dribbelde, zwiepte hij een pass achter zijn rug langs, die Sooley ving terwijl hij op zevenenhalve meter de lucht in vloog. Op de andere helft liet FAMU bijna de hele schotklok wegtikken voordat ze de bal buiten de lijn gooiden. Toen Central voor de derde keer de bal had, miste Murray een kort jumpshot, maar hij rende erachteraan, pakte de rebound en stuiterde hem naar Mitch Rocker. Die fakete een schot waardoor zijn man de lucht in sprong, en passte de bal hard naar de goed afgeschermde Sooley. Dat maakte niet uit. Terwijl zijn verdediger bij hem bleef, sprong hij hoog op en scoorde zijn derde treffer op rij. Er werd geflo-ten voor een duidelijke overtreding en Sooley maakte er een prachtige vierpunter van. Hij had de eerste tien punten van de wedstrijd gemaakt, en dat binnen twee minuten.

FAMU miste weer en Mitch Rocker bracht de bal terug. Sooley floepte uit de chaos tevoorschijn en ontving een pass terwijl hij tien meter van de basket stond. Hij fakete een schot, waardoor er twee verdedigers in de lucht sprongen. Daarna flitste hij naar de basket en speelde de bal naar Roy Tice, die een met een makkelijke dunk scoorde.

Met een achterstand van 12-0 nam FAMU een time-out.

De Rattlers stonden niet voor niets met 15-2 in het klassement, en binnen vijf minuten brachten ze hun achterstand terug tot 16-10. Nadat hij eerst drie indrukwekkende driepunters van grote afstand had gemaakt, miste Sooley de volgende twee. Bij een kort jumpshot maakte zijn man, een goede verdediger, een overtreding. Sooley besloot een derde overtreding uit te lokken, wat met 8:04 op de klok lukte. Tijdens een tv-onderbreking op 3:56 ging Central aan de leiding met 39-34 en zat er een ouderwetse monsterscore aan te komen. In dit tempo zouden beide teams minstens negentig punten scoren.

In de rust stond Central voor met 48-41. Sooley had negentien punten gemaakt en had er vijf van de negen gescoord vanaf achter de driepuntslijn.

FAMU maakte het 60-gelijk. Een paar seconden later maakte Sooleys man zijn vierde overtreding. Zijn vervanger was vijf centimeter kleiner en een stuk trager. Het werd tijd voor actie. Murray speelde hem bovenaan de key de bal toe en Sooley scoorde vanaf vijfenhalve meter. De teams schoten over en weer en lagen om beurten voor, en aan beide kanten verslapte de verdediging vanwege vermoeidheid. Sooley merkte dat zijn man geen partij voor hem was en begon om de bal te vragen. Hij scoorde achter elkaar twee driepunters en ineens stond Central met tien punten voor. De voorsprong verdween toen Sooley op 5:10 een adempauze nam. Mitch en Murray misten om beurten en Lonnie schreeuwde zich schor. Ze hoorden hem toch niet. Hij nam een time-out met nog vier minuten op de klok, terwijl ze twee punten achterstonden. Sooley ging het veld weer op en zijn coach keek hem veelbetekenend aan: 'Ga schieten en mis niet.'

Hij scoorde twee keer achter elkaar en de studenten sprongen van de tribune. Hij miste er een en scoorde daarna alsnog, allemaal van ver achter de driepuntslijn. De Rattlers verslapten op een ongelegen moment en Central was klaar om hen de tent uit te spelen. Toen Sooley zijn elfde driepunter maakte, van de twintig, gebruikte FAMU zijn laatste time-out om het bloeden te stelpen, maar het was al te laat.

Toen de zoemer ging, stormden de studenten het veld op voor een luidruchtige viering. De spelers werden belaagd, omhelsd, bedolven onder high fives en uitzinnig geadoreerd. ESPN was verrukt, niet alleen vanwege de zinderende wedstrijd, maar ook vanwege de ontdekking van een echte ster, die zij aan de rest van het land hadden laten zien. Sooley had zevenenveertig punten, elf rebounds en tien assists achter zijn naam staan. Drie keer dubbele cijfers.

Een presentator aan de zijlijn probeerde hem te interviewen, maar hij was te druk bezig het veld af te komen.

Murray en hij vluchtten naar het huis van de Walkers voor een zondagavondpizza. Het leven in het studentenhuis was te lastig geworden. Ze werden op elk uur van de dag lastiggevallen. Meisjes die op de deur klopten. Sooley vond het echt moeilijk om op de campus iets anders te doen dan zich schuil te houden in de sporthal. Zes weken daarvoor was hij nauwelijks opgemerkt in de collegezaal. Nu deelde hij handtekeningen uit en poseerde voor foto's. Hij deed er een eeuwigheid over om van de ene les naar de volgende te lopen, wat normaal tien minuten kostte, omdat hij van alle kanten belaagd werd. Iedereen wilde met hem op de foto, sommigen om die te posten, anderen om ermee op te scheppen. Er belden zelfs verslaggevers. Hij negeerde social media maar helemaal.

In de spelkamer in het souterrain keken ze naar North Carolina, die Duke de eerste en enige nederlaag van het seizoen bezorgde in een zenuwslopende wedstrijd met twee verlengingen in Cameron. Ze keken naar *SportsCenter* voor de nabespreking en wachtten de hele tijd op wat hoogtepunten van die andere campus in Durham. Die kwamen eindelijk, en het was de moeite van het wachten waard. Ze hadden alle elf zijn driepunters achter elkaar gemonteerd, en daar was Sooley, knallend over het hele veld terwijl de presentator vertelde hoe het was verlopen. In een kort fragment waren de cheerleaders en de toeschouwers te zien, terwijl het gebouw schudde door de kreet: 'Sooley! Sooley! Sooley!'

'*A star is born*,' verklaarde de presentator. Samuel vond het geweldig. Murray was trots op zijn vriend, maar begon zich ook een beetje zorgen te maken.

41

Samuel verhuisde naar het souterrain van de Walkers en Murray installeerde zich weer in zijn oude slaapkamer boven. Maandagochtend vroeg belde Ida coach Britt en deed haar beklag over de manier waarop de jongen behandeld werd. Hij kon niet naar college, kon niet in zijn studentenkamer blijven, kon niet in de cafetaria eten en kon zelfs niet over de campus lopen zonder dat er een menigte achter hem aan kwam. Lonnie maakte zich zorgen en beloofde dat Sooleys welzijn zijn eerste prioriteit was.

Voor de training liet Lonnie de laatstejaars, Mick Rocker, Roy Tice en Dmitri Robbins, bij zich komen om het probleem te bespreken en te kijken hoe ze ermee om moesten gaan. Als ze voor de harde aanpak zouden gaan en zouden eisen dat de studenten en fans afstand moesten houden, dan zou hun jonge ster arrogant en ondankbaar kunnen lijken. Als ze niks deden, zou Sooley misschien zwichten voor al die meisjes en andere verleidingen.

Ze besloten om het voorlopig te negeren en de stad uit te gaan.

Dinsdagochtend vroeg vertrok de bus van de campus voor de drie uur durende rit naar Norfolk voor het MEAC-toernooi. De spelers zouden bijna een week colleges missen en de coaches drongen erop aan dat ze in de bus studeerden. Ze klapten hun laptops open, pakten hun boeken erbij, deden hun oortjes in en vielen prompt in slaap. Als ze wakker waren, luisterden ze naar muziek en zaten te gamen.

De acht topteams van de conference zouden het tegen elkaar opnemen in de Norfolk Scope, een stadion met tienduizend zitplaatsen waar het toernooi al heel vaak gehouden was. De winnaar mocht automatisch meedoen aan March Madness, het NCAA-toernooi, ook wel de Big Dance genoemd. Alle anderen gingen naar huis.

De wedstrijden begonnen op woensdag om twaalf uur 's middags en vanaf het eerste fluitsignaal ging er niets zoals was voorspeld. FAMU, die als nummer één te boek stond, had blijkbaar nog steeds een kater van de wedstrijd tegen Durham de zaterdag daarvoor en bakte er niks van. NC A&T, als achtste geplaatst, schoot zeventig procent raak en won met achttien punten verschil. Een week daarvoor had FAMU nog op 24-5 gestaan en leken ze zeker te zijn van het NCAA-toernooi. Nu moesten ze ineens halsoverkop een eerdere vlucht terug naar Tallahassee nemen en ze vroegen zich af wat er toch met hun seizoen was gebeurd.

In de tweede wedstrijd rekende Norfolk State, dat als zevende geplaatst was, met gemak af met Howard, de nummer twee, en stuurde de Bison ook voortijdig naar huis.

Voor de derde wedstrijd schreeuwde coach Britt tegen zijn spelers dat alle underdogs wonnen. Ze mochten dan met elf punten voorstaan op South Carolina State, maar seizoensuitslagen en bookmakersvoorspellingen betekenden helemaal niks. Zijn boodschap kwam luid en duidelijk over. Sooley scoorde vijftien punten in de eerste helft en negentien in de tweede, maar het meest trots was hij op zijn acht assists, waarvan er vijf naar Murray gingen, die achttien punten scoorde, het hoogste aantal uit zijn carrière. Zes Eagles haalden dubbele cijfers en het team schoot vierenzestig procent raak. Het was hun twaalfde overwinning op rij.

Nummer dertien volgde de dag erop, toen ze Delaware State een afranseling gaven.

Na de wedstrijd ging het team snel douchen en liep daarna naar de tribune om naar Norfolk tegen A&T te kijken. Ze moesten zaterdag tegen de winnaar spelen om de titel, die een automatische plaatsing voor de Madness met zich meebracht.

Omdat hun campus dichtbij was, trok Norfolk een grote, luidruchtige menigte aan en The Scope was bij de sprongbal voor meer dan de helft gevuld. De Eagles vonden een leeg gedeelte bij het plafond en aten pizza's en hotdogs die de teamleiders voor hen hadden gehaald. Murray liep weg om naar het toilet te gaan en toen hij terugliep naar de tribune, stond hij opeens oog in oog met een van de vriendelijkste gezichten die hij ooit had gezien. Enorme glimlach, volmaakt gebit, een uitgestoken hand en de begroeting: 'Hé Murray, ik ben Reynard Owen van Team Savage. Heb je even?'

Het was bijna een aanval en Murray had geen andere keus dan hem de hand te schudden. 'Team wie?'

'Team Savage. We zijn een sportmanagementbedrijf uit de omgeving van Miami.'

Murray wist zijn hand los te wurmen en deed een stap naar achteren. Vrij, maar nog steeds heel erg klemgezet. 'Wat voor bedrijf, zei je?'

'Sportmanagement. We vertegenwoordigen profsporters, voornamelijk basketballers.'

'Aha, ik snap het al. Je bent agent.'

Dat wuifde Reynard weg met een nog bredere glimlach. 'Nee, ik niet, maar mijn baas wel.'

Murray deed nog een stap naar achteren toen hij eindelijk doorhad waar het om ging. 'Oké, oké, het is duidelijk. Je wilt over mijn kamergenoot praten, maar je wilt hem niet zelf benaderen, want dat zou tegen de NCAA-regels zijn en je wilt niet op de zwarte lijst komen. Wie is je baas, zei je?'

'Arnie Savage. Vertegenwoordigt een heleboel grote namen.'

'Zoals?'

Als een goochelaar toverde Reynard een visitekaartje uit de

lucht en zei: 'Te veel om op te noemen. Kijk maar op zijn website, een heleboel sterren. Denk je dat Sooley bereid is om te praten?'

'Nee, hij is niet bereid om te praten, niet nu tenminste. Zo'n gesprek is verboden terrein gedurende het seizoen, dat weet je best. Ik weet niet eens of dít gesprek wel zo'n goed idee is.' Murray wilde het kaartje al teruggeven, maar besloot het te bewaren voor als het eens nodig mocht zijn en stopte het in zijn zak.

Reynard, voor wie dit dagelijkse kost was, had dit allemaal al vaker gehoord en had tientallen standaardantwoorden. 'Er is niks mis mee om een praatje te maken, Murray, nu of later. Maar die jongen kan zich maar beter voorbereiden. Hij stevent op de selectie af.'

'Je hoeft mij niks over Sooley te vertellen,' zei Murray, op slag geïrriteerd. 'Ik zie hem al sinds augustus elke dag en sta tegenover hem bij de training. Ik heb hem zien groeien en ken hem beter dan wie dan ook.'

'Hij is een lot uit de loterij.'

'Nee hoor. Wat weet jij daar nou van?'

'Het is mijn werk.'

'O, echt? Heb je soms ook in de *college*-competitie gespeeld?'

'Openbare universiteit in de buurt van Chicago,' antwoordde Reynard onaangedaan.

'Oké, hoor eens, ik wil mezelf niet op de borst kloppen, maar ik speel wel op dit niveau en ik ken het spel. Ik ken Sooley beter dan wie dan ook en hij is niet klaar voor de NBA.'

Eigenlijk werd er wel over gefluisterd in de kleedkamer. Op een vaag, totaal niet betrouwbaar scoutingblog was Samuel Sooleymon na zijn prestaties in de wedstrijd tegen FAMU van zondag genoemd als potentieel nieuw talent dat meteen kon doorstomen als prof. Maar goed, wat stond er nou niet op internet? Murray wist niet eens of zijn kamergenoot het wel had gezien. Maar er werd over gesproken, en dat soort roddels verstomden zelden, vooral als die jongen zo ongeveer vanaf de middenlijn toesloeg.

Reynard was een gladde professional en haalde zijn glimlach niet van zijn gezicht. 'Oké, oké, laten we geen ruziemaken. Zijn waarde stijgt met elke wedstrijd en de scouts merken hem op. Arnie Savage is de beste in deze business. Hou ons in gedachten.'

Murray zei met een glimlach: 'Doe ik.'

Toen hij weer op zijn plek zat, overwoog Murray om coach Britt te vertellen over de ontmoeting, maar besloot het erbij te laten. Als Reynard gelijk had, en een stemmetje in Murrays achterhoofd zei dat dat inderdaad zo was, zouden de aasgieren algauw toeslaan.

Een maand daarvoor, op 9 januari, had Central de eerste conference-overwinning behaald in een uitwedstrijd in Greensboro tegen hun grootste rivaal, North Carolina A&T. Ze hadden de tegenstanders alle hoeken van het veld laten zien en hen dik ingemaakt met vijftien punten verschil. Wat niemand van Central destijds wist, was dat zes spelers van A&T, inclusief drie starters, in de greep waren van een ernstige aanval van voedselvergiftiging en dat ze bijna te zwak waren om zich aan te kleden. De coach klaagde niet, maar benoemde het de volgende dag wel tijdens een doodgewoon telefoongesprek met zijn oude vriend Lonnie. Eenmaal genezen van de voedselvergiftiging had A&T een prima seizoen gehad met een totaalstand van 18-12, en 9-9 in de conference-competitie.

Op donderdagavond versloegen ze Norfolk State in de verlenging en gingen door naar de finale. Op zaterdagmiddag stonden ze tegenover Central om zich te verzekeren van een plek in het NCAA-toernooi.

Voor de zesde wedstrijd op rij handelde Sooley met gemak de sprongbal af en sloeg hem terug naar Mitch Rocker. De uitgestippelde tactiek werkte perfect, tot het schot afketste op de ring. Sooley miste zijn eerste vier afstandspogingen en hield op met schieten. Zijn verdediger, Carson, was een strong forward van één meter achtennegentig die hem de hele tijd kneep, vastpakte en duwde en die voortdurend vuil liep te spuien. Sooley en hij doken op een bal die wegstuiterde en vielen worstelend op de grond. Twee scheidsrechters haalden hen uit elkaar om te voorkomen dat het uit de hand liep en beide spelers kwamen overeind, klaar om te vechten. De teams werden uit elkaar gehaald en de coaches susten hun spelers. Maar Sooley was uit het spel gezet. Hij zat de resterende tien minuten van de eerste helft pruilend op de bank en het lachen was hem vergaan. A&T ging met acht punten verschil aan de leiding. Hij had slechts twee punten gescoord, een flinke domper.

Met een disbalans aan beide kanten was er in de rust werk aan de winkel voor coach Britt. Hij gaf Sooley ervan langs, zei dat hij moest ophouden met mokken als een kind van tien en dat hij verdomme fysiek en mentaal aan de bak moest, enzovoort. Sooley zou in de tweede helft diep aan de binnenkant starten en proberen om Carson overtredingen te laten maken.

De twee guards van Central, Murray en Mitch Rocker, vertraagden het spel en hielden de score op peil. Met 14:20 op de klok stond A&T met tien punten voor toen er voor de derde keer gefloten werd voor een overtreding door Carson. Sooley keek met een brede grijns hoe Carson naar de bank liep en schoot er twee vrije worpen in.

Het werd tijd voor het langeafstandswerk. Sooley sprintte naar de buitenkant, manoeuvreerde zich langs een screen, nam de pass aan, sprong op zevenenhalve meter omhoog en scoorde zijn eerste driepunter. Het leek wel of zijn verdediger, een nieuweling van één meter zesennegentig die steeds op de bank had gezeten, aan de grond was geplakt. Murray onderschepte de inworp en knalde de bal over het veld naar zijn kamergenoot, die in de buurt van zijn laatste lanceerpunt stond. Sooley schoot er nog een in.

Carsons pitstop was kort. Met 12:40 op de klok rende hij het veld weer in en botste meteen hard tegen Sooley aan. Een scheids zag het en gaf hem een waarschuwing. Sooley glimlachte slechts en ontspande. Roy Tice gooide de bal van dichtbij door de ring en het stond weer gelijk. In de verdediging deed Sooley een stap bij Carson vandaan en daagde hem uit om te schieten. Hij was geen scorer, maar nu hij vrijstond, had hij geen keus. Sooley sprong hoog op, sloeg de bal weg en lachte hem recht in zijn gezicht uit. Een lange rebound kwam bij Mitch terecht, die hem in het midden naar Murray stuiterde voor een *three-on-one*. Sooley, die als een flits van links kwam, ontving een korte bounce pass en sprong omhoog voor een dunk, toen Carson hem van achteren aanviel met een keiharde *body block*. Sooley knalde tegen de rand van het backboard en viel hard. Er werd van alle kanten gefloten en de scheidsrechters kwamen snel aanrennen om escalatie te voorkomen. Lonnie schreeuwde om een technische fout en alle bankzitters stonden op de rand van het veld.

Sooley kwam met een glimlach overeind en zei dat hij in orde was.

De assistent-coaches zetten hun spelers terug waar ze hoorden en de rust keerde enigszins terug. Een scheids ging voor Carson staan en wees naar de kleedkamer. Het was een diskwalificerende fout, zonder enige twijfel, en hij werd eruit gestuurd.

Sooley schoot beide vrije worpen raak. Bij de inworp riep Lonnie om een tactiek die ze geperfectioneerd hadden. Sooley omzeilde twee screens, ving de bal diep in een hoek, in zijn eentje, en scoorde zijn tweede driepunter van de wedstrijd. Central stond met vijf punten voor.

Door de diskwalificerende fout, die bijna tot een knokpartij had geleid, werden de Eagles fanatiek en ze voelden dat ze aan de winnende hand waren. Na dertien overwinningen op rij, allemaal met dubbele cijfers, kenden ze het spel en verdienden ze de titel. Ze wisten ook dat hun ster eindelijk het juiste ritme te pakken had. Met nog zeven minuten te gaan mondde een nipte voorsprong uit in een afdroogpartij toen A&T bezweek onder Sooleys spervuur van afstandsschoten die hij op briljante wijze afwisselde met razendsnelle sprongen naar de basket. Hij scoorde uiteindelijk achtentwintig punten, goed voor de Most Valuable Player-award van het toernooi, en de Eagles verlieten het veld voor de tweede keer in hun geschiedenis met een trofee van het MEAC-kampioenschap.

De busrit naar huis was een gekkenhuis.

42

Zondag, gewoonlijk bekend als de sabbat maar op 13 maart nog beter bekend als Selection Sunday, gingen de deuren van het Nest om twee uur 's middags open en de studenten stroomden naar binnen. Voor slechts de tweede keer in de geschiedenis van Central had het team het voor elkaar gekregen om March Madness te bereiken en dat moment moest worden gevierd. Het was tijd voor een feestje. Er werd een trofee mee naar huis genomen die in de lobby zou worden gezet en nog tientallen jaren zou worden bewonderd. De menigte was daar om het te vieren, om hun helden te bedanken en te bewonderen en om erachter te komen wie de volgende tegenstander zou zijn. Ze hoefden zich geen zorgen te maken of ze naar de Big Dance mochten. Door de overwinning van gisteren gingen de Eagles automatisch door. Andere teams zouden moeten zweten om door de selectie te komen, maar Central niet.

Voor kleinere universiteiten en minder dominante programma's betekende een uitnodiging een ticket om mee te doen aan het grootste feest van alle Amerikaanse sporten. Voor de grote namen was het niks bijzonders, gewoon drie of vier extra wedstrijden na afloop van elk seizoen. Maar voor anderen was dit een zeldzaam, gekoesterd moment.

Coach Britt organiseerde een teamlunch in de kleedkamer. Terwijl de spelers bij elkaar zaten, keken ze hoe de deskundigen van ESPN en CBS maar doorblaatten over hun speelschematheorieën en hun voorspellingen. Het was onmogelijk te raden hoe de commissie achtenzestig teams zou indelen, maar dat had de analisten er nooit van weerhouden om het te proberen. Te midden van de stortvloed van feiten werd meermalen vermeld dat North Carolina Central, met een automatische plaatsing, met 20-13 de slechtste competitieresultaten had. Er werd ook vermeld dat het team er veertien op rij gewonnen had, allemaal uitwedstrijden, en dat ze een sterspeler hadden, een nieuwkomer met een wedstrijdgemiddelde van dertig. Die feitjes werden tussen neus en lippen door genoemd, want niemand nam Central serieus. Het behoorde tenslotte tot de HBCU – Historically Black Colleges and Universities – en die hadden het altijd moeilijk in het toernooi. De MEAC-titel maakte weinig indruk op de commentatoren.

De play-offs van het naseizoen van de NCAA waren in 1939 begonnen als een toernooi met acht teams die in één keer konden worden uitgeschakeld. Het toernooi werd uitgebreid tot zestien teams in 1952 en tot tweeëndertig in 1978. Toen het *college*-basketbal aan populariteit won en spannender werd gemaakt met dunks, driepunters en een schotklok, werd het toernooi, dat de bijnaam March Madness kreeg, steeds groter. In 2000 verdubbelde het aantal teams weer tot vierenzestig, waarvan de helft automatisch werd geplaatst door het winnen van de conference-titel. De uitbreiding werd groot genoeg geacht, maar elk jaar was er weer controversie als er een paar teams werden overgeslagen. In 2011 werd er een poging gedaan om dat recht te trekken met de toevoeging van vier extra wedstrijden voor teams die laag op de ranglijst stonden, de zogenaamde *play-ins*. Die vroege wedstrijden werden de First Four gedoopt en vonden plaats in Dayton, Ohio.

Coach Britt wilde, net als alle coaches, uit alle macht de First Four vermijden. Zo'n extra wedstrijd betekende een lange rit en minder tijd om te trainen. En de play-in-teams werden altijd in de eerste ronde uitgeschakeld.

Terwijl hij en zijn assistenten samen met de spelers broodjes en chips aten, luisterden ze naar de deskundigen. Hoewel er geen twee het met elkaar eens leken te zijn, was er blijkbaar wel algehele consensus over het feit dat Central, ondanks de automatische plaatsing, bij de First Four terecht zou komen. De dertien nederlagen van de Eagles waren blijkbaar voor iedereen een struikelblok, behalve voor henzelf.

Het team genoot van de sfeer en wentelde zich in de glorie van een mooi overwinningsseizoen, vooral na die vreselijke start. Nog één wedstrijd, en een flintertje van March Madness, was de slagroom op de taart.

Lonnie had nu een gemiddelde van eenentwintig overwinningen per jaar in de afgelopen vijf seizoenen en hoewel hij zich concentreerde op zijn jongens, was de gedachte aan een nieuwe stap weer aangewakkerd. Hij was nog aan het bijkomen van een officieus telefoontje van een oude kennis gisteravond. Er lag een aanbod van een Atlantic Coast Conference-universiteit om vaste hoofdcoach te worden, maar dan moest hij Sooley meenemen. Lonnie was zo geschokt geweest door het telefoontje dat hij het zijn vrouw nog niet eens had verteld. Deze sport kon verraderlijk zijn.

Het kabaal van buitenaf zwol aan toen de tribunes op hun grondvesten trilden. De band speelde op volle kracht. Om drie uur werd het tijd dat het team zijn opwachting maakte. Mitch Rocker hield de trofee van het MEAC-toernooi omhoog en leidde het team door de tunnel naar de vloer en vervolgens naar een podium onder een ingetrokken backboard. In de sporthal barstte een kabaal los dat de spelers overdonderde. Het veld stond vol met studenten die zich verdrongen om bij het podium te komen, als uitzinnige fans bij een popconcert. Het duurde een hele tijd voor ze rustig werden, maar toen de gemoederen een beetje bedaard waren, begonnen de speeches: de directeur, een decaan, de sportcoördinator.

Het scorebord hing aan het plafond, hoog boven het middenveld. Er stond een JumboTron op het verlanglijstje, maar dat kon nog wel jaren duren. Er waren vier grote schermen opgehangen, een in elke hoek van het veld, en voordat coach Britt de microfoon pakte, werd er een montage van tien minuten vertoond met alle hoogtepunten van het seizoen, waarin sterk de nadruk lag op de laatste tien wedstrijden. De studenten schreeuwden elke keer dat Sooley weer een driepunter maakte.

Coach Britt bedankte hen voor hun steun. Mitch en hij overhandigden de trofee aan de sportcoördinator. Lonnie vroeg Sooley naar voren te komen en gaf hem de onderscheiding voor de MVP: de Most Valuable Player van het toernooi. Minstens voor de vierde keer in een uur rammelden de ruiten door de kreet: 'Sooley! Sooley! Sooley!'

Toen het kabaal verstomde, gebaarde coach Britt naar de microfoon, maar Sooley wuifde hem weg. Hij vond het doodeng om een speech te moeten geven.

Er gebeurde een tijdje niks, terwijl ze wachtten tot de selectie bekend werd gemaakt. Om vier uur werden de toeschouwers stil en gingen de spelers op het podium op hun stoel zitten. CBS maakte eerst de vier hoogst geplaatste landelijke teams bekend: Duke, Gonzaga, Villanova en Kansas. Daarna de First Four: Cornell stond in een play-in tegenover UMass; DePaul stond in een play-in tegenover Iowa State; BYU stond in een play-in tegenover Creighton.

En Florida stond in een play-in tegenover de Eagles van North Carolina Central, een team dat als zestiende geplaatst was. De toeschouwers schreeuwden verrukt. De spelers sprongen op en gaven elkaar high fives voor de camera's. De coaches omhelsden elkaar enthousiast, alsof een snel reisje naar Dayton, gevolgd door een wedstrijd tegen Duke, precies was wat ze in gedachten hadden gehad. Met een brede glimlach keek Lonnie naar Jason Grinnell en vroeg: 'Wat flikken ze ons nou?'

Eveneens met een glimlach zei Jason: 'Ze hebben geen respect voor ons, man.'

Coach Ron McCoy siste met een glimlach tussen zijn tanden door: 'We kunnen het schudden!'

Het feest doofde na een tijdje uit, terwijl het team en de fans naar de rest van de selectie keken. De coaches slaagden erin te blijven glimlachen en enthousiasme te veinzen, maar ze hadden het gevoel dat ze genaaid waren. Er was maar weinig tijd om te trainen. Ze wisten niks over Florida, behalve dat ze Kansas hadden verslagen in de SEC/Big 12 Challenge en dat ze begin januari in de Rupp Arena de vloer hadden aangeveegd met Kentucky. In een wisselend seizoen hadden ze tweeëntwintig keer gewonnen en twaalf keer verloren, en bij hun conference-wedstrijden hadden ze net zo vaak gewonnen als verloren, waarna ze in de finale bijna Auburn hadden verslagen.

Lonnie liep het podium af voor een onderonsje met de sportcoördinator. De reis moest worden geregeld. Ze hadden een privéchartervlucht nodig, al viel dat absoluut niet binnen hun budget. Andere details waren vaag.

Ze waren het erover eens dat ze er bekaaid afkwamen, maar dat ze het in elk geval tot de Big Dance hadden geschopt en dat ze moesten genieten van het moment. De assistent-coaches hingen aan de telefoon met andere coaches, oud-spelers, vrienden, iedereen die iets zou kunnen weten over de Florida Gators. Toen de selectie bekend was en het publiek naar buiten stroomde, gingen de spelers terug naar de kleedkamer en trokken hun trainingskleding aan.

Om negen uur werden de eerste weddenschappen online gezet. Florida was favoriet met een voorsprong van zesentwintig punten.

's Nachts werd het grootste deel van de staat platgelegd door ijsregen. Toen de ochtend aanbrak, was de stroom uitgevallen op de campus en in het grootste deel van Durham en Raleigh. De luchthaven was gesloten. Het chartervliegtuig van het team was gestrand in Philadelphia. Het was een optie om een bus te huren en naar Ohio te rijden, maar de wegen waren minimaal de eerste honderdvijftig kilometer verraderlijk glad en niemand had echt veel zin om de hele dag in een bus te zitten. In de sporthal was het koud en donker; trainen was onmogelijk. Coach Britt ijsbeerde, in een deken gehuld, door zijn huis en wachtte op mobiel bereik, wachtte op elektriciteit en verwarming, wachtte tot het ijs verdomme zou smelten zodat hij zijn team de stad uit kon krijgen. Hij huilde bijna toen hij naar buiten keek en zag dat er sneeuw op de patio viel.

Rond één uur 's middags ging de luchthaven van Raleigh-Durham open, met beperkte service. Er was nog steeds geen elektriciteit in het gebied en de computers konden niet online. Rond drie uur was er weer beperkt mobiel bereik.

Even na vieren lag de hele stad weer plat omdat de stroom opnieuw was uitgevallen.

Op dinsdag, de dag van de wedstrijd, vertrok er om acht uur 's ochtends vanaf het Nest een touringcar met daarin tien spelers, vier coaches, vier teammanagers, de sportcoördinator, de twee vrouwen van de staf, het hoofd Sportinformatie, het hoofd Basketbalzaken, een trainer, een teamarts, een fitnesscoach en een vrijwillige kapelaan. Twee uur lang kroop de bus voort in het verkeer op de Interstate 40, tot ze Raleigh achter zich lieten. In Winston-Salem reed de chauffeur in noordelijke richting op de I-77 en stuitte op nog meer ijs en langzaam rijdend verkeer. Coach Britt hield, net als de andere drie coaches en de helft van de spelers, op een app met gps bij hoe ze vorderden. Als er verder niks tegenzat, zouden ze om zes uur 's avonds in Dayton zijn. De sprongbal was om acht uur.

Lonnie wist zeker dat er in heel de kleurrijke geschiedenis van March Madness geen team was geweest dat zo slecht was voorbereid als zij. Hij zat voortdurend aan de telefoon en belde vrienden uit de business die misschien enig inzicht konden geven in de spelers en coaches van Florida. Zijn assistenten deden hetzelfde. De sportcoördinator had aan zijn contactpersoon bij de NCAA gemeld dat het team vertraging had opgelopen en meteen weer even geklaagd over de slechte selectiedeal, en belde daarna de sportcoördinator van Florida om te kijken of de wedstrijd een uur verzet kon worden. De spelers moesten stretchen, ontspannen, een beetje schieten en iets eten. De sportcoördinator vond het goed, maar de NCAA zei nee. Ze hadden een contract met CBS.

De Gators waren maandagmiddag met een chartervlucht in Dayton aangekomen en hadden lekker getraind. Ze waren dinsdagmiddag weer het veld op gegaan voor een ontspannen rondje schieten.

De Eagles arriveerden om tien over zes bij het stadion van de universiteit van Dayton. Een plaatselijke televisiezender had het verhaal gehoord en de spelers werden gefilmd toen ze eindelijk uit de bus stapten. Coach Britt had geen commentaar.

Ze trokken snel hun bruine uittenues aan en gingen het veld op. Florida had ermee ingestemd om de sportzaal tot zeven uur dicht te houden zodat ze een korte privétraining konden doen.

Ondanks het ijs, de vertraging en de eindeloze busrit waren de spelers in een opperbest humeur en moesten ze zelfs lachen om de pech die ze hadden gehad. Nadat ze tien uur lang in een kleine ruimte hadden gezeten, stonden ze te popelen om te stretchen, te sprinten, te springen en wat energie te verbranden. Lonnie zou later zeggen dat dit het beste trainingshalfuurtje van het hele seizoen was geweest. In de kleedkamer vielen ze aan op energierepen en sportdrank en deden hun oortjes in om rustig naar muziek te luisteren. Er werd wat nerveus gefluisterd en af en toe gelachen.

Toen het tijd werd voor de show, liet Lonnie hen dicht bij elkaar staan en zei: 'Twee dingen, mannen. Er zijn twee dingen die jullie moeten weten. Ten eerste: volgens de deskundigen zijn wij de underdogs met zesentwintig punten achterstand. Zesentwintig. Dat betekent dat ze denken dat wij hier niet horen. We zijn niet goed genoeg. We hebben te veel wedstrijden verloren. Het betekent dat niemand respect voor ons heeft. De mensen in de zaal niet. Het andere team niet. De selectiecommissie niet. Niemand bij de NCAA. Niemand van de pers. Geen van de televisiepresentatoren. We krijgen nergens een greintje respect. Dus mannen, we moeten het afdwingen. Het tweede is dit.'

Lonnie hield een vel papier omhoog. 'Dit komt uit de *Tampa Bay Times*, de grootste krant van Florida. De sportverslaggevers daar schrijven over de universiteit van Florida. Gisteren maakte zo'n verslaggever een praatje met Jerry Biles, de hoofdcoach van Florida. Ik ken Jerry. Hij is een prima kerel.'

Met gevoel voor drama bekeek Lonnie het vel papier. 'Ze hadden het over de grote wedstrijd van komende vrijdag in Memphis, waar Florida in de eerste ronde tegen Duke speelt, de landelijke nummer één. Dit had coach Biles te zeggen, ik citeer: "We hadden een makkelijke loting in de eerste ronde, en een minder makkelijke in de tweede. Maar we zijn niet bang voor Duke. We hebben Kansas en Kentucky verslagen en kunnen iedereen aan. Kom maar op."'

Hij liet het vel papier zakken, keek vorsend naar zijn spelers en herhaalde: 'Een makkelijke loting, en ze hebben het al over Duke, vrijdagavond in Memphis. Alsof deze wedstrijd al voorbij is. Alsof wij niet bestaan.'

Niemand verroerde zich, niemand leek adem te halen. Geen enkel geluid.

Hij dempte zijn stem en zei: 'Ik betwijfel of deze eikels ook maar enige moeite hebben gedaan om ons na te trekken, dus laten we de boel een beetje door elkaar schudden. Sooley, jij start niet. Jij komt er na drie minuten in, dus bereid je voor. We volgen de Kobe-tactiek, dus concentreer je op het schot.'

Hij drukte zijn handen tegen elkaar en zei: 'Mannen, we verdienen geen respect. Nog niet. Het respect ligt daarbinnen op de vloer, we moeten het alleen nog even oprapen.'

43

Florida veroverde de sprongbal en Central verdeelde zich over de helft van het veld voor de verdediging, waarbij iedere speler popelde om van zich af te bijten en de screens af te schudden. Een slecht jumpshot ketste af op de ring en Melvin speelde de bal naar Rocker, die de tijd nam om over het veld te dribbelen. Met acht seconden op de schotklok miste Murray een schot van zes meter afstand. Florida miste weer en Central ook. Allebei de teams waren tot het uiterste gespannen en nog steeds nerveus. Het spel werd opengebroken toen Murray een pass verkeerd aanspeelde, wat leidde tot een makkelijke doorbraak. Florida had twee vierdejaars guards van één meter achtenzeventig die sneller en wendbaarder waren dan alles wat Central bij de MEAC had gezien. Met 16:38 op de klok werd er gefloten voor de eerste overtreding, en coach Britt riep Sooley op. Hij rende over het veld, posteerde zich bij de middenlijn, en op vijftien seconden sprintte hij naar de basket, omzeilde een screen en kwam vrij te staan in de buitenste hoek. De pass van Mitch was perfect, net als het schot vanaf negen meter.

De twee dagen volledige rust bleken in hun voordeel te werken en de Eagles speelden intenser dan Lonnie hen ooit had zien doen. De ijsregen bleek een geschenk te zijn. Ze schermden de lange spelers van Florida volledig af en de twee kleine guards schoten niet. Toen Sooley zijn derde driepunter op rij van ver achter de driepuntslijn maakte, klonk er een fluitje voor de time-out van onder de zestien minuten. Central stond met 11-6 voor en Florida leek uit balans. Coach Britt bleef maar hameren op hun rol als enorme underdogs die geen respect kregen van Florida. Hij daagde hen uit om feller te spelen.

Florida deed geen aanpassingen en leek te willen kijken of Sooley zou afkoelen. Dat deed hij niet. Hij miste zijn vierde poging, schoot zijn vijfde raak vanaf achtenhalve meter en daarna maakte hij een schijnbeweging, waardoor zijn man de lucht in ging, sprintte naar de ring en speelde de bal naar Roy Tice voor een makkelijke dunk. Het stond 16-8 en Florida nam een time-out.

In de veertien wedstrijden die hij had gespeeld, schoot Sooley zevenenveertig procent van zijn driepunters raak, waarmee hij landelijk gezien op de tweede plaats stond. Hij had geen voorkeurspositie. Hij schoot vanuit de diepe hoek, maakte *fade-away* treffers en schoot ook vanaf halverwege het veld. Al heel wat wedstrijden geleden hadden zijn coaches gemerkt dat de beste tactiek voor Central, bij wie het in de aanval aan schutters ontbrak, was om de jongen te laten schieten wanneer hij wilde. Afgezien van zijn accuratesse was zijn spel vooral zo dodelijk omdat hij na zijn schot vaak achter de bal aan rende en dan lange rebounds opving, die hij omvormde tot nonchalante assists onder in het veld.

Florida ging over op een *box-and-one*-verdediging en zette een verdediger van één meter vijfennegentig op Sooley, die moest pakken wat hij pakken kon. Elke keer als hij de bal aanraakte, plaatste Sooley ofwel een schot, of hij fakete er een. Die schijnbewegingen waren dodelijk, want de verdediger trapte er in of maakte een overtreding als hij hem probeerde af te weren. In de rust had Sooley vierentwintig punten door zes driepunters en zes vrije worpen. Central stond met 41-30 voor, maar het spel leek nog niet gespeeld. In de kleedkamer ging coach Britt door met zijn niet-aflatende aanval op de deskundigen die zijn spelers zo laag inschatten. Hij daagde hen uit om in de tweede helft nog heviger tekeer te gaan.

Florida bleef bij de box-and-one-tactiek, maar zette nu een andere verdediger op Sooley. Die was niet effectiever dan de andere twee. Toen Sooley twee jumpshots raak schoot en het publiek versteld deed staan met een alley-oop die hij achter zijn rug langs naar Melvin speelde, nam Florida weer een time-out. Hun coach staarde vol ongeloof naar het scorebord. 50-34. De Gators verslapten en maakten elkaar verwijten. De hel brak los en ze konden er niets tegen doen.

Toen ze met twintig punten voorstonden en nog negen minuten te gaan hadden, zag Sooley eindelijk zijn kans schoon om een flitsende move te maken, een die hij nog nooit in een wedstrijd voor elkaar had gekregen. Hij had het tijdens de training verschillende keren geprobeerd, met wisselend succes. Het spel was nog niet beslist en Florida had nog tijd genoeg om te scoren, en het laatste wat hij wilde, was de tegenstander inspireren met wat schoolpleincapriolen. Hij had een heel repertoire van trucjes en geintjes die hij op de zanderige speelveldjes van Lotta had geleerd.

Maar kom op, zeg. De Zuid-Soedanezen stonden bekend om hun lef en hun risico's, en als het werkte, zou het absoluut de topper worden in het *SportsCenter*-filmpje met hoogtepunten uit de First Four-wedstrijden.

Hij nam op de vrijeworplijn een pass aan met zijn rug naar de basket. Met beide handen schoot hij de bal achterwaarts over zijn hoofd, een schot dat geen schijn van kans had om door de ring te gaan. Dat was ook niet de bedoeling. Hij draaide zich snel om, zwenkte om zijn man heen en ving de bal op in de lane toen hij hard van het backboard stuitte. Melvin herkende de tactiek en ging klaarstaan. Sooley, nog steeds in de lucht en schijnbaar gewichtloos, hield de bal een fractie van een seconde vast en speelde hem zachtjes door naar de ring, waar Melvin achter de verbouwereerde lange mannen van Florida opsprong en met een slamdunk scoorde.

De scorer, die ook verbouwereerd was, moest het wel aanmerken als een gemist schot, gevolgd door een assist. Het maakte Sooley niet uit. Lonnie ook niet. Het waren weer twee punten en het was een bepalend moment in het spel. Florida nam weer een time-out, terwijl de Eagles om Sooley heen dromden en de toeschouwers uit hun dak gingen.

Met nog zes minuten op de klok schoot Sooley vanaf de driepuntslijn, ging achter de bal aan, miste en zag een lange rebound overgaan in een makkelijke score voor de Gators. Ze zetten nu full-court druk en zorgden ervoor dat Murray de bal uit speelde. Er volgde een reeks van tien punten tegen nul en de bank van Florida leefde op. Met 3:35 op de klok en een voorsprong van 66-56 nam Lonnie een time-out en maande zijn spelers tot rust. Hij vroeg of Sooley even pauze wilde en hij zei nee. Hij wilde geen pauze in de tweede helft.

De Eagles hadden geen veertien wedstrijden op rij gewonnen door beheerst aan te vallen en Lonnie was niet van plan iets nieuws te proberen. Nu iedere verdediger Sooley in de gaten hield, stond Mitch vrij en scoorde een driepunter, en dertig seconden later deed Murray hetzelfde. Florida haalde alles uit de kast en zette volop druk, en algauw waren ze kapot. Sooley had nog heel wat achter de hand. Hij scoorde met 1:40 op de klok zijn negende driepunter en bracht hen op een stand van 80-63. Florida schoot zonder de ring te raken en de rebound kwam bij Murray terecht, die er niet over piekerde om tijd te rekken. Hij verzond een bounce pass dwars over het veld naar Sooley, die helemaal vrijstond op negen meter en die tijd had kunnen rekken of naar de basket had kunnen dribbelen. Hij koos geen van beide opties en sprong omhoog voor zijn tiende driepunter.

Zijn optreden was voer voor de CBS-samenvatting, waarmee het land voor het eerst kennismaakte met de eerstejaarssensatie. De blinde pass via het backboard domineerde de hoogtepunten, terwijl de commentatoren hun hoofd schudden. Hij scoorde zesenveertig punten, de zevende plek aller tijden op de lijst van de beste toernooien, maar nog steeds ver achter het schijnbaar onaantastbare record van Austin Carr van Notre Dame. In 1970 scoorde Carr eenenzestig punten tegen Ohio en in die tijd bestonden er nog geen driepunters. Als dat wel zo was geweest, had Carr een score van vijfenzeventig gehad.

Sooley had een score van 10-uit-22 vanaf de driepuntslijn en 8-uit-9 vanaf de vrijeworplijn, met elf rebounds, zes assists, vier steals en vier blocks in vijfendertig minuten.

De overwinning was Centrals eerste ooit in dit toernooi en droeg er in grote mate aan bij dat het ijs dat nog in Durham lag wegsmolt. Er barstten feesten los over de hele campus en in de studentenappartementen in de buurt. De bars waren overvol en lawaaierig en overal op straat echode de kreet 'Sooley! Sooley! Sooley!' door de nacht.

44

De coaches kwamen stipt om halfacht bij elkaar in de ontbijtzaal van het hotel. Ze namen plaats in een zitje in de verste hoek en dronken koffie, terwijl ze op de menukaart wachtten. Ze konden geen van vieren de lach van hun gezicht krijgen. Lonnie legde zijn telefoon midden op tafel en zei: 'Alle telefoons hier, en uitgeschakeld. Die van mij blijft maar trillen.' De andere drie telefoons werden ernaast gelegd.

Jason Grinnell zei: 'Sooley belde me vanochtend om zes uur, net op het moment dat ik eindelijk in slaap was gevallen.'

'Wat wilde hij?' vroeg Lonnie.

'Nou, het is vandaag woensdag en hij belt elke woensdagochtend om zeven uur met zijn moeder.'

'Hij heeft je vast niet wakker gemaakt om je dat te vertellen,' zei Ron McCoy.

'Wacht nou even. Hij zei dat hij had gedroomd; een boze droom waarin er een probleem met een vliegtuig was, hij zei dat het een slecht voorteken was en dat hij vindt dat we met de bus naar Memphis moeten gaan. Ze zeggen dat die jongen heel bijgelovig is.'

Lonnie zei: 'Dan besparen we zestigduizend dollar voor de chartervlucht. De sportcoördinator zal het geweldig vinden.'

McCoy zei: 'De materiaalbeheerders kunnen nooit zijn sokken vinden na de wedstrijd. Hij neemt ze mee.'

Grinnell zei: 'Ja. Murray zegt dat hij ze zelf wast en dan in het raam hangt. Hij zegt dat hij dat al doet sinds de eerste wedstrijd die hij gespeeld heeft.'

'Nou ja, ze worden tenminste gewassen.'

Er kwam een serveerster die hun de kaart gaf. Toen ze wegliep, zei Lonnie: 'Ik vind het prima. Laten we de bus nemen en helemaal niet langs huis gaan. Ik wil Sooley bij de campus vandaan houden, weg van iedereen. Ik heb gisteravond vijftig mails gekregen van verslaggevers, andere coaches en oude vrienden die ik in geen maanden gesproken heb. Iedereen wil op dit moment iets van die jongen.'

Jackie Garver zei: 'Volgens Murray wordt hij gek van de meisjes.'

'Dat waren nog eens tijden,' zei McCoy met een lach.

Lonnie zei: 'Zeg tegen de leiding dat ze hem moeten laten slapen. We vertrekken om een uur of elf en nemen de tijd om in Memphis te komen.'

'Met de bus?'

'Ja. Als Sooley met de bus wil, dan doen we dat.'

Duke tegen Central. De als nummer één geplaatste tegen nummer zestien, een play-in. Nooit in de legendarische geschiedenis van het toernooi had een nummer zestien een nummer één verslagen. Hetzelfde gold voor een nummer vijftien, veertien of dertien.

Duke versus Central, de andere universiteit uit Durham. Duke, met zijn vijf nationale kampioenstitels, zijn tweeëndertig All-Americans, zijn deelname aan eenenveertig toernooien, zijn zestien conference-kampioenstitels, zijn huidige reeks van tweeëntwintig aaneengesloten weken op nummer één, en ga zo maar door. Aan de andere kant van de stad waren de cijfers van Central een stuk minder indrukwekkend.

Duke, met zijn collegegeld van nu vijftigduizend dollar per jaar, zijn acht miljard aan schenkingen, zijn tientallen bijzonder hoogleraren, zijn slagingspercentage van vijfennegentig procent, zijn hoge ranking voor geneeskunde, rechten, bouwkunde, letteren en natuurwetenschappen, enzovoort, enzovoort.

Rijk versus arm, privé versus openbaar, elite versus nieuwkomers.

De commentatoren molken het verhaal helemaal uit.

En iedereen was op zoek naar Sooley.

FedEx Forum. Thuisbasis van de Memphis Grizzlies en de vaste locatie van de wedstrijden van South Regional. Arkansas ligt om de hoek en de fans daarvan stroomden naar de stad om te zien hoe hun geliefde Razorbacks in de eerste wedstrijd met gemak wonnen van Indiana State. De fans waren nog onstuimiger voor de tweede ronde en bleven gretig wachten op de kans om hun anti-ACC-gevoelens tegen Duke te kunnen uiten. Alle achttienduizend zitplaatsen waren bezet, met slechts een klein aantal trouwe Blue Devil-aanhangers. Toen de nummer één de vloer op liep, klonk er als begroeting een daverend boegeroep. Een paar seconden later sloeg de stemming prompt om en riep de menigte: 'Sooley! Sooley! Sooley!' toen Central op het veld verscheen.

Voor Samuel was dat een verwarrend moment. Iedereen zou natuurlijk graag zo bewierookt willen worden, maar hij had wel het gevoel dat alle ogen op hem waren gericht. De afgelopen twee dagen had hij de camera's genegeerd en alleen met zijn coaches en teamgenoten gepraat. Ze keken allemaal naar *SportsCenter* en volgden de storm op social media. Ze waren vastbesloten hem zo veel mogelijk af te schermen voor al die afleiding.

Hij glimlachte en stretchte en probeerde de menigte te negeren. Hij keek tersluiks naar de Duke-spelers aan de andere kant van de zaal en vroeg zich af of zij net zo zenuwachtig waren als hij. Ze leken allemaal immuun voor de kriebels; allemaal kalm, ontspannen en zelfverzekerd. Ze waren het gewend om uitgejouwd en beschimpt te worden en ze vonden het geweldig om zoveel luidruchtige verontwaardiging op te roepen bij een uitwedstrijd. Ze waren ver weg van de gekte van Cameron, maar speelden al hun uitwedstrijden in vijandige, bomvolle stadions. Het maakte deel uit van de Duke-mystiek. De Blue Devils tegen de wereld.

Sooleys man was Darnell Coe, een small forward van twee meter drie die twaalf punten per wedstrijd scoorde en werd beschouwd als de beste verdediger van Duke sinds Shane Battier. Sooley keek een paar keer zijdelings naar Coe en besloot hem te negeren. Net als alle spelers van Duke leek Coe geen belangstelling te hebben voor het andere team.

Als lagergeplaatst team werd Central als eerste geïntroduceerd en ze kregen een overdonderend welkom, waarbij de 'Sooley!'-kreten de omroeper overstemden. De starters van Duke werden hevig uitgejouwd, maar lieten zich niet van de wijs brengen. Op het middenveld deden ze geen moeite om naar de Eagles te kijken.

Hun center, Akeem Akaman, was twee meter acht. Toen hij naar voren kwam voor de sprongbal keek hij dreigend naar Sooley, die onmiddellijk hoog en snel opsprong en de bal naar Mitch Rocker sloeg.

Centrals eerste tactiek was simpel. Ze waren daar om één reden: Sooley en zijn afstandsschoten. Daar zouden ze mee beginnen. Daar zouden ze op leven en dood voor spelen. Hij posteerde zich op de hoek van de key, sprintte diep naar de aanvalshelft, ontving een bounce pass van Mitch en dribbelde met de bal. Hij stond tienenhalve meter van de basket en Coe gaf hem de ruimte, alsof hij zeggen wilde: toe maar.

Sooley sprong op en schoot. Hij rende er niet achteraan, maar liep naar achteren en was voorbij de middenlijn toen de bal midden in het net belandde. Hij sprong naar achteren en zwaaide met zijn armen, terwijl het gejoel in het publiek losbarstte.

Duke had geen zwaktes. Akaman en Kevin Washington

konden de binnenkant domineren en Coe, Tyrell Miller en Toby Frost konden het net vanaf elke plek in het veld vinden. Central had niet de bank om een fysieke wedstrijd met veel overtredingen te overleven, maar er was geen enkel team dat het zich kon veroorloven om Duke de ruimte te geven de aanval op te zoeken. Coach Britt had besloten hard en agressief te spelen in de hoop dat de scheidsrechters niet al te streng zouden oordelen.

Frost miste zijn eerste schot en Roy Tice pakte de rebound. Mitch dribbelde naar het middenveld, passte over en weer met Murray en op vijftien seconden spurtte Sooley naar de aanvalshelft, ontving de bal en plaatste nog een schot, nu van iets dichterbij, ruim negenenhalve meter. Recht in het net. De fans waren uitzinnig.

Het plan was dat ze Sooley zouden laten knallen tot hij er een misschoot. Na een score van Akaman bracht Mitch de bal snel naar het midden en na slechts tien seconden speelde hij hem naar Sooley, die diep in een hoek stond met Coe vlak bij hem. Hij fakete een pass en sprong op vanaf negen meter. Toen zijn derde schot in het net belandde, leek het Forum op zijn grondvesten te schudden.

Duke was onaangedaan en zette rustig zijn aanval op. Tyrell Miller maakte gebruik van een perfect screen en schoot vanaf zes meter maar miste. Akaman pakte echter de rebound en scoorde met een slamdunk.

Coe stond dicht op Sooley en begon te duwen en te trekken. Sooley probeerde screen na screen, maar kon hem niet afschudden. Toen hij voor de vierde keer de bal kreeg, fakete hij een schot, waardoor Coe omhoogsprong. Hij flitste richting de basket, lokte bijna een overtreding uit en verstuurde een perfecte snelle pass achter zijn rug langs naar Murray in de hoek. Hij miste en Kevin Washington pakte de rebound.

Toby Frost dribbelde met de bal naar voren en gebaarde naar zijn teamgenoten dat die rustig moesten blijven. Met

17:40 op de klok stond Central met 9-4 voor en waren de zenuwen verdwenen. Frost scoorde een driepunter en Sooley schoot er eindelijk een mis. De teams scoorden om en om, raakten daarna om en om de bal kwijt en bij de time-out stond het 13-gelijk. De wedstrijd was als een speer van start gegaan en het leek erop dat beide teams de honderd punten weleens zouden kunnen gaan halen.

Maar de Duke-verdediging begon te lopen en zette de buitenkant onder druk. Mitch en Murray probeerden de bal naar de binnenkant te krijgen, maar Roy Tice en Melvin Montgomery konden niet scoren. Coe bleef aan Sooley vastgeplakt en liet hem niet bij de bal komen. Toen hij eindelijk een pass opving, schoot hij nog een keer vanaf negen meter, maar het was een slecht schot met een lange rebound die leidde tot een prachtige snelle three-on-one-aanval.

Coe was fel en fysiek en had geen moeite met duwen en trekken. Toen hij Sooley hard met beide handen afweerde, een duidelijke overtreding, en er niet gefloten werd, protesteerde Lonnie aan de zijlijn en kreeg een strenge blik van de scheids. Maar hij hield zijn mond niet. Als de scheidsrechters toelieten dat zijn sterspeler belaagd werd, liet hij dat niet over zijn kant gaan. Hij vroeg om een technische fout en kreeg die uiteindelijk, zijn derde van het seizoen.

Toen Tyrell Miller de onbetwiste vrije worp nam, leek de menigte het veld op te willen stormen.

Duke liep snel uit, scoorde vanuit alle hoeken, en omdat Sooley klemgezet werd, had Central geen antwoord. Lonnie bleef de scheidsrechters aanspreken en die werden eindelijk strenger. Coe werd bestraft voor twee overtredingen achter elkaar en moest aan de kant gaan zitten. Sooley scoorde prompt vanaf zevenenhalve meter en bracht het verschil terug tot 28-20 met 8:03 op de klok.

Het was duidelijk dat de rest van het team moeite zou hebben om te scoren. Tijdens een time-out van Central vroeg

Lonnie of Sooley een pauze wilde. Nee hoor, hij ging er niet uit. 'Het is jouw wedstrijd,' zei Lonnie. 'Breng 'm naar de basket.'

Nu Coe op de bank zat en Duke de buitenkant afschermde, rende hij naar de key. Hij schoot er een paar in, gaf een paar assists, en toen Coe weer in het spel kwam, stond het 34-30, met 5:22 op de klok.

Het duidelijke nadeel van het spelen tegen een goed gecoacht team met vier All-Americans was dat er altijd wel iemand was die op stoom kwam. Toby Frost scoorde twee korte jumpshots en Mitch werd teruggefloten voor lopen met de bal. Daarna scoorde Frost een driepunter en stond Duke met elf punten voor. Central sloeg terug, maakte drie indrukwekkende stops, en Sooley scoorde zijn vijfde driepunter.

In de rust stond Duke met 46-35 voor en leek onverslaanbaar. Sooley had tweeëntwintig punten gescoord en stond op 5-uit-10 vanaf de driepuntslijn.

Het was stil in de kleedkamer toen de Eagles op adem kwamen en probeerden te verwerken dat hun dit in de tweede helft nog een keer te wachten stond. Lonnie en de coaches overlegden en besloten te proberen het spel te vertragen. Hun man-tegen-manverdediging had zesenveertig punten doorgelaten en leek hopeloos. Ze besloten te starten met een 2-3-zoneverdediging en het middenveld vast te zetten, en hoopten dat Duke zou dimmen vanaf de buitenkant. Als dat niet zou werken, en daar hadden ze sterk hun twijfels over, zouden ze in elk geval tijd winnen en nog wat energie overhebben voor het einde.

De zoneverdediging werkte een paar minuten goed, terwijl beide teams een paar keer misschoten en de bal uit gooiden. Zodra Sooley een bal te pakken kreeg, schoot hij, maar Coe gaf hem geen ruimte en elk schot werd hevig verdedigd. Met 17:25 op de klok werd er gefloten voor Coes derde overtreding, maar hij werd er niet uit gestuurd. Sooley was vastbesloten om een vierde uit te lokken en begon te duwen. Hij bracht zijn schouder omlaag en er werd gefloten voor zijn tweede overtreding. Bij de eerste tv-time-out stond Duke twaalf punten voor, 52-40, en Sooley had alle vijf zijn schoten gemist, van korte en lange afstand.

Hij doorbrak de impasse met een schot vanaf zes meter. Duke reageerde snel. Toen Mitch de bal naar het middenveld bracht, greep Coe opnieuw Sooleys shirt vast en hun voeten raakten in elkaar verstrikt. Ze gingen allebei hard neer, vlak voor de neus van een scheids, die boos naar Coe op de grond wees en floot voor zijn vierde overtreding. De bank van Duke, altijd levendig, werd gek en er volgden een paar gespannen seconden. Coe verliet hoofdschuddend de wedstrijd. De omroepers lieten de herhaling zien en er was geen twijfel over mogelijk dat hij Sooley had vastgepakt, rondgedraaid en had laten struikelen.

Sooley nam de inworp aan en schoot in een fractie van een seconde vanaf de driepuntslijn. Recht in het net. Tyrell Miller reageerde met een driepunter van grote afstand. Het ging over en weer, en de teams wisselden missers en treffers af. Duke stond met veertien punten voor en dat wist Central terug te brengen tot acht, maar ze kwamen niet dichterbij. Lonnie nam een time-out om op adem te komen met 7:08 op de klok en Sooley ging even op de bank zitten voor een welverdiende pauze. Duke stond voor met 64-54.

Toen Sooley er weer in kwam met 5:50 te gaan, deed Coe dat ook, maar met vier overtredingen moest hij het rustig aan doen. Dat had Sooley wel in de gaten en hij plaatste twee afstandsschoten. Allebei mis. Nu de tijd begon te dringen, liet Lonnie de zone voor wat hij was en ging over op een *half court press*-verdediging, waarna Duke een paar keer achter elkaar balverlies leed, wat niks voor hen was. De Eagles lagen op apegapen, maar waren erop gebrand om een reeks treffers te maken. Dit was niet het moment om aan vermoeidheid te denken. Ze vochten zich terug tot een verschil van acht, 72-64, en de toeschouwers zaten weer op het puntje van hun stoel. Duke deed rustiger aan, rekte tijd, en Kevin Washington scoorde een driepunter. Met nog drie minuten te gaan forceerde Duke balverlies dat leidde tot een makkelijke treffer, en daarna blokten ze een schot dat tot een volgende treffer leidde.

Het leek wel of Duke binnen een paar seconden met vijftien punten voorstond en coach Britt nam een time-out. De teleurgestelde fans gingen zitten en staarden naar het scorebord. Het was al uren niet zo stil geweest in het Forum.

Nog 1:58 te gaan. Duke 79, Central 64.

De volgende achtenvijftig seconden zouden later de spannendste minuut in de geschiedenis van het toernooi worden genoemd. Murray bracht de bal in het spel door naar Mitch te spelen, die razendsnel naar het middenveld passte, waar Sooley de bal pakte, twee keer dribbelde en vanaf negen meter raak schoot. 1:50. Tyrell Miller pakte de bal, stapte buiten de lijn en gooide hem snel in naar Toby Frost. Maar Miller stapte op de achterlijn met zijn pass en een scheidsrechter zag het en floot voor een overtreding. Dmitri wierp ver in naar Sooley, die bij de middenlijn stond. Hij maakte een schijnbeweging naar Coe, dribbelde achter zijn rug om en schoot vanaf acht meter. Raak. 1:44. 79-70. Central zette full-court druk en Duke werkte de bal naar voren. Toby Frost omzeilde een screen en stond vrij, tot hij niet meer vrijstond. Sooley vloog vanuit het niets omhoog, blokte het schot en sprintte meteen verder. Het was twee-op-een, met Murray die dribbelde. Hij stuiterde de bal naar zijn kamergenoot, die op negen meter omhoogsprong en zijn derde op rij raak schoot. Nog 1:30 op de klok. 79-73.

Lonnie dirigeerde hen naar achteren en ze zetten druk op de eigen helft van het veld. Murray toucheerde een bounce pass, de bal sprong weg en er sprongen vier spelers bovenop. In de worsteling vochten er minstens drie van hen om de bal en de scheids floot voor een sprongbal. Balbezit Central. Sooley vocht zich een weg door de lane en wist Coe op een hard screen te laten stuiten, dat was opgezet door Melvin Montgomery. Er werd niet voor een overtreding gefloten toen Coe bijna op de grond belandde. Zijn man stond alleen in de hoek en Mitch verstuurde een perfecte pass. Sooley scoorde zijn vierde op rij vanaf acht meter. 1:10. 79-76. Central zette opnieuw full-court druk, en Murray en Mitch zetten Frost vast in een hoek. Zijn wilde pass werd op het middenveld onderschept door Dmitri, die hem zonder nadenken naar Sooley speelde met een volmaakte bounce pass. Hij schoot vanaf achtenhalve meter en toen de bal door het net zoefde, veranderde het Forum in een compleet gekkenhuis. 79-79 met nog een minuut te gaan.

Duke nam wankelend een time-out en de bank van Central besprong hun sterspeler. Lonnie wist zijn vijf spelers te laten zitten en probeerde hen rustig te krijgen. Maar het lawaai was oorverdovend en hij had zich de hele tweede helft schor geschreeuwd. Hij schakelde over op een strakke man-tegenmanverdediging en zei dat ze een afstandsschot konden verwachten. Hij zette Sooley op Toby Frost en zei dat hij zo nodig een overtreding moest maken.

Frost dribbelde kalm met de bal het veld over en de spelers van Duke namen positie in. Tien seconden, vijftien. Tyrell Miller zette een hard screen op voor Frost, draaide toen weg bij zijn man en nam een perfecte pass in ontvangst. Met nog 41 seconden op de klok scoorde Tyrell vanaf zevenenhalve meter. Duke liet zich terugzakken en ving Mitch op, die naar Murray passte. Toen Sooley Coe afweerde en probeerde vrij te komen, blies een scheids op zijn fluitje. Coe werd bestraft voor zijn vijfde overtreding en Sooley ging naar de vrijeworplijn om te schieten, met nog 18 seconden te gaan. De eerste was raak, 82-80. Central had twee punten nodig, niet één, en niemand in het gebouw verwachtte dat Sooley hem erin zou proberen te krijgen. Zodra de scheids hem de bal toe stuiterde, schoot hij naar de ring en sprong erachteraan. Toen de bal op de ring afketste, sloeg hij hem naar Murray, die helemaal vrij in de hoek stond. Zijn strakke bal vanaf achtenhalve meter was het schot van zijn leven en Central stond met één punt voor. Duke had nog genoeg tijd en nam zijn laatste time-out.

De Central-spelers konden onmogelijk zitten en ze hoorden ook bijna niks, maar dromden om coach Britt heen en schreeuwden tegen elkaar dat ze moesten aanvallen.

Frost speelde de bal haastig naar het middenveld, passte snel heen en weer met Tyrell Miller, maar ze konden geen van beiden iemand vinden die vrijstond. Met nog vijf seconden op de klok probeerde Kevin Washington een draaisprongschot vanaf de vrijeworplijn, maar Roy Tice onderschepte hem. De bal stuiterde naar Murray, die zijn kamergenoot naar voren zag rennen. Hij gooide een lange boogbal, die Sooley met een bounce op hun eigen vrijeworplijn aanpakte, waarna hij in de lucht sprong.

Sooley tartte de zwaartekracht en vloog door het Forum met de bal in zijn rechterhand, hoog boven zijn hoofd, net als Niollo. Hij maakte het af met een dreunende, ring rammelende, klievende dunk die de aarde liet sidderen tot aan Zuid-Soedan.

De menigte zwermde uit over het veld, terwijl de Eagles op het middenveld boven op elkaar sprongen.

45

Het was opvallend stil in de kleedkamer. De spelers waren opgetogen, maar te verbijsterd en te moe om te feesten. En ze waren overdonderd door emoties. Coach Britt liet de camera's en de pers buiten, met de deur op slot en bewaakt door de managers. Hij liep rustig van de ene speler naar de andere, omhelsde hen allemaal, gaf hun zachtjes complimenten en pinkte zelf ook een traantje weg. Na een kwartier sprak hij zijn spelers toe en vertelde hun hoeveel hij van hen hield. Zijn schorre, rasperige stem deed het nauwelijks en hij wist trouwens toch niet goed wat hij moest zeggen.

Er kwam een manager binnen die zei dat de toernooiofficials op hen wachtten. Lonnie vroeg de drie vierdejaars, Mitch Rocker, Roy Tice en Dmitri Robbins, om met hem mee te lopen. En Sooley ook.

De persruimte zat bomvol. Lonnie nam in het midden achter de tafel plaats met twee spelers aan weerskanten, en zodra hij de microfoon goed had gezet, werd hij bestookt met vragen. Hij glimlachte, hield zijn handen omhoog en zei: 'Eén tegelijk, graag.' Hij wees naar een verslaggever op de voorste rij.

'Coach, had u verwacht dat jullie deze wedstrijd konden winnen?'

Lonnie lachte en zijn spelers ook. 'Ik denk niet dat ik die vraag hoef te beantwoorden. Laten we eerlijk zijn, niemand in deze zaal had verwacht dat we zouden winnen. Ik denk dat we allemaal nog in shock zijn.'

'Coach, was het uw tactiek om te starten met Sooley die vanaf het middenveld schoot?'

Weer een lachje. 'Ja. Onze tactiek was simpel. Zorg er gewoon voor dat Sooley de bal krijgt.'

Iedere verslaggever had een samenvatting van de wedstrijd en kende de cijfers. Sooley had er achtenvijftig gescoord, waardoor hij samen met Bill Bradley de op één na beste score in een toernooiwedstrijd had. Hij had veertien driepunters gemaakt en had twaalf rebounds, tien assists, vier steals en vier blocks. Drie keer dubbele cijfers.

'Coach, had het publiek nog invloed?'

'Nou, ik ben nog nooit ergens geweest waar ik mezelf niet meer kon horen denken. Ik heb nog steeds een piep in mijn oren. Zoals jullie horen, kan ik amper praten en soms had ik moeite om me verstaanbaar te maken bij mijn eigen spelers. Maar ja, het was goed om het publiek aan onze kant te hebben.'

'Coach, een vraag voor Sooley.' Lonnie haalde zijn schouders op alsof hij zeggen wilde: vraag maar raak.

Met een brede glimlach trok Sooley de microfoon naar zich toe.

'Sooley, je hebt veertien driepunters gescoord, een toernooirecord. Wat dacht je daar in het veld?'

Sooley had nog tegen geen enkele verslaggever iets gezegd, en de wereld wachtte. Hij lachte, haalde zijn schouders op en keek ongemakkelijk. Uiteindelijk zei hij: 'Ik weet niet. Ik dacht niet echt na.' Iedereen moest lachen. 'Weet je, de adrenaline giert door je lijf waardoor je gewoon speelt, je hebt geen tijd om na te denken.'

'Mitch, hoe is het om een teamgenoot te zien doen wat Sooley zojuist gedaan heeft?'

Mitch boog zich met een grijns naar voren en zei: 'Niks bijzonders, eigenlijk. Hij doet het elke dag tijdens de training. Als hij op stoom komt, zorgen we er gewoon voor dat hij de bal krijgt.'

'Sooley, je hebt net achtenvijftig punten gescoord tegen een geweldige verdediger. Wat vind je van Darnell Coe?'

'Hij is goed, een van de besten. Heel fysiek, weet je. Alle spelers van Duke zijn fysiek. Dat is hun spel. Het is een topteam.'

Mitch boog naar voren en voegde eraan toe: 'Eerlijk gezegd kan niemand deze jongen verdedigen als hij de bal heeft. Zijn schot is te snel en hij springt te hoog. Tijdens de training zetten we voor de lol soms drie man op hem. Maar als hij eenmaal omhoogspringt, is zijn schot niet meer te houden.'

'Coach, hoe stoom je je team klaar voor de volgende wedstrijd na zo'n overwinning?'

Lonnie antwoordde: 'We zijn er klaar voor, reken daar maar op.'

Iedere verslaggever en iedere fan kende het verhaal. De dood van zijn vader. Zijn vermiste zusje. Zijn moeder en broertjes in een vluchtelingenkamp. En iedere verslaggever wilde hem iets vragen over het afgelopen jaar, maar dit was niet het juiste moment. Waarom zouden ze iets doen om de feestvreugde te bederven?

Toen ze zich eindelijk hadden omgekleed, namen de managers het team mee door een zijdeur. Ze liepen door hartje Memphis naar het Rendezvous, een bekende spareribstent in een steegje acht straten verderop. In een privézaaltje ontspanden ze zich en algauw begonnen ze te lachen. De volgende dag konden ze uitslapen tot het middaguur.

De bloedstollende overwinning beheerste het nieuws. De andere zeven wedstrijden op donderdag eindigden zoals voorspeld en er was geen ruimte om andere beelden uit te zenden. Het was een non-stopbombardement van Sooleys grootste treffers. Zijn veertien driepunters, vijf in een tijdsspanne van 58 seconden om de stand gelijk te maken. Zijn geblokte schoten. Het filmpje met hoogtepunten was alleen aan hem gewijd.

Op vrijdag gingen Murray en hij naar het restaurant van het hotel voor een late lunch met Miss Ida en Ernie. En met Jordan, die met de auto uit Nashville was gekomen voor de wedstrijd. Ze was van plan geweest om alleen voor de wedstrijd tegen Duke te komen, maar wilde net zo graag als de anderen blijven om ook de volgende wedstrijd te zien. Murray had twaalf punten gescoord, inclusief de gouden driepunter waardoor Central met 83-82 voor kwam te staan met nog zestien seconden te gaan. Ze beleefden de wedstrijd opnieuw en genoten van het moment. Jordan zat dicht naast Sooley en hun knieën raakten elkaar, onder tafel natuurlijk, want Miss Ida ontging niks.

Later die middag had het team een lichte, besloten training in een leeg Forum. Jason Grinnell nam een scoutingrapport door en probeerde het team ervan te overtuigen dat Arkansas onverslaanbaar was. Ze wisten wel beter en dachten nog steeds aan Duke. Dat vermoedde Lonnie al, en hij had weer eens een slapeloze nacht.

Op zaterdagmiddag gingen de deuren om twee uur open voor de wedstrijd die om drie uur zou beginnen, en de menigte uit Arkansas was terug. Ze stroomden al vroeg het Forum binnen en maakten bijna net zoveel herrie als donderdag. Hun liefde voor Sooley was algauw uitgedoofd en ze hunkerden naar een overwinning. De universiteit had één nationale titel behaald, in 1994, en nu Duke uit de weg was geruimd, was het pad naar de volgende ronde vrijgemaakt voor de Razorbacks.

Sooley ging verder waar hij gebleven was en toen hij zijn tweede driepunter scoorde, werden de toeschouwers stiller. De verdediging van Arkansas was schrikachtig en raakte elke keer in paniek als hij de bal te pakken kreeg. Ze stortten zich algauw op hem, waardoor er aan alle kanten gaten vielen. Dus begon hij rond te lopen en speelde de bal door, zodat anderen makkelijk konden scoren. In de rust stond hij op negen assists en zestien punten. De tweede helft ging lang gelijk op. Beide teams probeerden elkaar af te schudden, maar niemand kon Sooley afschudden. Hij scoorde zesenveertig punten en maakte dertien assists, en Central won met tien punten verschil en was door naar de laatste zestien.

Op naar de Sweet Sixteen.

46

Op maandagochtend kon Lonnie Britt het woord 'Assepoester' niet meer horen. Iedere sportpresentator en sportverslaggever gebruikte het minstens één keer per zin om te beschrijven hoe de underdog ineens het stralende middelpunt werd. Niemand kon aan hem tippen. In het westen had Utah State, dat als tiende geplaatst was, de nummer vier UCLA onverwacht uitgeschakeld met een kleine voorsprong, maar dat kwam niet eens in de buurt van wat er in Memphis gebeurd was.

De directeur van Central stond op hem te wachten met de deur wijd open, en zijn secretaresse bood hem glimlachend koffie met gebak aan. Lonnie was nog nooit zo hartelijk ontvangen. Terwijl ze in grote leren fauteuils gingen zitten, kwam de sportcoördinator binnen en ging de deur dicht. Felicitaties alom. Wat een weekend!

Ze bespraken de logistieke organisatie van de trip naar Atlanta voor de volgende ronde. Hoeveel kaartjes zouden er worden gereserveerd? Hoeveel grote donateurs zouden er mee mogen? Politici belden omdat ze erbij wilden zijn. De alumnivereniging had nog nooit zoveel aandacht gekregen. En dan de pers! Honderden verslaggevers en journalisten hengelden naar verhalen en toegang, en hoewel het belangrijk was om gebruik te maken van deze unieke kans om de universiteit te promoten, vond Lonnie het veel belangrijker om zijn spelers te beschermen. Vooral Sooley.

'Waar is hij?' vroeg de directeur.

'Hij woont bij Murray Walker in het souterrain. Volgens mij bewaakt Ida de deur. Hij zit daar al een paar weken. Het was niet meer te doen in het studentenhuis.'

'Volgt hij colleges?'

'Ja, grotendeels wel. Maar ik betwijfel of er vanochtend veel spelers in de collegezaal zitten. Ik wil graag morgen naar Atlanta vertrekken, na de training, gewoon om ze de stad uit te krijgen.'

De sportcoördinator fronste zijn voorhoofd en zei: 'Dus dan missen ze een hele week colleges.'

Lonnie lachte en vroeg: 'O, dus jij denkt dat ze deze week gaan studeren? We spelen donderdag om zes uur tegen Providence en dat is het enige waar ze aan denken. Dit is te groot. Die jongens zijn overdonderd. Ik wil morgenmiddag om twaalf uur trainen en dan vertrekken.'

De sportcoördinator keek naar de directeur. Ze kenden de waarheid allebei. Met drie overwinningen in het toernooi stroomde het geld al binnen. Begin bij het contract van NCAA-CBS, nu met een waarde van ruim vijfhonderd miljoen dollar per jaar, en kijk hoe het geld naar de winnaars van de conferences en de wedstrijden doorsijpelt. Central had al zeshonderdduizend dollar verdiend, wat ze niet verwacht hadden. En hoe meer je in March Madness wint, des te meer je verdient.

Coach Britt kon het krijgen zoals hij het hebben wilde.

De directeur voelde zich verplicht om te zeggen: 'Oké, prima, maar zeg wel tegen je spelers dat ze hun studieopdrachten moeten doen en in hun vrije tijd moeten studeren.'

'Uiteraard,' zei Lonnie, want dat moest hij wel zeggen. Hij zou geen enkele laptop in de gaten houden. Het was alleen maart maar. De spelers hadden nog tijd zat om hun studiewerk in te halen en hij was niet van plan om die jongens op hun huid te zitten tijdens de week van hun leven.

De sportcoördinator zei: 'We hebben kamers in het Marriott in het centrum. Twee spelers op een kamer.'

Lonnie glimlachte en zei: 'Nee, dank je. We hebben de hotels allemaal al bekeken en vinden ze allemaal maar niks. Ik hou mijn team schuil, oké? Er is een hotel in Athens waar niemand ons kan vinden. Twee spelers op een kamer.'

De sportcoördinator zei met gefronst voorhoofd: 'Maar het Marriott is het hoofdkwartier van ons team. Daar logeren we allemaal, inclusief de fans.'

'Veel plezier daar. Des te meer reden om die jongens verborgen te houden. Ik wil niet dat ze lastiggevallen worden. Murray zei gisteravond dat hij is benaderd door drie runners die voor agenten werken. Ze weten dat hij een kamer met Sooley deelt en hij heeft hen er al op gewezen dat het op dit moment illegaal is om contact te leggen. Maar die kerels weten hoe ze om het systeem heen moeten werken. Je ziet al waar dit naartoe gaat. Op tv hebben ze al voorspeld dat die jongen hoog in de NBA Draft terechtkomt. De gieren cirkelen al rond en dat is prima zodra het seizoen voorbij is. Maar nu wil ik niet dat hij wordt afgeleid.'

Ze hadden alle drie naar *SportsCenter* gekeken en kenden de geruchten.

De directeur vroeg: 'Zie jij hem in de Draft?'

'Nee. Hij is nog te jong, te rauw, te onvolwassen.'

Maar hij had achtenvijftig punten gescoord tegen Duke!

Bij *college*-basketbal heeft iedereen een eigen agenda. Lonnie was op zoek naar een betere baan en Sooley zou hem daarbij kunnen helpen. Sooley zou algauw in de verleiding komen om zich kandidaat te stellen voor de Draft en de mogelijkheden te verkennen. Een agent zou hem prachtige dingen toefluisteren en met geld lopen zwaaien. Zodra er geld in het spel kwam, zou zijn loyaliteit verschuiven.

De sportcoördinator zei: 'Oké, wil je dat wij de kamers reserveren?'

'Nee, dat is al gebeurd.'

‘Wil je ons vertellen waar het team logeert?’

‘Alleen als je belooft dat je Sooley niet om een selfie vraagt.’

De sportcoördinator schoot in de lach en zei: ‘We hebben heel wat aanvragen voor vliegtuigplaatsen.’

‘Hou ze maar. Wij gaan met de bus.’

‘De bus? Het is zes uur rijden naar Atlanta.’

‘Yep. En Sooley gaat liever met de bus. Ik weet zeker dat hij onderweg de hele tijd gaat studeren.’

‘Kom op, coach,’ zei de directeur. ‘We kunnen toch moeilijk in een bus bij de Sweet Sixteen aankomen?’

‘Wat weten wij nou van aankomen bij de Sweet Sixteen?’

‘Goed punt.’

De sportcoördinator zei: ‘Als Sooley met de bus wil, ga dan maar met de bus.’

Miss Ida zorgde ervoor dat ze om acht uur aan de ontbijttafel zaten. Ernie bleef nog even dralen voor een afscheidswoordje.

Ze maakten zich er allebei druk om dat de twee spelers al minstens een week geen belangstelling hadden voor hun academische voortgang en waarschijnlijk de colleges van maandag wilden overslaan. Nadat Ernie weg was gegaan, liet Miss Ida Sooley beloven dat hij naar college ging.

Dat wilde hij eigenlijk ook graag. Er zaten twee superknappe meiden bij Amerikaanse geschiedenis. Toen hij vijf minuten te laat binnenkwam, stond de hele collegezaal op om hem toe te juichen. De professor was een sportieve vrouw en vond het leuk dat de jongen zo onthaald werd. Sooley ging achter de meisjes zitten en klapte zijn laptop open.

Na een kwartier kreeg de professor in de gaten dat niemand naar haar college luisterde, vooral Sooley niet, die op zijn computer met de meisjes zat te chatten. De professor kwam achter haar katheder vandaan en vroeg: ‘Mag ik even jullie aandacht? Dank je. Hoeveel van jullie hebben thuis jongere broertjes en zusjes?’

Bijna alle studenten staken hun hand op.

'En hoeveel van hen hebben gevraagd om een foto met meneer Sooleymon?'

Alle handen gingen omhoog.

Ze glimlachte en vervolgde: 'Dat dacht ik al. Ik heb een zoon van twaalf en als ik thuiskom zonder foto, praat hij niet meer met me. Sooley, sorry dat ik je onderbreek tijdens het studeren, maar als je ons dat plezier wilt doen, zal ik al je absenties van vorige week en deze week wegstrepen. Deal?'

De collegezaal juichte weer en Sooley liep naar voren.

De school wilde hen op de een of andere manier groots uitzwaaien met een ouderwetse aanmoedigingsbijeenkomst met speeches, cheerleaders, een band en een volgepakte tribune. Maar Lonnie haalde er een streep doorheen. Nog meer verheerlijking zou er verdomme niet aan bijdragen dat ze de wedstrijd tegen Providence zouden winnen.

Hij pakte hen dinsdagmiddag hard aan en spoorde hen daarna aan om te douchen, zich om te kleden en snel in de bus te stappen.

Toen ze bij de campus wegreden, schreeuwde Roy Tice naar achteren: 'Hé, Sooley, als we volgende week naar de Final Four gaan, kunnen we dan het vliegtuig nemen? Volgens mijn app is het tweeëndertig uur rijden naar Phoenix. Almaar rechtdoor op de Interstate 40.'

Sooley had zijn oortjes in en deed net of hij het niet hoorde. Hij hield zijn ogen dicht, alsof hij in diepe meditatie verzonken was. Ook anderen begonnen over de busrit te mopperen, maar ze waren allemaal veel te opgetogen om zich er echt druk om te maken.

Coach Britt kreeg hun aandacht toen hij een gemonteerd wedstrijdfilmpje liet zien waarin Providence in de tweede ronde de vloer aanveegde met een goed team van Butler. En hij wees hen erop dat ze opnieuw als underdog werden aangemerkt door de bookmakers.

Nog steeds geen respect.

47

De bijzondere zending werd in de laadbak van een Oegandese legerwagen geladen. Hij werd bewaakt door een stel soldaten en in de gaten gehouden door twee legertechnici. Coach Kymm zat voorin naast de bestuurder toen ze vroeg in de ochtend wegreden bij de luchthaven van Entebbe. Hij had gehoopt de zending in een klein vrachtvliegtuig te kunnen vervoeren, zo een waarin Ecko en hij begin december waren meegevlogen, maar er was niet genoeg plaats. Voedsel en medicijnen hadden prioriteit boven al het andere, en op deze reis leverde hij alleen maar amusement af, met dank aan een rijke Oegandese biermagnaat die van basketbal hield en Kymms nationale teams sponsorde.

De rit van zeven uur over grindwegen duurde in werkelijkheid negen uur en toen ze het zuidelijke deel van het Rhinokamp in reden, was het te laat om de boel op te zetten. Ze aten en sliepen in een legerbarak in de buurt. Donderdagochtend vroeg gingen de technici op zoek naar een locatie en vonden de beste plek op een helling niet ver van de nieuwe school. Er werd een platte trailer op de juiste positie gezet en de technici en soldaten begonnen de flatscreens uit te laden. Er waren er twee, die aan beide kanten van de trailer werden geplaatst met de generator, de transmitter, de antenne en kilometers draden en kabels ertussenin. Gloednieuwe Samsung 8K-flatscreens van 150 inch, de grootste die er in die hoek van Afrika maar te vinden waren. Coach Kymm bracht de dag door onder een schaduwboom, waar hij toekeek hoe het project vorderde en af en toe een paperback las. Hij probeerde Ecko te bellen in Atlanta, maar had geen bereik.

Woensdagavond laat, nadat de managers hadden gemeld dat alle spelers binnen waren, liep Lonnie zijn kamer uit en ging naar de hotelbar, waar Ecko in een hoekje zat te wachten. Tot nu toe was de schuilplaats van het team in een Holiday Inn in Athens nog niet door de media ontdekt. Ecko had gekeken toen het team aan het trainen was bij de universiteit van Georgia en logeerde in het hotel.

Ze bestelden een biertje en praatten over de training, Providence en de spelstrategie. Lonnie lachte en zei: 'Eigenlijk is de spelstrategie heel simpel als je een eenmansteam bent.'

'Wat gebeurt er als hij onderuitgaat?'

'Dan scoren we niet en maken ze ons in. Ik zou willen dat iemand anders nou eens een keertje de geest kreeg en twintig punten scoorde. Mitch of Murray, of zelfs Dmitri vanuit de hoek. Om de druk van Sooley en de verdediging af te halen.'

'Het zijn geen topschutters.'

'Vertel mij wat. En hoe vaker hij scoort, hoe meer de anderen op hem leunen. Ze laten goede kansen liggen om de bal maar bij hem te krijgen.'

'Ik heb vanmiddag een hele tijd met hem gepraat op zijn kamer en hij lijkt er goed mee om te gaan. Slim van je om hem bij de media uit de buurt te houden. Het is een circus.'

'Heb je de cover van *Sports Illustrated* gezien? Die is net online gezet.'

'Nee. Wat dan?'

'Het is een foto van de jongen die hoog in de lucht springt en met een klievende dunk scoort tegen Duke, met zijn elleboog naar buiten een meter boven de ring uit, met het onderschrift *Sooleymania*.'

'Knap. Ik weet dat je je zorgen om hem maakt, maar dit is

echt wel cool. Hij is goed bezig en dat weet hij. Het is hem niet naar het hoofd gestegen. Nog niet.'

'Zijn teamgenoten beschermen hem, ze zitten erbovenop. Echt een geweldig stel jongens, Ecko. Ik ben dol op die gasten.'

'Je wordt nog gekker op ze als de volgende twee ook winnen en je meenemen naar de Final Four.' Ze lachten, dronken bier en keken om zich heen. De bar was zo goed als leeg.

Lonnie vroeg: 'Wat gaat er met Sooley gebeuren, Ecko? Jij spreekt meer scouts dan ik. Ik ben veel te veel bezig met de volgende wedstrijd en heb geen tijd om verder te denken.'

'Ken je Frankie Moka nog, mijn assistent van afgelopen zomer?'

Lonnie knikte en zei: 'Zeker.'

'Hij is scout voor de Nuggets en zegt dat die jongen waarschijnlijk al aan het eind van de eerste ronde weg is. De voordelen zijn duidelijk, met als extraatje de mogelijkheid dat hij nog meer groeit en volwassener wordt. Het nadeel is het onbekende. Is hij een eendagsvlieg? Vijftien wedstrijden niet te stuiten en dan ineens foetsie? Dat is al vaker gebeurd. Wat de scouts willen zien, is een slechte wedstrijd. Niemand scoort vijftig procent vanaf de driepuntslijn, dus wat gebeurt er als hij niet scoort en het verknalt?'

'Niet nu, alsjeblieft.'

'Ik weet het. Ik zeg alleen dat hij niet de staat van dienst heeft van de andere nieuwkomers die meteen prof werden. Die vier van Duke waren al op de radar toen ze vijftien waren. De andere toptalenten hebben er minstens twee jaar *college* op zitten. Sooley niet. Dus dat is een aandachtspunt, maar niet heel erg. De scouts zijn net zo gecharmeerd van hem als iedereen.'

Lonnie glimlachte en nam een slok. 'Heb ik je al bedankt omdat je me hebt gedwongen hem een beurs aan te bieden?'

'Ja, en graag gedaan. Soms hebben we geluk. Weet je, het is

bijna onvoorstelbaar dat hij, toen ik hem een jaar geleden leerde kennen, één achtentachtig was, rond de vijfenzeventig kilo woog en het lelijkste jumpshot van Zuid-Soedan had.'

'Hij is een monster, Ecko, heel simpel. We hebben hem vorige week gemeten. Twee meter drie nu, honderdvier kilo. Hij wil alleen maar basketballen en in de ijzers hangen.'

'Meisjes?'

'Ik bemoei me er niet mee, maar ik weet zeker dat het prima gaat.'

'Heb je al met hem gesproken over de Draft, agenten en zo?'

'Nee, nog niet. Ik hoor dat er al op hem geaasd wordt. Dat hoort erbij. Er zijn er al minstens drie die Murray benaderd hebben. Ik heb het team toegesproken waar Sooley bij was en heb met de vierdejaars gepraat toen hij er niet was. Ze proberen hem te beschermen, maar je weet hoe het gaat. Zodra het toernooi voorbij is, is hij loslopend wild en mag hij met een agent praten. Als dat eenmaal begint, is hij weg. Niemand kan het geld afslaan.'

Dat beaamde Ecko. 'En hij aanbidt Niollo, die op zijn negentiende prof is geworden na slechts een jaar op Syracuse. Natuurlijk speelde Niollo wel al highschoolcompetities hier in de VS en was hij zelfs All-American. Weetje: wie was de enige highschoolprospect die hoger op de ranglijst stond dan Niollo?'

'LeBron.'

'LeBron. En die is niet naar de universiteit gegaan.'

'Wat wil Sooley zelf?'

'We hebben vanmiddag over zijn familie gepraat. Dat is het enige wat hem op dit moment bezighoudt. Hij is jou en Central en zijn teamgenoten eeuwig dankbaar, maar buiten het veld denkt hij aan zijn moeder en zijn broertjes. Ik heb hem verteld dat een bevriende coach van me in Oeganda aan wat touwtjes heeft getrokken bij de regering en dat ze een paar grote flatscreens neerzetten in het vluchtelingenkamp, zodat ze naar de wedstrijd kunnen kijken. Zie je het voor je? Sooleys moeder en broertjes kunnen hem zien spelen. Die jongen had tranen in zijn ogen toen ik het vertelde.'

'Ongelofelijk. En dat heb jij voor elkaar gekregen?'

'Tuurlijk. Het was niets. Je vraagt me wat hij wil. Als geld helpt om zijn familie hierheen te halen, dan pakt hij het geld. Als hij het sneller voor elkaar krijgt door in vier jaar af te studeren en Amerikaans staatsburger te worden, dan doet hij dat.'

'Hij gaat voor het geld.'

'Waarschijnlijk wel.'

'Hij vertrouwt jou, Ecko. Ken jij een goede agent?'

'Ik blijf er liever buiten. Op dat moment komt Sooley in een heel andere wereld terecht en is mijn advies niets meer waard. Hij is een slimme jongen en komt er wel uit. Hopelijk.'

Toen Samuel in de middencirkel ging staan voor de sprongbal, nam hij een seconde de tijd om de enorme State Farm Arena van Atlanta, de thuisbasis van de Hawks, in zich op te nemen. Onder een van de backboards scandeerde een luidruchtige afvaardiging van Central zijn naam, terwijl de rest van de ruim achttienduizend toeschouwers op hun plaats gingen zitten. Zoals altijd herinnerde hij zichzelf eraan waar hij vandaan kwam en hoe ver hij gereisd had. Een jaar geleden speelde hij nog op zandveldjes.

Hij knikte naar de center van Providence, een slungelige jongen met zware voeten, en sloeg de bal naar Mitch Rocker, die de tijd nam en snel opmerkte dat er twee Friars aan hun sterspeler bleven plakken. De andere drie stonden verspreid over de key en leken een soort verdediging op te bouwen. Mitch spurtte naar de vrijeworplijn en speelde de bal naar Dmitri, die een makkelijke worp vanaf zes meter miste. Er volgden algauw meer missers, en het dubbele team op Sooley werkte perfect zolang niemand anders kon scoren. Central ging belabberd van start en het werd helemaal erg toen de belangrijkste scorer van de Friars zijn tweede driepunter scoorde, zodat de stand 12-2 werd. Bij de eerste tv-time-out was die voorsprong twintig punten, 26-6, en Sooley had nog geen punt gescoord. Het publiek was stil, maar er klonk een geroezemoes alsof de fans zich afvroegen waar die hype nou goed voor was.

Met één verdediger aan zijn rug geplakt en de andere tussen hem en de bal zat Sooley in de problemen. Uit frustratie gaf hij de langste van de twee een elleboogje en er werd gefloten voor zijn eerste overtreding. Ze zaten boven op hem vanaf het middenveld en volgden hem op de voet. Mitch Rocker scoorde een driepunter, en na een blok van Sooley maakte Murray er ook een. Met 13:05 op de klok ontving Sooley een bounce pass ter hoogte van de vrijeworplijn en hij sprong hoog boven zijn verdedigers uit. Hij werd hard gehinderd, er klonk een fluitje toen de bal erin ging, en hij maakte het driepuntsspel af. Hij stond op het scorebord en het verschil was nog vijftien punten. Roy Tice pakte de lange rebound en speelde de *outlet pass* naar Murray, die hem achter zijn rug naar Sooley wierp, die vanaf ruim negen meter raak schoot, waardoor het publiek opsprong. Providence vertraagde het spel en de beide verdedigers kwamen weer dichterbij. Coach Britt praatte onophoudelijk op de scheidsrechters in en klaagde dat Sooley werd vastgehouden, geduwd en op andere wijze werd gehinderd. Er werd gefloten voor een overtreding, en nog een keer, en de verdediging werd iets losser, zodat Sooley vrij kwam te staan. Hij scoorde nog twee driepunters en Providence nam een time-out met 7:40 op de klok, terwijl hun voorsprong was teruggebracht naar acht punten. Lonnie zei dat Mitch en Murray de bal naar de binnenkant moesten brengen om te proberen de druk van Sooley af te halen. Roy Tice scoorde twee korte jumpshots en de Friars misten er vier achter elkaar. Sooley miste een afstandsschot, maar ging achter de bal aan, pakte de rebound en verzond een volmaakte pass naar Melvin Montgomery voor de dunk. In de rust stond het 40-gelijk. Sooley had twaalf punten en had er 3-uit-7 van achter de driepuntslijn. En belangrijker nog, hij zorgde dat de Friars zich bezighielden met de verdediging en dat zijn teamgenoten scoorden.

Aan de andere kant van de wereld stonden Beatrice, James en Chol vooraan in een enorme menigte van vluchtelingen en keken vol ongeloof naar de flatscreen. Voor het begin van de wedstrijd had een Oegandese commandant de mensen verwelkomd en uitgelegd dat de wedstrijd naar hen toe werd gebracht als gebaar van zijn regering. Hij praatte over de wedstrijd, vertelde iets over het toernooi en introduceerde de eregasten: de familie van de jonge Samuel Sooleymon, de populairste speler van Amerika.

Beatrice kon niet meer ophouden met huilen.

In de kleedkamer waren de Eagles door het dolle heen. Ze hadden zich teruggevochten van een rampzalig begin en zaten in een opwaartse spiraal. Lonnie drukte hun op het hart om tot het uiterste te gaan en voor elk schot te vechten. Het was slechts een kwestie van tijd voordat Sooley de overhand zou krijgen.

Hij liet er geen gras over groeien. Het eerste schot van de Friars ketste af op de ring en Dmitri pikte een lange rebound op en ging er met de bal vandoor. Hij verzond een bounce pass naar Sooley, die voordat iemand bij hem in de buurt kon komen vanaf een krappe negen meter schoot. Recht in het net. Dit was het schot waar het publiek op had gewacht en de fans kwamen tot leven. Na een score van dichtbij aan de andere kant schudde hij zijn verdedigers af en rende weer naar voren, waar er een zware overtreding tegen hem werd gemaakt. Hij schoot twee van de drie vrije worpen raak en

Central zette meteen full-court druk. Murray lokte een overtreding uit. Bij de inworp sprintte Sooley onder de basket door, ontving de bal aan de bovenkant van de key, draaide halverwege in de lucht en schoot raak vanaf zes meter. Providence scoorde en Mitch dribbelde met de bal naar voren. Terwijl Sooley een screen omzeilde, trok een van zijn verdedigers hem aan zijn shirt en een scheids zag het. Derde overtreding, op de bank. Bij de inworp speelde Murray naar Sooley, die diep in de hoek stond en zijn vijfde driepunter maakte. Providence moest hergroeperen, maar de coach besloot te wachten tot de time-out van de laatste zestien minuten. Dat had hij niet moeten doen. De Friars werden onder druk gezet en schoten slecht. Mitch Rocker maakte een driepunter en Central had voor het eerst een voorsprong van dubbele cijfers, 53-42. De bank was door het dolle heen en de meesten van de ruim achttienduizend toeschouwers juichten voor de Eagles.

Na de time-out werden de Friars rustiger en scoorden twee keer. Sooley miste van zevenenhalve meter, rende erachteraan, miste de rebound en Central gaf een makkelijke *fast break* weg. De voorsprong was gehalveerd. Met nog 9:20 op de klok, met een voorsprong van zeven punten, sprong Sooley op achtenhalve meter omhoog en schoot raak. Hij scoorde nog een keer van afstand en miste daarna, maar lokte wel een overtreding uit. Met nog acht minuten te gaan maakte hij een vreselijke misser en Lonnie haalde hem uit het veld om op adem te komen. In twee minuten zag hij Providence zes punten achter elkaar scoren en toen hij met 5:50 op de klok weer het veld in kwam, was de stand 63-56 en was de wedstrijd nog niet beslist. Maar zijn twee verdedigers hadden het zwaar en waren doodmoe van het steeds maar achter hem aan jagen over het veld. Hij scoorde zijn zesde driepunter en daarna zijn zevende. Toen hij op 4:45 zijn achtste scoorde, nam Providence een time-out; ze stonden achter met 72-58 en waren bekaf. Central bleef druk uitoefenen en rennen en Sooley, die al vierendertig punten had gescoord, bleef schieten. Toen hij vanaf negen meter raak schoot, begon de menigte zijn naam te scanderen en ging het hele stadion uit zijn dak.

Hij eindigde met veertig punten in een overwinning met vijftien punten verschil. De Eagles waren één wedstrijd verwijderd van de Final Four.

48

De wedstrijd was om twee uur 's nachts afgelopen, Oost-Afrikaanse tijd, en coach Kymm vond een Oegandese sergeant met een satelliettelefoon. Hij belde het nummer van een Amerikaanse mobiele telefoon. Sooley zat met zijn teamgenoten en zijn coaches hoog in de State Farm Arena, op de goedkope stoelen, te kijken hoe Iowa State in de tweede wedstrijd tegen Maryland speelde, toen hij werd gebeld door een vreemd nummer. Een paar seconden later sprak hij met zijn moeder.

Er was maar weinig tijd om ervan te genieten dat ze onderdeel waren van de Elite Eight. Op vrijdag sliep het team uit, deden een lichte work-out in een leeg Stegeman Coliseum op de campus van Georgia, bekeken het scoutingrapport van Maryland en keken om de beurt naar de vier wedstrijden van de andere kant van de pool. Op zaterdag sliepen ze weer uit, brunchten in het hotel en namen de bus naar het stadion in het centrum van Atlanta. In perfect op elkaar afgestemde trainingskleding genoten ze van een lekker rondje schieten twee uur voor de sprongbal. De media waren overal en ze sloofden zich uit voor de camera's. Met coach Britt vlak naast zich praatte Sooley naast het veld met een paar verslaggevers en beantwoordde alle geijkte vragen. Terwijl hij glimlachte en bescheiden bleef, scandeerden zijn teamgenoten op de achtergrond: 'Sooley! Sooley! Sooley!'

Een van de uitdagingen van het Assepoester-team was de

non-stopaandacht, en hun coaches ontspanden en lieten hen van het moment genieten. Verschillende verslaggevers merkten op dat ze veel relaxter waren dan het team van Maryland, terwijl dat acht punten hoger op de ranglijst stond.

Sooley won de sprongbal met gemak. De center van Maryland deed een halfslachtige poging, want een goed verhulde steal werkte uitstekend en de bal werd van Mitch afgepakt. Een snelle pass leidde tot een makkelijke dunk.

Maryland had zeven keer verloren, waarvan vijf keer in de Big Ten, een sterke conference die zes teams in het toernooi had afgeleverd. Drie daarvan waren doorgedrongen tot de Elite Eight, het grootste aantal van alle leagues. De Terps waren meedogenloos in de verdediging en hadden maar eenenzestig punten per wedstrijd doorgelaten, waarmee ze landelijk gezien de op één na beste waren, na Virginia. Ze begonnen onmiddellijk met een box-and-one, waarbij er vier man in de lane stonden. De vijfde, Omar Brazeale, was de Verdediger van het Jaar van de Big Ten, en hij kwam op het middenveld voor Sooley staan en begon vuile taal uit te slaan. Daar zou hij algauw mee ophouden. Sooley draaide zich vrij, kreeg de bal via een bounce pass van Murray en schoot vanaf negen meter. Brazeale was één meter achtennegentig, zo'n dertig centimeter kleiner dan hij nodig had, en toen de bal Sooleys hand verliet, stond zijn verdediger ver onder hem. Recht in het net en een voorproefje van wat er komen ging.

Maryland was geduldig in de aanval en was blijkbaar niet van plan met de Eagles te gaan rennen. Met vier seconden te gaan op de speelklok, ketste er een bal af op de ring. Dmitri Robbins pakte de rebound, draaide zich in de lucht om en passte de bal naar Mitch, die hem strak naar Sooley speelde. Die sprong omhoog op zevenenhalve meter en scoorde zijn tweede driepunter. Maryland miste weer en Murray sprintte met de bal naar voren. Brazeale liep tegen een harde screen aan, zijn man stond helemaal vrij, en toen Sooley zijn derde driepunter in de eerste negentig seconden maakte, begon de menigte te juichen.

Central schoot zeven van de eerste acht worpen raak en stond bij de eerste tv-time-out, met 14:55 op de klok, met 18-7 voor. Maryland was te doorgewinterd om in paniek te raken en bleef bij de beheerste aanval. Het spel vertraagde aanzienlijk toen de Terps rustig dribbelden. Sooley miste twee afstandsschoten, maar lokte de eerste overtreding uit bij Brazeale. De tweede kwam snel daarna toen Brazeale tegen Melvin Montgomery aan beukte in een screen. Het scheelde niet veel, en de bank van Maryland was niet blij. Brazeale hield op met zijn vuile taal en realiseerde zich dat hij de rest van de wedstrijd hopeloos achter Sooley aan zou blijven rennen en screens zou moeten omzeilen. Toen Sooley op 7:20 zijn vijfde driepunter scoorde, nam Maryland een time-out. Central stond voor met 34-24. Sooley had tweeëntwintig punten en had er 5-uit-8 van achter de driepuntslijn. Het team schoot zeventig procent raak, een slopend ritme waarvan coach Britt wist dat het niet vol te houden was. Hij zei tegen de andere vier dat ze de lane vrij moesten houden, zodat Sooley naar de ring kon doorstoten.

Maryland werkte geduldig aan de aanval en scoorde een driepunter. Toen Sooley halverwege het veld de bal kreeg, dribbelde hij twee keer, maakte een schijnbeweging met zijn hoofd zodat Brazeale opsprong, en rende naar de key. Terwijl de verdediging instortte, passte hij achter zijn rug om naar Mitch Rocker, die vrijstond op zes meter. Hij schoot mis en Maryland bracht de bal langzaam naar voren. Beide teams deden het rustiger aan en de missers en treffers wisselden elkaar af. Met twee minuten te gaan begon Maryland er vaart in te zetten en Central verloor twee keer de bal. De Terps maakten het snel af en stonden in de rust nog maar met vier punten achter, met een stand van 41-37. Sooley had vierentwintig punten en had 5-uit-10 afstandsschoten. En, belangrijker, Brazeale had drie overtredingen. In de rust schetste coach Britt twee tactieken die bedoeld waren om de vierde overtreding uit te lokken. Vanaf dat moment kon Sooley losgaan.

Maryland miste het eerste schot van de tweede helft. Mitch zette de aanval in en passte met een stuit naar Sooley, die in de middencirkel stond. Hij wuifde zijn teamgenoten naar de rechterkant, alsof er niemand anders op het veld was dan hij en meneer Brazeale. Hij fakete een schot en toen Brazeale er niet intrapte, schoot hij vanaf bijna tien meter raak. Maryland rekte tijd en scoorde met een kort jumpshot. Sooley bleef met Brazeale op de vrijeworplijn en zat als lijm aan hem vastgeplakt. Na vijftien seconden draaide hij zich vliegensvlug om en nam zijn man mee door drie harde screens, terwijl hij naar een hoek sprintte. Brazeale vocht zich door de screens heen, maar verloor een seconde. Toen Sooley vanaf zesenhalve meter opsprong, was Brazeale nog in de lucht en viel op hem, wat hem de vierde overtreding opleverde. De tactiek werkte nu eens een keer precies zoals coach Britt hem had geschetst. Sooley schoot twee van de drie vrije worpen raak.

Nu Brazeale op de bank zat, zette Maryland twee man op Sooley en dat vond hij heerlijk. Nu moest er iemand anders vrijstaan en Murray, misschien de zwakste schutter van het team, kreeg de smaak te pakken. Toen hij achter elkaar twee driepunters scoorde, stond Central voor met 52-39 en Maryland nam een time-out.

Elke beweging op de vloer werd een nieuw avontuur in Sooleymania. De hele verdediging keek naar hem. Als hij de bal niet kon krijgen, bracht Mitch de bal dicht bij de basket voor eenvoudige scores door Melvin Montgomery en Roy Tice. Als Sooley de bal kreeg, meestal ergens rond de middenlijn, imponeerde hij zijn verdedigers met bliksemsnelle dribbels en maakte hij of lange, *fade-away* jumpshots of hij spurtte naar de basket, waar hij overtredingen afdwong of het afmaakte met waanzinnig hoge dunks, of de bal aangaf aan zijn teamgenoten.

Met 6:02 op de klok kwam Brazeale het spel weer in tijdens een tv-time-out. Zijn team stond zestien punten achter, 68-52, en de toeschouwers schreeuwden om meer.

Hoe luidruchtig ze ook waren, het kabaal in de State Farm Arena viel in het niet bij het constante gebrul van de massa's mensen aan de rand van Rhino-Zuid. Elk afstandsschot dat de jonge Samuel maakte, leidde tot uitzinnige reacties bij zijn volk. Beatrice, James en Chol werden behandeld als koningen en werden bij elke geweldige actie bijna ondersteboven geduwd.

Met een voorsprong van twintig punten, 76-56, nam Sooley een adempauze en begon Maryland aan de onvermijdelijke laatste reeks schoten. De Terps scoorden acht punten op rij en coach Britt nam een time-out om zijn team tot rust te manen. Sooley kwam er weer in en miste prompt een afstandsschot. Maryland ook. Mitch werd afgefloten voor lopen met de bal en Maryland liet een bal uit gaan. Beide teams haalden diep adem en maakten zich op voor de laatste twee minuten. Mitch zette hetzelfde drievoudige screen op om Sooley vrij te krijgen, en toen die van achtenhalve meter raak schoot, zat Maryland weer in de nesten. Roy Tice blokte een schot en Murray kreeg de bal in handen. Hij zwiepte een hoge, lange pass naar voren, waar Sooley helemaal in zijn eentje rende, de bal kalmpjes aannam en hem erin gooide. Maryland wierp in met een lange pass die de Eagles in verwarring bracht en die tot een makkelijke lay-up leidde. De Terps zwermden uit voor de inworp, maar Mitch zocht de ruimte op met eveneens een lange pass naar de andere kant, waar Sooley vrijstond. Die had tijd kunnen rekken of op een overtreding kunnen wachten, of een pass kunnen spelen om een overtreding te vermijden, maar hij sprong automatisch omhoog en scoorde vanaf negen meter.

Coach Britt koos ervoor om niet rustiger aan te doen en de Eagles bleven maar gaan. Maryland wist in tien seconden amper over de middellijn te komen en plaatste haastig een slecht schot dat kracht miste. Roy Tice pakte de rebound en dwong een overtreding af. Hij gooide allebei de vrije worpen raak en de wedstrijd was voorbij.

Toen de bus zondagavond laat de campus van Central op reed, werd hij opgewacht door de studenten. Ze stonden aan weerskanten van de straten, juichten wild, zwaaiden en gooiden met confetti. Toen de bus voor het Nest tot stilstand kwam, werden de spelers en de coaches beschermd door dranghekken terwijl ze uitstapten en van het moment genoten. Aan één kant stonden lukraak nieuwsbusjes geparkeerd en overal waren camera's. Binnen was het bomvol en lawaaiig, met vierduizend studenten en fans op de tribunes en op de vloer, die allemaal wachtten om een glimp op te vangen van de eerste Final Four-helden van de universiteit. Toen Mitch hen door de tunnel naar de menigte leidde, schudde de oude sporthal onder de inmiddels welbekende kreet: 'Sooley! Sooley! Sooley!'

49

Opnieuw zat Lonnie maandagochtend in het kantoor van de directeur, samen met de sportcoördinator. De directeur, altijd een drukbezet man, had al zijn belangrijke besprekingen afgezegd. Al het andere kon wachten.

Ze wentelden zich in hun succes en praatten na over de wedstrijden van het afgelopen weekend. Ze hadden het over de reis naar Phoenix, de planning, de tickets, enzovoort, heerlijke details die ze nu moesten bespreken, wat ze in hun stoutste dromen niet hadden zien aankomen.

Lonnie zei tot hun verrassing: 'Hoor eens, ik wil het team echt zo snel mogelijk de stad uit krijgen. Er is al zo overweldigend veel afleiding. Ik neem mijn telefoon al niet meer op en kijk niet eens naar mijn mails. Iedereen wil een deel en Sooley is de hoofdattractie. We moeten die jongen beschermen.'

'Wil je nu al vertrekken?' vroeg de directeur zogenaamd afkeurend, al wist hij donders goed waar dit naartoe zou gaan.

'Vandaag nog. Vergeet die colleges maar deze week. Denk maar niet dat die jongens kunnen studeren. Jezus, ze kunnen niet eens naar de collegezaal. We moeten ergens onderduiken om te kunnen trainen en deze heksenketel te ontvluchten.'

'Heb je iets in gedachten?' vroeg de sportcoördinator.

'Ja. Een vriend van mij coacht op Northern Arizona in Flagstaff, zo'n twee uur ten noorden van Phoenix. Ik heb hem gisteravond gesproken en hij is aan boord. Hij regelt hotelkamers op zijn eigen naam en we mogen zijn sporthal een week gebruiken. We kunnen hier niet trainen. Dat is onmogelijk.'

De directeur liet zijn gebruikelijke frons weer eens zien en vroeg: 'En dan missen ze een hele week colleges?'

'Absoluut. Dat is onontkoombaar. Zorg ervoor dat de decanen het weten, praat met de professoren, ik zorg er wel voor dat ze online bijblijven. Ze hebben tijd zat als we niet trainen. Ik zorg dat het werkt.'

Ze wisten alle drie hoe het ervoor stond. Lonnies team had zojuist weer twee miljoen dollar opgehaald voor de sportprogramma's van de universiteit en hij zou alles krijgen wat hij maar wilde.

De directeur haalde zijn schouders op terwijl hij zwichtte.

De sportcoördinator zei: 'Ik neem aan dat je deze keer wel met het vliegtuig wilt.'

Lonnie schoot in de lach en zei: 'Nou, Sooley vroeg of we weer met de bus gingen en ik dacht dat de jongens hem zouden wurgen.'

'Dat doen ze vast niet,' zei de directeur.

Lonnie zei: 'Nee. Dat gebeurt niet. Ze zijn extreem beschermend.'

'Waar is hij?'

'In het souterrain van Ida Walker. Ze staat op wacht, maar ze is wel een beetje van slag. Het is bekend en gisteravond stonden er mensen op haar deur te bonken.'

De sportcoördinator zei: 'Laten we ze hier weghalen.'

De directeur zei: 'Afgesproken. Je hebt de steun van de universiteit, in alle opzichten.'

'Dank je wel.'

De sportcoördinator vroeg: 'Dus je wilt vliegen?'

'Ja.'

Toen het team maandagmiddag in de bus stapte, wist geen enkele speler waar ze naartoe gingen. Ze hadden te horen gekregen wat ze aan moesten en wat ze mee moesten nemen en keken geamuseerd toen de chauffeur de borden naar de luchthaven van Raleigh-Durham volgde. Bij de hoofdterminal stapten ze uit en werden naar een privévliegtuig gestuurd dat op de baan stond. De opwinding steeg toen ze gingen zitten. Mitch Rocker vroeg uiteindelijk luid: 'Hé coach, waar gaan we naartoe?'

'Naar Disney World,' antwoordde Lonnie. 'En tot we daar zijn, wil ik dat jullie allemaal de boeken in duiken.'

Studeren was wel het laatste waar ze aan dachten.

Nadat ze opgestegen waren, werd het navigatiesysteem in de cabine uitgeschakeld en werden alle schermpjes zwart. Maar het was wel duidelijk dat ze richting het westen vlogen. Vier uur en ruim drieduizend kilometer later begonnen ze aan de afdaling en zagen bergen en woestijnen, een zeldzaamheid in hun wereld, wat hun vermoeden bevestigde dat ze naar Arizona gingen. Nadat het vliegtuig geland was en naar de terminal taxiede, sprak Lonnie het team toe en legde het plan voor die week uit. Hij instrueerde hen dat ze hun locatie en trainingsschema geheim moesten houden. Niks op social media.

Dinsdag gingen ze vroeg en zwaar trainen in de Walkup Skydome op de campus van NAU, en daarna ontspanden ze en keken een uur naar filmpjes van Villanova, hun tegenstander van zaterdag. De Wildcats waren in het oosten als nummer één geplaatst. De andere twee teams waren Oregon uit het westen en Kansas uit het midwesten. Na de lunch worstelden ze zich door een uur in de studiezaal en daarna zaten ze een uur in de bus naar een nationaal park waar vijftigduizend jaar eerder een gigantische meteoor was ingeslagen, die het landschap had veranderd. Ze waren ver van huis, en de spelers en de meeste coaches hadden nog nooit zo'n ruig, mooi landschap gezien. Ze namen honderden foto's, maar het was streng verboden om iets op social media te posten. 's Avonds na het eten zaten ze op hun hotelkamer te kijken en te luisteren naar de commentatoren en presentatoren, die maar doorgingen over de Final Four. De Eagles en hun onwaarschijnlijke opmars naar Phoenix waren het hoofdonderwerp.

Hun verhalen en invalshoeken verschilden een beetje. De andere universiteit uit Durham die de gevestigde programma's versloeg. Het eerste Historically Black College dat het zo ver geschopt had. Het verpletterende spel van Samuel Sooleymon, een eerstejaars wonder met een gemiddelde van eenenveertig punten per wedstrijd, een hedendaags toernooirecord. Een eenmansteam tegen superieur talent.

Woensdagochtend vroeg praatte Sooley met zijn moeder en luisterde apetrots toen ze beschreef hoe ze hem had zien spelen, samen met tienduizenden andere vluchtelingen. Hij was de trots van Zuid-Soedan, of in elk geval van zijn uiteengedreven volk.

Woensdag en donderdag volgden ze dezelfde routine. 's Ochtends hard werken, 's middags met de bus weg. Het hoogtepunt was een uitstapje naar de Grand Canyon.

Op vrijdag reed het team met de bus naar Glendale, naar het University of Phoenix Stadium, de thuisbasis van de NFL Cardinals. Hun coaches hadden hun foto's van de binnen- en buitenkant van het futuristische stadion laten zien en hadden geprobeerd hen voor te bereiden op de schok van het zien van zo'n piepklein basketbalveldje midden in zo'n enorme hal. Maar de schok werd algauw minder toen ze even een rondje gingen schieten. Overal waren camera's en de spelers genoten intens van de aandacht. Na afloop werden de spelers geïnterviewd door een crew van CBS, waarbij de meeste aandacht uitging naar Sooley.

Lonnie had kritiek gekregen omdat hij zijn team verborgen had gehouden, maar dat kon hem niet schelen. Eenmaal in de spotlights stelden ze zich open en zeiden precies het juiste. Met zijn eeuwige glimlach en zijn goede karakter werd Sooley de lieveling van de pers.

In het hotel keken ze tot elf uur een film en daarna gingen alle lichten uit. Zaterdagochtend genoten ze van een goedverzorgde brunch in een grote vergaderruimte, terwijl coach Britt de tactiek en de match-ups doornam. Om twaalf uur stapten ze in de bus om weer naar Glendale te gaan. Om halfdrie liepen ze het veld op en begonnen te stretchen en op te warmen. De spelers van Villanova deden aan de andere kant van het veld hetzelfde, en sommige spelers liepen in het midden naar elkaar toe en begroetten elkaar. Coach Jay Wright liep naar hen toe en stelde zich voor. De stemming was luchtig, feestelijk zelfs, en de Wildcats waren een beminnelijke groep.

Sooley praatte met coach Wright, die hem voorstelde aan Darrell Whitley, hun All-American forward. Met een glimlach zei Whitley: 'Ik kan je hebben, man.'

Sooley antwoordde: 'En ik jou.' Het was een droomcombinatie waar de deskundigen het al een week over hadden. Whitley was een derdejaars met een gemiddelde van twintig punten en tien rebounds, en er werd verwacht dat hij het goed zou doen in de Draft. De coaches van Central hadden uren film gekeken en waren van mening dat hij af en toe een beetje nonchalant was in zijn verdediging. Het was geen verrassing dat ze van plan waren het spel volledig op Sooley af te stemmen.

In de kleedkamer trok het team de bruine uittenues aan en probeerde te ontspannen. De meeste spelers hadden oortjes in en luisterden naar muziek.

Sooley keek op zijn telefoon en zag tot zijn vreugde een berichtje met de tekst: *Heel veel succes, Samuel. Ik ben heel trots op je. Ga ervoor daar in het veld.* Het was zijn derde berichtje in drie weken van Niollo. Hij antwoordde met een snel bedankje.

Toen het tijd werd om te spelen, verzamelde Lonnie het team om zich heen en zei hoeveel hij van hen hield. Of ze nu zouden winnen of verliezen, ze waren samen zo ver gekomen en hadden geschiedenis geschreven. Ze waren de trots van hun school, hun familie, hun staat en al die zwarte universiteiten en *colleges* die altijd hadden gestreden om dit te bereiken. Ze zouden de rest van hun leven niet meer vergeten wat er de komende twee uur gebeurde. De hele wereld keek mee. Ga plezier maken.

50

De familie Walker – Ida, Ernie, Jordan en Brady – zaten tien rijen achter de bank, te midden van de trouwe volgelingen van Central. Net als de meeste aanwezige fans hadden ze nog nooit samen met vijfenzeventigduizend anderen in zo'n enorm stadion naar een basketbalwedstrijd gekeken. Ernie vond het maar niks. Het veld was veel te ver weg. Hij kon de band amper horen. Ida zei uiteindelijk dat hij zijn mond moest houden en moest genieten van het moment.

Aan de andere kant van de wereld werden Beatrice en haar zoons weer door glimlachende soldaten naar de voorkant van de menigte begeleid en kregen erestoelen. Een enorme mensenmassa wrong zich dichter bij de trailer en de twee grote schermen. Zelfs degenen die het nauwelijks konden zien waren blij om schouder aan schouder te staan en te luisteren naar de Amerikaanse omroepers.

Het was zaterdagavond laat en boven hen stond de volle maan. Morgen was het zondag, gewoon weer een dag om te overleven tot maandag.

Het was al intimiderend genoeg om bij zo'n spektakel te worden geïntroduceerd. Om dan ook nog te worden geïntroduceerd terwijl duizenden mensen 'Sooley! Sooley! Sooley!' scandeerden, was overweldigend, maar het lukte hem om losjes te lijken en steeds maar te blijven lachen. Central was duidelijk de publiekslieveling.

De starters kwamen in het middenveld bij elkaar en schudden elkaar op allerlei manieren de hand. De center van Villanova, Wade Lister, was twee meter dertien en kon springen. Hij had elke sprongbal van het seizoen gepakt en Sooley was geen partij voor hem. Toen hij klem werd gezet in een *ball screen*, scoorde Darrell Whitley kalm vanaf zes meter en de Wildcats sloegen als eerste heel snel toe.

Iedereen die naar de wedstrijd keek, wist wat er zou gebeuren. Sooley posteerde zich aan de zijkant dicht bij de achterlijn en stormde door de key, terwijl Whitley screens omzeilde. Murray verstuurde een strakke bounce pass, die Sooley oppikte terwijl hij vanaf negen meter omhoogsprong. Toen de bal door het net zoefde, ontplofte het publiek, met een halve seconde vertraging vanwege de afstand. Nova miste vanaf de driepuntslijn, de rebound was lang en Mitch Rocker ving hem voor een fast break. Toen de key op slot ging, zwiepte hij een prachtige pass achter zijn rug om en Sooley vloog alweer in de lucht met zijn tweede negenmeterschot.

Hij leek onstuitbaar, maar dat was hij natuurlijk niet. In de *college*-wedstrijden komt het zelden voor dat een schutter veertig procent scoort op lange afstand. Niemand heeft ooit een seizoen lang vijftig procent gescoord.

Na negentien wedstrijden stond Sooley op zesenveertig procent. Dit toernooi stond hij op eenenvijftig procent, een opmerkelijk aantal dat nooit blijvend kon zijn. Een impasse was onvermijdelijk, en de timing had niet slechter kunnen zijn. Hij miste de volgende twee pogingen en het publiek verstomde. Whitley was snel en onverschrokken in de verdediging en hij sloeg een bal uit. Toen Sooley naar voren probeerde te rennen, hield hij zijn schouder iets te laag en maakte een overtreding. Hij miste weer vanaf ver achter de driepuntslijn en de aanval haperde. Bij de eerste time-out stond Nova voor met 14-6.

Sooley voelde de druk en miste vanaf zes meter, en aan de andere kant scoorde Darrell Whitley een snelle driepunter.

Murray schoot mis en Mitch volgde met nog een misser. De Eagles kregen geen bal in de ring en hun sterspeler bakte er helemaal niks van. Toen ze met 22-6 achterstonden nam Lonnie een time-out. Het publiek was stil. Had de klok eindelijk twaalf uur geslagen voor Assepoester?

De laatste acht minuten van de periode speelde Central het slechtst van het hele seizoen. Of misschien begon het verschil in talent nu duidelijk te worden. Villanova speelde een strakke teamverdediging en was aan de aanvalskant geduldig, zonder zich aan kansloze schoten te wagen. Nu hun topscorer het af liet weten, raakte Central in paniek op de aanvalshelft en verloor de ene bal na de andere. Met nog vijf seconden op de klok scoorde Sooley eindelijk nog een driepunter, waardoor het verschil werd teruggebracht tot 41-24. Hij had elf punten gescoord in deze periode, maar had slechts drie van de tien van achter de driepuntslijn in de ring weten te krijgen.

In de kleedkamer van de Eagles was de sfeer gefrustreerd, gespannen en bang. Frustratie vanwege het waardeloze spel. Bang dat er nu toch eindelijk een eind kwam aan de magische golf van overwinningen. Was dit hun lot? De krantenkoppen halen met een wondertraject van een voormalige bankzitter die onoverwinnelijk leek, maar die uitdoofde toen de competitie hem aan het eind te veel werd? Mitch Rocker en Roy Tice, allebei vierdejaars, spraken hen toe. Coach Grinnell hield een inspirerende speech. Coach Britt dacht dat een 2-3-zoneverdediging zou kunnen werken. Maar iedereen kende de waarheid. Als Sooley niet van veraf scoorde, maakten ze geen schijn van kans.

Hij maakte zijn derde overtreding met 18:40 op de klok en Lonnie werd boos, want hij wilde hem niet uit het veld hoeven halen. Hij zei dat hij rustig aan moest doen en tot elke prijs nog een overtreding moest zien te voorkomen. Sooley scoorde onmiddellijk nog een driepunter en daarna nog een, en het stadion kwam tot leven. Maar Nova werd te goed gecoacht en was te ervaren om in paniek te raken. Het zette de aanval in, zette twee man op Sooley als dat nodig was voor de verdediging, en vergrootte de voorsprong. Met 9:25 op de klok was de stand 58-39 en het leek onwaarschijnlijk dat Central op het laatste moment nog iets kon doen. Nova, die veel meer spelers op de bank had zitten, wisselde volop en putte de Eagles uit in de verdediging. Een minuut later hinkte Mitch Rocker het veld af met een verzwikte enkel. Nova zette onmiddellijk full-court druk en Murray had moeite er onderuit te komen. Sooley hielp hem en stond vrij op tienenhalve meter. Hij miste een schot dat hij nooit had moeten proberen en waaruit bleek hoe wanhopig de Eagles waren. Slechts door volharding wisten ze op twintig punten verschil te blijven, maar ze kwamen niet dichterbij. Met 2:44 op de klok moest er een wonder gebeuren en Sooley stond vrij op zevenenhalve meter. Als de bal door de ring zou gaan, zou er misschien nog een wilde reeks volgen. Denk aan de wedstrijd tegen Duke: vijf driepunters in achtenvijftig seconden. Toen de bal uit stuiterde, nam Nova de inworp en liep met de bal naar voren en de stand was 71-50. Central verdedigde halverwege het veld, maar Nova omzeilde alles met gemak. Door een dunk was de wedstrijd bekeken.

Sooley was niet zo snel in tranen. Hij had emmers vol gehuild in het afgelopen jaar, maar vanwege echte verliezen, echte tragedies. Huilen om een basketbalwedstrijd zou de tranen die hij om zijn familie had vergoten minder waardevol maken.

Hij stond samen met de Eagles om het veld en ze feliciteerden de Wildcats, die heel sportief waren en precies de juiste dingen zeiden. Sooley had een kort interview voor CBS en had nog steeds die eeuwige glimlach op zijn gezicht, zijn handelsmerk. Hij gaf zichzelf de schuld van de nederlaag en zei dat hij niet goed gespeeld had, maar dat dit een fantastische tijd was geweest voor hem en zijn underdogvrienden, en dat ze trots waren op wat ze bereikt hadden. Ze stonden daar met opgeheven hoofd. Ze waren verslagen door een beter team.

Toen ze eindelijk samen in de kleedkamer waren met de deur op slot, lachte Lonnie naar zijn spelers en zei: 'Er hoeft hier in deze kleedkamer niemand te huilen, horen jullie me? Denk eens terug aan september, toen we begonnen met trainen. We hadden geen van allen durven dromen dat we nu hier zouden zijn. We hebben iets voor elkaar gekregen wat nog nooit eerder vertoond is. Jullie hebben geschiedenis geschreven, mannen, en dat pakt niemand jullie meer af. Ik hou van jullie. Jullie coaches houden van jullie. Laten we van het moment genieten en onze rug rechten.'

Ze hielden het nog net vol om de eerste periode van Oregon tegen Kansas uit te zitten, maar hadden wel genoeg basketbal gehad voor vandaag. Hun seizoen was ten einde en het kon hun eerlijk gezegd niks schelen wie er maandagavond om de titel zou strijden. Mitch, hinkend met zijn ingetapete enkel, vroeg aan coach Britt of ze konden vertrekken. De bus bracht hen naar een chic steakhouse in Phoenix, waar een privézaal was afgehuurd. De directeur van Central was er met zijn vrouw, samen met de sportcoördinator en wat andere belangrijke mensen. De vrouwen van de coaches waren ook van de partij. Toen Sooley wilde gaan zitten, kwam Ecko Lam binnenlopen en omhelsde hem. Ze gingen samen met Murray en Dmitri aan een tafeltje zitten en praatten over de wedstrijd.

Sooley had tweeëntwintig punten gescoord, bijna twintig minder dan zijn toernooigemiddelde. Als hij op dreef was geweest, zou de wedstrijd ongetwijfeld heel anders zijn verlopen. Hij had maar vijf van de zestien driepunters raak geschoten. Hij was de bal vier keer kwijtgeraakt. Hij had geen blocks gemaakt en maar zes rebounds gepakt. Het was in alle opzichten een ondermaatse prestatie geweest en hij had er geen verklaring voor. De hele setting was in het begin intimiderend geweest, maar ja, alle andere spelers hadden diezelfde zenuwen. Ze speelden tegen een goed team, maar daar hadden ze er ook al een paar van verslagen.

Er was geen excuus, geen verklaring. Gewoon een slechte avond.

Ecko probeerde hem op te vrolijken door te zeggen: 'Weet je, het is alweer bijna een jaar geleden dat ik je voor het eerst ontmoette, bij de try-outs in Juba. Onvoorstelbaar, hè?'

Sooley knikte glimlachend.

Ecko keek naar Murray en zei: 'Hij was maar één meter achtentachtig, niet al te mager, hij kon tot aan de maan springen, maar schoot nog geen lay-up raak.'

Murray zei: 'O, wees niet bang, coach. Hij heeft ons al verteld hoe geweldig hij was in Afrika.'

'Maar dat was hij niet. Hij was de laatste die werd uitgekozen voor het zomerteam. Wist jij dat, Samuel?'

'Nee, dat hebt u me nooit verteld.'

'Ik had twee assistent-coaches bij de try-outs en die wilden jou geen van beiden kiezen. Onze laatste plek ging bijna naar Riak Kuol, die jongen van twee meter acht uit Upper Nile, weet je nog?'

'Zeker. Ik was ervan overtuigd dat hij in het team zou komen.'

'Waarom hebt u uiteindelijk voor Sooley gekozen?' vroeg Dmitri.

'Ik weet het niet. Hij had nog wat ruwe randjes, zoals veel Afrikaanse jongens. Tijdens de try-outs zag ik hem op een ochtend vroeg in zijn eentje in de sporthal staan schieten. Het was warm en hij was kletsnat van het zweet, maar ik zag dat hij het heerlijk vond om te doen. Lekker gooien, achter de bal aan rennen en weer schieten. Hij hield het urenlang vol. Daarbij wist ik dat zijn moeder een lange vrouw is en dat hij waarschijnlijk nog verder zou groeien. Ik had geen idee dat hij er in een jaar tijd vijftien centimeter bij zou krijgen, dat zag niemand aankomen. Ik nam een gok en daar ben ik nu blij om. Daarna haalde ik Lonnie over om ook nog een gokje te wagen, en hier zijn we dan.'

'Wilde coach Britt hem dan niet contracteren?' vroeg Dmitri.

'Ach, je kent coach Britt. We kennen elkaar al heel erg lang en zijn al een hele tijd goede vrienden. Hij vertelt nu graag dat hij Samuel in Orlando op het toernooi zag en meteen wist dat de jongen een hoop in zijn mars had. Het probleem van dat verhaal is dat er nog honderd coaches keken en dat niemand zijn talent zag. Niemand deed hem een aanbod. Toen er bij Central opeens een plek vrijkwam, vroeg ik of coach Britt een gokje wilde wagen. Dat deed hij, en dat siert hem.'

Zondag aan het eind van de ochtend waren de spelers het hotel zat. Ze hielden een teamvergadering en bespraken hun plannen met de coaches. Ze konden natuurlijk blijven om maandagochtend naar de finalewedstrijd te kijken en dan op dinsdagochtend terug te vliegen.

Maar ze wilden naar huis.

Deel drie

51

Op een mooie lentedag, een woensdag begin april, stond Sooley vroeg op en sloop zijn studentenkamer uit om zijn moeder te bellen. Murray, de eeuwige slaapkop, hoorde niks en verroerde zich niet.

Ze waren om twee redenen weer in het studentenhuis gaan wonen. Ten eerste waren ze het zat om bij Miss Ida en Ernie en hun vervelende verwachtingen te wonen. Ten tweede, veel belangrijker, was het studentenhuis gevuld met bewonderende meisjes die graag in hun kamer rondhingen. De voordelen van het sterrendom waren tamelijk bevredigend. Murray deelde maar al te graag in de roem die op hem afstraalde.

Beatrice zei dat de jongens en zij het goed maakten en dat er weinig was veranderd in hun dagelijkse bezigheden. Ze vonden het jammer dat het seizoen zo abrupt geëindigd was en vroegen zich bezorgd af of Samuel erg teleurgesteld was, maar ze waren vastbesloten om weer een dag te overleven. Samuel bekende dat het eind van het seizoen een enorme domper was. Opeens was de focus weg, de dagelijkse uitdaging, de structuur van een schema, de droom van winnen en verder komen. Het werd lekker weer en het voorjaar was prachtig, maar het basketballen lag achter hen.

Zijn moeder zou nooit kunnen begrijpen met welke beslissingen hij nu te maken kreeg: voortijdig met zijn studie stoppen, een agent inhuren, in de Draft spelen en prof worden, of dat allemaal vergeten en nog een of twee jaar terugkeren naar Central. Dus belastte hij haar niet met dat onderwerp. Na een kwartier nam de vriendelijke Christine de telefoon weer over en zei gedag.

Sooley maakte zo veel mogelijk lawaai tijdens het douchen en aankleden en liet het licht aan, maar zijn kamergenoot gaf nog steeds geen krimp. Hij verliet het studentenhuis vroeg en maakte een lange wandeling over de campus, wat over een paar uur niet meer mogelijk zou zijn. Hij wist het Nest te bereiken zonder ook maar één keer staande te worden gehouden door een student die een foto wilde.

Coach Britt zat in zijn kantoor te wachten, samen met coach Grinnell. Casual gekleed in een poloshirt en een trainingsbroek zaten ze koffie te drinken en het leek of ze al een hele tijd aan het praten waren.

Er gonsden na het seizoen zoveel geruchten op internet dat het onzeker was hoe het nu verder zou gaan. Maar er was een belangrijke beslissing die nu wel snel genomen moest worden.

Lonnie zei: 'Je hebt nog minder dan een week om te beslissen, Samuel. Hoe denk je erover?'

De NCAA speelde met manieren om eerste- en tweedejaars op de universiteit te houden. Een van hun ideeën was dat ze toestemming zouden krijgen om op tijdelijke basis een agent in te huren, een demonstratiewedstrijd te spelen waarin ze beoordeeld zouden worden door een panel van deskundigen dat hun kans in de Draft zou inschatten, en de boel zou afblazen als het er niet rooskleurig uitzag. Dan konden ze op de universiteit blijven en raakten ze hun rechten niet kwijt. Maar dat was nog slechts een voorstel. Op dit moment was het zo dat als Sooley een agent zou inhuren en naar de Draft zou gaan, hij niet meer terug kon als het op een teleurstelling uit zou lopen. Dan kon hij waarschijnlijk nog wel iets verdienen door in Servië of Israël te gaan spelen, maar zijn *college*-dagen zouden dan voorbij zijn.

Hij was dol op Central en op alles aan het studentenleven. Het was het enige thuis dat hij kende en de gedachte aan weggaan was onbehaaglijk. Maar hij verslond wel alles wat hij online kon vinden over de Draft, spelersprognoses, de selectie van de Draft-loterij, agenten, rookiecontracten, de miljoenen dollars die daar lagen te wachten, en sterren als Kobe en LeBron en Kevin Garnett, die prof werden na de highschool en de hele universiteit links hadden laten liggen. Hij had tientallen verhalen gevonden over goede spelers die verder waren gegaan met de *college*-competitie, maar daarna hun carrière in rook op zagen gaan vanwege een blessure.

De vraag die hij wilde stellen, was: 'Oké, coach, hoe denkt ú erover?'

Het internet stond bol van de speculaties over waar zijn coach naartoe zou gaan, maar op elke blog leken ze het erover eens te zijn dat Lonnie Britt weg zou gaan bij Central.

Sooley haalde zijn schouders op en zei: 'Ik wil niet weg, coach, maar timing is alles, snapt u?'

'Heb je een agent gesproken?'

'Nog niet. Hun runners zijn in de buurt en vallen mij en Murray lastig, maar ik heb nog geen agent gesproken. Vindt u dat ik dat moet doen?'

Lonnie knikte, evenals Jason Grinnell.

'Je hebt een agent nodig, Samuel,' zei Lonnie. 'Maar pas op.'

Dat hoorde Sooley met een pokerface aan. Hij wist verdomd goed dat Lonnie zelf een agent had en dat ze agressief in het hele land op zoek waren naar vacatures. Zijn agent was een gladde jongen uit Houston die heel wat basketbalcoaches vertegenwoordigde. Volgens de modder waarmee online gegooid werd, en dat was een hele berg, probeerde Price zoektochten te manipuleren op Purdue, Marquette en een aantal andere universiteiten die betrokken waren bij de jaarlijkse stoelendans van het naseizoen.

'Ik weet niet zo goed welke agent ik je zou moeten aanraden, Samuel,' zei Lonnie. 'Er zijn er heel wat en ik heb er weinig ervaring mee. Ze bellen mij altijd.'

Jason Grinnell lachte en zei: 'Ze bellen ons allemaal, Samuel. Iedere agent in het land, al dan niet erkend, belt en probeert een voet tussen de deur te krijgen. Ik heb nog nooit zoveel vrienden gehad.'

Het gelach stierf weg en er viel een ongemakkelijke stilte. Na een tijdje vroeg Sooley: 'Dus wat moet ik nou doen? Denkt u dat ik klaar ben voor de Draft? Of kan ik beter in het universiteitsteam blijven?'

Lonnie lachte naar hem en zei: 'Je bent net zo goed als de spelers tegenover wie je tijdens het toernooi stond. We geloven in je en willen dat je succesvol wordt. Natuurlijk zou ik het fantastisch vinden om je nog drie jaar te coachen, maar dat gaat niet gebeuren. Je kunt geen nee zeggen tegen het geld, Samuel.'

'Wat gaat er met u gebeuren?'

'Ik weet het niet. Er doen veel geruchten de ronde. Maar ik heb geen haast. Jij moet daarentegen wel een beslissing nemen.'

'Kent u Arnie Savage?'

'Ik heb hem nooit ontmoet, maar hij schijnt een fatsoenlijke agent te zijn. Hoezo?'

'Zijn runner was nogal opdringerig. Hij was er in Norfolk en daarna weer in Memphis nadat we Duke hadden verslagen. Hij heeft Murray benaderd en wilde afspreken.'

'Dat heeft Murray me niet verteld.'

'Nee, mij ook niet. Het contact was ongeoorloofd, maar ik ben erachter gekomen dat het niet zo dramatisch is. Hij is gewoon een runner. Ik heb Savage nagetrokken en die lijkt me wel oké. Hij heeft iets van twintig spelers bij de NBA.'

Lonnie vroeg: 'Wil je dat ik voor je rondbel?'

'Nee, dat hoeft niet, maar toch bedankt. Ik regel het zelf wel, en Murray helpt me.'

Jason zei: 'Je moet het doen, Sooley. Je kunt het geld niet afslaan.'

'Weet ik.'

Murray zat met zijn ouders aan de keukentafel en nam een slok frisdrank. Er was geen eten. Er stond niks op het fornuis of in de oven, er was geen spoor te bekennen van de gebruikelijke heerlijke geuren.

Ida maakte zich zorgen en dat was al een tijdje zo. Ze zei: 'Hij is nog niet eens negentien. Je moet toch negentien zijn?'

'Ongeveer. Je moet negentien worden in het kalenderjaar waarin je geselecteerd wordt voor de Draft.'

'Dat is te jong,' zei ze.

'Zo zijn de regels, mam. En wat maakt het nou uit? Wat dacht je van honkbal en hockey? Er zijn elk jaar honderden jongeren van achttien die meteen na de highschool prof worden, dat is al jaren zo, al tientallen jaren. Al Kaline won de titel van beste honkballer van de American League toen hij twintig was. Joe Nuxhall was vijftien toen hij zijn eerste wedstrijd als pitcher bij de Reds speelde.'

'Wie?' vroeg Ida.

'En die oude witte jongens zijn op de een of andere manier relevant voor Sooley en de NBA?' vroeg Ernie.

'Nee. Waar het om gaat, is dat er tegenwoordig zoveel jongens van achttien of negentien profsporter worden. Duke heeft er dit jaar drie of vier. Kentucky heeft er minstens twee. Waarom zouden die jongens volwassener zijn dan Sooley?'

'Hij is nog maar een kind,' zei Ida weer. 'Ik vind het ongelofelijk dat we het hierover hebben.'

'Wen er maar aan, mam. Hij moet een agent nemen en naar de Draft gaan.'

Ernie schudde zijn hoofd. 'Ik vind het maar niks. Hij moet zijn studie afmaken en daarna pas overwegen om pro te worden.'

Murray zei: 'Ik ben het niet met je eens. Stel dat er een miljoen dollar op tafel ligt? En dan zegt hij straks nee, komt terug naar Central en raakt geblesseerd. Waarom zou hij dat risico nemen? Het enige wat Sooley wil is geld verdienen, zodat hij zijn familie kan gaan halen. Dat is waar hij aan denkt. Tuurlijk, een universiteitstitel zou leuk zijn en hij is ook wel van plan die een keer te halen. Maar hij slaapt pas weer goed als zijn moeder en zijn broertjes veilig en wel hier zijn.'

Ida vroeg: 'Hij gaat toch zeker geen miljoen verdienen?'

Murray glimlachte, terwijl hij gefrustreerd zijn hoofd schudde. 'Mam, ik weet dat je het spel niet online volgt en dat is maar goed ook. Maar op dit moment schatten de meeste deskundigen en bloggers dat Sooley geselecteerd wordt halverwege de eerste ronde, zo'n beetje tussen de vijftiende en de twintigste plek. En dan krijgt hij iets wat bekendstaat als het Rookie Scale Contract, wat in het eerste jaar een gegarandeerd salaris van zo'n twee miljoen dollar betekent. En dat wordt in het tweede jaar verdubbeld.'

Ida schudde vol ongeloof haar hoofd.

Ernie zei: 'Hij heeft niet eens zijn rijbewijs.'

'Nou, ik leer hem wel rijden. Over een paar maanden heeft hij een Porsche.'

'God sta ons bij.'

Reynard Owen nam plaats in een zitje en keek naar de koude regen die op het parkeerterrein neerviel. Het restaurant stond aan de rand van Chapel Hill, vijfentwintig minuten van de campus van Central. Op de afgesproken tijd reed de kleine, blauwe pick-uptruck het parkeerterrein op en parkeerde naast Reynards gestroomlijnde zwarte Jaguar. Aan de passagierskant stapte Sooley uit, die zichzelf uit de auto vouwde en naar de Jaguar keek. Murray stapte uit en bewonderde hem ook. Een van hen zei iets geestigs en ze lachten allebei, terwijl ze over het parkeerterrein liepen. Binnen zwaaide Reynard naar hen en ze namen plaats in een zitje ver bij alles en iedereen vandaan.

Alles aan Reynard was cool. Zijn maatjasje, zijn designerbril, zijn gouden Rolex. Het succes en de rijkdom die van hem afstraalden, leken te groot voor zijn dertig jaar, maar dat viel te verwachten. Sooley en Murray, een stel arme studenten, waren onder de indruk, maar wisten dat dat ook de bedoeling was. Reynard was gewoon een verkoper, een runner die door zijn baas op pad was gestuurd om het ijs te breken bij een potentiële klant.

Ze praatten over het toernooi en Reynard vroeg of ze al over de nederlaag tegen Villanova heen waren. Nee, natuurlijk niet. Ze bestelden hamburgers en friet, en toen de serveerster wegliep, zei Murray: 'Laten we ter zake komen, oké? Sooley en ik moeten terug naar de bibliotheek en de hele avond studeren.'

Ze sloegen heel wat colleges over. Ze hadden een kater door al die gekte en waren er nog steeds door afgeleid. Bovendien was Sooley nog steeds het gesprek van de dag en concentreerde iedereen zich nu op de jongen die pro zou worden.

Reynard liet zijn tandpastaglimlach zien en zei: 'Tuurlijk. Mijn baas is Arnie Savage, een coole gast van een jaar of vijfenveertig die tientallen jaren geleden af en toe bij Gonzaga speelde. Hij is een van de topagenten in de business. Ik weet zeker dat jullie hem hebben nagetrokken en zijn NBA-line-up uit jullie hoofd kennen.'

Sooley en Murray knikten allebei.

'Arnie regelt topbedragen, maar dat zeggen alle agenten. Eigenlijk is geld niet zo'n issue in dit stadium, want dat wordt in de gaten gehouden door de spelersvakbond. De oude spelers willen niet dat de jonge gastjes al het geld krijgen. Jullie kennen ongetwijfeld het Rookie Scale Contract.'

Ze knikten allebei.

'Afhankelijk van waar je de eerste ronde terechtkomt, onderhandelt Arnie over een deal van vier jaar met de eerste twee jaar een gegarandeerd salaris.'

Murray zei: 'De eerste ronde. Weten Arnie en jij zeker dat hij in de eerste ronde komt?'

'Hé, Murray, als Arnie daar niet van overtuigd was, zat ik hier niet. Hij heeft al genoeg cliënten, dus hij solt niet met jongens in de Draft, oké? Het gaat Arnie om de relatie. Hij geeft heel veel om zijn spelers en wordt heel snel hun beste vriend, hun vertrouweling. Hij brengt liever tijd met zijn spelers door dan dat hij een contract probeert te ritselen voor een of andere jongen die in Europa moet spelen. Snap je?'

Ze knikten.

'Begrijp me niet verkeerd. Hij heeft cliënten in Europa, een paar fantastische spelers, en hij werkt er hard aan om ze hier te krijgen, waar ze misschien wel thuishoren. Maar hij werkt grotendeels voor de NBA.'

Ze bleven knikken.

'Afgezien van die vriendschappen en adviezen verdient Arnie zijn geld met de marketing en promotiedeals. Het is niet ongebruikelijk dat een cliënt meer buiten het veld dan met het spel verdient. Hij is gewiekst en kent de echte marktwaarde van zijn spelers.'

Sooley zei: 'En hoe meer wij verdienen, hoe meer hij verdient.'

'Absoluut. Hij krijgt vier procent van je speelcontract, net als alle agenten. Op dit moment heeft hij in totaal tweehonderd miljoen aan salarissen, dus reken maar uit. Hij wordt tot de top tien van sportagenten gerekend. Wat je niet altijd ziet, zijn de marketingdeals.'

Murray knikte alsof hij dat allemaal al wist. Top vijf. Zesentwintig spelers in de NBA. Vier all-stars.

Sooleys hoofd tolde. Het was al waanzinnig om zijn naam te zien rondgaan onder bloggers die het Draft-spel speelden. Hij had er echt weleens van gedroomd om geld zat te hebben. Maar nu hij hier tegenover een man zat die die dromen waar kon maken, was hij volkomen overdonderd.

Hun eten werd gebracht, maar ze negeerden alle drie hun bord. Reynard zei: 'Dit is wat Arnie wil. Laten we hem gaan opzoeken. Jullie moeten Arnie leren kennen en dan laat hij jullie het grote plaatje zien. Hij kan de volgende vijf jaar van jullie leven uitstippelen en hij kan het waarmaken.'

'Waar is hij?' vroeg Murray.

'Miami. South Beach. Hij houdt van lekker weer.' Hij knikte naar het raam en zei: 'Een stuk beter dan dit. Hier voorspellen ze de komende drie dagen regen.'

'Is dat jouw Jag daarginds?' vroeg Murray.

'Ja.'

'Nummerplaten uit Maryland.'

'D.C. Ik regel dit deel van het land voor Arnie.'

'Hoeveel mensen werken er voor hem?'

'We zijn met zijn vieren en we reizen veel, vooral in deze tijd van het jaar. We kijken veel wedstrijden, zien een hoop beeldmateriaal. Een heleboel netwerken.'

'Vind je het leuk?'

'Ik vind het geweldig.'

Murray was geïntrigeerd. Een toekomst in de NBA leek niet waarschijnlijk voor hem. Misschien zou hij wel voor dat agentgedoe gaan.

Sooley vroeg: 'Wanneer wil meneer Savage ons zien?'

'O, hij vliegt hierheen als het moet. En niemand noemt hem meneer Savage. Hij is gewoon Arnie. Maar het zou veel leuker zijn om naar hem toe te gaan. Hij heeft een heel gaaf huis en er is altijd wel een feestje. Dan stuurt hij een jet en zijn we er zo.'

'Een privéjet?' vroeg Murray.

'Ja. Hij heeft er een paar.'

Ze waren verkocht.

52

Ecko Lam was in de stad. Hij zei dat hij toevallig in de buurt was. Maar in werkelijkheid hadden twee van zijn vrienden hem nodig.

De eerste was de jonge Samuel. Ecko pikte hem op een vrijdagochtend op bij het studentenhuis en reed naar een eetcafé in het centrum van Durham. Ze gingen aan een tafeltje zitten en Ecko zei: 'Jeetje, jongen, jij groeit ook maar door, hè?'

'Zo voelt het wel,' zei Sooley grijnzend. 'Ik ben de laatste tijd niet gemeten.'

'Hoeveel weeg je?'

'Niet genoeg. Raad eens met wie ik gisteravond een uitgebreid gesprek heb gehad?'

'Niollo?'

Sooley lachte en vroeg: 'Hoe weet je dat?'

'Ik moest raden, zei je. Blijkbaar heb ik het goed geraden. Wat zei hij?'

'Pak het geld en ga ervoor. Hij zei dat mijn waarde niet nog zou stijgen. Hij zei dat je altijd het risico loopt op blessures en zo. Hij speelde een jaar bij Syracuse, kwam op zijn negentiende in de Draft en werd als zevende geselecteerd.'

Ze bestelden koffie, sap en eieren. Ecko knikte. Dit was oud nieuws. Hij kende Niollo al vijftien jaar.

Sooley vervolgde: 'Hij zei dat het eerste jaar behoorlijk zwaar is, maar dat geldt voor iedereen. Het duurt even voordat je lichaam gewend is aan een schema van tweeëntachtig wedstrijden, maar hij denkt dat ik fysiek sterk genoeg ben om het aan te kunnen.'

'Het gerucht gaat dat hij weggaat bij Miami.'

'Daar hebben we het niet over gehad. Ik vond dat het me niks aanging. Ik vroeg naar agenten en hij zei niet veel. Ik had de indruk dat hij die van hem niet zo geweldig vindt.'

'Nou, Samuel, dan ben je eruit, denk ik. Als Niollo zegt dat je prof moet worden, dan doe je dat. Toch?'

'Wat vind jij?'

'Ik neig naar het volgen van een opleiding. Ik ben heel trots op de titel die ik aan Kent State heb behaald, want ik was de eerste van de familie. Als ik het voor het zeggen had, zou ik willen dat je geneeskunde ging studeren en arts zou worden, en dan terug naar huis zou gaan om ziekenhuizen te bouwen.'

'Die branden ze toch alleen maar plat. Dan zou ik nog tien jaar moeten studeren, Ecko, en daarna zou ik goed verdienen, maar geen miljoenen.'

'Dus je droomt van miljoenen?'

'Dat wordt er nu betaald voor deze sport. Idiote bedragen, hè?'

'Inderdaad. Ik geef de voorkeur aan een opleiding, Samuel, maar laten we eerlijk zijn. Ik kreeg niet de kans om in de NBA te spelen. Mijn geweldige talent werd niet gewaardeerd. Niemand was verbaasd dat ik niet geselecteerd werd. Dus ben ik maar coach geworden.'

'En daar ben ik heel blij om. Stel dat ik jou nooit ontmoet had?'

'Ik moet er niet aan denken.'

'Zeg dat wel. Ik las gisteravond een artikel over mezelf. Daar zijn er nogal wat van, tegenwoordig. Die kerel schrijft voor ESPN, een goede schrijver, en hij zei dat er in de hele basketbalgeschiedenis geen speler is die zo ver is gekomen in twaalf maanden tijd. Lengte, vaardigheden, volwassenheid, marktwaarde, alle criteria. Plus alle tragedies. Een jaar geleden was ik één meter achtentachtig en speelde ik op zandveldjes in de Afrikaanse rimboe. Nu ben ik twee meter drie en kan ik door naar de eerste ronde.'

'Dus je leest graag over jezelf?' vroeg Ecko geamuseerd.

'Soms wel. Ik vind het leuk om te zien waar ze het mis hebben. Sommige gasten verzinnen maar wat, weet je dat? En Murray speurt het hele internet af op zoek naar verhalen.'

'Zoals ik je al vaker heb gezegd, Samuel, geniet van het moment.'

'Het zou niet slim zijn om het geld af te slaan, toch, Ecko?'

'Nee. Je moet het doen, Samuel. Iedereen zegt dat je in de eerste ronde komt. Dat denk ik ook. Je kunt het geld niet afslaan.'

'Weet ik. De beste manier om mijn familie te helpen is geld verdienen en belangrijke mensen ontmoeten. Dat gaat hier bij Central niet gebeuren.'

'Ik sta volledig achter je, Samuel.'

Lonnie deed de deur van zijn kantoor dicht en draaide hem op slot. Hij ging achter zijn bureau zitten en staarde naar Ecko, die naar hem lachte.

Na een hele tijd zei Lonnie: 'Ik wil hier niet weg. Ik hou van die jongens. Ik heb ze gerekruteerd, ze van alles beloofd, hen zien opgroeien en een geweldig avontuur met ze beleefd de afgelopen maand. Hoe moet ik ze vertellen dat ik wegga?'

'Iedere coach maakt dat mee, Lonnie. Het hoort erbij. Het is zwaar en iedereen zal een potje janken, en dan komt er een nieuwe coach en zijn ze je vergeten. Zo is het leven.'

'Ik weet het, ja.'

'Hier heb je van gedroomd en voor gewerkt. Je hebt het verdiend, Lonnie. Het wordt tijd voor een geweldige promotie.'

'Heb ik het echt verdiend? Sooley was een wonder dat je maar één keer in je leven meemaakt. Als je hem buiten beschouwing laat, waren we afgestevend op een seizoen vol nederlagen. Ik heb die jongen niet tot ontwikkeling gebracht. Hij werd een soort fanatiekeling die als een raket omhoogschoot en bijna de wereld veroverde. Wij waren er toevallig bij.'

'Je hebt vijf jaar achter elkaar twintig wedstrijden per jaar gewonnen. In deze business krijg je dan promotie en een leuke loonsverhoging.'

'Zeg dat wel. Tien keer zoveel als ik nu verdien.'

'Dat bedoel ik. Wat vind Agnes ervan?'

'Maak je een geintje? Die gaat voor het geld.'

'Pak het dan en hou op met mekkeren.'

'Waarom kan ik Sooley niet meenemen?'

'Omdat die gisteravond een telefoontje heeft gekregen van Niollo, die zei dat hij oud genoeg was om in de NBA te spelen. Hij zei: "Pak het geld en ga ervoor." Dus nu gaat hij ervoor.'

'Gelijk heeft hij.' Er viel een sombere stilte. Lonnie kon zich niet voorstellen dat hij het team bij elkaar moest laten komen om afscheid te nemen. Zijn spelers wisten inmiddels wel dat ze Sooley kwijt zouden raken. Als ze ook hun coach nog kwijtraakten, zouden ze er kapot van zijn.

Hij zei: 'Eerlijk gezegd is Agnes er niet zo happig op om naar Milwaukee te verhuizen. Ze heeft wel genoeg sneeuw gezien toen we in Northern Iowa woonden. De kinderen vinden het hier leuk op school.'

'En ze zullen het ook leuk krijgen waar jullie hierna naartoe gaan. En maak je maar niet druk om die sneeuw, want de aarde is aan het opwarmen, als je dat nog niet wist. Kom op, Lonnie, Marquette is topbasketbal en ze bieden je een fortuin. Je bent veertig en je gaat het maken. Hoe vaak hebben we dit gesprek al gehad?'

'Ik weet het.' Lonnie keek op zijn horloge.

Dat deed Ecko ook en hij zei: 'Ik heb zin om in een of andere chique tent te eten. Ik ben aan de beurt om te betalen, maar ik zit krap bij kas en jij bent nu rijk, dus jij trakteert.'

'Oké, oké.'

Minstens voor de derde keer in een gespannen conversatie verwikkeld, herinnerde Murray zijn vader eraan dat hij twintig was en prima voor zichzelf kon beslissen, en dat hij zelf wel uitmaakte of hij het weekend naar South Beach zou gaan met Samuel en een paar anderen. Hij was oud genoeg om te stemmen, in het leger te gaan, een auto te kopen als hij daar het geld voor had, en contracten te ondertekenen, dus, nou ja, dat. Zo zat het.

Ze zaten in Ernies krappe kantoor bij de voedselbank in het centrum. Ernie vond het reisje geen goed idee en Miss Ida ook niet. Ze hadden allebei nee gezegd en Murray ergerde zich eraan dat ze wilden bepalen wat hij deed. Hij was de confrontatie aangegaan met zijn vader, omdat die de softere van de twee was. Een 'nee' van Ida legde meer gewicht in de schaal.

Maar het maakte niet uit. De jongens gingen toch. Murray nam afscheid en smeet de deur achter zich dicht. Ernie wachtte een halfuur en belde zijn vrouw.

Ze sliepen slecht door het vooruitzicht dat Samuel het huis uit zou gaan en bij de Draft zou gaan spelen. Ze hadden hem de afgelopen acht maanden praktisch opgevoed en hij was familie geworden. Hij was een slimme jongen, maar hij was nog te onvolwassen om zulke belangrijke beslissingen te kunnen nemen. Het geld zou hem kapot kunnen maken. De aasgieren konden hem manipuleren. De verleidingen zouden groot zijn. Het was een eenvoudige jongen die niet eens kon autorijden en die zeker nog niet klaar was voor roem en rijkdom.

53

Precies op tijd stopte er een zwarte SUV voor het studentenhuis, waar Murray en Sooley opgewonden stonden te wachten. Ze gooiden hun sporttassen achterin en stapten in. Reynard had gezegd dat ze weinig mee hoefden te nemen. Ze zouden het hele weekend T-shirts en korte broeken dragen. In Durham mocht het dan vochtig en koud zijn, maar op South Beach was het een en al blauwe lucht, stringbikini's en zon.

Het was vrijdagmiddag tegen vijven. Sooley keek op zijn telefoon, fronste zijn voorhoofd en fluisterde: 'Het is je moeder. Voor de derde keer. Ik kan haar telefoontjes niet negeren.'

'Negeer ze,' zei Murray. 'Dat doe ik ook. Ze gaan te ver, Sooley. Vergeef het ze.'

'Ze zijn gewoon bezorgd, meer niet. Ik bel haar in het vliegtuig wel.'

Ze kwamen aan bij de luchthaventerminal en ontmoetten een piloot in de hal. Hij nam hun tassen aan en ging hun voor naar de startbaan, waar een schitterend privévliegtuig klaarstond. Hij gebaarde dat ze de trap op moesten lopen en zei: 'Op naar Miami, heren.'

Ze liepen naar boven en werden verwelkomd door Reynard, die een flesje bier omhooghield. Een knappe stewardess nam hun jassen aan en vroeg wat ze wilden drinken. Ook een biertje. Achterin stond een aantrekkelijke blondine op, die stralend lachte. Reynard zei: 'Dit is mijn vriendin, Meg. Meg, dit zijn Sooley en Murray.' Ze schudde hun de hand, terwijl ze haar diepblauwe ogen bewonderden.

Ze namen plaats op twee enorme leren stoelen en keken naar de dure inrichting van de cabine. Meg, die een strak, kort rokje droeg, sloeg haar benen over elkaar en Sooleys hart sloeg over. Murray probeerde niet te kijken en vroeg aan Reynard: 'Wat voor vliegtuig is dit?'

'Een Falcon 900.'

Murray knikte alsof hij een nogal uitgesproken smaak had op het gebied van privéjets. 'Wat is het bereik?'

'Onbeperkt, eigenlijk. Vorig jaar zijn we naar Kroatië gevlogen om een jongen te zien spelen, tijdverspilling. Eén tussenstop, geloof ik. Maar Arnie wil stoppen met spelers uit Europa. Hij heeft hier in de VS genoeg te doen.'

De stewardess kwam aanlopen met een dienblad waarop twee ijskoude flesjes bier stonden. Meg vroeg om een glas wijn. Het vliegtuig begon te taxiën terwijl Murray maar bleef vragen wat het vliegtuig allemaal kon. De stewardess vroeg of ze hun riemen wilde vastmaken en verdween achterin.

Een kwartier later kwam ze terug met nieuwe drankjes en vroeg of iemand trek had. Het was ongelofelijk om te bedenken dat ze op twaalfduizend meter hoogte in zo'n luxeomgeving konden eten en de jongens vroegen om een kleine pizza.

Meg bleek nogal een basketbalfanaat en vroeg van alles over hun opmars naar de Final Four. Vanwege Reynards werk zag ze veel basketbal, zowel de *college*-teams als de profs, en ze kende alle spelers en coaches en zelfs een paar scheidsrechters. Reynard schatte dat hij zelf elk seizoen minstens vijfenzeventig wedstrijden bijwoonde, en Meg ging vaak met hem mee.

Geen slecht leven, dacht Murray en hij vroeg Reynard naar zijn werk. Sooley keek op zijn telefoon, zag dat hij bereik had en liep naar achteren om Miss Ida te bellen. Ze nam niet op.

Arnies ruime huis stond in een straat vlak bij de oceaan. Het was, net als de andere huizen in de straat, duidelijk ontworpen door toonaangevende architecten die hadden geprobeerd elkaar te overtreffen. Voordeuren waren taboe. Bovenverdiepingen liepen uit in vreemde hoeken. Een ervan was een rij glazen silo's die met elkaar in verbinding stonden door een soort chromen loopplanken. Een andere was een groteske bunker die op een pindaschil leek en helemaal geen ramen had. Na acht maanden Durham had Sooley daar nog nooit een huis gezien dat ook maar in de verste verte op deze bizarre bouwsels leek.

Dat van Arnie was een van de mooiste, met twee verdiepingen en mooie uitzichtpunten. De limo reed de ronde oprit op en ze werden verwelkomd door een butler op blote voeten. Hij ging hun voor door de ingang, waar ook geen deur was, naar een grote open ruimte met duizelingwekkende plafonds en allerlei Calder-achtige mobiles die in de lucht bungelden.

'Het feest is daarachter,' zei de butler en hij wees naar het grasveld achter het huis, waar een fraai verlicht zwembad op de gasten lag te wachten.

'Wij gaan ons even omkleden,' zei Reynard en hij liep weg met Meg. In hun versleten spijkerbroek, sneakers en T-shirts voelden Sooley en Murray zich bijna overdressed. Iedereen droeg een korte broek. Sommigen hadden schoenen aan. Ze liepen naar een hoek, vonden de bar, namen nog een biertje en keken naar twee meisjes die in het zwembad sprongen. Er klonk zachte rapmuziek uit verborgen speakers. Er liepen voortdurend gasten het huis in en uit.

Iemand zei luid: 'Hé, dat is Sooley!' De onbekende kwam naar hen toe, lachte uitbundig en schudde hun nog uitbundiger de hand. Hij stelde zich voor als Julian en nog wat, en zei dat hij en Reynard samenwerkten. Alle gasten hadden op de een of andere manier te maken met de sport en op dat moment was Samuel Sooleymon de beroemdste universiteitsspeler van het land. Er verzamelde zich algauw een menigte om hem heen en hij kletste een hoop. Iemand bracht hem een nieuw biertje. Er kwamen wat meisjes bij.

Ze waren aantrekkelijk en ze waren er in alle kleuren

– zwart, wit, bruin – en leken allemaal niet ouder dan twintig. Er paradeerden er een paar in schaarse badkleding, en anderen droegen strakke korte broekjes en weinig verhullende blousejes. Murray begon zoals altijd te flirten.

Er was een lange tafel gedekt in de grote kamer, en het eten werd opgediend. De gasten waren andere agenten die met Arnie werkten, een paar directieleden van de Miami Heat, wat coaches uit de buurt en een paar vrienden. Het ongedwongen samenzijn wekte de indruk dat zo'n feestje in Arnies wereld elk moment zomaar kon ontstaan.

Waar was Arnie? vroeg Murray aan Reynard, en die zei dat de baas in het vliegtuig zat en elk moment kon arriveren.

Er kwamen nog meer gasten. Murray herkende Lynn Korby, een guard van de Miami Heat die de afgelopen maand geblesseerd was geweest. Het team was bezig met de afsluiting van het seizoen. De play-offs zouden over een week beginnen. Bij het zien van Korby vroeg Sooley zich af of Niollo misschien ook nog zou komen, maar Murray dacht van niet.

Na het eten kwam er een dj die de muziek een slinger gaf. Er kwam een dansvloer omhoog uit het tuingedeelte naast het zwembad, die algauw vol stond met dansende mensen. Achter een rij heggen was een kleiner feestje aan de gang in een grote hottub waar een stuk of vijf meiden naakt rondspetterden met champagneflûtes in hun handen. Sooley en Murray gingen op een tuinstoel zitten en keken naar het spektakel. Murray zei: 'Sooley, jongen, Durham is heel ver weg.'

Ze praatten, dansten, dronken bier en feestten tot na middernacht. Het eind leek nog niet in zicht en Sooley zei dat hij er genoeg van had. Een bediende bracht hen naar hun slaapkamer op de eerste verdieping, in een vleugel die op een designerstudentenhuis leek. Ze gingen op bij elkaar passende eenpersoonsbedden liggen en vielen in slaap, terwijl het feest beneden nog in volle gang was.

Reynard haalde hen de volgende ochtend laat op en liep met hen naar een deck naast het zwembad. Een groot afdak bood beschutting tegen de zon en een ventilator zorgde voor een aangename temperatuur. Arnie Savage zat aan de telefoon en sprong overeind toen hij hen zag. De telefoon verdween. Hij stelde zich voor, schudde hun hartelijk de hand en verontschuldigde zich omdat hij zijn eigen feest van de vorige avond had gemist. Hij bood hun een stoel aan en een paar tellen later stond er een jongedame naast hen om hun bestelling op te nemen. Omelet, pannenkoeken, eieren met spek, avocadotoast, noem maar op.

Murray keek naar Reynard en vroeg: 'Wat neem jij?'

'Gepocheerd ei op avocadotoast is altijd goed.'

'Superlekker,' zei Arnie. 'Dat neem ik ook.'

Murray zei: 'Voor mij graag wafels met bacon.'

'Voor mij ook,' zei Sooley snel.

Koffie en sap voor iedereen.

Sooley had al zoveel over Arnie gelezen dat hij het gevoel had dat hij hem al jaren kende. Hij werd tot de top tien van NBA-agenten gerekend en met zijn indrukwekkende lijst van cliënten werd hij als een van de machtigsten beschouwd. Ze hadden een dynamische verkoper verwacht, iemand die allerlei beloftes deed. Maar in plaats daarvan waren ze meteen ontwapend door Arnies weloverwogen manier van praten en zijn zachte stem. Hij sprak op driekwart tempo en leek over elk woord na te denken. Hij wilde dat ze praatten, hing aan hun lippen en knipperde niet met zijn ogen.

Ze praatten over hun wonderseizoen en de avonturen bij de Final Four. Natuurlijk was hij erbij geweest. Hij had er al jaren niet één overgeslagen.

Het eten kwam en ze vielen erop aan. Arnie had *college*-basketbal gespeeld en zag er nog steeds topfit uit; hij zei dat hij zestien kilometer per dag hardliep en veel tenniste. Tussen twee happen door vroeg hij: 'Hé, Sooley, mag ik je zo noemen? Ik bedoel, de halve wereld kent je als Sooley, maar misschien heb je liever dat ik je Samuel noem?'

Murray flapte eruit: 'Sooley is prima.' Samuel knikte.

'Sooley, dan. Mag ik je iets vragen over je keuze voor een agent? Hoe ver ben je daarmee?'

'Ik begin net,' zei Sooley. 'Je bent de eerste. Mijn consultant hier dacht dat we er misschien twee of drie konden uitkiezen en daar dan eerst kennis mee zouden maken. Gaat het normaal gesproken zo?'

'Er is geen vaste manier om dingen te doen. Het lijkt me een prima manier.'

Murray, die nu de consultant was, zei: 'Kun je zeggen waar jij hem in de Draft ziet?'

'Zeker. Mijn team en ik hebben je zien spelen, zowel live als op heel veel filmpjes, en we hebben met scouts op elk niveau gepraat. Op de pluslijst, en er zijn veel meer positieve dan negatieve dingen, waaronder uiteraard je lengte, je snelheid, je behendigheid, je sprongkracht, het schieten, alles eigenlijk. Naar mijn mening heb je de perfecte leeftijd. Je bent een teamspeler, je lacht veel en zoals we allemaal gezien hebben, heeft de wereld een flinke dosis Sooleymania gekregen. Je hebt het geweldig gedaan en elk profteam zal je graag selecteren.'

'En op de minlijst?' vroeg Murray, die nog een wafel nam.

Arnie glimlachte en nam een slok koffie. 'Gebrek aan ervaring. Geen highschoolbasketbal gespeeld. Maar één jaar *college*, of eigenlijk een halfjaar. Vrijwel iedere speler die in de eerste twee ronden zit, is al jaren bekend. Die vier van Duke speelden op hun vijftiende in een nationaal team en werden door niemand opgemerkt. Ik hoef jou niet te vertellen dat er in de sportwereld heel veel verhalen zijn van sporters die vanuit het niets opkwamen, korte tijd schitterden en daarna uitdoofden, waarna er nooit meer iets van ze vernomen is. Ben je een eendagsvlieg, Sooley? Daar maken sommige mensen zich zorgen over. Ik niet. Er zijn ook wat kanttekeningen bij je laatste wedstrijd. Je hebt niet goed gespeeld tegen Villanova en sommige critici konden niet wachten om toe te slaan en te zeggen dat je bezweek onder de druk.'

Murray zei: 'Hij heeft achtenvijftig punten gescoord tegen Duke.'

'Weet ik. Je vroeg naar de minlijst. Nou, daar is-ie. Ik maak me er geen zorgen om, Sooley. Ik ben ervan overtuigd dat je het lichaam, het talent en de hersens hebt voor een lange NBA-carrière.'

'Dus waar kom ik uit?'

Zonder aarzelen zei Arnie: 'Je hebt de voorspellingen gezien. Iedereen heeft er ineens verstand van. We doen bij mij op kantoor elke dag een namaak-Draft en schuiven urenlang met namen. Er zijn die vier van Duke, twee van Kentucky, Nkeke van Oregon, Dokafur van Minnesota, allemaal eerstejaars. Dan hebben we Darrell Whitley van Villanova, Long van San Diego, die grote Rus van Gonzaga, en Barber van Kansas. Dat maakt twaalf, en ergens daar in de buurt wordt jouw naam genoemd.'

Arnie ratelde het op alsof hij elk feitje in zijn hoofd had geprent en precies wist wat iedere manager dacht.

Murray zei: 'Dus op zijn hoogst twaalfde.'

'Op zijn hoogst negende of tiende, op zijn laagst vijftiende. Ongetwijfeld de eerste ronde, Sooley. Ik zal onderhandelen over een vierjarig contract met twee jaar gegarandeerd.'

'Hoeveel?' vroeg Sooley.

'Je kent de Rookie Scale, de contractregeling voor nieuwkomers, en je weet dat het ervan afhangt waar je terechtkomt. Maar ergens tussen de tien en vijftien miljoen is realistisch.'

Sooley kon een glimlach niet onderdrukken en zijn consultant evenmin. Reynard keek eens goed naar hen en zag het ongeloof op hun gezicht. Dromen waren onvermijdelijk, maar als je de getallen hoorde van een doorgewinterde man als Arnie, was dat altijd een schok.

Sooley legde zijn vork neer en nam een slok jus d'orange. Hij had ineens een droge mond. Zijn vader had zo'n tweehonderd dollar per maand verdiend als schoolmeester, en dat slechts acht maanden per jaar.

Arnie wachtte, nam een hap en vervolgde: 'Ik hou daar standaard vier procent van in. Als de marketingdeals binnenkomen, en dat zal in het eerste jaar nog niet veel gebeuren, begeleid ik je daarbij en dan is tien procent voor mij. Ook dat is standaard. En ik bewaak het geld, Sooley. Ik zou een boek kunnen schrijven over profsporters die miljoenen over de balk smijten en uiteindelijk niks overhouden. Maar niet mijn cliënten. Ik heb een investeringsteam en we werken er hard aan om jouw en ons geld te beschermen. Mijn cliënten doen het goed in het veld, buiten het veld en op de aandelenmarkt.'

Murray vroeg: 'Dus jij beheert het geld?'

'Ja. Mijn nieuwe spelers krijgen van tevoren wat geld om hun levensstijl aan te passen. Je hoort nu bij de NBA en dan wordt er een bepaalde status verwacht. Kleding, auto, cadeaus voor familie en vrienden, een leuke flat. Ik raad je sterk af om onroerend goed te kopen tot er een langetermijncontract ligt en een uitwisseling niet waarschijnlijk lijkt, hoewel ik dat niet altijd in de hand heb. Als je eenmaal geïnstalleerd bent, met alles erop en eraan, besluiten we hoeveel je per maand nodig hebt. Dan regelen we een toelage, maar die is gebaseerd op jouw wensen. We verliezen nooit uit het oog dat het jouw geld is en niet het mijne. Maar als je het allemaal op wilt maken, dan zoek je maar een andere agent. Nogmaals, Sooley, ik bescherm mijn cliënten. Als ze besluiten dat ze mijn bescherming niet willen, verspil ik mijn tijd.'

Sooley had geen honger meer en knikte.

Arnie nam nog een hap en gaf hem ruimschoots de tijd om vragen te stellen. Toen die niet kwamen, vervolgde hij: 'Het grootste probleem is de omgeving. Je zult allerlei vrienden aantrekken, nieuwe en oude, en iedereen wil iets van je. Je hebt geluk met een vriend als Murray.'

Sooley lachte en zei: 'Hij krijgt niks.'

Ze schoten allemaal in de lach. Arnie zei: 'Je zult hem nodig hebben. En je zult zijn moeder nodig hebben.'

'Mijn moeder?'

'Ja. Ida. Ik heb vanochtend lang met haar gesproken.'

'Nee! Dat meen je niet! Je gaat me toch niet vertellen dat ze je gebeld heeft?' Murray schudde vernederd zijn hoofd.

'Jawel.'

'Sorry, Arnie. Het spijt me.'

'Wat spijt je?'

'Dat ze zich ermee bemoeit. Niet te geloven.'

'Relax, Murray. We hadden een goed gesprek. Ze ziet jullie als haar jongens en ze wil jullie gewoon beschermen.'

'Het spijt me.'

'Dat hoeft niet. Mijn moeder is overleden toen ik tien was. Wees blij dat ze er is.'

Murray en Sooley keken elkaar verbouwereerd aan. 'Wat wil ze?' vroeg Sooley.

'Nou, ze vroeg of ze de overeenkomst mocht inzien die jij en ik zullen tekenen. Ik vind het best. Ik ben een open boek, Sooley. Er zijn geen geheimen, er is geen verborgen taal. Ze is advocaat en het is heel goed dat ze ernaar wil kijken. Heb je daar bezwaar tegen?'

Sooley stak zijn handen in de lucht en zei: 'Hé, ik vind alles best wat Miss Ida wil. Ik kan geen nee tegen haar zeggen.'

Murray zei: 'Ze is een pittige tante. Ze zal waarschijnlijk willen afdingen op die vier procent van je.'

Arnie lachte en zei: 'Dat gaat niet gebeuren. Ik weet zeker dat Miss Ida en ik het wel eens worden. Ik onderhandel al bijna twintig jaar met sportmanagers en eigenaren en schoenenfabrikanten.'

Murray zei: 'En ik onderhandel al twintig jaar met haar. Je

mag één keer raden wie er meestal wint.'

'Nou, ze zei dat ze wil dat je heelhuids thuiskomt. En dat heb ik haar beloofd.'

Sooley vroeg: 'Kunnen we tot morgen blijven?'

'Tuurlijk. Ik heb een idee. Ik heb een boot van achttien meter, een leuk dingetje. Laten we vanochtend gaan varen en een beetje vissen.'

'Te gek.'

54

Maandagavond laat kregen de spelers van Central een mail van coach Britt waarin hij een teambijeenkomst aankondigde. Het was inmiddels geen verrassing meer dat hij zou vertrekken. Er werd hevig over gespeculeerd. Er waren twee websites die weinig anders deden dan coachwisselingen bij de belangrijkste universiteitssporten volgen, en sinds het eind van het seizoen had daar de gebruikelijke stortvloed aan roddels op gestaan over wie er ontslagen werd en wie er hogerop zou komen. Minstens tien grote universiteiten zouden nieuwe coaches krijgen.

Ze kwamen om vier uur bij elkaar in de kleedkamer en de stemming was terneergeslagen. De vierdejaars – Mitch Rocker, Roy Tice en Dmitri Robbins – waren ook uitgenodigd, hoewel die hun laatste wedstrijd gespeeld hadden. Ze waren door coach Britt gerekruteerd en wilden afscheid nemen. En Sooley was er ook, al wist iedereen dat hij niet terug zou keren in het team.

Zoals altijd bij dit soort vreselijke afscheidsbijeenkomsten was er ook een gevoel van verraad. De terugkerende spelers hadden vier jaar van hun leven aan de coach en zijn programma gewijd. En nu waren ze ineens niet meer goed genoeg voor zijn programma. Hij ging over op het grotere werk, met meer geld. Aan de ene kant waren ze blij voor hun coach, want ze waren dol op hem en gunden het hem dat hij succes zou hebben op het hoogste niveau. Aan de andere kant wilden ze dat hij bleef. Als team hadden ze zojuist het ondenkbare bereikt en de toekomst zag er rooskleurig uit.

Lonnie hield het zo kort mogelijk. Hij zei dat hij ja had gezegd tegen een vierjarig contract bij Marquette en dat hij de stad snel zou verlaten. Hij verontschuldigde zich voor zijn vertrek en voor het feit dat hij de jongens die hij gerekruteerd had achter moest laten, jongens van wie hij was gaan houden, maar dat hoorde er nu eenmaal bij. Iedereen gaat verder, niets blijft bij het oude.

Hij verraste hen met het nieuws dat Jason Grinnell zou worden aangesteld als zijn opvolger. De spelers waren zichtbaar opgelucht toen ze dat hoorden. Het was niet uitgelekt en er had niets over online gestaan. Jason was populair bij de spelers en had geholpen de meesten van hen te rekruteren.

Lonnies stem brak toen hij hen bedankte voor de geweldige tijd die ze samen hadden gehad en zei dat hij hen nooit zou vergeten. Daarna veegde hij zijn tranen weg, lachte naar hen en verliet de kleedkamer in mineur.

Jason Grinnell stond op en nam de vergadering over.

Twee dagen later tekende Sooley een contract bij Arnie Savage en kwam in de NBA Draft terecht. Central liet meteen een verklaring uitgaan. Niemand was verbaasd.

Het contract was uitgeplozen door Ida Walker, die een paar veranderingen wilde. Arnies advocaat had het haar gemaild en toen ze het had uitgeprint en voor het eerst vasthield, had ze het gevoel dat ze haar handen moest wassen. Maar hoe meer ze ermee worstelde, hoe prettiger ze zich voelde. Het was inderdaad zo transparant als Arnie had beloofd. Zijn advocaat was makkelijk in de omgang. Hé, ze stonden allemaal aan dezelfde kant en hadden hetzelfde doel.

Sooley begon zo langzamerhand genoeg te krijgen van haar pogingen de touwtjes in handen te nemen. In Murrays ogen was haar gedrag mateloos irritant. Hoewel hij betwijfelde of hij er ooit het lef voor zou hebben, speelde hij met de gedachte een tussenjaar te nemen en als Sooleys assistent te gaan werken. Zijn vriend had hem nodig en diens leven werd alleen maar gecompliceerder. En Murray liet zich ook verleiden door het geld, de privéjets, de meisjes, de roem die op hem afstraalde en de pure opwinding om een NBA-seizoen van dichtbij mee te maken.

Droom maar lekker verder, zei hij bij zichzelf.

De colleges waren op 2 mei eindelijk afgelopen en Sooley haalde de eindstreep ternauwernood. Hoe moest hij nou studeren als hij wist dat hij in het najaar toch niet terug zou komen? Hoe moest hij gemotiveerd blijven en denken aan nog drie jaar studeren, gevolgd door een specialisatie, nu hij op het punt stond om miljoenen te verdienen door zijn favoriete sport te beoefenen? Het was gewoon niet te doen. En hij kon het ook niet opbrengen om de laatste tentamens te maken.

De ommekeer kwam op een avond in de bibliotheek, toen hij eigenlijk moest leren voor een biologietentamen, maar in werkelijkheid gewoon de tijd zat te doden en wegbleef uit zijn studentenkamer. Die had Murray een paar uur nodig. Reynard stuurde hem een berichtje en vroeg hoe het ging. Sooley liep naar buiten, in de koele avondlucht, en belde hem. Toen Sooley vertelde dat hij voor zijn eindtentamens studeerde, begon Reynard keihard te lachen en kon niet meer ophouden. Sooley voelde zich inderdaad nogal suf.

'Ik heb een idee,' zei Reynard. 'Maak je niet druk over die tentamens en ga in plaats daarvan een paar dagen met me mee naar Arnie. Er zijn een paar NBA-assistenten in de stad en hij denkt dat het heel gunstig voor je kan zijn om met hen te trainen en over de Combine te praten. Ik pik je morgen op.'

Zonder aarzelen stemde Sooley in.

Hij sliep de volgende ochtend uit en wachtte tot Murray weg was. Hij propte zo veel mogelijk kleren, toiletspullen en andere dingen in een grote sporttas en een rugzak. Toen de zwarte SUV voor het studentenhuis tot stilstand kwam, gooide Sooley zijn tassen achterin en ging op de achterbank zitten.

Toen ze wegreden van de campus drong het tot hem door dat hij hier waarschijnlijk nooit meer terug zou komen, en dat stemde hem zo verdrietig dat hij er bijna van moest huilen. Hij was hier in augustus gekomen als een gebroken jongen die nog aan het bijkomen was van de gruwelijke gebeurtenissen van thuis en die niet wist of er nog iemand van zijn familie in leven was. De dood van zijn vader was bevestigd, maar de rest was nog vermist geweest. Coach Britt had hem uit medeleven een beurs aangeboden en dat had heel aardig uitgepakt.

Hij dacht aan Beatrice en hoe teleurgesteld ze zou zijn omdat hij stopte met zijn studie, maar daar kon hij zich nu niet druk over maken. Misschien zou ze het op een dag begrijpen.

Hij wachtte tot hij in South Beach was voordat hij Murray een berichtje stuurde. *Ben een paar dagen bij Arnie in South Beach. Niet tegen je moeder zeggen ajb. Alles goed.*

Waarop Murray antwoordde: *Sukkel!! En je eindtentamens dan?*

Wat is daarmee?

Ik zeg het tegen mijn moeder.

In Arnies indrukwekkende huis was geen basketbalzaal, dus leende hij die van een privéschool om de hoek. Aan het eind van de middag, onderweg naar de sporthal, legde Reynard uit dat Arnie in Philadelphia was voor een bespreking met Darrell Whitley van Villanova. Als die ook zou tekenen, zou het bedrijf twee spelers in de eerste ronde hebben, de droom van iedere agent.

Van en Herman waren aan het schieten en wachtten op hem. Ze stelden zich voor en leken het geweldig te vinden om Sooley te ontmoeten. Van was ooit assistent geweest bij de

Mavericks en Herman had vroeger voor de Magic gescout. Ze hoorden ergens in Arnies wereldje thuis, maar wat precies hun positie was, was niet duidelijk. Van nam het trainen serieus en Arnie had hem gevraagd een halfuur met Sooley te stretchen en langzaam te bewegen, en te benadrukken dat deze routine nu deel uitmaakte van zijn dagelijks leven. Toen hij zijn spieren had losgemaakt, begonnen ze met schieten. Na al die vrije dagen voelde het fantastisch om weer met een bal te stuiteren en schoten te nemen.

Tijdens een pauze praatten ze over de Combine. Van vond het een goed idee. Herman had zo zijn bedenkingen. Arnie had nog niet besloten of Sooley mee moest doen. Ongeveer de helft van zijn cliënten deed het en het was bekend dat hij niet bepaald onder de indruk was van het evenement.

Elk jaar werden de zestig tot zeventig meest veelbelovende spelers uit de Draft uitgenodigd voor de NBA Draft Combine, een driedaagse schoonheidswedstrijd die breed werd uitgemeten in de media. De spelers werden op alle mogelijke manieren opgemeten: lengte met en zonder schoenen, gewicht, lichaamsvet, lenigheid, spanwijdte, snelheid, handgrootte en verticale sprongen – zowel uit stilstand als in beweging. Er waren schietwedstrijden, kleine wedstrijdjes, heel veel interviews en pluimstrijken voor de pers.

Sooley wilde er graag naartoe om te pronken. Herman zei dat het geen goed idee was. Hij was nog nooit zoveel waard geweest. Waarom het risico lopen van een slechte work-out?

De trainingen gingen elke dag door, een in de ochtend en een aan het eind van de middag, als de sportzaal vrij was. De cast van coaches en spelers veranderde vrijwel dagelijks, want Arnies vrienden kwamen en gingen. Sommigen woonden in de buurt, maar de meesten waren op doorreis, altijd voor zaken die met basketbal te maken hadden.

Hoe langer Sooley in Arnies luxekamer verbleef, hoe langer hij wilde blijven. Zijn eindtentamens zaten erop, alsof dat er iets toe deed. Aan de universiteit was het vakantie en Murray, zijn consultant, was hard aan het werk bij de voedselbank, waar hij acht dollar per uur verdiende met het slepen en opstapelen van dozen.

Hij bestelde een laat ontbijt en at bij het zwembad met wie er de avond ervoor ook maar was blijven logeren. Hij ontmoette een ongelofelijk aantal coaches, scouts, oud-spelers, andere agenten, vertegenwoordigers van schoenenfabrikanten en nogal wat mensen die een onduidelijke taak hadden. Reynard fluisterde dat de meesten meelopers waren, gasten die een luizenbaantje wilden in de buurt van een bekend persoon.

Arnie was zelden thuis. Hij zat bijna elke dag in een vliegtuig en rekende erop dat zijn personeel zich bekommerde om het huis en de eeuwig wisselende gastenlijst.

Sooley kon eigenlijk nergens anders heen. Hij polste Reynard om te weten of hij niet langer bleef dan gewenst. Daar lachte Reynard om en hij zei: 'Kom op, Sooley. Je zit in de eerste ronde. Toppers mogen eeuwig blijven.'

Hij sprak Murray dagelijks en Miss Ida af en toe. Hij belde elke woensdagochtend met zijn moeder, maar had nog niet de moed verzameld om haar te vertellen over zijn veranderde plannen. Hij sliep de meeste ochtenden uit, maakte lange wandelingen op het strand, hing minstens een uur in de ijzers en trainde twee keer per dag met verschillende coaches. Als Arnie er af en toe even was, praatten ze over de Draft en de voorspellingen. Sooley was natuurlijk benieuwd waar hij terecht zou komen en waar hij de komende jaren dus zou gaan wonen. Er waren dertig teams verspreid over het hele land en sommige steden waren aantrekkelijker dan andere. Niet dat het veel uitmaakte. Het geld zou fantastisch zijn, waar hij ook terechtkwam, maar een ster zijn bij de Celtics of de Lakers was één ding, en spelen voor Sacramento was iets anders. Zoals alle spelers droomde hij van een lucratief contract bij een legendarische franchiseketen, eentje in een enorme televisiemarkt.

Arnie praatte de hele dag met sportmanagers en scouts en was nog steeds van mening dat Sooley halverwege de eerste ronde geselecteerd zou worden. Brooklyn, Denver en Houston leken waarschijnlijk, maar alles kon zomaar weer veranderen als de Draft naderde. Elk jaar was er weer een verbijsterende uitwisseling gaande, waardoor spelers van het ene team naar het andere verhuisden.

Begin mei besloot Arnie dat de Combine toch geen goed idee was. De scouts hadden wel genoeg van Sooley gezien. Er was inderdaad geen enkele *college*-speler die meer belangstelling en meer beeldmateriaal had gegenereerd dan hij. Zijn snelheid, behendigheid, sprongkracht en schietvaardigheid waren allemaal goed gedocumenteerd en de Combine zou alleen maar een herhaling van zetten zijn. Een slechte presentatie, of een die niet voldeed aan de torenhoge verwachtingen, zou alleen maar in zijn nadeel werken. Sooley was teleurgesteld, maar vertrouwde zijn agent blindelings.

Toen was Arnie weer weg, achter een nieuwe deal aan. Sooley smeekte Murray om een weekend over te komen voor feestjes en meisjes, maar zijn ouders pinden hem vast op zijn werk bij de voedselbank.

Sooley leerde een meisje kennen. Ze heette Valerie, maar werd Val of Vallie genoemd, het was allebei goed. Ze was zo'n meisje dat rond het zwembad hing in een strakke bikini en die het leuk vond om haar goed gevormde benen en buikspieren te laten zien. Ze zei dat ze bij South Florida had gebasketbald tot een knieblessure haar carrière verwoestte, en ze liet hem gauw het litteken op haar been zien, de enige smet op haar verder volmaakte lichaam. Ze brachten de eerste nacht samen in Sooleys kamer door en ontbeten laat bij het zwembad. De tweede avond gingen ze naar haar flatje om de hoek en kwamen bijna niet boven om adem te halen. Ze zei dat ze vierentwintig was, als makelaar werkte en haar eigen uren bepaalde. Op dag drie was Sooley smoorverliefd. Dag vier was een woensdag, en hij versliep zich en vergat zijn moeder te bellen.

Als Reynard in de buurt was geweest in plaats van in een vliegtuig, had hij Sooley gewaarschuwd dat het meisje waarschijnlijk problemen zou veroorzaken. Arnies universum trok veel jongedames aan die de feesten absoluut opfleurden, maar die veelal op het geld en het grootse leven uit waren. Arnie wist wel beter dan zich met hen in te laten. Hij zag zijn huis als de toegangspoort voor zijn cliënten, een overgang van de bescherming van de campus naar de glitterwereld van het grote geld. Zodra ze professionals werden, zouden ze meer verleidingen zien dan een eerstejaarsstudent zich kon voorstellen. Hij voelde zich verplicht hen te helpen daarop voorbereid te zijn.

Hoe toegeeflijk hij ook was, Arnie probeerde wel van alles op de hoogte te blijven. Zijn relaxte personeel hield een oogje op de gasten, maakte aantekeningen en bracht verslag aan hem uit. Seks, drank en wiet waren te verwachten en er was ook genoeg van, maar als er harddrugs rondgingen en werden gebruikt, wilde Arnie het weten. Hij had verschillende dealers en slechte acteurs eruit geknikkerd. Hetzelfde gold voor gokken. Als een van zijn spelers een zwak had voor weddenschappen en goktafels, aarzelde hij niet om in te grijpen. Arnie kreeg te horen dat Sooley een vriendinnetje had en dat ze een stalker leek te zijn. Hij gaf opdracht om hem zo nauwlettend mogelijk in de gaten te houden.

55

De Draft werd op 8 juni in het Barclays Center in Brooklyn gehouden. Sooley nodigde Murray uit voor het feest en die zei gretig ja. Sooley nodigde ook Murrays ouders uit voor het feest, maar die sloegen de uitnodiging af. Ze wilden niet zoveel geld uitgeven en waren het er nog steeds niet mee eens dat hij gestopt was met zijn studie. Sooley maakte het alleen maar erger toen hij aanbood hun reiskosten naar New York en terug te betalen. Ze vonden het een belediging, maar ze zeiden er niets van. Ze zouden nooit, onder geen enkele omstandigheid, geld uitgeven dat door de jonge Samuel was verdiend en zouden hem ook nooit vernederen door hem te berispen vanwege zijn oprechte poging hen erbij te betrekken. Zoals Ida zei: 'Hij weet niet beter.' Ze sloegen het aanbod beleefd af onder het mom van zakelijke verplichtingen.

Vallie ging ook niet mee op reis, maar niet omdat ze het niet probeerde. Arnie maakte duidelijk dat het weliswaar een feestelijk reisje was, maar dat er belangrijke zaken gedaan moesten worden en dat hij niet wilde dat zijn gewilde cliënt werd afgeleid. Hij wilde die vrouw niet in de buurt van Sooley hebben als er contractonderhandelingen plaatsvonden. Sooley fluisterde Reynard in dat hij eerlijk gezegd wel opgelucht was en dat hij even wat afstand wilde van het meisje. Op Reynards uitnodiging maakte hun vliegtuig een omweg naar de luchthaven van Raleigh-Durham om Murray op te pikken, een jongen van wie zowel Reynard als Arnie vond dat hij een goede invloed op Sooley had.

Arnie en zijn gezelschap arriveerden een dag eerder en namen hun intrek op de bovenverdieping van het Latitude Hotel, een chic vijfsterrenonderkomen drie straten van Barclays. In de penthousesuite waren een bar en een buffet opgezet voor iedereen die binnenwandelde. Naast Sooley had Arnie ook Darrell Whitley van Villanova gecontracteerd, die volgens de voorspellingen bij de eerste tien zou worden geselecteerd, en tevens Davonte Lyon van Auburn, ook een negentienjarige voor wie heel wat hoofden waren omgedraaid bij de Combine. Met drie potentiële kandidaten voor de eerste ronde was Arnie de agent van het moment, en in zijn hoofdkwartier gonsde het van de activiteiten omdat er teamofficials, scouts, verslaggevers, spelers, coaches en vrouwen in en uit liepen of gewoon bleven rondhangen om alles wat er gebeurde in zich op te nemen.

Darrell Whitley arriveerde met een brede grijns en gaf Sooley een warme omhelzing. Ze hadden elkaar voor het laatst gezien in Phoenix, bij de laatste wedstrijd van Central. Darrell stelde zijn twee broers en twee vrienden aan hem voor. Sooleys gezelschap bestond slechts uit Murray. Hoeveel zou genoeg zijn? Hij zou het aan Reynard moeten vragen. Davonte Lyon kwam eraan, groette iedereen en stelde drie van zijn mannen voor. Sooley had het gevoel dat hij tekortschoot. De jongens waren in een opperbeste stemming en bleven uren hangen. Arnie had een heerlijk diner voor hen gereserveerd, maar na afloop moesten ze zichzelf vermaken. Darrell zei dat hij de stad kende en dat ze konden gaan clubben.

De Draft werd live op ESPN uitgezonden en er was een livestream op The Vertical. In Durham deed Ernie de deur van zijn krappe kantoortje dicht en keek er op een kleine tv naar. Ida ging naar haar vergaderzaal bij Legal Aid en keek met haar staf op een veel groter scherm. In South Beach ging Vallie met een paar vriendinnen naar een sportbar en begon een uur voor de Draft met drinken. In Arnies huis in South Beach kwam iedereen – personeel en gasten – bijeen in de kleine filmzaal in het souterrain en wachtte op de pret. Lonnie Britt keek in een hotelkamer in Des Moines, waar hij een nieuwe ster wilde rekruteren. Ecko zat thuis in Cincinnati in de woonkamer met zijn zoon van vijftien. Oud-teamgenoten, zowel van het zomerteam van Zuid-Soedan als de NC Central Eagles, zetten de tv aan om vol voorpret en trots te kijken hoe hun dierbare vriend miljonair zou worden.

Sooley en Darrell hadden uitnodigingen voor de Green Room, een verzamelplek tegenover het selectiepodium waar ze samen met hun agenten, familie en een paar vrienden wachtten op hun magische oproep. In de Green Room kon de selectie mooi verdergaan, terwijl de topkeuzes hun dierbaren konden omhelzen en daarna de trap naar het podium op konden lopen, waar ze het shirt van hun nieuwe team omhooghielden en poseerden met Adam Silver, de topman van de NBA. Er werd zorgvuldig met de uitnodigingen omgegaan, om te voorkomen dat een topspeler in verlegenheid kon worden gebracht doordat hij steeds maar moest wachten en dan uiteindelijk toch werd gedegradeerd naar de tweede ronde. Dat was weleens gebeurd en om het te voorkomen werd nu alleen de top twintig uitgenodigd.

De uitverkorenen gingen bij elkaar staan, sloegen op elkaars handen en omhelsden elkaar stevig, terwijl ze allemaal kalm en cool over probeerden te komen, alsof ze totaal niet zenuwachtig of bezorgd waren over welk team hun naam zou noemen, hen rijk zou maken en hun spectaculaire carrières zou starten. Sooley zat tussen Murray en Arnie in, en de laatste leek nog nerveuzer dan zijn vriend. Hij kon zich bijna niet voorstellen dat hij in dezelfde ruimte zat als twintig jongens van zijn leeftijd die allemaal op het punt stonden een groot contract te tekenen en van wie sommigen all-stars of zelfs legendes zouden worden.

De eerste die mochten kiezen waren de Timberwolves, en Adam Silver maakte de naam bekend: Tyrell Miller van Duke. In de Green Room barstte het applaus los en iedereen feliciteerde de als eerste gekozen speler. Tyrell poseerde met Silver en lachte naar de camera's.

De volgende vier keuzes gingen exact volgens de voorspellingen. Na de vijfde zei Arnie, die alles op een grappig verwaande manier volgde zonder aantekeningen te maken, tegen Darrell: 'Nu ben jij aan de beurt, lange.'

Cleveland koos Darrell en toen hij het podium op liep, fluisterde Arnie tegen Sooley: 'Ze gaan hem morgen ruilen. Met Indiana.'

Sooley had geen idee wat hij daarop moest zeggen. De Draft, met de loterij en vooral met de deals en de ruilhandel, was soms onbegrijpelijk voor hem. Met elke selectie vielen de dominostenen de andere kant op. Toen Phoenix Antonio Long uit San Diego State koos, fluisterde Arnie tegen Sooley: 'Jij gaat naar Detroit, maar ze ruilen je met Washington.'

'Nu?'

'Nee, nummer negen! Hoe klinkt Washington?'

'Waar mag ik tekenen?' Sooley vond Washington meteen leuk, want het was een stad die hij al kende. Afgezien van de uitstapjes in maart naar Dayton, Memphis en Phoenix had hij de oostkust nooit verlaten. Durham was niet ver. De Walkers zouden praktisch naast de deur wonen. Hij had de campus van Howard, de Zuid-Soedanese ambassade en een aantal monumenten gezien. Ja, Washington zou prima zijn.

Toen zijn naam als negende werd genoemd, liep hij het podium op en sommige fans in het publiek scandeerden 'Sooley! Sooley! Sooley!'.

Terwijl zijn spelers in de grote stad aan het feesten waren, werkte Arnie tot diep in de nacht aan de uitwisselingsdeals waardoor Darrell Whitley naar de Indiana Pacers ging, en

Sooley naar de Washington Wizards. De volgende ochtend om zeven uur ontbeet hij met de manager van Washington en regelde het contract, een vierjarige deal met een waarde van veertien miljoen dollar, waarvan de helft gegarandeerd.

Op de terugvlucht naar huis besloot hij dat hij even weg wilde blijven van South Beach. Hij stapte samen met Murray in Raleigh-Durham uit en bedankte Arnie en Reynard bij het afscheid. Vanuit de slanke Falcon liepen ze door de privéterminal naar het parkeerterrein en naar Murrays kleine blauwe pick-uptruck die zo oud was dat de kilometerteller was blijven hangen op driehonderdvijftigduizend. De parkeermeter vroeg achttien dollar met een creditcard en Sooley betaalde vrolijk.

Toen ze wegreden, vroeg hij: 'Heb je dat gedeelte over die lening gehoord?'

'Niet helemaal. Schiet Arnie je wat geld voor?'

'Ja. Ik zei tegen Reynard dat ik geen auto heb en hij zei dat het geen probleem was. Arnie leent me nu honderdduizend dollar en dan betaal ik hem volgende maand terug als de eerste cheque binnenkomt.'

'Is dat legaal?'

'Reynard zegt van wel. Hij zegt dat sommige agenten spelers lang voor de Draft geld lenen, maar dat is niet bepaald legaal.'

'Ja, die jongen van Arizona State is een paar jaar geleden gepakt, hè? De NBA trok de vergunning van de agent in en hij spande een rechtszaak aan. Het was een groot schandaal.'

'Nou, Reynard zegt dat het nu oké is, omdat ik niet meer studeer en officieel prof ben. Wat zeg je daarvan?'

'Klinkt goed. Dan moeten we maar een auto gaan kopen zodra je je rijbewijs hebt.'

'O, dat. Hé, Murray, ik heb een deal voor je. Ik heb hulp nodig. Ik moet een auto kopen en een appartement in D.C. zoeken, hè? Ik moet een heleboel dingen regelen en ik vind het allemaal behoorlijk lastig. Ik wil graag dat jij me helpt, in elk geval de rest van de zomer.'

'Probeer je me nou in te huren?'

'Ja. Reynard heeft wel aangeboden om me te helpen, maar die heeft het heel druk. En ik vertrouw jou, Murray. Wat zeg je ervan?'

'Hoeveel?'

'Acht dollar per uur.' Ze barstten allebei in lachen uit en dat ging zo maar door, en toen ze eindelijk uitgelachen waren, reden ze een tijdje zwijgend verder. De kick, het ongeloof en de duizelingwekkende roes van de afgelopen twee dagen begonnen tot hen door te dringen.

Na een tijdje zei Murray: 'Je zult Miss Ida moeten overtuigen. Die vindt het vast niks.'

'Ik durf te wedden dat ze het nu een stuk leuker vindt, nu er veertien miljoen aan zit te komen. En ik kan haar wel overhalen. Ze vindt me bijzonder.'

'Je bent ook bijzonder, Sooley.'

'Nog steeds Samuel voor jou.'

'Wat jij wilt.'

Er volgde weer een stilte en toen vroeg Murray: 'Aan wat voor auto zit je te denken?'

'Een Ford Explorer, die SUV.'

Murray moest lachen en zei: 'Nee, nee, Samuel. Je tekent niet zo'n monstercontract om in een Ford te gaan rijden.'

'Ik heb er goed over nagedacht. Coach Grinnell heeft er een en ik mocht er een keer in rijden.'

'Coach Grinnell is getrouwd en heeft drie kinderen. Jij zit in de NBA, Samuel, en je kunt niet in een Ford gaan rijden. Je moet een snelle sportwagen hebben, een Porsche of zo.'

'Daar ben ik nog niet aan toe. Trouwens, die kosten te veel. Ik heb een Porsche op internet gezien voor meer dan honderdduizend dollar.'

'Nou en?'

'Dus ik heb een Ford Explorer gekozen voor maar veertigduizend.'

'Wauw. Jij moet echt nog een hoop leren.'

Ze stopten bij een Wendy's voor hamburgers en friet en reden naar het kantoor van Legal Aid, waar Sooley als een held werd onthaald. Miss Ida had tranen in haar ogen toen ze hem omhelsde en met hem pronkte.

Toen ze alleen in haar kantoor waren, kwam ze ter zake. Ze was blij om te horen dat hij geruild was en dat hij zo dichtbij zou komen wonen. Ze liet weinig ruimte voor vragen of protest over toen ze hem uitlegde dat ze een eenvoudig testament zou opstellen waardoor alles in een trustfonds zou komen voor zijn moeder en broertjes.

'Daar heb ik nooit over nagedacht,' bekende Sooley.

'Er is wel meer waar je niet over nagedacht hebt, maar ik wel. Ziektekostenverzekering, je visum. Andere zaken. Wanneer verwacht je het contract te tekenen en het geld te krijgen?'

'Over ongeveer een maand.'

'Oké. In het aangepaste contract dat je bij meneer Savage hebt getekend, wordt bepaald dat tien procent van het geld op jouw bankrekening komt. Hij houdt de rest voor toelages en investeringen. Begrijp je dat?'

'Ja.'

'Dus moet je de naam van iemand anders aan je rekening toevoegen, voor het geval er toegang tot het geld moet worden verkregen. Die persoon kan er niet aankomen tenzij jou iets overkomt.'

'Waarom bent u zo bang dat me iets overkomt?'

'Omdat ik je advocaat ben en jij mijn cliënt bent. Het is mijn taak om overal rekening mee te houden.'

'Kom op nou, mam,' protesteerde Murray.

'Doe nou maar gewoon wat ik zeg.'

'Arnie leent me honderdduizend dollar tot het grote geld binnenkomt.'

‘Ik neem aan dat dat legaal is.’

‘Ja.’

Murray zei: ‘Hij moet een auto kopen. Hij wil een Ford Explorer.’

‘Dat is aan jou.’

Sooley zei: ‘Ik wil mijn moeder wat geld sturen.’

‘Daar hebben we het nog over. Ik weet niet of het veilig is. Ze is al een keer beroofd.’

‘Maar ik wil haar helpen.’

‘Dat snap ik, Samuel. Ik ook. We vinden wel een manier.’

‘Kan ik nu niet voor haar garant staan en ze daar weg krijgen?’

‘Laten we het daar straks even over hebben. Ik moet over een halfuur bij de rechtbank zijn. We praten vanavond. Wat wil je voor het avondeten?’

‘Een fles champagne.’

‘IJsthee kun je krijgen. Ook nog iets te eten?’

‘Ja, die gebakken citroenkip van u, met die paddenstoelensaus.’

Ze lachte naar hem en zei: ‘Wat jij wilt, Samuel.’

56

De opwinding van het uitzoeken van een nieuwe auto vervloog toen Sooley zakte voor zijn rijexamen. Het praktijkgedeelte ging goed, hoewel hij nog steeds doodsbang was als hij tussen acht banen verkeer moest rijden, maar hij had te veel fouten in het theoriegedeelte. Hij schaamde zich en vertrouwde Murray toe dat hij moeite had gehad met leren. Hij was afgeleid geweest en had het examen niet serieus genomen.

Miss Ida vond het wel grappig en zei tegen Ernie dat zijn groeiende ego waarschijnlijk een gezonde knauw kreeg door deze vernedering. De twee werden het erover eens dat ze Murray de rest van de zomer voor Sooley zouden laten werken zodat hij hem kon bijstaan. Hij had echt op heel veel vlakken hulp nodig. Hij ging een spannende nieuwe wereld tegemoet, maar wel een met veel potentiële valkuilen. En eerlijk gezegd konden ze Murray echt niet zeggen dat dozen eten opstapelen in een magazijn belangrijker was dan een vriend helpen. Het was zo'n unieke kans dat ze alleen voor de vorm verzet boden.

De dag na het rijexamen leende Murray de sedan van het gezin en reed met Sooley naar D.C. Ze vonden een kamer in een hotel in het centrum en gingen op zoek naar luxeflats en appartementengebouwen. Sooley wilde iets groots met genoeg slaapkamers voor zijn moeder en broertjes, maar Murray praatte het uit zijn hoofd. Hij moest klein beginnen en verhuizen naar iets groters als het nodig was. De prijzen voor zowel de grote als de kleine appartementen waren absurd hoog. Sooley was overdonderd door het hele proces, maar vond het fantastisch om zo'n mooie plek helemaal voor zichzelf te hebben. Op aanraden van Murray betaalde hij een borg van vijfduizend dollar voor een nieuw, ongemeubileerd tweekamerappartement in CityCenter, niet ver van de Capital One Arena. Het huurcontract was voor twaalf maanden.

Ze gingen langs bij het hoofdkwartier van de Wizards en maakten kennis met de directie, die hun nieuwe sterspeler enthousiast onthaalde. Ze lunchten met de manager in een chic restaurant. Sooley kreeg een telefoontje van de eigenaar, een snelle jongen uit de beleggingswereld die het team volgens onlinemagazines vier jaar eerder had gekocht voor negenhonderd miljoen dollar. De eigenaar wilde hem graag ontmoeten en stelde voor om samen te lunchen als hij weer in het land was. Hij heette hem welkom en beloofde hem een geweldige toekomst.

Het Rauncheroo Reggae and Rap Music Festival werd elk jaar in juni gehouden in het Acropolis Resort op Paradise Island in de Bahama's. Het trok niet alleen tienduizenden wildenthousiaste fans van over de hele wereld, maar stond er ook om bekend dat ze de beste acts van hiphop- en *island*-muziek hadden. Het was ook favoriet bij beroemdheden, het was dé plek om gezien te worden en er kwamen veel aanbiddende fans. Murray had er weleens van gehoord, Sooley niet, maar de avond voor de Draft hadden Darrell Whitley en zijn bende het over het feest gehad toen ze in een nachtclub in Brooklyn waren. Het was een waanzinnig knalfeest van drie dagen, met heel veel meisjes, grotendeels uit Europa. Toen ze terug waren uit Brooklyn had Murray het er met Sooley over gehad en ze hadden het op social media opgezocht. Ze kwijlden bij de duizenden foto's en het was overduidelijk dat dit een festival was dat je niet mocht missen. Het was gewild bij heel wat acteurs en profsporters, een paar grote NBA-namen die stoom af wilden blazen na het seizoen, en een paar footballspelers die er even tussenuit wilden voordat hun trainingskampen begonnen. En de line-up van zangers en muzikanten bevatte zo'n beetje elke naam die ze konden bedenken. Sooley had het erover met Vallie, die natuurlijk helemaal voor was. Hij sprak er met Whitley over en met zijn tweeën beraamden ze een plannetje. Ze zouden Reynard uitnodigen en erop aansturen dat die een vliegtuig zou regelen. Twee spelers die in de eerste ronde van de Draft gekozen waren, konden echt niet met een commerciële vlucht arriveren.

De dag nadat ze terug waren gekomen van hun huizenjacht in D.C. zei Sooley tijdens het eten dat hij naar Arnie in South Beach moest om wat marketingvoorstellen te bespreken. Murray zou ook mee moeten. Ze repten met geen woord over het festival tegen Ida en Ernie, want ze hadden geen zin in gezeur. Sooley stoorde zich steeds vaker aan hun bemoeizucht en Murray kon niet wachten om weer naar Arnie in Miami te gaan.

De volgende dag vlogen ze er met Delta naartoe en arriveerden in een eenvoudige taxi bij het huis. Reynard had heel veel zin in het reisje en had tickets en accommodatie geregeld, en ook een vliegtuig. Arnie, die gescheiden was, was twee jaar daarvoor naar het festival geweest en zei dat hij misschien later nog zou volgen. Whitley arriveerde met Jared, een van zijn broers, en Reggie, zijn 'manager'.

Die titel beviel Murray wel en vanaf dat moment stelde hij zich voor als Sooleys manager.

De volgende ochtend sliepen ze uit en daarna stapten ze in twee limo's voor het ritje naar de luchthaven, waar een gestroomlijnde Gulfstream 6 stond te wachten. Hun gezelschap bestond uit Sooley, Murray, Darrell, Jared, Reggie, Reynard en zijn vriendin Meg, en Vallie. Voor de goede orde had Sooley ook twee vriendinnen van Vallie uitgenodigd, Tiff en Susan, een paar oud-sporters die vaak bij Arnies zwembad rondhingen. In totaal tien mensen in een vliegtuig waar er vijftien in konden. De stewardessen schonken al champagne voordat ze hun riemen vast hadden geklikt. Er werden nog meer flessen geopend en leeggedronken tijdens de vlucht van vijfenvijftig minuten naar Nassau. Daar stond een rij kleurrijke limo's te wachten om de *rich and famous* op te halen die met tientallen tegelijk arriveerden.

Ze checkten in bij het Acropolis en gingen naar hun kamer. Sooleys grote suite had twee slaapkamers, een voor Vallie en hem en de andere voor Murray, Tiff en Susan. De slaapkamerindeling was niet zo precies, maar dat leek niemand iets uit te maken. Er stonden minstens drie banken in de suite. Ze gingen lang lunchen bij een enorm buffet in de buurt van een van de zwembaden en genoten van het mensen kijken. De concerten begonnen om een uur of twee, er was niet echt een strikt schema voor, en er verzamelde zich een menigte rond het openluchtpodium. Luide rap echode door het resort, dat duizend kamers had en verder maar liefst acht zwembaden, waterglijbanen, hottubs, sauna's, drie casino's en overal bars. De fans, van wie er maar weinig ouder dan dertig waren, stroomden naar binnen en er waren verschillende talen te horen. Sooley werd vaak herkend en poseerde trots voor foto's.

Het was ongebreideld hedonisme, kennelijk zonder regels.

Murray hield van kaarten, vooral blackjack, en laat op de middag, toen ze eindelijk de meisjes hadden afgeschud, glipten Sooley en hij een casino binnen voor een paar rondjes. Het was veel rustiger bij de tafels en ze vonden het fijn om even weg te zijn van de muziek. Sooley zag Alan Barnett van de Knicks helemaal in zijn eentje aan een dure tafel zitten. Volgens de geruchten was hij een van de grootste gokkers van de NBA en een ruziezoeker. Rudy Suarez, de *all-pro* quarterback van de Vikings, liep langs en zei Barnett snel gedag. Hoe cool was dat? Sooley kon niet wachten om te spelen en te winnen en andere beroemde sporters zoals hijzelf te ontmoeten.

In zijn eerste uur verloor hij vijfhonderd dollar en nam

even pauze. Het zou heel lang duren voordat hij eraan zou wennen om met geld te smijten. Murray was juist vet aan het winnen en wilde de tafel niet verlaten. Sooley ging naar een bar, nam een biertje en keek naar de actie op de vloer.

Toen het donker was, groeide de festivalmenigte tot de volle capaciteit en dertigduizend luidruchtige fans stonden opeengepakt rond het podium. Er waren geen zitplaatsen, slechts een gedrang van mensen, en iedereen had een drankje in zijn hand en veerde mee op de niet-aflatende, pulserende beat. De hoofdact van de avond, Dock Ripp en zijn *bad boys* uit Philly, stonden om acht uur op het programma. Ze gingen door tot tien uur en de muziek werd nog luider, de menigte nog wilder. Sooley ging er helemaal in op en danste met Vallie, zoenend, tastend, met af en toe een pauze bij de bar.

Toen de muziek om twee uur 's nachts ophield, ontspande de menigte en stortte iedereen zich op de bars. Sooley en Vallie waren kletsnat van het zweet en uitgeput. Ze gingen naar zijn suite, namen een douche en vielen in slaap. Murray was nergens te bekennen.

Ze sliepen tot negen uur en brunchten met champagne bij het zwembad, in een afgezonderd deel van het resort. Murray vond hen en meldde snel dat hij op vierduizend dollar winst stond bij blackjack. Sooley merkte op dat het dan misschien tijd werd om zijn fiches in te wisselen, maar hij had grotere plannen. Hij at met hen mee en ze keken weer naar de mensen om hen heen. Toen hij weer weg was, kleedden ze zich om en plonsden in het water voor een luie middag bij het zwembad. Darrell, Jared en Reggie kwamen naar hen toe, net als Tiff en Susan. De mannen bleven maar naar de eindeloze parade van stringbikini's kijken.

De tweede avond was zo'n beetje hetzelfde als de eerste, met de ene beroemde act na de andere. Tijdens een pauze kwam Sooley Darrell tegen, die zei dat hij Wazy Starr, een tv-actrice, had ontmoet en dat zij met wat vrienden laat op de avond een feestje in hun suite gaven. Sooley en Vallie waren de muziek en het gedrang zat en gingen naar het feestje op de achttiende verdieping. De suite was twee keer zo groot als die van Sooley en stond vol met mensen die hij niet kende. Murray was er niet bij. Jared Whitley redde hem en stelde hem voor aan Wazy, die zo stoned als een kanarie was. Er hing een dikke mist van marihuana boven hun hoofd en iedereen leek een joint te roken. Vallie pakte er een, gaf hem door aan Sooley, en hij nam een trekje. Aan een eettafel zaten wat Hollywood-types te lachen boven lijntjes coke. Er kwam een ober aan met een groot blad vol plastic bekertjes met een soort rumpunch. Vallie pakte er twee en gaf er een aan Sooley, en ze dwaalden naar een ander groepje. Iemand herkende hem en hij lachte naar een camera. Hij voelde zich licht in zijn hoofd, maar vermaakte zich uitstekend. Een lange blondine vroeg om nog een foto en Sooley trok haar vrolijk dicht tegen zich aan. Vallie liep weg, op zoek naar nog een drankje. De blondine zei dat ze Jackie heette en bij de 'film' werkte. Ze pakte zijn hand en trok hem mee naar een andere kamer, waar de muziek harder klonk. Sooley keek om zich heen, op zoek naar Vallie, maar die was nergens te bekennen. Jackie hield hem stevig vast en kuste hem zodra het kon op zijn lippen, waarna ze vroeg waar hij die nacht sliep. In zijn kamer, zei hij. Ze vroeg het kamernummer en hij lachte het weg. Ze pakte twee bekers rumpunch van een blad en haalde een paar pilletjes tevoorschijn.

'Ooit geprobeerd?' vroeg ze.

'Wat is het?'

'Molly, en het is heerlijk. Met een paar van deze kun je de hele nacht doorgaan.' Ze nam er een, slikte hem door en spoelde hem weg met het drankje. Wat zij kon, kon hij ook.

Sooley wist dat Molly een andere naam was voor xtc, een drug waar hij weleens van gehoord had. Maar afgezien van hier en daar wat wiet, na het seizoen, had hij geen ervaring met drugs.

Ze gaf hem er nog drie en zei: 'Bewaar deze maar voor straks. Ik kom je opzoeken.'

Hij nam ze aan en stopte ze snel in zijn zak. Jackie zei: 'Ik zie problemen.'

Sooley draaide zich om en zag Vallie bij de deur met een ander meisje staan praten.

Jackie zei: 'Ik zie je later, oké?'

'Prima,' zei hij, popelend om van haar af te zijn. Hij liep naar Vallie, die niet geïrriteerd leek te zijn, en ze besloten het feest te verlaten. Ze gingen weer naar het concert, waar iedereen aan het dansen was. Sooley voelde zich ineens helderder, blijer, sneller met zijn voeten, en zijn zicht, dat wazig was door alcohol en wiet, was ineens scherper. Vallie hing helemaal over hem heen en vroeg op een gegeven moment: 'Wie was dat meisje?'

'Geen idee, schat, ik heb haar nooit eerder gezien.'

Sooley danste als een waanzinnige en had het gevoel dat hij zo op het podium kon springen en zelfs wat nummers kon zingen. Hij had zich nog nooit zo uitgelaten gevoeld, zo onoverwinnelijk. Toen Vallie wegliep om drankjes te halen, liep hij achter haar aan en slikte snel nog een pilletje.

Nadat de muziek was afgelopen, gingen ze naar de suite, waar Murray nog een feestje hield. Tiff en Susan waren aan het dansen terwijl vier jongens die Sooley nog niet eerder had gezien toekeken en hen opzweepten. Sooley voelde zich ineens duizelig en sloom, en zijn voeten waren loodzwaar. Hoewel hij uren had gezweet, voelde hij dat zijn voorhoofd extreem warm was. Om niet onder te doen voor haar vriendinnen trok Vallie haar strakke T-shirt uit en begon met haar vriendinnen te dansen. Murray danste met hen mee en intussen kwam er nog een groep binnen met flessen champagne. Het feestje was te leuk om mis te lopen, dus liep Sooley naar de badkamer en slikte nog een pilletje.

57

Murray werd wakker van gegil. Vallie stond in de deuropening, hysterisch. 'Hij beweegt niet! Hij beweegt niet! Doe iets, Murray!'

Hij vond een sportbroekje, trok het aan en viel bijna. Zijn hoofd spleet in tweeën en zijn zicht was wazig, maar ineens deed dat er allemaal niet meer toe. Hij racete naar de andere slaapkamer, waar Vallie met open mond naar Sooley stond te kijken, die op het bed lag en deels werd bedekt door een laken.

Hij droeg alleen een sportbroekje en was zo stijf als een plank. Murray sprong op het bed en schudde hem hevig heen en weer, terwijl hij hem smeekte om wakker te worden. Tiff en Susan keken vol afschuw toe, terwijl Murray er alles aan deed om hem bij zijn positieven te krijgen. Na een tijdje hield hij op en deinsde achteruit, en met zijn vieren gaapten ze naar het levenloze lichaam.

'Wat heb je hem gegeven?' schreeuwde Murray tegen Vallie.

'Niks, helemaal niks. Hij heeft gedronken en er was wiet, maar verder niks. Ik zweer het, Murray, ik heb hem niks gegeven en ik heb hem ook niks zien innemen.'

Hij belde de receptie en smeekte om een dokter en een ambulance. Hij belde Reynard op zijn mobiel, maar er werd niet opgenomen. 'Kleed je aan,' blafte hij tegen de meisjes en hij trok een laken over zijn vriend. Hij ging op de rand van het bed zitten en begon te snikken.

Er renden twee artsen naar binnen, gevolgd door een man

in een donker pak, een beveiliger. Terwijl Vallie, Tiff en Susan op de bank zaten en hun gezicht afveegden en Murray heen en weer liep, controleerden ze zijn hartslag met een stethoscoop en schudden somber hun hoofd. Een tweede man in een pak, de huisrechercheur, kwam binnen en bekeek de situatie. Hij begon vragen te stellen. Geen van hen hadden de overledene drugs gegeven, dat verzekerden ze hem. De rechercheur geloofde hen niet. Murray verzekerde hem dat zijn vriend geen drugsgebruiker was. Zeker, ze hadden gedronken, te veel, en ze hadden wiet gerookt, maar verder niks. Hij geloofde hen niet.

Toen Reynard eindelijk arriveerde, viel hij bijna flauw toen hij zich realiseerde wat er aan de hand was.

De rechercheur zag een korte broek op een stoel liggen en vroeg van wie die was. Vallie zei dat Sooley hem de avond ervoor had gedragen. Hij doorzocht de zakken en vond een pilletje. Eén blik en hij zei: 'Xtc. Waar had hij dat vandaan?'

Ze hadden alle vier geen idee. Reynard ook niet. En niemand geloofde hen.

Ze tilden zijn lichaam met moeite op een brancard, een die gemaakt was voor gemiddelde mensen, maar die niet lang genoeg was voor een man van twee meter drie. Ze legden lakens over hem heen en stopten hem stevig in, maar zijn blote voeten hingen over de rand.

'Verlaat deze kamer niet,' gromde de rechercheur toen hij achter de brancard aan liep.

Toen ze weg waren, keek Reynard naar Murray en zei: 'We moeten wat telefoontjes plegen. Ik bel Arnie. Jij belt je moeder. We hebben een pr-man die iets in elkaar moet flansen. Het wordt een drama.'

'Dat is het al,' zei Vallie snuffend.

Murrays gedachten waren een onbegrijpelijke mengelmoes van angst, schuldgevoel, ongeloof, ontzetting, verdriet en excuses. Het enige wat hij zeker wist, was dat hij zich niet voor kon stellen hoe hij Miss Ida moest bellen. Na een hele tijd stond hij op, veegde zijn wangen weer droog, liep met zijn telefoon naar de andere slaapkamer en deed de deur achter zich dicht.

Ida liep in tranen haar kantoor uit en reed naar huis, waar Ernie zat te wachten. Ze waren bijna te verbijsterd om iets te kunnen zeggen, dus gingen ze in het donker in de woonkamer zitten met ESPN geluidloos aan, en wachtten tot het nieuws naar buiten kwam. Om twee over twaalf werd *SportsCenter* onderbroken voor een extra nieuwsbulletin, en daar verscheen het lachende gezicht van Samuel Sooleymon, wiens dood op de Bahama's nu bevestigd werd. Achttien jaar oud, waarschijnlijk overleden aan een overdosis.

Het nieuws ging snel rond en hun telefoons gingen.

Ecko Lam was in Juba, waar hij talenten scoutte voor zijn Under 18-zomerteam en het voorbereidde op de demonstratiewedstrijd, toen zijn vrouw belde met het nieuws. Hij ging naar een kleedkamer en deed de deur dicht. Later ging hij met zijn spelers zitten en vertelde dat Sooley, hun nieuwe nationale held, dood was.

Lonnie Britt zat in zijn auto op een snelweg in Milwaukee toen hij gebeld werd door Jason Grinnell. Hij kon nog net de berm in rijden, waar hij lange tijd bleef staan en probeerde zijn gedachten op een rijtje te zetten.

Op de campus verzamelde een groep studenten zich voor het Nest en zaten op de stoep te huilen. Het was een zondag in juni en de sporthal was dicht. Andere studenten reden langs en kwamen bij hen zitten. Er kwamen er nog twee met de eerste bos bloemen en een poster met Sooleys glimlach erop. Erboven stond met handgeschreven grote letters: VAARWEL SOOLEY. LIEFS VOOR ALTIJD. De menigte werd steeds groter en het duurde niet lang voor er een nieuwsbusje van een tv-zender uit Durham aan kwam rijden en een crew een verhaal wilde horen, maar de studenten weigerden iets voor de camera te zeggen.

Nadat de politie hen had vrijgelaten, verzamelde Reynard zijn groep en de meesten van hen verlieten Nassau zo snel mogelijk. Murray en hij bleven achter om te doen wat er gedaan moest worden met een lijk. Op de terugvlucht hing er een grafstemming in de Gulfstream.

Arnie passeerde hen ergens boven de Atlantische Oceaan. Zijn advocaat en hij hadden snel een kleinere Lear gecharterd en gingen als de bliksem naar Nassau. Reynard mocht het hotel niet uit en kon hen niet ophalen op de luchthaven. Ze namen een taxi naar het resort en werden bijgepraat door de politie, die nog steeds bezig was met het onderzoek. Ze hadden verklaringen opgenomen van iedereen die bij de overledene in de buurt was geweest en waren nog op zoek naar een onbekende vrouw, een lange, blonde Amerikaanse die de vorige avond korte tijd met Sooley was gezien. Het lijk lag in het mortuarium en wachtte op een beslissing over een autopsie, wat maximaal twee weken in beslag kon nemen. In sommige gevallen kon de autopsie worden bespoedigd. Er was een kleine kans dat de politie het lichaam zou vrijgeven om het naar huis te sturen voor een autopsie, maar die beslissing zou door de gouverneur worden genomen.

Arnies advocaat schakelde het grootste advocatenkantoor van Nassau in, dat heel veel connecties had. Hij maakte zich geen zorgen over strafrechtelijke procedures. Tot nu toe was het enige mogelijke misdrijf het bezit van illegale middelen door de overledene zelf. Arnie had echter jaren geleden al geleerd dat je maar beter advocaten in de arm kon nemen.

Jackie hoorde het nieuws toen het door het resort gonsde. Ze fluisterde tegen haar beste vriendin dat het tijd was om terug te gaan naar de vs.

De dood was absoluut triest en schokkend, maar het was de laatste dag van het festival en het feest moest door. De muziek begon om twee uur.

Na de aanvankelijke verdoving begon Ecko zijn gedachten op een rijtje te krijgen en hij maakte zich zorgen om Beatrice. Het was onwaarschijnlijk dat ze het nieuws zou horen. Hoe zou dat kunnen? Waar zou het vandaan moeten komen? Maar Sooley was heel beroemd geworden in zijn land, en met vier miljoen Zuid-Soedanese vluchtelingen die verdeeld waren over allerlei kampen en nederzettingen, bestond de kans dat het nieuws Rhino-Zuid zou bereiken.

Hij belde Christine Moran op haar mobiele telefoon, maar er was geen bereik. Hij wachtte een uur en probeerde het nog eens. Geen bereik. Het was zondag, misschien werkte alles dan trager. De derde keer nam ze wel op en Ecko stelde zichzelf opnieuw voor. Ze hadden elkaar begin december kort ontmoet toen hij het kamp had bezocht. Ze zei dat ze het zich herinnerde en luisterde toen hij het verschrikkelijke nieuws vertelde. Toen vroeg hij haar om de allergrootste gunst: wilde ze Beatrice opzoeken om haar te vertellen dat Sooley dood was?

Christine vond het een afschuwelijke gedachte en weigerde snel. Ecko smeekte het haar en legde uit dat niemand anders het kon doen. Hij was in Juba een team aan het coachen en kon niet weg. En wie op de wereld kon anders in Rhino komen?

Christine zei dat ze erover na zou denken, maar dat ze tijd nodig had. Ze hing op en belde meteen het kantoor van Artsen Zonder Grenzen in New York. Natuurlijk was dat dicht op zondag. Ze belde een vriend van AZG thuis, in Parijs, en vroeg hem het verhaal te verifiëren. Ze zei dat ze geen goed bereik had en gaf hem het nummer van een satelliettelefoon dat hij een uur later kon bellen. Dat deed hij, en hij bevestigde Sooleys dood.

Inmiddels besefte Christine dat ze geen keus had. Ze had de dood vaker in de ogen gekeken dan de meeste oorlogsveteranen, op zoveel verschillende manieren, en ze dacht dat ze wel zo gehard was dat ze alles aankon. Maar dit niet. Ze kende Beatrice en bewonderde haar. Haar vertellen dat haar oudste zoon dood was, was ondenkbaar.

Ze overlegde met twee bevriende verpleegkundigen en ze besloten dat ze het het best in het ziekenhuis kon doen, in een privégedeelte waar Beatrice en haar zoons konden rouwen. Er zouden kalmerende middelen aanwezig zijn.

Christine overwoog om er daar zelf een van te nemen. Ze stuurde een loopjongen om de familie te halen.

Zondagmiddag laat waren er een paar honderd studenten bij het Nest, die elkaar huilend omhelsden en steunden. Er lagen tientallen bossen bloemen op de stoep en er hingen posters ter ere van hun held langs de weg. Er werden kaarsen uitgedeeld die zouden worden aangestoken als het donker werd.

Ida belde de burgemeester en vroeg of er twee patrouillewagens voor hun huis gezet konden worden. Er was wat verkeer geweest, er was een paar keer op de deur geklopt en ze hadden geen zin om met verslaggevers of wie dan ook geconfronteerd te worden. De televisie stond uit. Jordan vloog naar huis vanuit Houston, waar ze 's zomers als klerk voor een advocatenkantoor werkte. Brady kwam vanuit Boston naar huis.

En Murray was in het resort en wachtte op de autoriteiten. Het was niet duidelijk wie de volgende beslissingen moest nemen, maar 'de gouverneur' was een paar keer genoemd door de politie.

Terwijl ze de tijd doodden, spraken Murray, Arnie en Reynard af dat ze bij elkaar zouden blijven en niet met een vingertje zouden wijzen. Sooley had naar het festival gewild. Hij wilde feesten en flink lol trappen. Het was zijn idee geweest om de krachten met Whitley te bundelen en om de jet te vragen; zijn idee om de meisjes uit te nodigen; zijn idee om naar dat laatste feestje te gaan. De vorige avond had hij op een gegeven moment wat pilletjes gekregen en ze geslikt. Niemand had hem ertoe gedwongen. Dat was voor Murray nog steeds moeilijk te bevatten. Sooley was geen drugsgebruiker, zei Murray telkens weer. Ze hadden bijna een jaar samengewoond en Murray kende hem door en door. Die jongen gebruikte geen drugs! Hij was trots op zijn lichaam, zijn uithoudingsvermogen en zijn talent, en hij was vast van plan een ster te worden.

Murray ging mee in het plan om niemand de schuld te geven en toch Sooley niet af te vallen, maar hij wist wat hem thuis te wachten stond. Hij wist dat zijn ouders altijd het gevoel zouden hebben dat hij Sooley op het slechte pad had gebracht. Hij keek er niet naar uit om hun alleen onder ogen te komen.

Murray belde hen om het uur. Hij belde de begrafenisondernemer in Durham. Hij vond een begrafenisondernemer in Nassau en huurde hem in. Hij belde de vliegtuigmaatschappij om het repatriëren van het lichaam te regelen: vierduizend dollar om het uit te voeren, tweeduizend om het thuis te brengen. Arnie betaalde alle kosten. Murray ging voortvarend te werk en pleegde ook telefoontjes uit verveling.

Arnie was onder de indruk.

Zondagavond laat belde de politie om te zeggen dat de autopsie versneld plaats zou vinden, om negen uur 's ochtends, in Nassau. De hoofdrechercheur was van mening dat de autopsie niet zo belangrijk was. De doodsoorzaak was duidelijk. Hij dacht niet meer dat er opzet in het spel was, hoewel zijn onderzoek zou worden voortgezet tot het einde.

Hij zei: 'Het lijkt erop dat de jongeman te veel lol heeft gehad.'

58

Op maandagmiddag vlogen Arnie en Reynard met de privéjet terug naar Miami. Ze boden Murray een lift aan, maar die sloeg hij beleefd af. Hij moest zijn vriend thuisbrengen.

Op dinsdagochtend vertrok hij uit Nassau met een Deltavlucht; hij zat bij het raampje. Ergens onder hem in het bagageruim lag een andere passagier, zijn dierbare vriend, in een kist. Sooley vertelde graag het verhaal over zijn reis van Juba naar Orlando de zomer daarvoor, dat dat de eerste vlucht was geweest van iedere jongen uit het team, dat ze zo opgewonden waren geweest dat ze de nacht ervoor niet hadden kunnen slapen, dat de reis dertig uur had geduurd en dat ze na afloop niet meer zo verzot waren op vliegen.

Dat was zijn eerste vlucht. Dit was zijn laatste.

Murray veegde over zijn ogen voordat ze opstegen, en hij zette zijn zonnebril op en huilde.

Het maakte niet uit hoe hij zich in het bijzijn van Arnie had gedragen, hij gaf zichzelf de schuld en hij wist dat hij dat altijd zou blijven doen. En anderen ook. En er was niets wat hij kon doen om zichzelf of wie dan ook ervan te overtuigen dat hij Sooley niet had laten vallen.

Hij beet op zijn lip om te voorkomen dat hij begon te snikken, en hij had nog nooit van zijn leven zoveel fysieke en emotionele pijn gevoeld.

Op woensdag namen Ida en Ernie de beslissing om de herdenkingsdienst in het Nest te houden. Daar had de directeur van Central op aangedrongen en uiteindelijk had hij Ida ervan overtuigd dat de universiteit, en vooral de studenten, hem op grootse wijze de laatste eer wilden bewijzen.

Ernie wilde liever een privéceremonie in de Sacred Heart Church, met een snelle begrafenis erachteraan. Aanvankelijk leek Ida daar ook toe te neigen, maar Murray was het eens met de directeur, want hij wist dat de studenten deel wilden uitmaken van het afscheid. Murray functioneerde goed en zorgde voor de details. Ida niet.

Hij postte een mededeling online om bekend te maken dat de dienst zaterdagmiddag om drie uur zou worden gehouden in de sportzaal en dat die voor iedereen vrij toegankelijk was. De volgende dag zou er in de kerk een privédienst worden gehouden.

Daarna handelde hij de pers af. Zou die toegang krijgen? Mocht de dienst op televisie worden uitgezonden? Wie zou er spreken? Zou er muziek zijn, en door wie? Murray sloeg zich erdoorheen en had verschillende gesprekken met de campusbeveiliging.

In het autopsierapport stonden geen verrassingen. De illegale drug MDMA, een acroniem van de chemische naam 3,4-methylenedioxymethampetamine, algemeen bekend als xtc, Molly of talloze andere benamingen, was in het lichaam aanwezig. De ene pil die in Sooleys korte broek was gevonden, was een tablet dat honderdtwintig milligram MDMA bevatte. Daarvan had hij er minstens twee, misschien drie ingenomen in de vijf uur voorafgaand aan zijn dood. In het lab waar de pil was gemaakt, was er ook cafeïne, efedrine en cocaïne aan toegevoegd. Het alcoholgehalte in zijn bloed was 2 promille. De overledene was flink onder invloed. Er zat ook marihuana in zijn bloed. Zijn lichaamstemperatuur was opgelopen tot een gevaarlijk hoog niveau en had geleid tot volledig nierfalen, wat de uiteindelijke doodsoorzaak bleek te zijn.

Arnies advocaten in Nassau slaagden erin te voorkomen dat het autopsierapport naar buiten werd gebracht.

De backboards waren omhooggehaald. Het veld stond vol met rijen perfect bij elkaar passende klapstoelen, die allemaal bezet waren. De sportzaal zat bomvol: de vloer, de verplaatsbare tribunes, de vaste stoelen, de gangpaden. De rouwenden waren stil en somber terwijl een dameskoor een zachte begrafenishymne zong. Toen ze klaar waren, klonk er geluid achterin en er ging een deur open. Er verscheen een priester in een wit gewaad en achter hem stond de kist. Alle vierduizend aanwezigen stonden op om naar de processie te kijken. Er liepen acht Eagles naast de kist, allemaal met een hand erop. Daarachter liep de rest van het team twee aan twee en daarna volgden de coaches, geleid door Lonnie Britt, die de hand van zijn vrouw vasthield. Achter de coaches liep de familie – alle Walkers, Ida en Ernie voorop, Murray en Jordan, en daarna Brady.

De processie bewoog langzaam over het middenpad, terwijl een strijkkwartet 'Amazing Grace' speelde. Ze zetten Sooley aan de voet van een geïmproviseerd podium neer, onder een kansel die ze van een kerk hadden geleend. De priester gebaarde dat iedereen moest gaan zitten en tegen de tijd dat de menigte had plaatsgenomen, zaten de vrouwen te huilen. Door nog een treurig gezang van het koor werden de emoties nog heviger.

Uit frustratie had Murray uiteindelijk alle camera's geweerd, behalve die van ESPN. Ze hadden afgesproken dat ze het live zouden uitzenden en het materiaal zouden delen met andere zenders. Toen Lonnie Britt naar het podium liep, wist hij dat hij een groot publiek voor zich had.

Hij begon met: 'Sooley. Sooley. Zodra je zijn naam zei en die glimlach zag, kon je niet anders dan van hem houden.' Met de rust, de cadans en de voorbereiding van een doorgewinterde predikant praatte hij over de jongen uit Zuid-Soedan. Niemand probeerde zijn tranen te bedwingen, ook de coach niet.

Na nog een gezang stapte Murray naar voren om zich door een grafrede heen te worstelen waarvan hij nog steeds niet kon geloven dat hij hem moest houden. Hij kreeg een brok in zijn keel, ploeterde door, wist mensen aan het lachen te krijgen en stopte uiteindelijk omdat hij overmand werd door verdriet. Hij liep terug naar zijn stoel naast die van Ida, die hem een klopje op zijn knie gaf en zei: 'Goed gedaan. Ik hou van je.'

Op grote schermen was een collage van beelden te zien van Sooley die grapjes maakte met verslaggevers, door de lucht vloog met zijn onvergetelijke dunks en afstandsschoten plaatste vanaf het middenveld. Hij miste geen enkele keer, en de menigte lachte en huilde tegelijk.

59

Twee dagen na de begrafenis, toen de Walkers nog steeds het gevoel hadden dat ze droomden, dwong Murray zichzelf eindelijk om naar het souterrain te gaan en door Sooleys spullen te gaan. Zijn laptop en telefoon lagen onaangeraakt op de pingpongtafel. Murray kon het niet opbrengen om ze aan te zetten, en hij wist trouwens ook de wachtwoorden niet. Hij wilde niet weten of er geheimen op stonden. Hij wist wel dat Sooley veel tijd op social media had doorgebracht. Nadat ze op 17 maart Duke in de eerste ronde verpletterend hadden verslagen, was Sooleys roem als een lopend vuurtje rondgegaan en had iedereen in de sportwereld het over hem. Het aantal volgers op zijn Facebook-pagina was binnen enkele dagen van twintigduizend naar vierhonderdduizend gegaan. Hij postte meer foto's, chatte met zijn vrienden en deelde zijn meningen tijdens het toernooi. Toen Central doorging en het epicentrum van March Madness werd, rezen die cijfers de pan uit. Tegen de tijd dat het team naar Phoenix reisde voor de Final Four woedde de Sooleymania en werd zijn pagina geliket door vijf miljoen fans. Ze volgden de Draft nauwgezet en hij stelde zijn publiek niet teleur. Zijn schokkende dood zorgde ervoor dat iedereen hunkerde naar meer en het aantal verdubbelde.

Murray keek bijna dagelijks naar de pagina, maar de diepbedroefde berichten van zijn fans werden hem vaak te veel. De emoties waren gewoon nog te rauw. Dan zwoer hij het af, verliet de pagina, maar keek de volgende dag toch snel weer even.

Hij ging door Sooleys rugzak en bladerde een stapel schrijfblokken en tijdschriften door. In een agenda die hij zelden had gebruikt, vond Murray een aantal intrigerende aantekeningen. Op één pagina was een visitekaartje vastgeniet van een bedrijf dat Aegis Partners heette, met een 'adviseur' met de naam Gary Gaston. Hij klapte zijn eigen laptop open en een snelle zoektocht onthulde slechts heel weinig over het bedrijf. Het was gevestigd in Bethesda en het prees zichzelf aan als een partij op het vage gebied van 'internationale veiligheid'. Achter op het kaartje had Gaston blijkbaar zijn mobiele nummer geschreven. Murray belde het en een stem zei kortaf: 'Gaston.'

Murray legde uit wie hij was en wat hij deed, en hij was verbaasd toen Gaston zei: 'O, ik kende Sooley behoorlijk goed. Ik heb hem zelfs een keer ontmoet, nog niet zo lang geleden, toen jullie in D.C. waren om een appartement te zoeken.'

Murray zei verbaasd: 'Dat wist ik niet.'

'Jij lag te slapen en ik ging naar jullie hotel. Het Hyatt. Ik ontmoette Sooley in de bar en we maakten een praatje.'

'Mag ik vragen waarom je met Sooley hebt gesproken?'

'Nou, allereerst vind ik het heel erg wat er gebeurd is. Het is een hele schok en ik weet zeker dat jullie volledig van slag zijn.'

'Dat klopt. Ik was Sooleys beste vriend en ik heb hem nooit over jou of je bedrijf horen praten.'

'We zijn heel discreet, dat is ons vak. We doen heel veel werk in Afrika, ingewikkelde zaken waar ik niet op in kan gaan, maar van tijd tot tijd worden we ingehuurd om mensen te bevrijden en ze hierheen te halen.'

'Bevrijden?'

'Ja. Sooley was ervan overtuigd dat hij veel geld ging verdienen, en daar had hij gelijk in, denk ik, en hij wilde ons inhuren om zijn familie uit het vluchtelingenkamp in Oeganda te halen.'

'Hoe doen jullie dat dan?'

'Hoor eens, ik probeer de telefoon zo veel mogelijk te vermijden. Hetzelfde geldt voor e-mail en berichtjes. Alles laat sporen achter.'

'Oké. Het viel me op dat er op jullie website heel weinig over het bedrijf staat.'

'We maken geen reclame, oké? Sooley heeft ons gevonden via een non-profitorganisatie die met vluchtelingen werkt.'

'Hij kende ze allemaal, hè?'

'Ik denk het wel.'

'Dus je kunt me niks vertellen?'

'Zeker wel, maar niet over de telefoon. Als je koffie wilt drinken, leg ik je alles graag uit.'

'Wanneer kunnen we afspreken?'

Gaston zette hem even in de wacht en zei daarna: 'Kun je overmorgen?'

'Ja. Waar en wanneer?'

'Ik weet het niet. Hé, ik wil echt graag helpen. Ik mocht die jongen graag, ik keek naar de Draft en zo, ik ben dol op *college*-basketbal en ik was erop gebrand om die klus te doen. Ik heb wel wat tijd. Laten we elkaar tegemoetrijden en gaan lunchen.'

'Waar en wanneer?'

'Zo te zien is Charlottesville voor jou drie uur rijden en voor mij ook. Mijn vrouw komt daarvandaan, dus laten we daar afspreken. Overmorgen.'

Bij het avondeten lichtte Murray zijn ouders in die, gezien zijn recente ervaring met onverwachte tripjes, nogal sceptisch waren. Maar hij had weinig omhanden nu zijn baan als manager niet meer aan de orde was, en ze konden hem niet tegenhouden.

Hij deed er drie uur over om in Charlottesville te komen en ontmoette Gaston op een terrasje in het winkelcentrum in de stad. Tot zijn aangename verrassing was Gaston Afrikaans-Amerikaans, een jaar of vijftig, en niet gekleed in het zwarte pak dat Murray had verwacht, maar in een grijs joggingpak van een duur merk, met het nieuwste model Adidas-sneakers. Het was heel warm buiten, maar hun tafeltje stond in de schaduw. Ze bestelden ijsthee en een salade en Gaston stak van wal.

Hij was afgestudeerd als marineofficier en had een carrière bij de militaire inlichtingendienst achter de rug voordat hij een paar jaar geleden bij Aegis was gaan werken. Hij gaf weinig achtergrondinformatie over wat het bedrijf precies deed, maar hij zei dat hij Afrika goed kende, dat hij veel gereisd had op dat continent en dat hij er veel contacten had. Murray vertelde uitgebreid hoe hij Sooley had leren kennen en hoe heerlijk het afgelopen jaar was geweest. Gaston leek op de hoogte te zijn van heel veel details, vooral over het basketbalseizoen. Hij zei: 'Er wordt gezegd dat het een contract van veertien miljoen was. Ik neem aan dat Sooley daar niets van heeft gekregen, hè?'

'Nee. Hij had het contract nog niet eens gezien. Zijn agent zei dat dat ongeveer een maand zou duren na de Draft. Maar dat is nu allemaal verleden tijd.'

'Heel jammer.'

'Alles hieraan is tragisch. Jij had het over "bevrijden". Kunnen we het daarover hebben?'

'Jazeker. We waren een plan aan het opzetten en Sooley was er heel enthousiast over.'

'Hoe zou het in zijn werk gaan?'

De salades werden gebracht en ze begonnen te eten. Gaston zei: 'Eerst moesten we papieren regelen voor zijn moeder en zijn broers. Oegandese paspoorten, visums, aanvragen om de VS binnen te komen, basisdingen. We zouden regelen dat bepaalde mensen uit de Oegandese regering de andere kant op zouden kijken. Het zal je niet verbazen dat ze daar niet echt aarzelen als ze van een paar vluchtelingen af kunnen komen. Ze proberen er een miljoen te eten te geven en het aantal blijft maar groeien. We zouden ervoor zorgen dat ze uit het kamp gehaald werden, ze naar Kampala brengen, hun mooiere kleren en een nieuwe identiteit geven en ze in een vliegtuig naar de VS zetten.'

'Heel eenvoudig.'

'Heel eenvoudig, als er genoeg geld is. Het duurste gedeelte is het transport. Commerciële vluchten werken niet, want er zijn geen rechtstreekse vluchten van Kampala naar hier. Je moet een tussenstop maken en op een ander vliegtuig overstappen. Tussenstops betekenen dat nieuwsgierige mensen bij de douane om papieren vragen. Vorig jaar is dat een keer mislukt en dat liep uit op een drama.'

Murray nam een hap en wilde meer weten. 'Wil je daar iets meer over vertellen?'

'Kort dan. We hadden een project met een Somalische familie die in een vluchtelingennederzetting in Kenia woonde. Hun familie hier had wat geld bij elkaar geschraapt en we besloten het te proberen. Dat was een vergissing. De familie kon zich geen privéjet veroorloven. Dat kan niemand, natuurlijk, tenzij iemand uit de familie toevallig een contract tekent bij de NBA. Hoe dan ook, we haalden die familie uit het kamp en zetten ze op een commerciële vlucht van Nairobi naar Londen. De Britse immigratiedienst kan streng zijn en ze hielden hen op Heathrow tegen. Hun vervalste papieren werden ontdekt en de hel brak los. Nu zit die familie ergens in Engeland in bewaring en waarschijnlijk worden ze teruggestuurd naar Somalië, waar ze niet veilig zijn. Onnodig te zeggen dat dat het laatste project was waarbij we met commerciële vluchten werkten.'

'Hoe werkt het dan met een privéjet?'

'Tja, het is een reis van ruim elfduizend kilometer die tussen de dertien en vijftien uur duurt, afhankelijk van de wind, weersomstandigheden, dat soort dingen. Er is maar één vliegtuig met dat bereik. Een Gulfstream G650.'

'Ik heb in een Gulfstream gezeten, dankzij Sooley natuurlijk.'

'De meeste Gulfstreams hebben dat bereik niet. Het moet een G650 zijn.'

'Hoeveel kost de vlucht?'

'Driehonderdvijftig.'

'Driehonderdvijftigduizend dollar?'

'Yep. Ruwweg dertig uur in de lucht, van terminal naar terminal, à tienduizend dollar per uur. Plus vier piloten, kosten, winst, het loopt snel op. De hele reis neemt vijf dagen in beslag, als alles soepeltjes verloopt. En er zijn maar weinig chartermaatschappijen die naar Afrika willen.'

'Kent de chartermaatschappij het echte verhaal?'

'Nee. Onze papieren zien er echt goed uit, ondanks het verhaal dat ik je net vertelde. Hun piloten zouden kopieën van de paspoorten en ID-kaarten krijgen, maar als Sooleys familieleden eenmaal door de Oegandese douane zouden zijn, zouden ze vrij zijn. Tot ze hier aan zouden komen.'

'En wat zou er hier gebeuren?'

'Nou, Murray, dan zou Miss Ida erbij komen.'

Murray moest bijna lachen. Hij schudde ongelovig zijn hoofd en vroeg: 'Hoe ken je mijn moeder?'

'Sooley had overal aan gedacht. Hij wist dat zij de Amerikaanse immigratie zou kunnen regelen. Als het vliegtuig in Raleigh zou landen, zou de familie naar Immigratie gaan, zoals honderden mensen dat dagelijks aan de grens doen. Ze zouden worden aangehouden en worden vastgezet. Dan zou zij meteen asiel aanvragen, een spoedzitting aanvragen en ze vrij krijgen, zodat ze in een mooi huis hun rechtszaak zouden kunnen afwachten, wat maanden zou kunnen duren.' Murray schudde nog steeds vol ongeloof zijn hoofd. 'Wat zou er dan met die chartermaatschappij gebeuren? Die zouden toch ook in de problemen komen?'

'Waarschijnlijk wel, maar we hadden een kleine boete ingecalculeerd. We hoopten dat Miss Ida ook daarvoor iets kon regelen met Immigratie. Aangezien het bedrag van zo'n boete onbekend is, was dat het enige bedrag waar we niet zeker van waren.'

'Hoeveel kostte die hele expeditie?'

'Een half miljoen. Zoals ik al zei, vrijwel niemand kan het zich veroorloven. We hebben het over vluchtelingen en hun familie, mensen die helemaal niets hebben.'

'Dat is heel veel geld.'

'Ja. Het kost wat geld om de boel in Afrika gesmeerd te laten verlopen. Er zijn nog meer kosten en mijn tijd is kostbaar. Ik moet mee op reis om te garanderen dat alles goed verloopt.'

'Mag ik vragen of jullie bedrijf ooit zo'n bevrijding heeft gerealiseerd?'

'Twee keer, maar ik kan niet op de details ingaan. Laten we het erop houden dat het om twee rijke Syrische families ging, die hun mensen uit de kampen wilden halen.'

'Dus dit is niet je voornaamste werkgebied.'

'O, nee. We dealen vooral met ontvoeringen en gijzelingen. We redden mensen en bevrijden hen. Helaas zijn ontvoeringen tegenwoordig aan de orde van de dag, en we hebben wat expertise.'

Murray schoof zijn salade weg en zei: 'Het klinkt alsof die bevrijdingsbusiness nogal wat criminele activiteiten vereist.'

Gaston glimlachte en nam een slok ijsthee. 'Dat hangt ervan af wat je definitie van "crimineel" is. Als je wilt lachen, zoek dan op internet maar eens naar "valse paspoorten". Dan zie je honderden sites die schaamteloos adverteren met het maken en verkopen van valse paspoorten. Dat is een misdrijf. We kopen ze heel vaak, dus ja, in zeker opzicht overtreden we de wet. Maar er wordt weinig schade aangericht en er is bijna geen controle. En ik weet zeker dat er in Oeganda wel ergens een wet is die het verbiedt om douaneambtenaren om te kopen. Of misschien ook niet. Hoe dan ook, zo werken de dingen in de derde wereld. Dat is gewoon de manier waarop ze daar zakendoen. Sooley begreep dat en wilde de gok wagen. Hij zou zijn handen niet vuilmaken. Hij zou ons honorarium betalen en wij zouden de rest regelen.'

Murray verwonderde zich over de omvang van Sooleys plannen, en dat zonder een woord tegen zijn kamergenoot te zeggen. 'Ik kan niet geloven dat hij me hier niks over verteld heeft.'

'Het ging allemaal vrij snel. Hij heeft twee weken voor de Draft contact met me opgenomen, toen het ernaar uitzag dat hij inderdaad naar de eerste ronde zou gaan. Hij had het geld bijna binnen handbereik. Hij zou het je uiteindelijk wel verteld hebben, want hij had Miss Ida nodig.'

'Dat zal wel. Hij was een slimme jongen.'

'Heel slim, en heel vastberaden. We vonden het fantastisch dat we Sooley konden helpen, want hij had natuurlijk het geld. Of in elk geval het vooruitzicht daarop.'

'Daar droomde hij van. Zijn moeder en broertjes hierheen halen.'

'Het spijt me dat we niet kunnen helpen, Murray. Die arme mensen zullen nog jaren in dat kamp blijven, hè?'

'Waarschijnlijk wel. En Sooley kan ze niet helpen.'

'Ik neem aan dat zijn moeder het nieuws inmiddels heeft gehoord.'

'Ja. Een paar hulpverleners in het kamp hebben het haar verteld.'

'Die arme vrouw.'

'Ze zal nooit weten hoe weinig het had gescheeld dat ze hier was.'

'Mag ik vragen wat er op de Bahama's gebeurd is?'

Murray haalde zijn schouders op en zei: 'Hij had een slechte avond. Hij heeft wat pillen gekregen van een meisje. Sooley gebruikte geen drugs, nooit. Hij ging pas wiet roken nadat het seizoen voorbij was, en hij vond het niet eens lekker. Hij had een paar biertjes gedronken, meer niet. Het is zo triest. Hij was een geweldige jongen.'

'Ja. Ik vind het heel erg.'

'Dank je wel. En bedankt voor je tijd.'

Gaston betaalde de lunch. Ze gaven elkaar een hand en beloofden contact te houden.

60

Murray deed er zo lang mogelijk over om terug te rijden naar Durham. Hij voelde zich nog gedeprimeerder en de gedachte aan nog een avond bij zijn ouders in dat sombere huis was niet echt aanlokkelijk. Tijdens het avondeten beschreef hij zijn uitstapje naar Charlottesville en de lunch met Gary Gaston. Ze waren onthutst door Sooleys plannen om zijn familie te bevrijden, grote plannen die hij niet met hen gedeeld had.

Het werd 4 juli, maar Onafhankelijkheidsdag werd dit jaar niet gevierd in huize Walker. Jordan was er een paar dagen, maar zelfs zij kon hen niet opvrolijken. Op 6 juli reed Murray naar Charlotte, waar de eerste ronde van de internationale demonstratiewedstrijd werd gehouden. Ecko zou er zijn met zijn nieuwste lichting jong Zuid-Soedanees talent. De nieuwe hoofdcoach van Central, Jason Grinnell, zou er ook zijn, samen met Lonnie Britt, die ongetwijfeld heel goed naar Ecko's spelers zou kijken in de hoop een nieuwe ster te ontdekken.

Hij trof hen in het Spectrum Center, de thuisbasis van de Hornets, en ze nodigden hem uit in de coachkamer om met hun vrienden te praten. Er werd heel wat over Centrals wonderbaarlijke opmars naar de Final Four gesproken en Murray genoot van de aandacht.

Die avond, tijdens een lang diner met de drie coaches, deden ze heel hard hun best om over alles behalve Sooley te praten. Dat lukte niet. Alle vier de mannen waren diepgeraakt en nog steeds verbijsterd over het nieuws. Om de beurt vertelden ze hoe vrienden en familie hen hadden benaderd om hulp te bieden. Sooley had de basketbalwereld op zijn kop gezet en veel mensen geraakt, en velen daarvan wilden graag nog op de een of andere manier verbonden blijven met de jongen en zijn opmerkelijke verhaal. Jason Grinnell zei dat het Central-programma meer dan vijftigduizend dollar aan kleine schenkingen had ontvangen van fans van overal vandaan. Ecko's programma had ook veel kleine schenkingen ontvangen om spelers in Zuid-Soedan te steunen.

Murray zei: 'Sooley heeft nog steeds miljoenen volgers op social media. Ik kijk er elke keer naar en sommige reacties maken me bijna aan het huilen.'

Jason zei: 'Ik heb ook geprobeerd te kijken, maar het is te overweldigend.'

Ecko zei: 'Ik heb een idee, Murray. Je zou moeten proberen Sooleys populariteit te kapitaliseren. Waarom richt je in zijn naam geen stichting op waarvan de opbrengsten gebruikt worden voor humanitaire hulp aan ons volk?'

Lonnie merkte op: 'Geweldig idee. Ik wed dat je een fortuin kunt ophalen.'

Jason zei: 'En wat dacht je van een paar dollar voor het goeie ouwe Central?'

Murray vroeg: 'Hoe begin je een stichting?'

Ecko zei: 'Heel makkelijk. Iedereen heeft een stichting. Die waar ik voor werk, heeft een paar advocaten die je er wel bij willen helpen. Je moet een doelstelling hebben, een coole website, en iemand om die te beheren. Het hoeft niet gelikt te zijn. Post de link op Sooleys social media en ik weet zeker dat je waanzinnig veel respons krijgt.'

'Moet je dan geen goedkeuring van de fiscus krijgen?' vroeg Lonnie.

'Jazeker, maar je kunt alvast beginnen terwijl dat nog loopt,' antwoordde Ecko. 'Ik heb de advocaten er weleens over horen praten. Je moeder weet vast wel hoe het werkt. Haar Legal Aid is toch non-profit?'

'Ja. Je hoort ze nooit over winst praten. Wat is de doelstelling?'

Lonnie zei: 'Die kan drieledig zijn: ten eerste humanitaire hulp aan vluchtelingen. Ten tweede steun aan jeugdbasketbal in Zuid-Soedan. Ten derde uit Sooleys naam geld ophalen voor studiebeurzen bij Central.'

Ecko zei: 'Wij kunnen met zijn drieën zitting nemen in je bestuur, samen met wie je ook maar wilt. We zien wel hoeveel geld er binnenkomt en dan kunnen we beslissen hoe we dat gaan weggeven.'

Jason glimlachte, floot en zei: 'Dit kan heel groot worden.'

Voor het eerst sinds mensenheugenis stond Murray de volgende ochtend vroeg op en ging terug naar Durham. Hij kocht broodjes en nam ze mee naar Ida's kantoor voor de lunch. Uiteraard stond ze sceptisch tegenover het idee dat er winst zou worden gemaakt door te profiteren van Sooleys naam. Hij protesteerde tegen het woord 'winst' en ze verontschuldigde zich en zei dat ze het woord had gebruikt zonder erbij na te denken. Natuurlijk werd er niet aan verdiend. Ze had hem niet meer zo betrokken en enthousiast gezien sinds hij met Sooley thuis was gekomen na de Draft in New York. Ze stelde voor dat ze het bij het avondeten met Ernie zouden bespreken en er een nachtje over zouden slapen. Meer goedkeuring had Murray niet nodig.

Murray leende een deel van het geld dat Sooley van Arnie had geleend en waar de agent tot nu toe nog met geen woord over had gerept, en gaf vierduizend dollar uit aan het bouwen van een website, vijfentwintighonderd dollar aan juridisch advies en tweeduizend dollar aan een jongen van negentien die een eigen bedrijf in onlinemarketing had. Hij opende een bankrekening, huurde een postbus en las een beetje opgelaten de voorgestelde verordeningen en belastingregelingen die de advocaat hem had gestuurd.

Op 19 juli, op de dag af een maand na die afschuwelijke zondagochtend in het Acropolis, werd de Sooley-stichting gelanceerd. Op de website stond een prachtige kleurentekening die gemaakt was van Murrays lievelingsfoto van zijn vriend. Daarop stond Sooley met de bal hoog boven zijn hoofd en een grijns op zijn gezicht, terwijl hij hoog boven de ring uit vloog voor weer een verpletterende dunk. Er stonden foto's op van de vluchtelingennederzetting, de uitgehongerde kinderen, van gezondere kinderen die basketbalden op zandveldjes, en een eerbetoon aan het geweldige team van Central dat de sportwereld in zijn ban had gehouden. De website en de socialmediapagina's waren op alle mogelijke manieren aan elkaar gelinkt.

Op de dag van de lancering was de site om middernacht bekeken door vijftigduizend mensen, van wie er elfduizend geld hadden gestort, in totaal 148.000 dollar. Murray dwong zichzelf om zijn laptop dicht te klappen en probeerde te slapen. De volgende middag om twaalf uur stond het bedrag op 305.000 dollar en was de stortvloed niet meer te stoppen. Het fonds ging viral.

Sooleys populariteit was verbijsterend. Zijn tragische dood zorgde ervoor dat het publiek alleen nog maar meer op een of andere manier wilde helpen. De reacties en de condoleances waren overdonderend en stroomden tegelijk met het geld binnen.

Na tweeënzeventig uur hadden er meer dan honderdduizend mensen met hun creditcard betaald en gemiddeld acht dollar per persoon gedoneerd. Na vier dagen had het fonds meer dan een miljoen ontvangen en gaf Murray interviews.

Hij stuurde een lange memo naar het bestuur – Ecko, Lonnie, Jason en Ida – en beschreef tot in detail Sooleys wens om zijn familie te bevrijden, en hoe hij van plan was dat te doen.

Met toestemming van het bestuur belde hij Gary Gaston.

61

Drie weken later arriveerde Gaston bij het huis van de familie Walker voor een bespreking voorafgaand aan de vlucht. Hij had een Afrikaans-Amerikaanse vrouw bij zich, Silvia, die hij omschreef als een van zijn partners. Ze was gespecialiseerd in 'bevrijdingslogistiek', vager had Gaston het niet kunnen laten klinken, maar de Walkers waren niet van plan om door te vragen.

Een week eerder had Gaston tegen Murray gezegd dat een vrouw een welkome aanvulling op het team zou zijn, omdat Beatrice en de jongens zich dan misschien meer op hun gemak zouden voelen. Ze waren waarschijnlijk heel erg van slag, om niet te zeggen getraumatiseerd, en vrouwen konden over het algemeen beter met dat soort situaties omgaan. Er was tussen neus en lippen door geopperd dat Ida zou gaan, maar die stond er niet om te springen. Het voorstel werd verworpen toen Gaston uitlegde dat de vrouw die met Murray en hem mee zou gaan, wie het ook zou worden, een klein risico liep om gearresteerd te worden bij terugkomst in de VS, met als aanklacht hulp en steun bij illegale immigratie. Gaston was bereid het risico van zo'n kleine aanklacht te nemen. Murray was niet bang. Ida wilde liever niet gearresteerd worden en zei ronduit nee. Ze moest achterblijven en het juridische team helpen en Immigratie afhandelen. Gaston zei dat de vliegtuigen bij twee eerdere bevrijdingen, allebei van Syriërs, in Bangor in Maine waren geland, waar Immigratie niet zo agressief was als in bijvoorbeeld Miami. De families waren overgedragen aan de autoriteiten, werden vastgezet en Immigratie had niemand vervolgd voor hulp of steun.

Tijdens het diner bij Ida aan tafel liep Gaston alle stappen van de bevrijding met hen door en beantwoordde al hun vragen. Hij liet hun de valse paspoorten van de Sooleymons zien. Met foto's die Ecko in december van hen had genomen, had de vervalser op meesterlijke wijze Oegandese paspoorten gemaakt. Omdat Sooleymon een heel gewone naam was in Oost-Afrika en ook Beatrice, James en Chol niet ongebruikelijk waren, stonden hun echte namen in hun nieuwe paspoorten. Murray had hun geboortedata via Ecko gekregen.

Gaston had iets meer losgelaten over het verhaal dat hij Murray had verteld over de mislukte bevrijding op Heathrow een jaar daarvoor. De papieren waren in orde geweest, maar de immigratiemedewerker had argwaan gekregen toen de moeder haar fictieve geboortedatum niet wist.

Ernie wilde weten wat er mis kon gaan. Er waren dingen die ze wisten, maar ook dingen waar ze nog nooit van gehoord hadden. De grootste angst was het vliegtuig. De Gulfstream 650 had een bereik van twaalfduizend kilometer en Entebbe lag elfduizendzevenhonderd kilometer van de luchthaven van Raleigh-Durham. Als ze naar het westen vlogen, zouden ze ongetwijfeld tegenwind hebben, en als die sterk was, zouden ze misschien noodgedwongen een tussenstop moeten maken. Buiten de VS was het overal riskant om te landen. Maar de piloten zouden het weer goed in de gaten houden en ze zouden weten wat hun te wachten stond voordat ze vertrokken. Plan B zou zijn om op de Canarische Eilanden te landen, een favoriete locatie om te tanken op internationale vluchten, die erom bekendstond dat douanemedewerkers konden worden overgehaald om de andere kant op te kijken. Gaston had daar contacten.

De kans bestond altijd dat er problemen zouden ontstaan in het Rhino-kamp, waardoor een stille aftocht van Beatrice en de jongens onmogelijk zou zijn. Er waren nog meer risico's, maar al met al hadden Gaston en Silvia er vertrouwen in.

Nadat ze afscheid hadden genomen en terug waren gegaan naar hun hotel, ging Murray naar zijn kamer om zijn spullen te pakken. Zoals bijna elk uur keek hij hoe het met het fonds ging, en de teller stond inmiddels op drie miljoen en tikte maar door. Hij had snel een parttime secretaresse in moeten huren om de details af te handelen en ervoor te zorgen dat alle 265.000 donateurs fatsoenlijk bedankt werden. Hun systemen kregen een upgrade; er werd sterkere software geïnstalleerd. Murray zat tot over zijn oren in het werk en had dringend fulltime hulp nodig, en hij zat niet te wachten op een reis naar Oeganda.

Maar hij was niet van plan het avontuur te laten lopen.

Voordat ze hun riemen vastklikten, verwelkomde de copiloot hen aan boord en gaf informatie over de vlucht. Dankzij een staartwind was hun geschatte vluchttijd slechts dertien uur. Dertien uur klonk maar ietsje beter dan veertien of vijftien. Ze zouden om elf uur opstijgen, en slechts een paar minuten daarvoor vroeg de stewardess wat ze wilden drinken en gaf hun de lunchkaart.

Het leek wel of het vliegtuig met goud was afgezet. De leren stoelen waren zacht en diep. Het tapijt was dik en pluizig. Halverwege stond een mahoniehouten eettafel en daarachter stonden twee banken die konden worden uitgeklapt tot bedden, compleet met zijden lakens. Overal hingen schermen en er was een eindeloze keus aan films en kanalen.

Dit zou Murrays derde reis in een privéjet zijn, en iets zei hem dat het ook zijn laatste zou zijn. Over twee weken begonnen de colleges en moest hij weer aan de slag. En dan was er weer basketbal, zonder Sooley en zonder coach Britt, en het seizoen zag er niet echt veelbelovend uit.

Murray ging op een stoel achterin zitten, schopte zijn

schoenen uit, maakte zijn riem vast en nam zich voor om van de reis te genieten.

De twee soldaten waren van de Oegandese verdedigingsmacht, de gebruikelijke troepen rondom het kamp. Ze droegen de standaard groene gevechtskleding, glanzend zwarte legerkistjes, fraaie zwarte baretten, en zoals altijd Kallies over hun schouders. Ze vonden Beatrice achter haar tent, waar ze haar kleine groentetuintje verzorgde. Ze waren vriendelijk en beleefd, en vroegen haar even mee te komen voor een gesprek onder vier ogen.

Ze deelden haar mee dat ze was geselecteerd om te verhuizen naar een nieuwer gedeelte van Rhino-Zuid, naar een mooier onderkomen. Ze moest het stilhouden. Ze had de geruchten gehoord over nieuwe onderkomens als vervanging van hun rottende tenten, maar die gingen al maanden rond. De vluchtelingen waren de halve dag bezig met het doornemen van geruchten of het creëren van nieuwe.

Ze liepen terug naar haar tent, waar een derde soldaat stond te wachten met twee legertassen. Beatrice schrok en zei dat ze niet zeker wist of ze wel weg wilde. Haar beste vriendinnen woonden aan weerskanten van haar en ze wilde niet zonder hen vertrekken. De soldaten glimlachten en zeiden dat haar vriendinnen morgen zouden verhuizen. Binnen enkele minuten had ze alles gepakt wat ze bezat: kleding, dekens, kussens, blikjes eten, wat schoolschriften en twee plastic kannen om water te halen. De soldaten droegen de legertassen en ze verlieten het terrein. Beatrice keek achterom naar haar tent, haar huis van het afgelopen jaar, en vroeg zich af of ze hem ooit weer zou zien. Er stond een legerjeep te wachten. De soldaten hielpen Beatrice voorin op de passagiersstoel plaats te nemen en gooiden haar tassen achterin, waar nog een soldaat zat. De jeep reed langzaam door de nederzetting en kwam aan de rand, vlak bij de school. Daar stond, in de schaduw van een boom, een leraar met James en Chol.

Beatrice vroeg de bestuurder: 'Waarom halen we de jongens op?'

'We hebben een verrassing. U zult het leuk vinden.'

De jongens gingen achter in de jeep zitten en zwaaiden naar de meester. Ze hadden nog nooit in een jeep gezeten. Sterker nog, ze konden zich nauwelijks herinneren wanneer ze voor het laatst in een gemotoriseerd voertuig hadden gezeten, die oude pick-up van hun oom in Lotta.

Hun vervoermiddelen zouden steeds beter worden.

Toen ze Rhino verlieten, werd Beatrice ongerust. Opnieuw vroeg ze de bestuurder: 'Waar gaan we naartoe?'

'Naar Kampala, en daarna naar Amerika.' Ze was verbijsterd en sprakeloos. Ze reden bijna een uur over een drukke, brede grindweg, waarbij ze voorraadtrucks en legervoertuigen ontweken. Op de luchthaven stond een klein vrachtvliegtuigje van de Oegandese luchtmacht te wachten, terwijl er nog eentje landde en naar de opslagloods taxiede.

Achterin vroeg de soldaat aan de jongens: 'Hebben jullie weleens in een vliegtuig gezeten?'

Ze schudden hun hoofd en keken met grote ogen toe, terwijl de jeep naast het vrachtvliegtuig tot stilstand kwam. Beatrice had nog nooit aan vliegen gedacht, dus had ze er geen mening over of het iets voor haar was. Maar op dit moment was ze bevangen door angst en wilde niet uit de jeep komen. De soldaten haalden haar vriendelijk over met beloftes aan een veilige reis, en een bezoek aan de grote stad voordat ze naar Amerika zou vertrekken. Toen ze eenmaal in het vliegtuig zat, maakten ze haar riem vast en die van de jongens ook, en wensten hun het allerbeste. De twee motoren kwamen pruttelend tot leven en het oude vliegtuig begon te schudden. De coole piloten met hun pilotenbrillen draaiden zich om, lachten naar hen en staken hun duimen op. Beatrice was verstijfd van angst, maar de jongens grijnsden van oor tot oor.

Murray, Gaston en Silvia zaten lekker onder een grote parasol bij het zwembad en dronken alcoholvrije drankjes, terwijl ze voor de tweede achtereenvolgende dag zaten te wachten. In de rimboe lopen de best uitgewerkte plannen vaak toch anders, en de vertraging was te wijten aan wat verwarring met de vrachtvliegtuigen. Het maakte niet uit en was niet zo erg. Vertragingen waren aan de orde van de dag. Er waren ergere beproevingen dan een beetje rondhangen in Kampala Serena, een vijfsterrenhotel midden in een zakenwijk.

Gastons telefoon ging en hij kwam overeind. Hij zei: 'Een uur. Geweldig.' Hij stopte de telefoon in zijn zak en knikte naar Murray en Silvia. Ze gingen naar hun kamer, kleedden zich om en liepen terug naar de lobby, waar ze bleven wachten. De familie arriveerde in een wit busje zonder legerkenmerken, het bewijs dat Immigratie het nu had overgenomen. De chauffeur was een officieel uitziende man in een pak. Hij schoof de zijdeur open en hielp Beatrice uitstappen. De jongens kwamen achter haar aan en ze stonden daar alle drie als bevroren, niet wetend wat ze moesten zeggen of doen, of waar ze naartoe moesten. Het Kampala Serena-hotel was een groot, mooi gebouw en ze hadden net door de chaos en de verkeersdrukte van een grote stad gereden, voor het eerst van hun leven.

Gaston kwam naar voren en zei: 'Wij vertegenwoordigen jullie Amerikaanse familie. We zijn hier om jullie thuis te brengen.'

Murray lachte naar de jongens en zei: 'Ik ben Murray. Ik heb met jullie broer samengewoond en hij was mijn beste vriend.' Ze herkenden hem meteen van de filmpjes die Samuel had gestuurd. Ze gaven hem onwennig een hand.

Toen ze de lobby in liepen, glimlachten de altijd beleefde portiers naar hen en keken elkaar aan. Drie goedgeklede Amerikanen en drie bedremmelde, verfomfaaide vluchtelingen uit de rimboe.

Het verbaasde niemand dat de jongens wilden eten. Ze hadden nog nooit in een restaurant gegeten, net zomin als Beatrice, en toen hun tassen waren ingecheckt, volgden ze Gaston naar een hoektafeltje waar ze konden praten. En praten deden ze. Toen Beatrice besefte dat ze inderdaad naar Amerika gingen, had ze een heleboel vragen. De jongens vroegen aan Murray wat ze zouden eten en hij bestelde cheeseburgers en frisdrank. En natuurlijk wilden ze over Samuel praten.

Voor mensen die gisternacht en elke nacht van het afgelopen jaar in een tent op de grond hadden geslapen en die elke dag urenlang in de rij stonden te wachten op voedsel, en die hun halve familie en al hun hoop voor de toekomst waren kwijtgeraakt, en die geen idee hadden waarom ze uit het kamp waren geplukt, was dit moment gewoon overweldigend. Beatrice huilde veel en toen lachte ze, en ze at, en ze deed haar best om te begrijpen wat Murray zei toen die haar probeerde uit te leggen hoe een non-profitorganisatie in de vs werkte. Na een tijdje gaf hij het op en zei: 'Laten we het er maar op houden dat Samuel hier verantwoordelijk voor is.'

Na een lange lunch brachten ze de familie naar hun grote kamer met twee bedden. Murray liet zien hoe de douche en het toilet werkten. Vanaf het balkon wees hij naar het mooie zwembad beneden en zei tegen de jongens dat hij met hen zou gaan zwemmen zodra ze zich omgekleed hadden.

Gaston belde de receptie en regelde een busje om te gaan winkelen, en Silvia en hij vertrokken met Beatrice om nieuwe kleren te kopen. Het was van groot belang dat de familie, nu op-en-top Oegandees, eruitzag als immigranten met de juiste papieren die naar Amerika gingen. Als er ergens een douanemedewerker was die hun bagage controleerde, zou die wat mooie nieuwe kleren aantreffen, niks ongebruikelijks. En nieuwe kleren waren absoluut nodig. Het was onmogelijk om schoon te blijven in een kamp, en het vuil en het vet waren in de stoffen getrokken.

In het zwembad schrok Murray ervan dat James en Chol zo mager waren. Ze waren lang voor hun leeftijd, elf en dertien, en je kon hun ribben tellen. In Amerika had hij nog nooit zulke magere kinderen gezien. Terwijl ze in het water rondspetterden, lette hij heel goed op of hij ook maar een heel klein flintertje kon ontdekken van het fantastische DNA van hun broer. Ze konden niet zwemmen, dus bleven ze in het ondiepe, en terwijl hij hen hoorde praten en lachen, herinnerde hij zich vele prachtige verhalen die Sooley hem over zijn broertjes had verteld. Hij had gezegd dat James precies op hem leek, en dat was ook zo. Hij had gezegd dat Chol de beste basketballer van de familie zou worden. Dat zouden ze binnenkort wel zien.

Water werd hét onderwerp. Water in het zwembad. Water in het bad. Maar vooral water uit de kraan dat voortdurend bleef stromen en waarvan ze konden drinken zoveel ze maar wilden. De jongens bleven maar douchen en Murray kon het niet over zijn hart verkrijgen om hun te vertellen dat er in Durham een maandelijkse waterrekening zou komen. Toen ze het douchen zat waren, gingen ze weer terug naar het zwembad.

Murray herinnerde zich dat de teammanagers verbaasd waren geweest omdat Samuel zo weinig water dronk.

Na weer een heerlijke avondmaaltijd kwamen ze in Gastons kamer bij elkaar om het schema van de volgende dag door te nemen. Tot nu toe was alles volgens plan verlopen. Gaston moest vaak lachen om wat je in de ontwikkelingswereld allemaal voor elkaar kon krijgen met een heel klein beetje geld. Geld onder de tafel werkte thuis ook heel goed, maar dan had je er wel meer van nodig.

62

Ida dacht dat de ideale tijd om op de luchthaven van Raleigh-Durham te landen rond twee of drie uur 's middags was. Hoewel ze had onderhandeld met de immigratie- en douanedienst en dacht dat ze een afspraak hadden, wist ze uit ervaring dat de dingen soms misliepen. Het zou kunnen dat ze een uurtje nodig had om zich naar de immigratierechtbank te haasten, waar een rechter stand-by stond.

Ze verlieten het hotel om vier uur in hetzelfde busje en reden in een uur naar de luchthaven van Entebbe. Gaston bedankte de chauffeur en gaf hem een enorme fooi. Hij had heel wat fooien gegeven in Kampala. Een vrouw met dezelfde autoritaire uitstraling als Ida Walker kwam hun in de terminal tegemoet en liet hen binnen. Het woord DOUANE stond boven het zakje van haar blouse geborduurd en het leek of het gebouw van haar was. Het was er verlaten en er was maar weinig verkeer in dit hoekje van de uitgestrekte luchthaven. Ze verzamelde alle zes de paspoorten, wees naar een koffiepot in de hoek en verdween. Op de startbaan stond hun prachtige vliegtuig glanzend in het licht, terwijl de piloten hun routine afwerkten.

James en Chol droegen bij elkaar passende kaki korte broeken, witte poloshirts en witte sokken en sneakers. Beatrice had een felgele *gomesi* gevonden, de enkellange traditionele kleding van Oegandese vrouwen. Ze had liever iets uit haar eigen land gewild, maar voor de gelegenheid deed ze net of ze uit Oeganda kwam. De drie zagen er hoe dan ook aanbiddelijk uit en wekten alleszins de indruk van een welvarende familie die een nieuw avontuur ging beginnen in Amerika.

Zonder om de rest van hun papieren te vragen, bracht de douanemedewerkster de paspoorten gestempeld en wel terug. Twee mannen in uniform bekeken de tassen en legden ze op een karretje dat naar het vliegtuig werd geduwd. De douaneformaliteiten hadden minder dan een kwartier in beslag genomen. Aan boord stelde Murray de familie voor aan de stewardess, die hij goed kende. Ze zette ze in een clubgedeelte met vier grote stoelen en vroeg wat ze wilden drinken. Natuurlijk hadden de jongens honger en algauw begonnen ze over het ontbijt.

James, de clown, die als twee druppels water op Samuel leek, zei tegen Murray dat dit vliegtuig ietsje mooier was dan het Oegandese vrachtvliegtuig waar ze de dag ervoor mee hadden gevlogen. Murray liet de jongens alles zien, terwijl ze over de voeten van de volwassenen heen stapten, en beloofde dat ze de komende vijftien uur alle films mochten kijken die ze maar wilden.

Om twee uur Eastern Time stonden Ida en haar team in de lobby van de privéterminal van Raleigh-Durham International. Ze had twee advocaten van haar kantoor bij zich en had Tyler Guy, Sooleys pro-Deo-immigratieadvocaat, gevraagd om ook te komen. Ida had bij het International Rescue Committee gewerkt en mevrouw Keyser was er ook. Ze had Samuel in september ontmoet.

Er kwamen vier immigratiebeambten en de sfeer werd meteen gespannen. Ida wist de boel wat op te vrolijken met een paar grapjes, maar de jongens van Immigratie waren niet zo makkelijk te vermurwen. Ze hadden een taak: mensen die illegaal het land binnenkwamen arresteren en vastzetten.

Toen de Gulfstream om tien over twee landde, werd hij

naar een plek op vijftig meter van de terminal gedirigeerd. Toen de motoren werden uitgezet, stonden er drie busjes van Immigratie te wachten, allemaal met zo veel mogelijk blauwe zwaailichten aan.

Aan boord zat Silvia bij Beatrice en de jongens en probeerde hen gerust te stellen. Ze zei: 'Ik weet dat we dit al eerder hebben doorgenomen, maar we kunnen op geen enkele manier vermijden wat er nu gaat gebeuren. Jullie worden gearresteerd en meegenomen, maar jullie worden niet lang opgesloten. Wat je ook doet, glimlach tegen de agenten en wees beleefd. Ze doen gewoon hun werk.'

Nu het besef tot hem doordrong, had Murray een knoop in zijn maag. Waarom zou je al die moeite doen om vluchtelingen te bevrijden als ze toch gearresteerd werden? Maar hij wist dat zijn moeder de leiding had.

Gaston verzamelde de valse paspoorten en ID-kaarten van de familie en zei: 'Blijf lachen. Alles komt goed.'

Er verstreken tien minuten en daarna vijftien. Ida en haar team keken nerveus toe vanuit de terminal. Eindelijk gingen de vliegtuigdeuren open en liepen er immigratieagenten de trap op. Er verstreken nog tien minuten. Er was Ida beloofd dat ze met de familie mocht praten voordat ze werden meegenomen. Eindelijk verscheen Murray en hij liep de trap af, gevolgd door Silvia en daarna James, Chol, Beatrice, Gary Gaston en de immigratieagenten. De drie waren niet geboeid en werden naar de terminal gebracht, waar Ida naar voren kwam en zei: 'Welkom, Beatrice. Ik ben Samuels Amerikaanse moeder en ik ben blij om zijn echte moeder te ontmoeten.' Ze omhelsden elkaar en kusten elkaar op beide wangen, en Ida stond er versteld van hoe lang Beatrice was.

Murray stelde James en Chol voor en ze praatten een paar minuten onwennig met elkaar, terwijl ze werden verwelkomd op Amerikaanse bodem.

Zoals afgesproken deden de agenten hun daarna handboeien om en werden ze weggevoerd. Ze werden naar een federaal detentiecentrum in de buurt van Raleigh gebracht, waar Beatrice in een cel op de vrouwenverdieping werd gezet. James en Chol gingen samen naar de jongerenvleugel.

Ze wisten dat een kort verblijf in de gevangenis onvermijdelijk was, maar het was toch onbehaaglijk om achter de tralies te zitten. James en Chol lachten om het feit dat ze de avond daarvoor nog in het luxe Kampala Serena-hotel hadden geslapen, terwijl ze de nacht daarvoor waren gaan slapen in hun tent in Rhino-Zuid.

Vergeleken met de tent waren de goedkope stapelbedden in een hoek van hun cel zo slecht nog niet.

Volgens de Amerikaanse wet mag iemand die illegaal het land binnenkomt en politiek asiel aanvraagt slechts zo kort mogelijk worden vastgehouden door de immigratiedienst voordat die persoon voor een immigratierechter wordt voorgeleid.

De volgende ochtend om tien uur stonden Ida en haar team te wachten in de rechtszaal van de edelachtbare Stanley Furlow, een voormalige stagiair van Legal Aid, die afgestudeerd was aan de rechtenfaculteit van Central. Beatrice en de jongens werden binnengebracht, een en al glimlach, in dezelfde kleren die ze in het vliegtuig hadden gedragen. Ze praatten een paar minuten met hun advocaten om zich te oriënteren. Rechter Furlow begon aan hun zaak en liet hen eerst alle drie afzonderlijk dezelfde basisvragen beantwoorden. Er waren niet echt zaken die betwist moesten worden, althans, nu nog niet. Tijdens het proces dat over een paar maanden zou plaatsvinden, zou de overheid aan kunnen voeren dat de drie niet voldeden aan de eisen voor asiel, maar dat was van later zorg.

Er werd wat papierwerk doorgegeven en de advocaten fluisterden tegen hun cliënten. Ongeveer een uur later gaf rechter Furlow opdracht om de familie over te dragen aan de zorg van hun garantstellers, Ernie en Ida Walker, en dat er later een datum voor het proces zou worden vastgesteld.

Een kleine karavaan vertrok naar het centrum van Durham en reed tien minuten later een straat in vlak bij de campus van Central. Hun woning maakte deel uit van een huis van drie verdiepingen. Het was nieuw en was gebouwd door een woningbouwvereniging voor betaalbare huizen, in samenwerking met de stad. Murray had er wat geld uit de Sooleystichting ingestopt. De buitenmuren waren felgeel, bijna dezelfde kleur als Beatrice' gomesi.

Er stond al een hele menigte. De immigratiedienst had een stuk of tien Zuid-Soedanese vluchtelingen uit de buurt opgetrommeld en uitgenodigd voor het open huis. Het grootste deel van Ida's staf was er, samen met Ernie. Ook coach Grinnell en zijn vrouw kwamen langs.

Toen Beatrice en de jongens de stoep op liepen, begon de menigte te klappen en te schreeuwen: 'Welkom in jullie nieuwe huis.' Toen ze binnenkwamen en de meubels, de mooie foto's aan de muur, de tapijten en een tafel vol met eten zagen staan, werd het hun allemaal even te veel.

Later die middag, lang nadat de gasten waren vertrokken, vroeg Ida aan Beatrice of ze naar het kerkhof wilde. Ze antwoordde dat ze er klaar voor was. De families gingen met twee auto's naar Rustling Meadows Memorial Park tien minuten verderop, een moderne begraafplaats zonder gewelven en grafstenen. Alle graven waren identiek en lagen in grote, perfecte halvemaanvormen op een lange, glooiende wei.

Ze parkeerden bij de kapel en liepen over de prachtig aangelegde paden, tot ze er waren. Ida bleef staan en wees naar een nieuwer graf met rode aarde en verse bloemen. Murray nam James en Chol bij de hand en leidde hen ernaartoe. Op een nieuwe, granieten plaat stond: SAMUEL SOOLEYMON, GEBOREN 11 AUGUSTUS 1997, OVERLEDEN 19 JUNI 2016.

De jongens begonnen te huilen en veegden hun wangen af. Murray stapte naar achteren en zag dat ze op hun moeder leunden.

Het was een hartverscheurend tafereel en noch Murray, noch Ida of iemand anders kon zich een voorstelling maken van hun verdriet.

Twee dagen later ging Murray na zijn werk bij hun huis langs en haalde James en Chol op. Hij had gezegd dat ze hun nieuwe sneakers aan moesten trekken. Hij reed met hen naar de campus en parkeerde bij het Nest op de plek die was gereserveerd voor coach Grinnell. Hij liet hun trots zijn eigen sleutel zien, maakte de zijdeur open en nam hen door de ondergrondse gang mee naar het veld. Ze probeerden alles in zich op te nemen: de glanzende houten vloeren, de duizenden bruine stoelen, de banners aan het plafond. In één hoek hing een gigantische foto van Sooley in actie.

Murray zei: 'Hier speelde hij.'

Ze liepen over de vloer, van de ene naar de andere kant, en probeerden in contact te komen met de geschiedenis die hun grote broer had nagelaten, maar het was te overweldigend. Murray liep naar een ballenrek en haalde er een paar ballen uit. Chol was dertien en nu al één meter tweeëntachtig. Hij stuiterde twee keer met een bal, sprong omhoog en schoot vanaf zes meter.

Recht in het net.

63

Op een spectaculaire najaarsdag begin november kwam er een kleine groep genodigden bijeen tegenover de McDougald-McLendon Arena, ook wel bekend als het Nest, de thuisbasis van de Eagles. Onder een eikenboom, waarvan de bladeren in de lichte bries omlaagdwarrelden, zaten ze op klapstoelen en wachtten op de onthulling. Naast een klein podium stond de reden dat ze daar waren. Onder een bruin met grijze doek stond duidelijk een kunstwerk of een sculptuur.

Onder de gasten bevonden zich alle leden van het huidige Eagles-team, samen met hun coaches en managers. Een stuk of tien personeelsleden van het kantoor van de sportcoördinator. Nog tien van het directiekantoor. Een paar studentenleiders. De families Walker en Sooleymon en hun beste vrienden. In totaal zo'n honderd man. Er was een grotere viering overwogen, maar de korte duur van de gebeurtenis vroeg om een kleiner publiek.

Er was slechts één korte speech. De directeur ging op het podium staan en begon. 'Bedankt voor jullie komst. Dit duurt niet lang, maar het is iets wat jullie nog lang zal bijblijven. We zijn hier bijeen om de grootste held in de geschiedenis van onze school te eren en een bronzen beeld van hem te onthullen dat voor eeuwig zal blijven. Sooley kwam een jaar geleden hier op de campus, een onbekende student-sporter die niet terug naar huis kon. Deze universiteit bood hem een beurs en nam hem op. We hadden geen idee wat er komen zou. We gaven hem veel en konden ons nog niet indenken wat hij ons terug zou geven. Hij bracht ons op plekken waar we nog nooit geweest waren en waar we, eerlijk gezegd, nooit hadden gedacht te zullen komen. Hij speelde het spel met een enthousiasme dat aanstekelijk was, en hij speelde met een talent dat met elke wedstrijd groeide en dat een heroïsch niveau bereikte. We zullen Sooley nooit vergeten, met zijn brede glimlach, zijn jongensachtige enthousiasme, zijn uitbundige liefde voor de sport en zijn intense loyaliteit aan zijn teamgenoten. We zullen nooit vergeten wat hij voor deze universiteit heeft gedaan.

In augustus benaderde zijn kamergenoot en beste vriend, Murray Walker, me met het idee om Sooley te herdenken met iets permanenters hier op de campus. We overlegden met onze kunstafdeling en de ideeën begonnen te komen. Wat jullie straks gaan zien, is een bronzen beeld van de grote Sooley in actie. Het is uitgevoerd door een van onze eigen studenten, Ronnie Kelso van Wilmington. Ik zal Sooleys moeder vragen naar voren te komen om de honneurs waar te nemen. Mevrouw Beatrice Sooleymon.'

Aan de overkant van de straat bleef een groepje studenten staan kijken. Anderen kwamen bij hen staan.

Beatrice zat op de eerste rij, ging staan en liep de drie treden op. De directeur gaf haar het kleine koordje, waar ze zachtjes aan trok, en het doek viel op de grond. Iedereen klapte beleefd terwijl Beatrice de gelijkenis bewonderde.

Het was Sooley, vliegend door de lucht, de bal hoog boven zijn hoofd, klaar voor de dunk. Op de voet zat een plaatje met de tekst: SOOLEY. IN 2016 SPEELDE SOOLEY TWINTIG WEDSTRIJDEN EN WERD DE POPULAIRSTE SPELER VAN HET COLLEGEBASKETBAL. HIJ LEIDDE DE EAGLES NAAR DE FINAL FOUR. DAARNA OVERLEED HIJ, MAAR HIJ ZAL ALTIJD VOORTLEVEN IN DE HARTEN VAN DE MENSEN DIE HEM HEBBEN ZIEN SPELEN.

Aan de overkant van de straat begonnen de studenten zachtjes en respectvol te scanderen: 'Sooley! Sooley! Sooley!'

Noot van de schrijver

Op mijn dertiende zat ik op een avond als betoverd op de tribune te kijken hoe Pistol Pete Maravich veertig punten scoorde tegen de Ole Miss Rebels. Hij was geweldig: arrogant, onstuitbaar en uiteraard immens getalenteerd. Zijn prestatie veranderde mijn leven, want vanaf dat moment was ik vastberaden om een ster te worden, net als hij. Ik kon geen goede bijnaam verzinnen, maar ik wist zeker dat de fans er wel een zouden bedenken. Ik schoot urenlang, kwam in het highschoolteam en droomde van universiteitsscouts die in de rij stonden op de oprit.

Ze hebben nooit de weg naar ons huis gevonden. Op mijn zestiende besefte ik dat mijn wonderbaarlijke talent om te dromen niet op kon tegen mijn schreeuwende gebrek aan talent, ook op het gebied van honkbal en American football.

Dus net als de meeste ex-sporters gaf ik het uiteindelijk op en werd een fanatieke sportfan. In mijn latere leven besloot ik dat ik dan misschien geen wedstrijden kon spelen, maar er in elk geval wel over kon schrijven. Dus: *Verloren seizoen, De verbanning, Vergiffenis.* En nu *Sterspeler.*

Met bijzondere dank aan degenen die wél konden spelen en me graag van adviezen voorzagen: Barry Parkhill, Tony Bennett, Evan Nolte en Levelle Moton. Ook dank aan Bryan Kersey, Jack Gernert, John Montgomery, Alan Swanson, Neal Kassell, Talmage Boston en Kyle Serba van UNC Central.

John Grisham, 8 februari 2021

Verklarende woordenlijst

2-3-zoneverdediging: alternatief voor de man-tot-manverdediging, waarbij twee spelers aan de voorkant van de verdediging staan (dichter bij de middenlijn) en drie spelers aan de achterkant (dichter bij de basket).
Alley-oop: een aanvallende beweging waarbij een speler de bal omhooggooit naar een teamgenoot in de buurt van de basket, die springt, de bal in de lucht vangt en vervolgens onmiddellijk scoort, meestal met een slam dunk.
Assist: beslissende pass, vanwaaruit gescoord wordt. Mocht de bal onverhoopt toch gemist worden, dan telt dit niet als assist.
Block: een speler kan geblockt worden bij het schieten. Dit is geen fout zolang de verdediger op de bal slaat en niet op de handen of armen.
Bounce pass: pass naar een teamgenoot via de grond.
Box-and-one: een verdedigingstactiek die een mengeling is van een man-tegen-manverdediging (waarbij iedere verdediger zich ontfermt over één specifieke tegenstander) en een zoneverdediging (waarbij iedere verdediger verantwoordelijk is voor een bepaald gebied – een zone – in het veld).
Fade-away: een jumpshot dat wordt gemaakt terwijl je achteruit springt, weg van de basket. Het doel is om ruimte te creëren tussen de schutter en de verdediger, waardoor het schot veel moeilijker te blokkeren is.
Faken: elke schijnbeweging van het lichaam om een tegenstander uit balans te brengen.

Fast break: een type aanval om snel de bal vanuit verdediging naar de aanval te brengen en te scoren.
Full court press: een tactiek waarbij de verdedigende partij de tegenstander verspreid over het hele speelveld onder druk zet, in plaats van alleen in de buurt van de eigen basket.
Half-court press: de aanvallers op de verdedigende helft opjagen waardoor ze in tijdnood komen of balverlies lijden.
Jumpshot: springen en op het hoogste punt schieten (waarbij de voeten van de vloer zijn).
Key/lane: het rechthoekige vak bij de basket dat begrensd wordt door de vrijeworplijn, de achterlijn en twee zijlijnen; binnen de key mag een aanvallende speler de bal maximaal drie seconden in bezit hebben.
Lay-up: een manier van scoren waarbij de speler springt en de bal dicht bij de basket brengt om hem vervolgens met één hand via het backboard in het net te plaatsen.
Outlet pass: een pass die een verdedigende speler verstuurt na een rebound, het begin van een fast break.
Punten: in het moderne basketbal worden, afhankelijk van de afstand van waarop wordt geschoten, twee of drie punten gescoord (de zogenaamde twee- en driepunters). Een vrije worp levert één punt op.
Rebound: bal die terugkomt van het backboard of de basket.
Schotklok: een aanvallend team krijgt 24 seconden de tijd om een schot te lossen. Raakt de bal de ring niet binnen 24 seconden, dan gaat de bal naar de tegenpartij. Als de bal de ring raakt, gaat de schotklok weer op 24 seconden. Als het aanvallende team een aanvallende rebound maakt, mogen zij verder met hun aanval. Zij hebben dan weer 24 seconden de tijd. Bij de NCAA is de schotkloktijd 35 seconden.
Screen: ook wel 'scherm' of 'block', actie van twee aanvallende spelers waarbij de een naast of achter een tegenstander gaat staan om ruimte te creëren voor de ander om een pass te ontvangen of om te scoren.

Slam dunk: een aanvaller die de bal heeft springt, reikt met de bal boven de basket en slaat hem met geweld door de ring.
Speeltijd: een *college*-basketbalwedstrijd van de NCAA duurt twee keer twintig minuten. Een NBA-basketbalwedstrijd bestaat uit vier quarters van elk twaalf minuten, met op de helft (dus na twee quarters) een pauze van vijftien minuten.
Sprongbal: bij aanvang van de wedstrijd neemt één speler van elk team plaats in de middencirkel met een voet aan de middenlijn. De hoofdscheidsrechter gooit de bal recht omhoog, waarna de spelers proberen de bal, zodra deze het hoogste punt bereikt heeft, naar een van hun medespelers te tikken.
Steal: vergelijkbaar met interceptie: de bal wordt onderschept uit een dribbel of bij het passen.
Suicide sprints: tijdens de training, korte sprints op zeer hoge intensiteit om snelheid, kracht en behendigheid te trainen.